ELLEN SANDBERG arbeitete zunächst in der Werbebranche, ehe sie sich ganz dem Schreiben widmete – mit riesigem Erfolg: Ihre psychologischen Spannungs- und Familienromane, die stets monatelang auf der SPIEGEL-Bestsellerliste stehen und denen immer ein wichtiges Thema unserer deutschen Vergangenheit zugrunde liegt, bewegen und begeistern zahllose Leserinnen und Leser – wie zuletzt *Das Geheimnis*, *Das Unrecht* und *Keine Reue*. 2022 wurde ihr der Verfassungsorden des Freistaats Bayern verliehen. Unter ihrem bürgerlichen Namen Inge Löhnig veröffentlicht sie erfolgreiche Kriminalromane.

Ellen Sandbergs Romane in der Presse:

»Meisterhafte Erzählkunst verbindet sich bei dieser Autorin mit psychologischer Spannung.« *Süddeutsche Zeitung*

»Inge Löhnig gelingt es, durch die Gestaltung ihrer Figuren, deren Umfeld und der sich zum Teil über mehrere Generationen entwickelnden Erzählfäden etwa die problematischen Aspekte der deutschen Geschichte wie Euthanasie einem breiten Publikum anschaulich und anrührend zu vermitteln.« *Aus der Würdigung zur Verleihung des Bayerischen Verfassungsordens 2022*

»Sich den großen Fragen nach alten Wunden, Schuld und Vergebung packend und ohne Pathos zu widmen, ist die große Kunst dieser Autorin.« *Buchjournal* über *Das Geheimnis*

»Ein Familienroman voller psychologischer Abgründe um Ereignisse aus der Vergangenheit.« *BILD der FRAU* über *Die Schweigende*

»Schuld, Rache oder Vergebung? Psychologisch tiefgründig, absolut lesenswert!« *Hamburger Morgenpost* über *Der Verrat*

»Ein Buch, das Geschichte auf geradezu erschreckend spannende Weise lebendig werden lässt. Ein absolutes Muss.« *WDR5* über *Die Vergessenen*

Außerdem von Ellen Sandberg lieferbar:
Die Vergessenen
Der Verrat
Das Erbe
Die Schweigende
Das Geheimnis
Keine Reue

www.penguin-verlag.de

ELLEN SANDBERG

DAS UNRECHT

ROMAN

PENGUIN VERLAG

MIX
Papier | Fördert gute Waldnutzung
FSC® C014496

Penguin Random House Verlagsgruppe FSC® N001967

2. Auflage

Dieses Werk wurde vermittelt durch die
AVA international GmbH Autoren- und Verlagsagentur, München.
www.ava-international.de
Das Zitat auf S. 71 f. stammt aus:
Stern-Combo Meißen: Die Welt. In: Das Album –
Rock-Bilanz 1988. AMIGA – 8 56390/391.
Umschlaggestaltung: Favoritbuero
Umschlagabbildung: © Lyn Randle/Trevillion Images
Satz, Druck und Bindung: GGP Media GmbH, Pößneck
Printed in Germany
ISBN 978-3-328-10722-4
www.penguin-verlag.de

Prolog

Es war Neumond und die Nacht schwarz wie Teer. Ein paar Sterne am Firmament versuchten gegen die Dunkelheit anzufunkeln und spiegelten sich in der ruhigen Oberfläche des kleinen Sees, den selten jemand besuchte. Er lag im Schatten seines größeren und schöneren Bruders. Kaum jemand machte sich die Mühe, tief in den Wald hineinzugehen, um ihn aufzusuchen.

Doch in dieser Nacht störte das Brummen eines Motors die Stille des Waldes. Ein Fahrzeug näherte sich über den holprigen Forstweg. Die Lichter des Wagens tanzten zwischen den Bäumen auf und ab und hin und her und verloschen schließlich am Ufer des kleinen Sees. Der Motor erstarb. Für einen Moment war es still, bis eine Wagentür schlug. Ein Schatten huschte zum Kofferraum. Schließlich das Brummen einer elektrischen Pumpe, ein Schlauchboot wurde aufgeblasen.

Kurz darauf ein Keuchen und Zerren, das Rascheln von trockenem Laub auf dem Waldboden. Ein dumpfes Plumpsen, als etwas schwer ins Boot fiel. Wieder Schaben und Zerren, dann das Gurgeln und Plätschern von Wasser und kurz darauf der gleichmäßige Rhythmus, in dem die Paddel eingetaucht und wieder gehoben wurden. Kleine Wellen breiteten sich aus, bildeten Kreise, die sich trafen und auseinandertrieben und schließlich verebbten, als das Boot die Mitte des Sees erreichte und zum Stillstand kam. Der schwierigste Teil des Manövers begann. Die Last loszuwerden, ohne zu kentern. Es gelang mithilfe einer stabilen langen Plane, die quer über dem Boot und seinem aufgeblasenen Wulst lag. Durch den Zug an einem Ende rollte das Bündel samt Gewicht auf der gegenüberliegenden Seite über Bord. Es platschte zweimal kurz nacheinander, dann war alles verschwunden.

Vielleicht für immer.

Wismar

Frühjahr 1988

Scharfe Böen jagten über die Bucht. Sie wühlten das Meer auf, rissen die Gischt von den Wellenkämmen und Mischa das Barett mit dem glänzenden Stern vom Kopf. Es fiel in den Sand und wurde vom Wind weitergeschubst. Kaum dachte er, er würde es erwischen, kam die nächste Bö und er lief weiter hinterher, bis er das Teil endlich einfing, das seine Eltern so herrlich ärgerte. Seine Mutter vor allem, die Schwerter zu Pflugscharen schmieden wollte. »Che Guevara war ein Guerillakämpfer. Er hat getötet. Mach dir das klar. Keine Ideologie der Welt rechtfertigt Mord.«

Eigentlich war Mischa ja derselben Meinung. Die Mütze war eher als Provokation gedacht und keinesfalls eine Ansage. Denn Gewalt war für ihn ebenso wenig ein Mittel der Auseinandersetzung wie für seine Mutter.

Stell dir vor, es ist Krieg und keiner geht hin. Den Spruch fand er klasse. Auch das Bild von den Schwertern und Pflugscharen. Obwohl es total schief war. Denn der Kampf Aug in Aug, Mann gegen Mann mit dem Schwert in der Hand war Geschichte. Krieg wurde heute aus der Distanz geführt. Mit Migs und Tornados, mit Pershings und SS20-Raketen. Ein Druck auf den roten Knopf und *Bumm!* Die Menschheit flog in die Luft.

Über all das konnte er mit seinen Eltern nicht wirklich reden, obwohl sie ähnlich dachten. Doch sie waren Duckmäuser, die es nur in den eigenen vier Wänden wagten, den Mund aufzumachen und das System zu kritisieren. Eine ähnliche Sorte Untertan, wie Diederich Heßling in Heinrich Manns *Der Untertan*. Immer schön buckeln. Allerdings nicht vor einem Kaiser, sondern vor diesen Popelinejackenträgern in Berlin.

»Wir tun das für dich«, hatte sein Vater gesagt, als er ihnen Heuchelei vorwarf. »Was glaubst du denn, weshalb du auf die EOS darfst! Man muss sich anpassen, wenn man weiterkommen will. So ist das nun einmal.«

Natürlich taten sie es nicht nur für ihn, sondern hauptsächlich für sich. Für eine Datsche auf Poel, für eine Segelerlaubnis in der Bucht, fürs eigene Weiterkommen.

Sein Vater war Dozent an der Ingenieurhochschule Wismar und erwartete, dass Mischa seinem Beispiel folgte und Naturwissenschaften studierte. So wie er es beim Wechsel von der Polytechnischen Oberschule auf die EOS angegeben hatte. Denn ohne ein Berufsziel, das in den Plan des Staatsrats passte, wäre er dort nicht zugelassen worden. Dass er Literatur oder Philosophie verlockender fand, ahnte niemand. Das würden die da oben und seine Eltern erst nach dem Abi erfahren, wenn er fürs Studium nach Berlin gehen wollte. Und hoffentlich auch durfte. Mischa hob den Blick und sandte eine stumme Bitte an diese Macht da oben, dass der neue Fünfjahresplan zusätzliche Geisteswissenschaftler vorsah, obwohl die Macht, das zu entscheiden, bei anderen lag. Bei sozialistisch gefestigten Bürokraten. Ein dumpfer Druck stieg bei diesem Gedanken hinter seinem Brustbein auf. Es war nicht gerecht!

Er klopfte den Sand von der Mütze, setzte sie auf und ging weiter. Die Ruine eines Wochenendhauses, das während der Nazizeit einem Künstlerpaar gehört hatte, kam in Sicht.

Zerstört von den Briten im Frühling 1945 und nie wieder instand gesetzt. Aber auch nicht abgerissen. Wie so viele Häuser in Wismar. Seit Jahrzehnten verfielen die verwundeten Gebäude. Auch das Künstlerdomizil. Die Giebelseite fehlte beinahe komplett. Dunkle Zimmerhöhlen blickten Richtung Land. Zwischen den Balken des zusammengebrochenen Dachstuhls sprossen Birken und Weiden. Die Menschheit würde sich atomar auslöschen und die Natur einfach weitermachen, wie seit Jahrmillionen. Sie brauchte die Menschen nicht.

*

Mischa umrundete das Haus und stieg durch eine Fensteröffnung hinein. Unter seinen Sohlen knirschte Sand. Im Wintergarten hatten sie die scheibenlosen Fenster mit durchsichtigen Planen abgedichtet, an denen der Wind zerrte. Die Folie war ungleichmäßig dick und schlierig. Die Welt dahinter verschwamm zu einem Aquarell. Einen Augenblick genoss Mischa diese surreale Aussicht, dann zog er hinter einem losen Holzpaneel die zerknautschte Packung f6 hervor, ließ sich auf den Trabi-Sitz fallen, den Sandro angeschleppt hatte, legte die Füße auf die bröckelnden Ziegel der Fensterlaibung und gab sich Feuer.

Nachdenklich blies er den Rauch in die Luft. Eins nach dem anderen, sagte Oma immer. Vielleicht war das nicht verkehrt. Also erst aufs Abi konzentrieren. In sechs Wochen begannen die Prüfungen. Danach konnte er überlegen, wie es weiterging. Wobei er seit heute – genauer gesagt, seit dem Vortrag der beiden NVA-Offiziere – kaum noch Hoffnung auf einen Studienplatz hatte. Wer nicht mit dem Strom schwamm, hatte das Nachsehen.

Seit dem Wehrkundeunterricht wusste er, dass er nie wieder eine Waffe in die Hand nehmen und auf Menschenattrappen schießen wollte. Geschweige denn auf Menschen. Ob ihm das gelingen würde, stand in den Sternen. Vielleicht musste er seine Seele für ein Studium verkaufen. Der Staat als Mephisto. Er selbst als Faust. Es war zum Kotzen.

»Moin Mischa!« Sandro kam, gefolgt von seiner Freundin Peggy, herein. Seit einigen Monaten gehörten die beiden der Grufti-Szene an und trugen nur noch schwarze Klamotten. Nach Unterrichtsende folgte das Styling. Schwarz umrandete Augen, in alle Himmelsrichtungen toupierte Haare. Kreuze und Totenschädel als Schmuck.

»Na, wälzt du schon Suizidgedanken?« Sandro stellte eine Sechserpackung Störtebeker ab und ließ sich auf das mottenzerfressene Plüschsofa fallen. Er war ein großer, schlaksiger Kerl und wirkte in der Schornsteinfegerhose, die Peggy für ihn hauteng genäht hatte, wie ein Strich in der Landschaft. »Diese Clowns von der NVA … Das war ja eine krasse Vorstellung.«

»Kannst du wohl sagen.« Peggy ließ sich neben Sandro fallen. »Wobei ihr noch Glück gehabt habt. Manchmal nehmen sie sich die Jungs nach ihren Vorträgen einzeln vor und bequatschen sie so lange, bis die Schwachen und die Streber für drei Jahre ›Ehrendienst‹ unterschreiben.«

»Na super!«, sagte Mischa. Heute waren nicht nur Peggys Augen schwarz umrandet, sondern auch die Lippen schwarz geschminkt. Sie griff nach dem Kreuz, das sie an einer Kette um den Hals trug, und Mischa bemerkte die schwarz lackierten Nägel. Gab es tatsächlich Nagellack in dieser Farbe im Konsum? In diesem Konformisten-Staat eher nicht.

»Und jetzt?«, fragte Peggy.

»Hoffen wir«, sagte Mischa.

»Worauf?«

»Dass wir erst nach dem Studium eingezogen werden«, erklärte Sandro. »Dann wäre das Problem gelöst.«

»Wird nicht passieren«, meinte Mischa. »Die meisten holen sie früher.«

»Ich liebe deinen Optimismus.«

Mischa sah sich eher als Realist. »Außerdem werden die bevorzugt, die vorher den dreijährigen Ehrendienst absolvieren. Haben wir doch gerade gehört.« Er malte bei »Ehrendienst« Gänsefüßchen in die Luft.

Der Vortrag der beiden NVA-Offiziere lag ihm wie Blei im Magen. Eigentlich konnte er seine Träume vom Studium gleich in der Ostsee versenken.

Selbst wenn er versuchte, aus ethischen Gründen den Dienst an der Waffe zu verweigern, wusste er nicht, ob er beim Wehrkreiskommando damit durchkäme. Das Verfahren war völlig intransparent, und es war nicht erkennbar, welcher Argumentation diese Kommission folgte. Falls er diese Hürde wider Erwarten nehmen sollte, bedeutete es das Aus fürs Studium. Die Spatensoldaten der Baubrigade wurden in der Regel nicht zugelassen. Höchstens über den Umweg einer vorherigen Ausbildung und mit einer einwandfreien sozialistischen Gesinnung. Studium war nun einmal Klassenauftrag und dazu gehörte der Dienst an der Waffe, den er nicht leisten wollte!

*

Sie holten die Schulsachen raus und paukten erst Russisch, dann Mathe. Irgendwann kam Volker, und Mischa grinste, als er das schwarze Barett sah. Allerdings ohne Stern. Volker häutete sich, gewissermaßen. Erstes Anpassungsopfer waren die Karottenjeans gewesen, ein Geschenk der West-Verwandtschaft. Gefolgt von den Wollpullovern mit V-Ausschnitt aus derselben Quelle. Irgendwo in Bayern gab es einen Popper-Cousin. Neuerdings trug auch Volker Schwarz. Allerdings im Existenzialisten-Stil eines Jean-Paul Sartre.

Schwarz gefärbte Jeans und einen Rollkragenpullover, der ihm zwei Nummern zu groß war und Falten quer über die Brust warf. »Moin Leute.« Er spreizte die Finger zum Victory-Zeichen, zog einen Stuhl heran und setzte sich.

Fehlte nur noch Annett. Mit einem Ohr lauschte Mischa auf jedes Geräusch und dabei wurde ihm klar, wie sehr er Annett vermisste. Dieses stille Mädchen, das erst nachdachte, bevor es etwas sagte. Das lieber am Rand saß und zuhörte, als sich in den Mittelpunkt zu stellen. Annett, deren messingfarbene Locken sich so wild kringelten, dass er den Wunsch verspürte, seine Finger darin zu versenken, seine Nase, seinen Mund.

Sie war gut in Physik, während Mischas und Sandros Leistungen zu wünschen übrig ließen. Den Vorschlag, gemeinsam zu lernen, hatte ihre Lehrerin gemacht, und Annett hatte sich zögernd angeschlossen. Aus ihr wurde er nicht recht schlau, denn sie gab wenig von sich preis. Er wusste nur, dass ihre Mutter Krankenschwester und ihr Vater Redakteur bei einer Zeitung war. Und dass Annett segelte, wie er. Vom Sehen kannte er sie daher schon seit Jahren. Denn ihr Pirat lag wie seiner auf der Insel Poel im kleinen Hafen. Doch mehr Kontakt als ein gelegentliches »Moin« hatten sie nie gehabt, bis sie sich auf einmal an der Erweiterten Oberschule in derselben Klasse trafen.

Kurz vor fünf kam sie und entschuldigte sich fürs Zuspätkommen. »Meine Mutter hat mich gebraucht.« Dabei strich sie eine ihrer Locken hinters Ohr. »Wollen wir noch Physik machen?«

Doch die anderen waren bereits im Feierabendmodus. Sandro steckte sich eine Zigarette an und nahm sich eine Flasche Störtebeker. »Heute nicht mehr.«

»Aber das Abi beginnt in sechs Wochen.«

»Für eine Vier wird es schon reichen.« Mit dem Feuerzeug schnippte Sandro den Kronkorken von der Flasche.

»Ich dachte, du willst studieren.«

»Daraus wird nichts. Egal, wie gut ich bin. Das haben uns die Uniformträger heute doch klargemacht. Wisst ihr was, ich werde nicht mal zur Baubrigade gehen. Ich verweigere komplett.« Er setzte das Bier an.

»Wie willst du das denn machen?« Überrascht nahm Mischa sich auch eine Flasche. »Die Möglichkeit haben wir gar nicht.«

»Mir doch egal. Ich geh ins Kirchenasyl. Oder starte eine politische Aktion für Gewissensfreiheit. Einen Hungerstreik vielleicht.« Seit Sandro Kontakt zu einer Gruppe von Friedens- und Umweltaktivisten hatte, sprach er so.

»Du spinnst.« Peggy legte einen Arm um seine Schulter. »Die Stasi wird dich holen und einsperren. Das ist es doch nicht wert. Achtzehn Monate Wehrdienst gehen schnell rum.«

Der radikale Gedanke seines Freundes gefiel Mischa. Man musste zu seinen Überzeugungen stehen.

»Mit etwas Glück ziehen sie euch erst nach dem Studium ein«, meinte Peggy.

»Und wenn nicht?«, fragte Volker. »Verzichtet ihr dann etwa auf die Möglichkeit zu studieren?«

Mischa öffnete seine Flasche Bier. »Willst du etwa zur NVA?«

»Ich reiße mich nicht darum. Aber Peggy hat recht. Man muss da durch. Danach ist man frei.«

»Frei!« Mit dem Kronkorken zielte Mischa auf Volker und traf ihn an der Brust. »Sieh dich doch mal um. In diesem Land ist niemand frei. Das ist ein einziger großer Knast.«

»Du weißt, was ich meine«, entgegnete Volker. »Ich kann dann studieren, was ich will.«

»Was du willst? Das heißt, du verpflichtest dich für drei Jahre?«

Die Antwort war ein Schulterzucken.

»Das ist doch keine Freiheit, wenn du nicht sagen kannst, was du denkst.«

»Man muss nach deren Regeln spielen«, sagte Volker.

»Warum denn?«, entgegnete Mischa. »Freiheit ist immer die Freiheit der Andersdenkenden. Wie Rosa Luxemburg schon sagte. Doch wer diesen Satz als Banner vor sich herträgt, wird von der Stasi einkassiert. Wie im Januar bei der Demo in Berlin. Schon vergessen? Oder guckst du kein Westfernsehen?«

Nach fünf Minuten war die Diskussion wieder in Gang, die sie in den letzten Wochen so oft geführt hatten. Die Hoffnung auf Veränderung, seit Gorbatschow betont hatte, dass jeder sozialistische Bruderstaat sein gesellschaftliches System frei wählen könne. Es war der Abschied von der Breschnew-Doktrin. Moskau würde einem Wandel nicht im Weg stehen. Die russischen Brüder würden nicht einmarschieren, wie achtundsechzig in Prag. Doch die Windjackenträger in Berlin wollten nichts ändern. Alles ging weiter wie bisher. Jede Kritik wurde im Keim erstickt. Blei lag über dem Land.

Irgendwann brachen Sandro und Peggy auf. Erst jetzt fiel Mischa auf, wie vergleichsweise still sein Freund den ganzen Tag über gewesen war, wo er doch sonst meist das große Wort führte. Etwas schien ihn zu bedrücken. Er begleitete die beiden zum Fenster, das ihnen als Zugang diente. Peggy stieg als Erste durch, und er hielt Sandro auf. »Sag mal, ist was mit dir?«

»Nein. Nichts.« Abwehrend hob Sandro die Hände. Es war also doch etwas mit ihm.

»Wie geht's eigentlich Jenny?« Sandros jüngere Schwester war eine talentierte Eiskunstläuferin. Die große Hoffnung ihres Kaders. Doch in diesem Jahr hatte sie die Qualifikation für die DDR-Jugendspartakiade nicht geschafft.

Obwohl sie sich sicher war, die nötige Punktzahl erreicht zu haben, hatte sie diese knapp verfehlt. Seither lag sie heulend im Bett oder apathisch auf dem Sofa. Sandro machte sich Sorgen um sie. Seit sein Vater die Familie verlassen hatte, fühlte er sich für Jenny verantwortlich.

»Ihr geht's wieder gut«, sagte Peggy. »Alles im Lot.«

»Es war ein Missverständnis«, erklärte Sandro. »Jemand hat die Bewertungsbögen falsch zugeordnet.«

»Na prima.«

»Jedenfalls strahlt sie wieder.« Sandro senkte den Blick. »Nur darauf kommt es an.«

*

Annett hatte das Physikbuch herausgeholt, als Mischa zurückkehrte und sich zu ihr setzte. Das Barett mit Ches Stern auf dem dunklen Haar. Warum trug er das? Wusste er nicht, wer Che war? Oder war alles nur Gerede? Seine pazifistische Haltung Show? Das glaubte sie nicht. Er war so ernsthaft und nachdenklich, und beim besten Willen konnte sie sich ihn nicht in einer Uniform vorstellen und schon gar nicht mit einer Waffe in der Hand. Warum trug er diese Mütze?

»Sollen wir mit dem Thema Wellen weitermachen?«, fragte sie ihn. Denn Volker hatte sich aus der Lernrunde verabschiedet. Er trank im Trabi-Sitz ein Bier und sah durch die milchige Plane aufs weichgezeichnete Meer.

»Muss wohl.« Mischa griff nach seinem Kuli, der neben dem Block lag, und reckte die Schultern. »Das Abi naht. Also beschäftigen wir uns mit den Wellen. Vielleicht am Beispiel deiner Locken.« Er lächelte sie an. »Die kringeln sich so schön.«

Ihr Herz machte einen kleinen Satz. In letzter Zeit machte Mischa immer wieder solche Bemerkungen. Wie sie mit ihren hübschen Händen die Seiten eines Buchs oder Hefts glatt strich, so eifrig und akkurat. Wie sie auf der Unterlippe kaute, wenn sie nachdachte, und wie sie sich die widerspenstigen Kringel hinters Ohr schob, die ihr immer wieder ins Gesicht fielen. Und nun die Locken. Doch sie verzog keine Miene. »Erst die Theorie. Dann können wir ja mal sehen, wie man das praktisch anwenden kann. Wobei mit Wellen nicht Locken gemeint sind.« Sie schlug das Buch auf und erklärte ihm, welche Größen zur Beschreibung einer Welle nötig waren und was es mit Amplitude, Frequenz und Schwingungsdauer auf sich hatte. Doch sie merkte, dass er nicht bei der Sache war. Er beobachtete sie, und das machte sie ganz nervös.

»Hast du das verstanden?«

Mischa sah ihr direkt in die Augen. »Was genau?«

Seine waren dunkel, wie ihre. Einige bernsteinfarbene Einsprengsel saßen darin und leuchteten wie Sterne. Sie riss sich zusammen und räusperte sich. »Dass – unter den aufgezählten Annahmen – Amplitude, Schwingungsdauer beziehungsweise Frequenz und Kreisfrequenz einer Welle allein durch den Erreger der Welle bestimmt werden.« Abwartend sah sie ihn an, während er sich im Stuhl zurücklehnte, seine Schultern herabsanken und ein Seufzer seine Brust verließ. »Ich gebe für heute auf. Ich brauch frische Luft. Lust auf einen Spaziergang?«

Nur sie und er. Allein am Strand. Mit einem Mal fühlte sie sich ein wenig schwebend. »Aber gib nicht mir die Schuld, wenn du durchrasselst.«

»Mach ich nicht. Versprochen, Zwerg.« Er zwinkerte ihr zu.

Zwerg. Ausgerechnet. Etwas Originelleres fiel ihm nicht ein? Ein wenig enttäuscht schob sie Heft und Buch zusammen. Doch sie spürte, wie sich etwas zwischen ihnen veränderte. Wie sich die Luft um sie herum elektrisch auflud. »In

Ordnung. Ich komme mit. Den Kopf auslüften.« Sie versuchte es ein wenig gelangweilt klingen zu lassen, obwohl ihr Herz schneller schlug.

Volker wand sich aus dem Trabi-Sitz. »Super Idee. Bin dabei.«

Bitte nicht, dachte Annett. Sie sah, dass Mischa dasselbe dachte. Er wollte mit ihr allein sein. Doch Volker zog schon die Jacke an. Also gingen sie zu dritt los, und Annett überlegte, wie sie ihn abwimmeln könnte. Ihr fiel nichts ein.

Mischa und Volker waren schon seit der Polytechnischen Oberschule Freunde und hingen ständig zusammen, während sie erst vor Kurzem zur Clique gestoßen war. Die beiden hatten auch eine Band, Tagebau, über die sie sich nun unterhielten, während sie zu dritt durch den Sand stapften. Die meisten Texte stammten von Mischa. Die Kompositionen von Sandro und Mischa. Volker spielte den Elektrobass, Mischa Gitarre, Sandro saß am Schlagzeug, Peggy sang und dann gab es seit Kurzem Kathi mit ihrem Keyboard. Sie war neu bei Tagebau und bisher nicht Mitglied der Villa-Clique. Annett bezweifelte, dass sie das je würde. Denn Kathi war zickig. Und sie stand auf Mischa, wie Annett bei einer Bandprobe feststellte, zu der er sie eingeladen hatte. Ständig hatte Kathi Körperkontakt gesucht, Mischa scheinbar zufällig berührt und ihn sogar umarmt. Es war so plump, dass es eigentlich peinlich war.

Der Wind kam vom Meer und schob tief hängende graue Wolken über das Land. Die Luft war feucht und schwer, sie roch nach Salz und Tang. Zu dritt gingen sie über den schmalen Streifen Sand, der sich zwischen einem Wäldchen und dem Wasser erstreckte. Die Hände in den Taschen vergraben, die Köpfe gegen den Wind gesenkt. Das Gespräch drehte sich noch immer um die Band, und Enttäuschung breitete sich in Annett aus. Nichts gegen Volker. Er war nett, vom Gemüt ein Bär und äußerlich dabei ebenso ein

Spargel wie Sandro. Doch sie wäre jetzt gerne allein mit Mischa gewesen.

Plötzlich schlug Mischa sich die Hand vor die Stirn. »Ich Idiot! Ganz vergessen … Kathi wartet im Übungsraum auf dich.«

Überrascht blieb Volker stehen. »Wieso denn?«

»Ihr Keyboard macht Zicken. Sie hat gefragt, ob du dir das mal ansehen kannst, und ich habe gesagt, dass du nach der Lernrunde kommst. War doch in Ordnung?«

Volker schien nicht begeistert zu sein. Kurz sah er zu ihr und schob dann die Hände tiefer in die Jackentaschen. »Mann, Mischa! Wie war das gleich noch mit der von dir propagierten Freiheit?«

»Hätte ich Nein sagen sollen?«

»Du hättest mich fragen können.«

Annett ahnte, dass Mischa Theater spielte, dass er Volker loswerden wollte, um allein mit ihr zu sein. Er mimte Zerknirschung, entschuldigte sich und wies noch mal darauf hin, dass Kathi wartete. Schließlich verabschiedete Volker sich. »Also gut. Man sieht sich!« Er ging Richtung Wäldchen davon.

Annett lächelte in sich hinein. Sie sagte nicht, dass sie Mischas Manöver durchschaut hatte. Volker vielleicht auch. Es war egal. Schweigend gingen sie nebeneinanderher. Es war ein schönes Schweigen. Tief und warm, voller Möglichkeiten.

»Einen Groschen für deine Gedanken«, sagte Mischa schließlich.

»Ach, die sind keinen Groschen wert. Außerdem behält man die besser für sich.«

»Weshalb?«

»Weil man niemandem trauen kann.«

»Freunden aber schon.«

»Auch denen nicht.«

»Dann hattest du bisher die falschen Freunde.«

Sie zuckte die Schultern und dachte an Tante Silke. Sie hatte die falschen Freunde gehabt.

Der feuchte Sand blieb an den Schuhen kleben. Durch eine Wolkenlücke blinzelte kurz ein Sonnenstrahl und verschwand gleich wieder. »Was ist denn passiert?«, fragte Mischa, und sie antwortete, dass nichts passiert sei. Jedenfalls nicht ihr, sondern ihrer Tante, und dann blieb sie stehen. »Darf ich dich was fragen?«

»Klar.«

»Diese Mütze …« Sie deutete auf das Barett. »Du weißt schon, wer Che war?«

»Ja, klar.«

»Und du bist Pazifist. Was macht sein Barett auf deinem Kopf? Das frage ich mich schon eine ganze Weile.«

Mischa lachte. »Es ist nur eine Provokation.«

Verblüfft sah sie ihn an. »Wen kannst du denn damit in unserem wunderbaren Sozialismus auf die Palme bringen?«

»Meine Mutter. Sie kann sich so schön darüber aufregen.«

Das also war des Rätsels Lösung. »Nicht dein Ernst.«

»Warum nicht?«

Eine Sekunde überlegte Annett, ob sie sagen sollte, was sie dachte. Es würde ihn vielleicht verletzen. »Weil das schon ziemlich pubertär ist, meine ich.«

Sie sah, wie ihre Worte ihn trafen. Ihn für einen Moment sprachlos werden ließen. Doch dann lachte er. »Du hast recht. Höchste Zeit für einen Abschied.« Er riss sich die Mütze vom Kopf und warf sie mit Schwung aus dem Handgelenk. »Adieu, du kindische Provokation.« Das Barett segelte über den Strand, scheuchte eine Möwe auf und landete im Wasser. Ein, zwei Minuten sahen sie ihr mit feierlichem Ernst zu, wie sie auf den Wellen schaukelte und sich vollsog. Als sie unterging, mussten sie beide lachen.

Die bernsteinfarbenen Sterne in seinen Augen leuchteten, als Mischa sie an sich zog. Sie roch den Duft seiner Haut nach Erde und Wind, spürte, wie er seine Finger in ihren Locken versenkte, sah, wie sein Mund sich ihrem näherte. Na endlich. Sie erwiderte seinen Kuss, und eine tiefe Ruhe erfasste sie, eine Gewissheit, wie sie sie noch nie zuvor gefühlt hatte. Die Erkenntnis, zu ihm zu gehören.

Annett

Bamberg, September 2016

Achtundzwanzig Jahre später

Es war ein heißer Spätsommertag, daher entschied Annett sich für ein kurzärmliges Kleid zum Vorstellungsgespräch. Doch erst als sie dem Personalchef gegenüberstand, begriff sie, dass es das falsche Outfit war. Die dünne Schicht Selbstsicherheit fiel von ihr ab wie ein Tuch, das ihr von den Schultern rutschte. Plötzlich fühlte sie sich unwohl, wie ausgeliefert in diesem Raum mit diesem Mann, der gucken und vielleicht sogar fragen würde.

Er bot ihr Platz an und schenkte Wasser ein. Dabei blieb sein Blick – was abzusehen war, hätte sie nur daran gedacht – an der Narbe haften, die sich an ihrem rechten Arm von der Schulter bis zum Ellenbogen zog. Eine verblasste, unregelmäßig gezackte Linie, die zur ihr gehörte wie das Braun ihrer Augen, wie ihre widerspenstigen Locken, als wäre sie damit geboren. Während ihre Familie und Freunde sich längst daran gewöhnt hatten, registrierten Fremde sie jedoch sofort. Sie sahen erschrocken hin und gleich wieder weg. Doch meistens siegten Neugier oder Faszination und der Blick kehrte einen Moment später zurück. Manche konnten es nicht lassen und fragten, was passiert war.

Annett sagte dann etwas von einem Bootsunfall. Das unglückliche Zusammenwirken von feuchten Planken, glatten Schuhen und einem Stück hervorstehendem Metall. In gewisser Weise stimmte das sogar.

Nun widerstand sie der Versuchung, die Narbe mit der linken Hand, so gut es ging, abzudecken und dadurch noch mehr Aufmerksamkeit auf sie zu lenken. Nervös schob sie eine Haarsträhne hinters Ohr und legte dann die Hände auf die Tasche in ihrem Schoß.

Der Mann wandte sich dem Grund des Termins zu. Der Besetzung einer Mediengestalterstelle beim Bamberger Verlagshaus. Er ging ihren Lebenslauf durch. Verheiratet, zwei erwachsene Kinder. Überrascht sah er auf. Ja, sie habe jung geheiratet, schon mit einundzwanzig, erklärte sie. Die Silberhochzeit stand bevor. Eigentlich ging ihn das nichts an, doch sie wollte Beständigkeit signalisieren. Sie war eine, auf die man bauen konnte.

Weiter ging es mit den Qualifikationen. Er habe gesehen, dass sie die Ausbildung kurz vor Schluss abgebrochen hatte. Weshalb? Wenn er fragen dürfe. Er war Personalchef, also durfte er das natürlich, und sie erklärte, dass es an Fabian lag, ihrem ersten Kind. Ihr Sohnemann hatte sich entschlossen, sechs Wochen zu früh das Licht der Welt zu erblicken. Ausgerechnet am ersten Tag der Abschlussprüfung. Danach war nicht mehr daran zu denken gewesen, die Ausbildung zu beenden. Kein Krippenplatz, kein Geld für eine Tagesmutter. Jahre später hatte sie eine Anstellung in einer kleinen Werbeagentur gefunden, trotz des fehlenden Abschlusses. Und so war es weitergegangen. Meist mit befristeten Stellen.

Er nickte verständnisvoll. Während des Gesprächs glitt sein Blick immer wieder zu ihrem Arm. Es machte sie ganz unruhig. Irgendwann legte sie dann doch die Hand auf die Narbe, und er kam zur Frage nach ihrer Erfahrung im

Zeitschriftenlayout. Die war zugegebenermaßen nicht sehr umfangreich. Ein halbes Jahr hatte sie bei einem Wochenblatt gearbeitet. Über ein wenig Erfahrung verfügte sie also. Vor drei Monaten war der Vertrag ausgelaufen, als die Grafikerin, für die sie eingesprungen war, nach der Elternzeit zurückkehrte. Zum Schluss kam die Frage nach ihrer Gehaltsvorstellung, die er eher beiläufig stellte, als ob es ihn nicht wirklich interessierte. Das wird nichts, dachte sie, als sie sich verabschiedete und kurz darauf in den gleißenden Sonnenschein trat, der die Bamberger Altstadt zum Leuchten brachte.

*

Sie parkte den Kia auf dem Stellplatz neben der Garage und wollte unwillkürlich den Motor mit dem Zündschlüssel abstellen, wie sie es neunzehn Jahre lang bei ihrem alten Polo getan hatte, und griff ins Leere. Erst dann drückte sie den Power-Knopf und der Motor erstarb. Den Wagen hatte Volker vor zwei Wochen für sie geleast, weil der Polo nicht mehr durch den TÜV gekommen war. Seither versuchte sie, mit der für sie ungewohnten Technik vertraut zu werden.

Im Schlafzimmer schlüpfte sie in Jeans und T-Shirt und sah dabei in den Garten hinunter. Eine kleine Rasenfläche. Blühende Rabatten und Büsche. Davor der Grillplatz und die Terrasse. Ihr kleines Paradies.

Als sie mit Fabian schwanger gewesen war, hatten Volker und sie die heruntergekommene Doppelhaushälfte gemietet, und ein paar Jahre später, als Leonie unterwegs war, hatten sie sie mit Onkel Edgars Unterstützung gekauft und nach und nach eigenhändig saniert. Mein Gott, was sie alles gelernt hatte. Verputzen. Fliesenlegen. Tapezieren und Lackieren. Erst als Volker von Onkel Edgar das Immobilienbüro übernahm, in dem er seine Ausbildung gemacht hatte, und es bergauf ging, vergaben sie ab und zu Aufträge an Handwerker.

Eine WhatsApp von Volker ging auf ihrem Handy ein. Er fragte, wie das Vorstellungsgespräch gelaufen war, und sie antwortete mit: »Das wird wohl nichts.« Sie schickte ein enttäuscht dreinblickendes Emoji hinterher.

In der Küche füllte sie den Siebträger der Maschine und sah dem Kaffee beim Durchlaufen zu, während sich wieder die leichte Gereiztheit in ihr auszubreiten begann, die sie den ganzen Tag über in Schach gehalten hatte.

Mit dem Kaffee und einem Krimi setzte sie sich aufs Sofa, doch sie konnte sich nicht aufs Lesen konzentrieren. Was war nur los mit ihr? Es gab keinen Grund, sich Sorgen zu machen. Bisher hatte sie immer eine Stelle gefunden. Und selbst wenn nicht, kämen sie inzwischen mit Volkers Einkommen allein über die Runden. Außerdem gab es zwei freie Zimmer in diesem Haus, seit die Kinder ausgezogen waren. Die konnte man notfalls vermieten. Oder sie machte sich selbstständig. Was eher eine theoretische Möglichkeit war. Denn dafür müsste sie Kunden akquirieren. Das traute sie sich nicht zu.

Außerdem gab es noch Volkers Angebot, in seiner Drei-Mann-Firma mitzuarbeiten. Die Stelle seiner Assistentin war frei, seit sich Patricia Weber im Sommer das Leben genommen hatte. Aus unerwiderter Liebe zu Volker.

Es war eine ebenso tragische wie dumme Geschichte. Wie hatte sie sich nur in Volker vergucken können? Sie hatte doch gesehen, dass er eine gute Ehe führte und ihm seine Familie wichtig war. Dass es keinen Platz für sie in seinem Leben gab. Dennoch hatte Patricia sich richtiggehend in diese unerwiderte Obsession hineingesteigert. Und am Ende hatte sie sogar versucht, sich zu rächen und ihren Selbstmord so zu inszenieren, als hätte Volker seine Hand dabei im Spiel gehabt. Dadurch hatte sie ihn kurzfristig in Schwierigkeiten gebracht. Denn es war ihr tatsächlich gelungen, einer Freundin weiszumachen, dass sie mit Volker eine Affäre hätte, er seine Frau aber nicht verlassen wolle, wie sie es sich erhoffte. Und deswegen hatte er gedroht, sie umzubringen, falls sie ihn an Annett verriet. Genau das habe Patricia vorgehabt, behauptete die Freundin bei der Polizei. Die Folge war, dass Volker sein Handy und seinen Laptop rausrücken musste und obendrein ein Alibi brauchte. Das Annett ihm natürlich gab. In der Nacht, in der Patricia Weber Schlaftabletten mit Wodka hinuntergespült und sich am Lampenhaken in ihrem Wohnzimmer aufgeknüpft hatte, war Volker zu Hause gewesen. Weder auf seinem Handy noch auf seinem Laptop gab es einen Chatverlauf, der ihn belastete, und damit war er rehabilitiert. Gott sei Dank. Es lagen verrückte Wochen hinter ihnen.

Annett wandte sich wieder dem Krimi zu. Doch die Unruhe wich nicht. Es gelang ihr nicht, sich zu konzentrieren, und plötzlich verstand sie, woran es lag. Unwillkürlich fuhr sie mit der Hand über die Narbe. Der Oktober nahte. Obwohl es so lange her war und längst keine Rolle mehr spielen sollte, versuchte jedes Jahr im Herbst ein Krake nach ihr zu greifen und sie in einen dunklen Strudel zu ziehen. Meistens gelang es Annett, ihn abzuwehren.

Ihr Handy gab einen Signalton von sich. Eine weitere Nachricht von Volker.

> Lass uns deinen Ärger vergessen und den schönen Abend genießen. Ich habe unseren Tisch im Bootshaus reserviert. Neunzehn Uhr. Ich komme direkt von meinem Termin dorthin. Love you!

Eine warme Welle erfasste sie und vertrieb allen Ärger.

> Love you, too!

Ihre Tochter Leonie hatte einmal gefragt, wie es ihnen gelang, eine so gute Ehe zu führen, und Annett hatte es ihr erklärt. Es lag am Vertrauen. Das hatten sie sich damals geschworen, als sie Wismar und die Vergangenheit hinter sich gelassen hatten. Keine Lügen, keine Geheimnisse. Daran hatten sie sich gehalten, auch wenn es manchmal wehgetan hatte.

Beispielsweise, als sie nach Jahren, in denen sich ihr Leben ausschließlich um die Kinder und den Haushalt gedreht hatte, endlich auf Stellensuche gewesen war und eine Anstellung in einer kleinen Agentur fand. Am selben Abend, als sie den Vertrag unterschrieb, beichtete Volker ihr einen Seitensprung. Es tat weh. Natürlich tat es das. Doch sie verzieh ihm. Und jetzt fiel ihr ein, dass er ihr schon damals das Angebot gemacht hatte, als Assistentin in seinem Maklerbüro zu arbeiten, und wie enttäuscht er über ihre Absage gewesen war.

Eine gute Ehe führten sie zweifellos. Auch weil sie häufig bereit war, sich zurückzunehmen und Volker seinen Willen zu lassen. Jedenfalls, wenn es um nichts Grundsätzliches ging. Es war nichts dabei. Man musste sich nicht wegen Kleinigkeiten in die Haare geraten. Leonie hatte jedenfalls nur nach der guten Ehe gefragt, nicht nach der großen Liebe, die es nur einmal im Leben gab. Und darüber war Annett erleichtert gewesen. Wie hätte sie ihrer Tochter auch erklären sollen, dass sie Volker zwar liebte, ihre große Liebe aber ein anderer gewesen war. Mischa.

*

Als Annett an diesem Freitagabend den Restaurantgarten des Bootshauses betrat, waren beinahe alle Tische besetzt. Der Duft von Grillfleisch lag in der Luft. Eine Kellnerin bahnte sich mit vollem Tablett ihren Weg zwischen spielenden Kindern hindurch. Gesprächsfetzen und Lachen klangen an Annetts Ohren. Weiter hinten, direkt am Ufer, saß Volker an ihrem Tisch. Als er sie bemerkte, glitt ein Lächeln über sein Gesicht, er winkte ihr zu.

Eine Bekannte hatte ihn mal als Durchschnittstyp bezeichnet. Vermutlich war er das. Groß und noch immer schlank. Nun ja, ein kleiner Bauchansatz ließ sich nicht leugnen. Es war nicht wichtig, ebenso wie die Brille, die er seit einiger Zeit zum Lesen brauchte. Sie gab ihm das gewisse Etwas. An seiner Seite ging Annett gerne durch die Stadt.

Einen Moment sah sie sich mit seinen Augen. Eine aparte mollige Frau von einssechzig Größe. Fünf oder sechs Kilo hatten sich während der Schwangerschaften an Bauch und Hüften angesammelt und entschieden zu bleiben. Volker mochte das Weiche an ihr und boykottierte ihre halbherzigen Diätversuche, indem er Kuchen mitbrachte oder sie auf eine Pizza zu ihrem Lieblingsitaliener einlud.

»Hallo Schnecke!« Er stand auf und umarmte sie. So nannte er sie, weil sie dazu neigte, sich zurückzuziehen und Dinge mit sich abzumachen. Mehr stille Beobachterin als große Rednerin. Da er mehr als einen Kopf größer war, musste sie sich auf die Zehenspitzen stellen, um ihm einen Kuss zu geben. »Grüß dich.«

»Ich habe Weißweinschorle für uns bestellt.« Die Gläser standen vor ihm auf dem Tisch und beschlugen bereits. Sie stießen auf das Wochenende an. Die Schorle war kalt und der Abend schön. Annett lehnte sich zurück. Der Fluss zog träge dahin. Einige Blätter trieben darauf. Vorboten des Herbstes. Wieder schlich sich die Unruhe an. Es lag nicht nur an der Jahreszeit und am Kraken, der unweigerlich nach ihr greifen würde. Es lag auch an etwas anderem. Vielleicht an Leonie, die vor einigen Wochen ausgezogen war. Nach Berlin fürs Studium. Seither waren Volker und sie allein, denn Fabian lebte mit seiner Freundin Pauline schon seit zwei Jahren in Leipzig. Ein neuer Lebensabschnitt lag vor ihnen, in den sie sich erst einfinden mussten, und das war nicht leicht. Vielleicht sollte ich ihn verlassen. Dieser Gedanke schoss Annett ungewollt durch den Kopf und sie schob ihn erschrocken gleich wieder beiseite. Sie würden schon zurechtkommen mit der neuen Situation.

Die Kellnerin kam, und Volker bestellte für sie beide, wie er das meistens tat. Während sie auf das Essen warteten, berichtete Annett, wie das Vorstellungsgespräch gelaufen war. Es war ärgerlich, die Stelle hätte ihr gefallen, doch daraus wurde wohl nichts. Sie kamen schnell auf andere Themen. Volker hatte ein neues Projekt an Land gezogen. Den Verkauf von zwei Doppelhaushälften, und sie gratulierte ihm. Ihr Essen wurde gebracht, und Volker erzählte, Leonie habe angerufen. »Jemand hat ihr Rad geklaut. Sie brauchte Geld für ein neues, und das habe ich ihr überwiesen.«

»Du verwöhnst sie.«

»Dazu sind Väter doch da.« Er lächelte. »Aber sie hat jetzt einen Job.«

»Prima.« Sie hatten ihre Kinder nie in Watte gepackt und schon früh zur Selbstständigkeit erzogen. Seit sie fünfzehn waren, hatten sie mit allerlei Jobs ihr Taschengeld aufgebessert. Verantwortung übernehmen. Erfahrungen sammeln. Das war wichtig. Außerdem gab sich das selbst verdiente Geld nicht so leicht aus wie das, für das man nichts tun musste.

Daher steuerten Volker und Annett auch nur die Miete für Leonies WG-Zimmer bei und ein kleines Budget, das für Fahrkarte und Lebensmittel reichen sollte. Für alles, das darüber hinausging, war Leonie zuständig.

»Und was macht sie?«

»IKM-Texterin. Sie kann von zu Hause arbeiten und ist zeitlich flexibel. Ideal fürs Studium.«

»Hört sich gut an. Was macht man als IKM-Texterin?«

»So ganz habe ich es nicht verstanden«, räumte Volker ein. »Etwas mit Internetkommunikation.«

Die Teller waren leer. Er entschuldigte sich kurz, um zur Toilette zu gehen, und Annett nutzte die Zeit für eine Google-Suche. Der erste Treffer führte sie zu einem Zeitschriftenartikel, den sie überflog und wegdrückte, als Volker zurückkehrte. »Du guckst so verärgert. Was ist denn?«

»Manchmal ist es wohl besser, unwissend zu bleiben.« Sie legte das Smartphone neben den Teller. »Ich habe nachgesehen, was es mit Leonies Job auf sich hat. KM steht nicht für Kommunikation, sondern für Kontaktmarkt. Unsere Tochter chattet mit Männern, die auf Kontaktplattformen nach der Frau fürs Leben suchen oder nach einer Affäre. Oder was weiß ich. Ihre Aufgabe besteht darin, sie möglichst lange im Chat zu halten, denn jede Minute bringt dem Betreiber Geld. Einen Teil davon bekommen sie und ihre Kolleginnen. Da texten nämlich mehrere für einen Klienten. Schichtdienst sozusagen. Immer erreichbar fürs entflammte Herz. Aber nie im richtigen Leben. Das widerspricht dem Geschäftsmodell.«

»Oje!« Volker stützte das Kinn in die Hand. »Ich verstehe, dass du aufgebracht bist.«

»Du etwa nicht? Wie kann Leonie dabei mitmachen? Sie verarschen die armen Kerle.«

»Wenn die so dumm sind und das nicht durchschauen … Selbst schuld.«

»Ich kann mir nicht vorstellen, dass das legal ist.«

»Ich rede mit ihr, ob sie sich nicht einen anderen Job suchen mag.«

»Bitte, tu das.« Volker hatte den besseren Draht zu Leonie. Der Sonntagspapa, der selten der Spielverderber gewesen war, denn die Erziehung hatte mehr oder weniger bei ihr gelegen. Notgedrungen. Während er in Onkel Edgars Maklerbüro eingestiegen war, musste sie daheim bei den

Kindern bleiben. Denn das Thema Kinderbetreuung schien im Westen keine große Rolle zu spielen. Frauen hatten daheim zu bleiben. Selbst als die Kinder zur Schule gegangen waren, war für Annett nicht mehr als ein Halbtagsjob drin gewesen. Ganztagsschulen waren im Bayern der Neunzigerjahre nicht populär. Ihnen war nichts anderes übrig geblieben, als sich die westlichen Rollenbilder überstülpen zu lassen. Der Mann als Ernährer, die Frau zuständig für Kinder und Haushalt. Wobei es Volker eigentlich ganz recht gewesen war. Beklagt hatte er sich jedenfalls nie. »So weiß ich, wo du bist.« Das hatte er einmal gesagt, und sie hatte ihn verwundert angesehen. »Das wüsstest du auch, wenn ich Arbeit hätte.«

Nun griff er über den Tisch nach ihrer Hand. »Lass uns über Erfreulicheres sprechen.«

»Beispielsweise?« Sie fragte, obwohl sie es ahnte. Volker plante eine große Feier für den Hochzeitstag. Es war schließlich ein besonderer. Außerdem wünschte er sich einen Ausgleich für ihre schlichte Hochzeit 1991.

Es war ein kalter Novembertag gewesen. Nebel hatte zwischen den Häusern und Gassen der Altstadt gehangen, und dann begann es auch noch zu nieseln. Annett fror in ihrem dünnen Kostüm. Das Hochzeitsessen fand bei ihrem Lieblingsitaliener statt, doch der Koch war krank geworden. Daher gab es nur aufgebackene Tiefkühlpizza, kalte Antipasti und als Ausgleich ein Ständchen des Inhabers und seiner Frau, das beide voller Inbrunst sangen. Das war so nett gewesen, dass es Annett noch heute warm ums Herz wurde, wenn sie daran dachte.

Sie waren eine kleine Schar gewesen. Ihre Eltern und Volkers Vater. Seine Mutter kam nicht, obwohl Volker sie überraschenderweise eingeladen hatte. Außerdem noch ihre Trauzeugen. Onkel Edgar und Annetts Freundin Sonja, die sie von der Berufsschule kannte.

»Na, über die Feier«, antwortete Volker prompt. »Ich habe eine schöne Location dafür entdeckt. Ein Restaurant in einem alten Gutshof mit Blick auf den Fluss.« Er zeigte ihr die Website auf dem Smartphone und fragte, was sie davon hielt.

Ihr wäre zwar ein Wochenende zu zweit in einem kleinen Hotel mit Wellnessbereich lieber. Zeit nur für sie beide. Doch davon hatten sie genug, seit die Kinder aus dem Haus waren. Also stimmte sie zu.

*

Am Samstagmorgen goss es in Strömen. Annett erledigte den Wochenendeinkauf, während Volker am Vormittag noch Besichtigungstermine für eine Vorortwohnung hatte.

Mittags kehrte er mit einem Strauß Sonnenblumen zurück. Ihren Lieblingsblumen. Sie arrangierte sie in einer Vase und stellte sie auf den Tisch. Während des Essens kam Volker auf sein Angebot zurück. Die Stelle von Patricia war wieder frei. Denn die neue Mitarbeiterin hatte während der Probezeit gekündigt. Und nun hoffte er, dass Annett einspringen würde, während sie nicht wusste, ob sie das wollte.

»Ich weiß nicht, ob ich das kann. Ich bin Gestalterin.«

»Du wächst da schon hinein. Außerdem muss die Website mit den Angeboten gepflegt werden.«

»Dafür bin ich überqualifiziert und damit auch nicht ausgelastet.«

»Du bekommst ein schönes Büro mit Blick auf den Dom. Fünfunddreißig-Stunden-Woche. Gute Bezahlung. Und den Firmenwagen hast du ja schon.« Das stimmte, der Kia lief aufs Geschäft. »Du hättest mit Dagmar eine nette Kollegin und einen freundlichen Chef, der dich gelegentlich mittags zum Essen ausführt.« Er zwinkerte ihr zu.

»Sind Beziehungen zwischen Chefs und Mitarbeiterinnen nicht verpönt? Am Ende rufe ich ›me too‹.«

»Da ist was dran. Es sei denn, du wirst auch Chef.«

Sie lachte.

»Ich meine es ernst. Du steigst mit ein, als gleichberechtigte Geschäftsführerin.«

Da war ein überraschender Vorschlag. Was sollte sie davon halten?

»Du kümmerst dich um alles Werbliche. Nicht nur um die Website, sondern auch um die Exposés und die Fotos für die Objekte. Bei größeren Projekten lassen Bauherrn Broschüren und Homepages gestalten. Das könnten zusätzliche Aufträge für uns werden. Suche dir eine fähige Fotografin dafür.«

»Wieso keinen Fotografen?«

»Was?« Irritiert sah er sie an.

»Wieso soll ich mir eine Frau dafür suchen? Weshalb keinen Mann?«

»Das habe ich nicht gesagt.«

»Du hast Fotografin gesagt.«

»Ich meinte nur, dass Frauen sich gegenseitig unterstützen sollten. Also überleg es dir.«

»Ja, gut. Das mache ich.« Versöhnlich fügte sie hinzu, dass sein Angebot interessant klinge, und das war es eigentlich ja auch.

*

Am Nachmittag bummelten sie durch die Altstadt. Sie kauften neue Hemden für Volker und stöberten ein wenig in Emils Buchladen. Annett erkundigte sich nach dem neuen Roman von Charlotte Link, doch der kam erst am Montag heraus und sie bestellte ihn vor. Weiter ging es zu Sonja, mit der Annett seit ihrer Ausbildung befreundet war. Vor einigen Jahren hatte sie einen Laden für Kaffee und Schokolade eröffnet und ihn »Bittersüß« genannt.

Als sie eintraten, schlug ihnen der Duft von Kaffee und Gebäck entgegen. Die Tische vorm Schaufenster waren alle besetzt, doch einer wurde gerade frei. An der Verkaufstheke standen zwei Kunden an, die von Sonja bedient wurden. »Hallo ihr beiden!«, rief sie herüber. »Ich bin in fünf Minuten bei euch.« Volker nahm Annett den Mantel ab, sie setzten sich, und Annett beobachtete das Treiben in den Gassen der Fußgängerzone. Das bucklige Kopfsteinpflaster. Die Bürgerhäuser, die von altem Reichtum kündeten. Dazwischen Einheimische und Touristen. Annett liebte es, Leute zu beobachten. Das alte Paar, das sich an den Händen hielt. Eine junge Frau mit karottenrot gefärbtem Haar, die aufgeregt ins Handy sprach und mit der freien Hand gestikulierte. Ein Vater, der seinen Sohn auf den Schultern trug. Zu jedem hätte sie sich eine Geschichte ausdenken können.

»Einen Euro für deine Gedanken«, sagte Volker.

»Die sind keinen Euro wert. Ich beobachte nur die Leute.«

Einen Groschen für deine Gedanken. Das hatte Mischa damals gesagt, kurz vor ihrem ersten Kuss, und die Erinnerung daran war noch immer schön und schmerzlich zugleich. Sonja trat an den Tisch, und der Arm des Kraken zog sich zurück. Ich bin meine beste Kundin, das sagte Sonja manchmal. Seit sie das Bittersüß betrieb, hatte sie ein paar Kilo zugenommen, was ihr gut stand. Aus der hageren und nervösen jungen Frau, die Annett vor mehr als zwei Jahrzehnten auf der Berufsschule kennengelernt hatte, war eine bodenständige Unternehmerin, Ehefrau und Mutter geworden.

»Zwei Cappuccini wie immer, nehme ich an.« Sonja stellte die Tassen ab und daneben ein Schälchen mit einer neuen Schokoladensorte zum Probieren. »Bis der nächste Kunde kommt, habe ich Zeit für euch.« Sie strich die Schürze glatt, die sie über Jeans und T-Shirt trug, setzte sich zu ihnen und Annett fragte, wie es Claudia in Kanada ging, wo sie derzeit zum Schüleraustausch war.

»Meiner Kleinen geht's prima«, sagte Sonja. »Sie genießt die Freiheit. Aber Patrick macht sich natürlich Sorgen. Mein Gott, sie ist siebzehn und wird sich natürlich verlieben. Das ist normal in dem Alter. Wir haben sie aufgeklärt, sie weiß, was Kondome sind, und sie ist verantwortungsbewusst. Er hat das jetzt nicht mehr im Griff. Damit muss er leben. Und bei dir? Was macht die Jobsuche?«

Annett winkte ab. »Das wird noch dauern.«

»Ich könnte Hilfe im Laden gebrauchen. Wäre das vielleicht was für dich?«

Volker stellte seine Tasse ab. »Eher nicht. Annett will ihrem Beruf treu bleiben. Und falls nicht, steigt sie bei mir ein.«

Annett zog die Schultern hoch. »Tut mir leid.«

»Du musst dich doch nicht entschuldigen«, sagte Sonja. »Das war ja nur so eine spontane Idee von mir.«

*

Am Sonntag meldete Leonie sich während des Frühstücks über Facetime. Volker lehnte sein iPad an die Vase mit den Sonnenblumen, sodass auch Annett ihre Tochter auf dem Bildschirm sehen konnte. Er fragte, ob sie nun ein neues Rad habe, und sie nickte. »Ich habe ein gutes gebrauchtes gefunden. Danke für die Spende, Papa.«

Leonie kam ganz nach ihrem Vater, groß und schlank, und von ihm hatte sie auch die braungrünen Augen und die schmalen Lippen, die sich beim Lachen ein wenig schief verzogen. »Und wie geht's euch?«

»Na ja«, meinte Volker. »Deine Mutter hat gegoogelt, was man als IKM-Texterin macht, und ganz ehrlich, es gefällt uns nicht.«

Leonie verdrehte die Augen. »Da ist doch nichts dabei. Wir sind wie Schauspieler. Wir spielen ein wenig Theater.«

»Mit dem Unterschied, dass dein Publikum nicht weiß, das ihm was vorgespielt wird«, entgegnete Annett. »Ihr missbraucht das Vertrauen dieser Männer. Das ist nicht in Ordnung.«

»Ups. Vertrauen ... Deine heilige Kuh. Ganz vergessen. Aber unsere Klienten wissen, worauf sie sich einlassen. Es steht in den AGB.«

»Wirklich?«

»Klar. Du kannst nachgucken.« Leonie suchte auf ihrem Handy und schickte dann Volker einen Link. Er öffnete ihn und las den Abschnitt vor, den sie nannte. »Sie hat recht. Hier steht es. Bei der Plattform handelt es sich um eine Unterhaltungs-Community für Flirts. Professionelle Chatpartner betreiben dafür fiktive Profile.«

»Aber das liest doch keiner«, wandte Annett ein.

»Selbst schuld«, antwortete Leonie.

»Die verlieben sich in eine Kunstfigur. Was machen sie denn, wenn ihr sie ewig hinhaltet und aus einem Treffen nie etwas wird? Gab es schon Selbstmorde aus Liebeskummer?«

Leonie stöhnte. Volker griff nach Annetts Hand. »Jetzt übertreibst du aber.«

»Ich finde es einfach nicht in Ordnung. Bitte gib diesen Job auf.«

Volker wandte sich Leonie auf dem iPad zu. »Mich interessiert, wie weit ihr geht ... Also ... Du verstehst schon, was ich meine.«

»Mensch, Papa! Das ist keine Sexplattform. Ganz im Gegenteil, wenn einer seine Sexfantasien vor uns ausbreiten will, müssen wir ihn davon abhalten. Anweisung von oben. Wenn er sich nämlich einen runterholt, ist der Chat vorbei.

Und das ist nicht Sinn der Sache.«

Zorn stieg in Annett auf, als sie ihre Tochter so reden hörte. »Du hörst auf damit. Oder wir streichen dir das Geld für die Miete.«

»Was? Da hat Papa auch noch mitzureden.«

»Deine Mutter hat recht. Es ist kein Job für eine junge Frau. Ich mag mir gar nicht vorstellen, was diese Kerle schreiben. Such dir bitte etwas anderes.«

Widerwillig lenkte Leonie ein. Aber sie handelte eine Übergangsfrist von sechs Wochen für die Suche nach einem neuen Job aus.

Annett ging das Gespräch auch nach dem Frühstück noch durch den Kopf. »Das ist so perfide«, sagte sie. »Mir tun die Männer eigentlich leid.«

»Wieso denn? Sie müssten nur die Geschäftsbedingungen lesen.«

»Hast du jemals zwanzig Seiten Kleingedrucktes am Bildschirm gelesen, bevor du auf Okay geklickt hast?«

»Trotzdem verdienen sie dein Mitgefühl nicht. Die sind auf der Suche nach einer Affäre oder Telefonsex.«

»Oder auf Suche nach Liebe. Und dabei werden sie nach Strich und Faden ausgenommen. Das ist widerwärtig.«

»Was sind das denn für Männer, die solche Chats nötig haben? Das sind vertrauensselige, dumme Loser.«

Kann schon sein, dachte Annett. Aber weder Dummheit noch Vertrauensseligkeit rechtfertigten diese Art von Betrug. Es konnten nicht alle stark und clever sein.

*

Nach dem Frühstück fuhren sie in die Fränkische Schweiz zum Wandern und entschieden sich während der Fahrt für die Tour durch das Paradiestal. In stillem Einverständnis wählten sie die Route, die nicht oberhalb der Gelben Wand entlangführte – dem Ort, an dem Volkers Vater zehn Jahre zuvor tödlich verunglückt war –, sondern nahmen den Weg durchs Tal.

Ein Bach plätscherte leise dahin. Das Laub einiger Bäume färbte sich bereits. Kalksteinfelsen ragten senkrecht in die Höhe, und die Sonne schien warm. Annett hätte die Wanderung genießen können, wenn Volker nicht wieder auf sein Stellenangebot zurückgekommen wäre. So war er nun einmal. Beharrlich und gewohnt, sich durchzusetzen. Normalerweise gab sie nach. Oft war es den Streit nicht wert. Ohnehin hatten sie selten Meinungsverschiedenheiten, denn meistens waren sie derselben oder ähnlicher Ansicht. Doch was er vorschlug, war etwas anderes. Sie würden noch enger zusammenrücken, und plötzlich hatte Annett Angst, dass ihr das zu eng werden könnte. Dass sie sich bald auf die Nerven gehen würden. Dass ihr die Luft zum Atmen fehlen könnte, wenn sie den ganzen Tag zusammen verbrachten. Sie brauchte ein wenig Freiraum. Doch das würde er nicht verstehen und gekränkt sein. Ob sie ihn denn nicht mehr liebe? Das würde er fragen. Natürlich liebte sie ihn. Auf ihre Art. Nicht wie am ersten Tag. Denn diesen ersten Tag hatte es in ihrer Beziehung eigentlich nicht gegeben. Ihre Liebe war kein Blitzeinschlag gewesen wie bei Mischa. Sie hatte sich langsam entwickelt. Ein stetiges Wachsen über einen Zeitraum von anderthalb Jahren, an dessen Ende die Erkenntnis stand: Ja, ich liebe ihn. Wenn auch anders. Nicht rasend und wahnsinnig, nicht so verrückt wie bei Mischa. Sondern vernünftig und geerdet. Erwachsen. Seit achtundzwanzig Jahren war er für sie da und nahm sie bei der Hand. Er half ihr, das, was geschehen war – wenn sie es schon nicht vergessen konnte –, wenigstens hinter sich zu lassen. Abstand zu gewinnen.

Andererseits war es verlockend, was er ihr während der Wanderung ausmalte. Sie könnte eine Designsparte innerhalb seiner kleinen Firma aufbauen. Broschüren, Anzeigen, Websites und sonstiges Werbematerial für die Objekte der Bauherren. Wobei das eigentlich nur für große Projekte mit zahlreichen Wohn- oder Gewerbeeinheiten infrage kam. Wie viele Kunden dieser Art hatte er?

Während er auf sie einredete, behielt sie ihre Gedanken für sich, denn sie wusste nicht, ob sie ihm diese Zerrissenheit erklären konnte. Er machte ihr ein tolles Angebot. Jede andere Frau würde sofort zugreifen.

Genau diesen Satz sagte er, als sie den Parkplatz wieder erreichten und die Wanderstiefel gegen Sneaker tauschten. »Ich verstehe dich nicht. Jede Frau würde sofort Ja sagen. Doch du sagst nichts dazu. Was ist los mit dir?«

»Ich brauche Bedenkzeit. Das ist eine langfristige Entscheidung.«

Kein Job, den ich kündigen könnte, wenn er mir doch nicht zusagt, dachte sie überrascht. Volker würde es nicht zulassen.

Wismar

Sommer 1988

Dieser Sommer war voller Widersprüche. Einerseits so groß und leuchtend, dass Mischa sein Glück kaum fassen konnte. Er liebte Annett, und sie liebte ihn. Manche Tage durchwandelte er wie im Traum. Wenn man ihm jemals gesagt hätte, dass er zu solchen Gefühlen fähig sei, hätte er das lachend von sich gewiesen. Das gibt es nur in Romanen oder im Kino, hätte er gesagt. Völlig überhöht und romantisch verkitscht. Und doch segelte er wie auf watteweichen Wolken dahin. Den Kopf im Himmel, die Beine auf der Erde. Er wusste, dass er Annett liebte. Sie war die Eine. Es war eine unumstößliche Tatsache. Sie würden ihr Leben miteinander verbringen.

Andererseits gab es neben diesen liebesgewissen Tagen die anderen Tage. Die grauen und schweren. Die Tage, die ihn voller Angst in seine Zukunft blicken ließen.

Das Abitur hatte er mit guten Noten bestanden und sich zur Enttäuschung seines Vaters für ein Studium der Literaturwissenschaften beworben. Noch hatte er keine Antwort, und diese Unsicherheit nagte an ihm. An manchen Tagen war er voller Optimismus, dass man ihn gleich zulassen und erst danach zur Nationalen Volksarmee stecken würde. Wobei das sein Problem nur verschieben, jedoch nicht lösen würde. An anderen war er beinahe sicher, dass ihm dieses Glück verwehrt bleiben würde. Vor allem, seit sein Vater gerüchteweise gehört hatte, dass das Wehrkreiskommando einen erhöhten Bedarf an Rekruten reklamierte.

Sandro ging es ähnlich. Mit dem Unterschied, dass er einen Plan hatte und seine Totalverweigerung vorbereitete. Dabei unterstützten ihn seine Freunde von der Friedens- und Umweltbewegung. Bernd, der Pfarrer der Gruppe, wollte ihm Kirchenasyl gewähren, wenn es so weit war. Sandro wusste, dass er damit nicht ungestraft davonkommen würde, und war bereit, das Risiko einzugehen. Lieber ging er in den Knast als zur NVA. Und er hoffte, dass Mischa sich ihm anschloss. Doch fürs Gefängnis war dieser ebenso wenig bereit wie für die Armee. Was also tun? Seine Träume aufgeben? Oder den Wehrdienst mit zusammengebissenen Zähnen ableisten?

Einzig Volker sah das pragmatisch. Er meinte, der Wehrdienst gehöre nun mal dazu und sei ein geringer Preis für einen Studienplatz. Jeder hatte das Recht auf seine Meinung. Trotzdem war Volker in Mischas Achtung gesunken, und er ahnte, dass dieser Sommer der letzte der Clique sein würde.

Seit die Prüfungen hinter ihnen lagen, sahen sie sich nur noch sporadisch. Im Übungsraum der Band und in der alten Villa. Außerdem war Urlaubszeit. Volker war mit seinem Vater für drei Wochen an den Balaton gefahren. Auch das verstand Mischa nicht wirklich. Diese Männerfreundschaft zwischen Volker und seinem Vater war ihm fremd. Wie konnte man freiwillig mit seinem Altem verreisen? Er war froh, dass er nicht mehr mit seinen Eltern in Urlaub musste, sondern sturmfreie Bude hatte und mit Annett den Sommer daheim genießen konnte. Genauer gesagt auf der Insel Poel, wo seine Eltern eine Datsche besaßen.

Sie fuhren Rad und schwammen, vor allem aber waren sie mit ihren Pirat-Segelbooten unterwegs, die sie schon als Kinder von ihren Vätern bekommen hatten. Beide treue

Diener des Staates, jeder Subversion unverdächtig und daher im Besitz einer PM 18. Der Genehmigung, mit der man innerhalb der Dreimeilenzone segeln durfte.

Obwohl er es nie ausgesprochen hatte und es bisher mehr ein Gefühl war, ein noch nicht in Worte gefasster Gedanke, war ihm im Grunde bewusst, weshalb er ständig mit dem Boot auf dem Wasser war, und auch, weshalb er Annett ermunterte, ihn zu begleiten oder gegen ihn in ihrem Boot anzutreten. Wer erreichte als Erster eine Boje oder war früher zurück im Hafen? In seinem Hinterkopf gab es den Plan, über die Ostsee abzuhauen. Sie trainierten.

An diesem Tag Ende Juli segelte er allein. Annett hatte mit ihrer Mutter etwas in Rostock zu erledigen. Sie würden sich erst am Abend in der Datsche treffen.

Mischa hielt die Jolle parallel zur Küste, etwa eine Meile vom Land entfernt, und beobachtete das Wachboot der Grenzbrigade Küste, das in regelmäßigen Abständen am Horizont erschien. Schließlich wurde es Zeit umzukehren. Sandro wollte am Nachmittag vorbeikommen. Mischa änderte den Kurs, hielt auf den kleinen Hafen zu und legte unter Hartmuts Augen am Steg an. Noch ein Problem, das er lösen musste, falls er abhaute. Hartmut war das Auge und Ohr der Stasi. Er hatte hier alles unter Kontrolle. Wie konnten sie verschwinden, ohne dass er es mitbekam? Und dann waren da noch die bewaffneten Postenpaare, die am Strand patrouillierten. Bei Dunkelheit wurden sie von Scheinwerfern unterstützt. Nachts abzuhauen würde nicht funktionieren. Sollten sie es tagsüber versuchen? Unter aller Augen? All diese Überlegungen waren noch nicht ausformuliert. Wie Schatten ballten sie sich in ihm, verdichteten sich, um vielleicht ein Plan zu werden.

Hartmut schlurfte auf dem Steg heran. Er trug eine Trainingshose und ein T-Shirt, unter dem sich eine beachtliche Bierplauze wölbte. »Moin Mischa.«

»Moin Hartmut.« Er vertäute das Boot, Hartmut packte mit an. »Pass auf, dass dir nicht noch Schwimmhäute wachsen, so oft, wie du auf dem Wasser bist.«

Mischa gelang ein Lachen. »Macht einfach Spaß.«

»Vor allem mit Annett. Ist sie jetzt deine Freundin?«

»Nee, meine Großtante.«

Jetzt war es Hartmut, der lachte. Gemeinsam zogen sie die Persenning über das Boot. Es sah nach Regen aus.

Mischa verabschiedete sich und radelte die zwei Kilometer zur Datsche seiner Eltern, die noch im Ungarn-Urlaub weilten. Sandro war schon da. Er saß auf der Schaukel, die im Apfelbaum hing, und sprang ab, als Mischa kam.

Mit zwei Flaschen Störtebeker setzten sie sich in die Hollywoodschaukel, die der ganze Stolz von Mischas Mutter war. Sie legten die Füße auf den Gartentisch, schnippten die Kronkorken weg und stießen an. Eine Weile schwiegen sie, und Mischa spürte, dass seinen Freund etwas bedrückte. Es war kein gutes Schweigen. »Alles in Ordnung mit dir?«

Sandro ließ den Kopf in den Nacken fallen und stieß die Luft aus, bis die Fransen am Volant tanzten. Es klang wie ein großer Seufzer.

»Was ist los?«

»Ich sitze in der Klemme. Oder besser gesagt in einer Zwickmühle. Oder noch treffender formuliert: Ich sitze in der Scheiße. Bis zum Hals.«

»Was ist passiert?«

Sandro knallte die Füße auf den Boden und starrte zwischen den gespreizten Beinen auf die Waschbetonplatten. »Du erinnerst dich, dass Jenny im Frühjahr nicht die nötige Punktzahl für die Qualifikation zur DDR-Jugendspartakiade erreicht hat?«

»Ein Versehen. Ich dachte, das hat sich geklärt.«

»Das war kein Versehen, sondern eine Erpressung. Wenn ich nicht an die Stasi berichte, was die Leute von der Friedens- und Umweltgruppe treiben, kann meine Schwester ihre Karriere als Eiskunstläuferin vergessen.«

»Was!«

»Ist so.« Ein Stasi-Mitarbeiter hatte ihm eines Tages Ende Januar aufgelauert und zu überzeugen versucht, IM zu werden. Natürlich hatte Sandro sich geweigert. Die Stasi würde keinen Denunzianten aus ihm machen. Daraufhin hatte das MfS die Muskeln spielen lassen, Jennys Punktestand nach unten manipuliert und so von der Qualifikation ausgeschlossen. »Die Kleine war fix und fertig. Das heulende Elend. Es ging ihr richtig mies. Was hätte ich denn tun sollen?«

»Ich weiß.« Mischa hatte es miterlebt. »Du bist also IM?«, stellte er fest. »Warum hast du nichts gesagt?«

Sandro lachte. »Warum wohl? Damit brüstet man sich ja nicht.«

»Und jetzt? Du verrätst doch den Pfarrer und seine Leute nicht?«

»Bisher konnte ich es vermeiden. Ich habe nur harmlosen Kram berichtet. Doch damit geben sie sich nicht mehr zufrieden. Sie wollen belastendes Material gegen Bernd. Ich kann ihn nicht verraten. Doch dann wird Jenny im November nicht bei den Meisterschaften antreten. Das ist so ein Scheiß-Staat!« Sandro hob die Flasche und warf sie gegen den Apfelbaum. Scherben spritzten im Sonnenschein. »Das ist krank! Man sollte abhauen! Urlaub in Ungarn und sich dann irgendwie über die Grenze nach Österreich durchschlagen.«

»So einfach ist das nicht.« Mischa entschied, seinen vagen Plan für sich zu behalten. Falls er mit Annett über die Ostsee in die Freiheit segelte, war es besser, wenn niemand davon wusste. Die Stasi würde ihre Freunde und Familien verhören, und am Ende würden Mitwisser im Gefängnis landen. Falls er sich dazu entschied. Betonung auf *falls*. Er wusste nicht, ob er so mutig war. Und ob er Annett mit hineinziehen wollte. Er wusste nur, ohne sie würde er nicht gehen.

»Was willst du jetzt tun?«

»Keine Ahnung. Hast du eine Idee, wie ich aus dieser Sache rauskomme?«

Sie berieten, welche Möglichkeiten es gab. Das bittere Fazit lautete: keine. Es war ein Spiel, in dem es nur Verlierer gab. Entweder Jenny oder Bernd. Und Sandro sowieso, aus dem die Stasi einen Verräter machte. Bis Sandro eine Idee hatte. »Wenn sie mich schon zwingen, nach ihren Regeln zu spielen, sollte ich etwas davon haben. Ich werde die Ausmusterung verlangen und die Zusage für einen Studienplatz.«

»Und dafür verrätst du Bernd?«

»So weit waren wir doch gerade schon. Einen wird es treffen. Jenny ist meine Schwester. Ich kann ihr das nicht antun.«

»Wenn du eine Gegenleistung forderst, haben sie dich für immer am Haken«, entgegnete Mischa.

»Daran hänge ich bereits. Unser Gespräch dreht sich im Kreis.«

»Und wenn du in der Umweltgruppe Streit provozierst und Unfrieden stiftest, bis sie dich rauswerfen? Dann bist du für die Stasi als Quelle verloren.«

»Damit habe ich denen schon gedroht. Die Antwort: Wenn ich das mache, lassen sie es an Jenny aus.«

»Andere Möglichkeit: Du legst die Karten bei der Umweltgruppe auf den Tisch und sagst, was Sache ist.«

»Dann werfen sie mich raus, und auch in diesem Fall ist Jenny das Opfer.«

Sie diskutierten, bis es dämmrig wurde. Egal was Sandro tat, es war falsch. Schließlich war es für ihn Zeit zu gehen. »Ich werde sie so lange wie möglich hinhalten. Vielleicht fällt mir ja doch noch die geniale Lösung ein.« Sandro schwang sich auf sein Rad. »Das Gespräch bleibt unter uns.«

»Na klar. Was denkst du denn?«

»Ich meine, wirklich unter uns. Du erzählst auch Annett nichts davon.«

»Natürlich nicht.«

*

Die Sonne näherte sich dem Horizont, als Annett über die Brücke radelte und kurz darauf das Dorf erreichte. Sandro kam ihr auf dem Rad entgegen und winkte ihr zu. Offenbar hatte er es eilig, denn er hielt nicht an. Sie rief ihm einen Gruß zu und bog auf den Weg zur Datsche ein.

Mischa stand am Zaun. Er wirkte nicht nachdenklich, wie so oft in letzter Zeit, sondern aufgebracht. Sie fragte, was los war, und er schüttelte den Kopf. »Kann ich dir nicht sagen.«

»Ist es wegen Sandro?«

»Ja, aber ich habe ihm versprochen, die Klappe zu halten. Sollen wir noch einen Strandspaziergang machen, bevor die Sonne ganz weg ist?«

Hand in Hand gingen sie den Weg hinunter ans Meer und am Saum des Wassers entlang. Um diese Uhrzeit war kaum noch jemand hier. Irgendwann setzten sie sich auf einen Stein und beobachteten die Vögel am Strand und das Anbranden der Wellen, vor allem aber den Horizont. Nach einer Weile fuhr das Küstenwachboot von West nach Ost durchs Bild. Mischa hatte wohl darauf gewartet. Er sah auf die Armbanduhr. In etwa anderthalb Stunden würde es aus der anderen Richtung zurückkehren. Sie hatten das schon oft beobachtet, ohne je ein Wort darüber zu verlieren. Allerdings ahnte sie, mit welchen Gedanken er sich herumschlug, und das bereitete ihr Sorgen.

Als die Sonne hinter dem Horizont verschwunden war und es dämmrig wurde, erschienen bewaffnete Posten am Strand. Mischa meinte, sie sollten gehen, bevor man sie dazu aufforderte, und sie kehrten zur Datsche zurück.

Die Nacht war lau. Sie kochten Nudeln. Dazu gab es Salat aus Tomaten und Gurken, die Annett aus dem Garten holte, und etwas vom Saale-Wein, den Mischas Vater in einem Schrank in der Datsche lagerte. Eine Kerze brannte in einem Wasserglas. Es war ein romantischer Abend, doch Annett fragte sich, wie es weitergehen sollte, wenn der Sommer zu Ende ging und sie in Halle studierte, wo sie sich für den Studiengang Grafikdesign beworben hatte, und Mischa mit etwas Glück sein Studium in Berlin aufnahm. Oder wenn er, falls er Pech hatte, im Herbst eingezogen wurde. Ob er nun wollte oder nicht. Was konnte er schon tun? Es gab nur zwei Möglichkeiten, dem Wehrdienst zu entgehen. Entweder schloss er sich Sandro an und ging ins Kirchenasyl und dafür in den Knast. Oder er haute ab. Sie war sich sicher, dass er über diese Möglichkeit nachdachte. Und sie wusste auch, dass er sie fragen würde, ob sie mitkäme, falls er sich dazu entschloss.

Sie spülten das Geschirr und liebten sich später im Schutz der Dunkelheit unter dem Sternenhimmel. In diesem Moment war alles gut und ihr Glück vollkommen. Und Annett wünschte sich, diesen Augenblick für die Ewigkeit festhalten zu können. Sie liebten sich und das würde immer so sein.

Annett

Am Montagmorgen stand Annett früher als sonst auf. Sie hatte schlecht geschlafen und wirres Zeug geträumt. Es war wie häufig im Herbst. Sie kannte das seit vielen Jahren und war geübt darin, sich den Kraken vom Hals oder wenigstens auf Abstand zu halten, indem sie sich selbst verwöhnte, sich etwas gönnte. Einen neuen Roman oder ein hübsches Kleidungsstück. Eine Maniküre oder Massage. Eine besondere Sorte Tee oder einen Museums- oder Kinobesuch mit Sonja.

Sie duschte und deckte den Frühstückstisch. Volker würde erst in einer halben Stunde aufstehen. Also zog sie eine Strickjacke über und setzte sich mit einer Tasse Tee auf die Terrasse und sah dem Tag beim Erwachen zu. Es war noch still und die Luft kühl. Sie mochte diese ruhige Morgenstimmung. Doch dann begann die Narbe zu jucken, und die Unruhe kehrte zurück. Diese Nervosität und Gereiztheit, die sie nicht an sich mochte.

Beim Frühstück fing Volker wieder mit seinem Angebot an. Sie erklärte ihm noch einmal, dass sie die Entscheidung nicht übers Knie brechen wollte, und hörte die Ungeduld in ihrer Stimme. Sie klang genervt, und das ertrug Volker nicht. Er fuhr aus der Haut. »Was gibt es da so lange zu überlegen?

Sag doch gleich, dass du nicht willst! Das wäre ehrlich und fair.«

Sie bemühte sich, ruhig zu bleiben. »Wenn ich bei dir einsteige, ist das eine Einbahnstraße. Dann gibt es kein Zurück mehr in meinen alten Beruf. Also gib mir bitte die Zeit, die ich brauche, um herausfinden, was ich will.«

»Das ist doch klar. Abstand zu mir. Du willst neue Leute kennenlernen. Neue Kollegen ...«

»Ja und? Was wäre dabei? Du lernst schließlich auch täglich neue Menschen kennen.« So langsam dämmerte ihr, was Volker eigentlich meinte. »Du denkst doch nicht, dass ich auf der Suche nach einem anderen Mann bin? Das ist lächerlich.«

»Großer Gott! Wie du mir das Wort im Mund umdrehst, unglaublich. Was ist nur in dich gefahren?«

»Das könnte ich dich auch fragen. Weshalb machst du solchen Druck?«

Er sprang auf. »Weißt du was? Vergiss es einfach!« Ehe sie es sich versah, war er aus dem Zimmer, aus dem Haus. Die Tür schlug hinter ihm zu, und einen Moment später hörte sie den Motor des Audi aufheulen.

»Na fabelhaft«, sagte sie in die Stille des Zimmers. Von einem Moment auf den anderen fühlte sie sich elend und schuldig. Sie hatte keinen Streit gewollt. Doch sie gab dem Impuls nicht nach, ihm eine WhatsApp zu schicken, um das wieder einzurenken. Er war dran. Diese unglückselige Situation hatte er heraufbeschworen.

*

Sonja war schon im Bittersüß und räumte Regale ein, als Annett kam. Sie klopfte an die Scheibe, und ihre Freundin ließ sie ein. »Guten Morgen, Annett. Was ist denn los? Du siehst so verschreckt aus.«

»Dicke Luft zu Hause. Wir haben uns gestritten. Wegen Volkers Jobangebot.«

»Ach herrje!« Sonja sperrte die Ladentür hinter ihr ab. Das Geschäft öffnete erst um zehn. »Ich mach uns mal einen schönen Kaffee.«

Annett nickte. »Er will verhindern, dass ich neue Leute kennenlerne. Deshalb will er mich in seine Firma holen. Dann hat er mich unter Kontrolle.«

Sonja kam mit zwei Tassen Milchkaffee und setzte sich zu ihr an den Tisch. »Hat er etwa Angst, dass du dir einen anderen anlachst?«

»Offenbar. Das ist so lächerlich. Ich weiß nicht, woher das plötzlich kommt.«

»Ganz ehrlich: Er bevormundet dich eigentlich schon, seit ich euch kenne.«

»Er versucht es. Zugegeben. Aber er setzt sich nur dann durch, wenn wir ohnehin annähernd der gleichen Meinung sind. Wozu wegen Peanuts streiten?«

»Das meine ich nicht.«

»Was dann?«

»Erinnerst du dich an Samstag, als ich dich gefragt habe, ob du hier arbeiten willst?«

»Klar.«

»Er hat an deiner Stelle geantwortet, dass du kein Interesse hast.«

»Von mir hättest du dieselbe Antwort bekommen.«

»Es ist aber ein Unterschied, ob er antwortet oder du. Das war ganz schön übergriffig.«

Annett rührte Zucker in den Kaffee. »Du kennst ihn doch. So ist er nun einmal. Wenn ich hier arbeiten wollte, würde er das jedenfalls nicht verhindern. Als er mir aber vorhin unterstellt hat, ich wäre auf der Suche nach einem anderen ... Das ist so lächerlich.«

»Vielleicht hat er Angst, dass du ihn eines Tages verlässt.«

»Wieso denn? Es knirscht zwar ab und zu mal, aber es renkt sich immer ein, und das bekommt nicht jeder hin.«

»Stimmt«, sagte Sonja. »Aber er bevormundet dich.«

»Manchmal.«

»Und er neigt dazu, dich kleinzumachen.«

»Wie meinst du das denn?«

Nachdenklich nippte Sonja an ihrem Kaffee. »Seine amüsierten Bemerkungen, wenn dir etwas misslingt. Und er korrigiert dich gerne. Ist dir das noch nicht aufgefallen?«

»Das ist doch nicht schlimm. Männer fühlen sich gern überlegen.«

»Aber doch nicht auf deine Kosten. Außerdem hat Volker das nicht nötig. Du musst das ernst nehmen. Er hat offenbar Angst, dich zu verlieren. Als Nächstes unterstellt er dir vielleicht, einen Lover zu haben.«

»Das ist Unsinn.«

»Willst du sein Angebot annehmen?«

Annett zuckte mit den Schultern. »Einerseits wäre es eine spannende Aufgabe, eine neue Sparte aufzubauen. Websites und Broschüren für größere Projekte. Vorausgesetzt, dass es so läuft, wie Volker sich das vorstellt. Ich weiß nicht, ob er genügend Kunden in dieser Kategorie hat. Andererseits habe ich Angst, dass mir das zu eng wird. Ich brauche Zeit, um mir das zu überlegen. Doch Volker macht Druck, und das erhöht meinen Widerstand. Ich habe schon überlegt, ob ich nicht für ein paar Tage wegfahre, um den Kopf frei zu bekommen.«

»Das ist eine gute Idee. Mach das.«

»Volker wird ausflippen.«

»Er wird denken, du wärst mit einem anderen durchgebrannt.« Sonja lachte, doch Annett fand das gar nicht lustig. Sie wollte nicht, dass er sich unnötig Sorgen machte. Also würde sie hierbleiben. Doch dann würde der Druck weitergehen und sie würde am Ende zusagen, damit endlich Ruhe war.

»Such dir ein nettes kleines Hotel«, sagte Sonja. »Und pack die Wandersachen ein, denn im Gehen denkt es sich besser.«

»Ich weiß nicht. Volker wird nachkommen. Da kann ich genauso gut hierbleiben.«

»Du musst ihm ja nicht sagen, wohin du fährst.«

*

Um zehn öffnete Sonja den Laden und begleitete Annett bis zur Tür. »Sag mal, was ich dich noch fragen wollte. Wie ist eigentlich die Sache mit Volkers Mitarbeiterin ausgegangen? Du hast gar nichts mehr davon erzählt.«

»Das hat sich geklärt. Patricia hat ihre Intrige Gott sei Dank nur halbherzig geplant. Volker ist aus dem Schneider.«

»Gut zu hören.« Sonja schloss die Tür auf. »Sie war ja manchmal mit Volker hier im Laden, um einen Espresso zu trinken. Ich fand sie ziemlich seltsam. Ein wenig chaotisch und fahrig. Immer ein bisschen durch den Wind, und ich habe mich gefragt, wieso er sie überhaupt eingestellt hat.«

Verwundert sah Annett ihre Freundin an. »Du willst damit jetzt aber nicht andeuten wegen ihres Aussehens? Oder ihm eine Affäre mit ihr unterstellen?«

»Um Himmels willen, nein. Sorry. Sie hat auf mich nur nicht sehr kompetent gewirkt.«

Aber sehr apart, dachte Annett. Denn das war Patricia gewesen. Eine durchaus aparte Frau.

Annett dankte Sonja fürs offene Ohr und fuhr nach Hause. Im Flur legte sie die Tasche auf die Kommode, als ihr Handy zu summen begann und eine Nachricht von Volker kam.

Es tut mir leid. Ich weiß nicht, was in mich gefahren ist. Verzeihe mir bitte.

Schon passiert. Alles ist gut!

Komm doch einfach mal für ein paar Tage ins Büro, um reinzuschnuppern. Es wird dir gefallen.

Sie sandte ihm einen Kuss und schrieb, sie würde es sich überlegen. Mit einem Seufzer schob sie das Smartphone in die Hosentasche.

Sollte sie nachgeben und tun, was er sich erhoffte? Oder sollte sie Sonjas Rat folgen? Eine weitere Nachricht kam.

Du tust es schon wieder. Du weichst aus.

Während Annett nach oben ins Schlafzimmer ging, um endlich die Betten zu machen, stieg Ärger in ihr auf. Es war ungeheuerlich, dass Volker keine Ruhe geben konnte. Wütend pfefferte sie das Handy aufs Bett. Es summte erneut. Wieder eine WhatsApp von ihm. Ein Foto von einem Schreibtisch mit PC und einem wunderschönen Sommerblumenstrauß neben der Tastatur. Das sollte wohl ihr künftiger Arbeitsplatz sein.

Ich muss jetzt zu einem Termin nach Würzburg. Wir reden heute Abend über dein Schnupper-Praktikum.

In Ordnung. Fahr vorsichtig. Fühl dich geküsst.

Sie war kurz davor, entweder in Tränen auszubrechen oder zu schreien. So ging das nicht. Kurz entschlossen nahm sie den kleinen Rollkoffer aus dem Schrank und packte das Nötigste für ein paar Tage ein. Unten im Flur steckte sie noch die Wanderschuhe und den Windbreaker hinein, dann setzte sie sich an den Esstisch und schrieb eine Nachricht für Volker. Als sie fertig war, beschwerte sie den Brief mit einem herzförmigen Stein, den sie vor vielen Jahren an einem Nordseestrand gefunden hatten, und verließ das Haus.

Volker

Der Kundentermin in Würzburg war gut gelaufen. Die Vermittlung von zwölf Wohnungen im gehobenen Preissegment war ihm sicher. Zufrieden stieg Volker in den Wagen und machte sich auf den Rückweg nach Bamberg. Er drehte das Radio auf. Als »We are the Champions« erklang, sang er mit. Ja, er war gut. Er gehörte zu den Champions. Der Song endete, und langsam, aber sicher kehrte die Erinnerung an diesen verdammten Streit am Morgen zurück.

Es tat ihm leid, dass er laut geworden war, dass er türenknallend das Haus verlassen hatte. Das war nicht seine Art. Vor allem aber tat ihm leid, dass er Annett mit seiner Urangst konfrontiert hatte, sie könnte irgendwann genug von ihm haben und ihn verlassen.

Er bedauerte, dass sie sich von ihm unter Druck gesetzt fühlte und er ihr so die Freiheit nahm, sich zu entscheiden. Er wusste ja selbst nicht, weshalb er das tat. »Verdammt!« Mit der flachen Hand schlug er auf das Lenkrad.

Er musste das wieder einrenken. Sich zurücknehmen. Den Mund halten. Das Thema ein paar Tage ruhen lassen.

In Bamberg angekommen, fuhr er zum Büro und parkte den Wagen in der Tiefgarage. Womit konnte er Annett eine Freude machen? Blumen waren in dieser Situation nicht das

Richtige. Ebenso wenig ein Schmuckstück. Oberflächlich, banal. Schmuck schenkten Männer, die ihre Frauen nicht wirklich kannten und daher nicht wussten, worüber sie sich freuen würden. Außerdem war Schmuck das klassische Reuegeschenk nach einem Seitensprung.

Plötzlich hatte er eine Idee. Er verließ das Büro, ging in die Altstadt und steuerte die Buchhandlung an. Als Volker den Laden betrat, stand Emil vor einem Regal und räumte Bücher ein. Ein großer, dünner Mann mit grau meliertem Haar, der ihn manchmal an Sandro erinnerte. Vor allem, wenn er schwarze Hosen trug so wie heute. Er blickte auf. »Grüß dich, Volker.«

»Hallo Emil. Sag mal, war Annett schon da, um den neuen Roman von Charlotte Link abzuholen?«

»Noch nicht.«

»Prima. Packst du ihn mir als Geschenk ein?«

»Gerne. Gibt es was zu feiern?«

»Es ist eher eine Entschuldigung. Ich habe was gutzumachen.«

»Kaum zu glauben«, sagte Emil. »Ihr seid doch sonst ein Herz und eine Seele.«

Volker zuckte mit den Schultern. »Die Ausnahme bestätigt die Regel.«

»Wie schlimm ist es denn? Oder anders herum gefragt: Ich habe vom Verlag drei signierte Exemplare bekommen, die wollte ich eigentlich für ein Gewinnspiel verwenden …«

»Wow. Wenn du eines entbehren kannst … Das wäre großartig. Darüber wird sie sich riesig freuen.«

Mit dem als Geschenk verpackten signierten Roman stieg Volker zehn Minuten später in den Wagen. Annett würde Augen machen. Und er freute sich, dass er sie damit überraschen konnte.

Über die Freisprecheinrichtung rief er Dagmar an, seine Mitarbeiterin, die im Büro die Stellung hielt, und erklärte ihr, dass er für heute Schluss machte, aber auf dem Handy erreichbar war.

Kurz vor vier fuhr er aufs Grundstück. Der Kia stand nicht auf dem Stellplatz. Annett war also nicht da. Vielleicht war sie auf dem Weg zu Emil. Ein wenig enttäuscht ging er ins Haus. Sicher würde sie bald kommen. In der Küche schaltete er die Kaffeemaschine an und ging weiter ins Wohnzimmer. Das Blütenblatt einer Sonnenblume war auf den Tisch gefallen. Er legte das Geschenk daneben, und dabei bemerkte er den Zettel. Er war mit dem herzförmigen Stein beschwert, den er vor einigen Jahren während des Urlaubs in Sankt Peter-Ording am Strand gefunden und Annett geschenkt hatte.

Ihm schwante gleich nichts Gutes. Ein flaues Gefühl im Magen, ein Kribbeln wie ein schwacher elektrischer Strom. Jetzt ist es so weit, dachte er. Jetzt hat sie mich verlassen.

> Mein Lieber, sei bitte nicht verärgert und ziehe vor allem keine falschen Schlüsse, wenn ich ein paar Tage für mich allein sein will. Vermutlich ist dir nicht bewusst, welchen Druck du aufbaust und wie sehr mich das daran hindert, zu einer Entscheidung zu kommen.
> Vor fünfundzwanzig Jahren haben wir uns Vertrauen versprochen. Das ist die Basis unserer Beziehung. Also vertraue mir. Ich liebe dich, und ich bin spätestens am kommenden Wochenende zurück. Deine Annett
> PS: Fühl dich geküsst!

Das Papier segelte auf den Tisch. Eine unbändige Wut schoss in ihm empor. Er riss die Vase hoch und schmetterte sie gegen die Wand. Wasser und Scherben spritzten. Blütenblätter stoben. Stängel klatschten auf den Boden. Er schrie: »Ah!« Und noch einmal: »Ah!« Und fühlte sich dabei wie ein Idiot. Was hatte er nur angerichtet! Mit seiner

Ungeduld. Und wie kam sie dazu, einfach zu gehen! Nach so vielen Jahren. Es war ein Verrat. Und ausgerechnet sie schrieb von Vertrauen.

Er atmete durch, sammelte sich, so gut es ging, und zog das Handy hervor. Annett musste zurückkommen. Sie musste einsehen, dass es so nicht ging. Doch nach dem ersten Klingeln ging die Mailbox ran. Sie hatte das Smartphone ausgeschaltet. Weil sie genug von ihm hatte und nicht einmal mit ihm reden wollte. Er ließ sich aufs Sofa fallen und schrieb ihr eine WhatsApp.

> Liebe Schnecke,
> es tut mir leid. Das habe ich dir heute Vormittag bereits geschrieben, und ich dachte, wir hätten das geklärt und du hättest mir verziehen.
> Anscheinend ist es nicht so. Ich hätte nicht geglaubt, dass du so nachtragend bist und einen derart theatralischen Abgang ...

»Idiot«, sagte er in die Stille und löschte die letzten zwei Sätze.

> Nimm dir die Zeit, die du brauchst. Ich verstehe, dass diese Entscheidung für dich nicht einfach ist ...

Wobei er es nicht verstand. Wirklich nicht. Noch immer vibrierte die Angst in ihm. Er musste sie zurückholen. Vor allem aber musste er wissen, wo sie war.

> Ich hätte dich nicht so bedrängen sollen. Melde dich bitte, wenn du angekommen bist. Ich will nur wissen, dass es dir gut geht. Love you!

PS: Charlotte Links neuer Roman wartet hier auf dich. Sogar signiert!

Er legte das Handy auf den Tisch und sah das Chaos, das er angerichtet hatte. Fassungslos starrte er darauf und schämte sich. So war er sonst nicht! Er hatte immer alles im Griff. Auch seine Gefühle. Nur diese Angst nicht, Annett zu verlieren.

Wenn sie wüsste, dass er derart ausgerastet war … Sie würde sich vor ihm fürchten.

Zuerst machte er sich einen Kaffee, dann räumte er Scherben und Blumen weg und wischte auf. Während er das tat, wartete er auf den Signalton einer eingehenden Nachricht. Doch Annett meldete sich nicht. Es wurde fünf und dann sechs. Panik breitete sich in ihm aus.

Wer konnte wissen, wo sie war? Eigentlich nur Sonja oder die Kinder. Wobei Leonie eher ausschied. Annett hatte den besseren Draht zu Fabian.

Also rief er seinen Sohn an. Er wolle mal hören, wie es ihm so ging. Nicht so gut, meinte Fabian, und dann kam eine lange Klage. Pauline dachte an Heirat, und er habe ihr nie klipp und klar gesagt, dass er sich dafür noch zu jung fühlte, und nun dachte sie, sie wären verlobt. Ein krasses Missverständnis, Ergebnis einer alkoholgeschwängerten und liebestrunkenen Nacht. Er habe Panik, aus dieser Nummer nicht mehr rauszukommen. Was er nur tun solle? »Sei ehrlich«, sagte Volker. »Das ist der einzige Weg. Wenn sie dich liebt, wird sie das verstehen und warten, bis du so weit bist.«

Doch Volker wusste jetzt schon, dass Fabian nicht mit Pauline reden würde. Er war konfliktscheu und saß die Dinge gerne aus, bis sie sich von selbst entschieden. In diesem Fall würde er sich eines Tages auf dem Standesamt wiederfinden. Denn Pauline wusste, was sie wollte.

Volker gelang es, das Gespräch auf Annett zu lenken, und bemerkte, dass Fabian keine Ahnung hatte, dass seine Mutter vorübergehend ausgezogen war. Bis zum kommenden Wochenende. Auch Leonie schien nichts zu wissen. Er rief sie unter dem Vorwand ihrer Jobsuche an. Fragte, was sich tat, und sicherte ihr zu, das Geld für die Miete nicht zu streichen, falls die Suche länger als sechs Wochen dauerte. Zuletzt rief er Sonja an. Er fragte sie direkt, ob sie wusste, wohin Annett gefahren war. »Keine Ahnung. Sie wollte einfach drauflosfahren.«

»Du wusstest also Bescheid.«

»Sie hat sich heute Vormittag entschieden. Nach eurem Streit.«

»Danke, Sonja. Dass du so ehrlich bist. Ich dachte schon …«

»Was denn?«

»Nichts. Sagst du mir Bescheid, wenn sie sich bei dir meldet? Ich bin ganz verrückt vor Sorge.«

»Sie wird sich selbst bei dir melden, wenn sie will, dass du weißt, wo sie ist.«

»Ja. Klar. Danke.« Er legte auf. Die Frauen hielten zusammen. Sie hatten sich gegen ihn verbündet. Verdammter Mist!

Mach dich nicht verrückt, befahl er sich. Es geht nur um den Job, nicht um deine Ehe. Doch es fühlte sich so an.

Im Lauf der folgenden Stunden las er den Brief sicher zehn Mal. Es stand nichts von Verlassen drin. Auch zwischen den Zeilen nicht. Sondern von Vertrauen, und das machte ihm Mut. Sie vertrauten einander. So war es. Auch wenn Annett nicht alles von ihm wusste.

Sie ging nicht ans Telefon. Sie schickte keine Nachricht. Es machte ihn ganz kirre. Er musste wissen, wo sie war.

Als er wieder einmal auf sein Handy starrte, fiel sein Blick auf das Icon der UVO-App für Annetts Kia. Er hatte sie nicht nur auf ihrem Handy installiert, sondern auch auf seinem, und sich dafür einen Partner-Account eingerichtet, da er den Wagen gelegentlich nutzte. Zwei Klicks und er konnte sehen, wo der Kia war. Er tippte das Icon an. Die App öffnete sich. Er zögerte. Sie zu orten, wäre ein unverzeihlicher Vertrauensbruch. Das ging wirklich zu weit. Er legte das Handy weg.

Annett

Erst als sie westlich von Berlin auf die A24 abbog, wurde Annett bewusst, wohin sie unterwegs war. Direkt in die Arme des Kraken. Erstaunlicherweise stellte sich nicht Unruhe ein. Es fühlte sich eher wie eine Kapitulation an. Nun gut. Eigentlich hatte sie immer gewusst, dass dieses Kapitel nicht wirklich abgeschlossen war.

Bei einer Raststätte fuhr sie raus, tankte und kaufte sich im Selbstbedienungsrestaurant ein Sandwich und eine Flasche Wasser. Als sie das Smartphone hervorzog, um nach einer Unterkunft zu googeln, machte sie sich auf ein Dutzend Nachrichten von Volker gefasst. Doch zu ihrer Überraschung hatte er seit dem Morgen keine weitere geschickt.

Auf einer Online-Plattform suchte sie nach einer Ferienwohnung und fand ein winziges Appartement im Stadtzentrum für fünfunddreißig Euro pro Nacht. Sie schloss die Sofortbuchung ab, zahlte mit PayPal und erhielt zehn Minuten später mit der Buchungsbestätigung auch zwei Zugangscodes für die Haus- und Wohnungstür.

Kurz vor sechs erreichte sie Wismar, und der Anblick der Stadt löste ein seltsames Ziehen in ihrer Brust aus. Zwischen Sehnsucht und Angst. So viel war hier geschehen.

Der rote Backsteinturm der St.-Georgen-Kirche streckte sich behäbig in den blauen Himmel. Weiter im Norden ragten die Kräne der Werft und des Hafens auf. Das Licht hier an der Küste war viel klarer und heller. Es weckte die trügerische Zuversicht, dass hier nichts Schlimmes geschehen könne. Was natürlich ein Irrtum war. Das Böse gab es überall.

Sie ließ das Fenster herunter, und der Geruch nach Meer und Algen wehte herein. Diesen Duft hatte sie immer gemocht, und für einen Moment brachte er Erinnerungen zurück. Mischa mit dem Barett. Poel und die Datsche seiner Eltern. Die Ruine der alten Villa. Die Leichtigkeit eines liebestrunkenen Sommers, verwoben mit der Angst vor einer reglementierten Zukunft. Sie waren beinahe noch Kinder gewesen. So jung und so dumm. So unerfahren und voller blindem Optimismus. Für unbesiegbar hatten sie sich gehalten. Annett atmete durch. Es war so lange her.

Sie benötigte das Navi nicht, um ihr Ziel zu erreichen. Noch immer fand sie sich in der Stadt zurecht. Auch wenn sie zuletzt vor acht Jahren hier gewesen war, um den Haushalt ihrer Eltern nach deren Tod aufzulösen.

Seit der Wende hatte Wismar sich verändert. All das Graue, Marode und Bröckelnde war verschwunden. Man hatte die alte Schönheit der Hansestadt zu neuem Leben erweckt. Die Kriegsruinen, die es 1988 noch gegeben hatte, hatte man aufwendig renoviert oder abgerissen. Die Einschusslöcher aus dem Zweiten Weltkrieg in den Fassaden waren gespachtelt und übermalt, und auch die Spuren der untergegangenen DDR waren bis auf ein paar Überbleibsel getilgt. Wie den Konsum, an dem sie vorbeifuhr, und die Schiefertafel neben einem Imbiss, auf der Broiler angeboten wurden. Oder die Halloren-Kugeln, die sie im Schaufenster eines Delikatessenladens entdeckte. Diese Schokokugeln hatte sie als Kind geliebt.

Sie erreichte ihr Ziel und stellte den Wagen auf dem Parkplatz an der Turmstraße ab. Die Ferienwohnung lag direkt gegenüber.

Bevor sie ausstieg, sammelte sie sich und schob die Zweifel beiseite, ob das der richtige Ort war, um die Entscheidung über ihre berufliche Zukunft zu treffen. Wo doch hier an allen Ecken die Vergangenheit lauerte.

*

Mit dem Koffer überquerte Annett die Straße und betrachtete das Haus, in dem sie die nächsten Tage wohnen würde. Es stand zwischen zwei anderen, war top saniert und wirkte in seiner Schmucklosigkeit abweisend. Nirgendwo ein Blumenkasten oder Fensterladen. Neben der Haustür befanden sich weder Briefkästen noch Namensschilder. Nur ein Klingelboard für die Wohnungen eins bis sechs – offenbar lauter Ferienwohnungen – und ein Tastenfeld. Annett tippte den ersten Code ein, und die Tür sprang auf. Der Flur war dunkel und roch nach Putzmittel. Nach zwei Schritten schaltete ein Bewegungsmelder die Beleuchtung ein. Ihre Wohnung befand sich im Erdgeschoss. Auch hier musste sie einen Code eingeben.

Sie schloss die Tür hinter sich und sah sich um. Linkerhand eine Tür zum Bad. Rechterhand eine Garderobenleiste. Heller Laminatboden. Ein Kiefernholzbett, auf dem eine geblümte Tagesdecke lag. In der Ecke ein Kleiderschrank. Ein Couchtisch und ein Sessel rundeten die Einrichtung ab. Zwei Fenster gingen zur Straße und in einer Nische befand sich eine Küchenzeile mit dem Notwendigsten.

Annett räumte ihre Sachen in den Schrank und fragte sich, was sie eigentlich hier tat. Draußen fuhr ein Auto vorbei. Ein Hund bellte irgendwo. Ein Radio wäre nicht schlecht. Sie sah sich um, doch sie entdeckte keines. Schließlich zog sie das Handy hervor und schaltete es ein. Inzwischen gab es Nachrichten von Volker, und sie machte sich auf Vorwürfe gefasst. Doch er schrieb, sie solle sich die Zeit nehmen, die sie brauche. Er bedauerte seine Ungeduld und bat sie, sich zu melden, damit er wisse, dass es ihr gut ging. Das mit dem signierten Buch war wirklich süß von ihm.

Sie wollte ihm gerade eine Nachricht schreiben, als ihr Handy klingelte. Eine Nummer, die sie nicht kannte. Aber mit Wismarer Vorwahl.

»Ja, Frey-Sandherr.«

»Moin. Schwann hier. Ihr Vermieter. Ich dachte, ich frage mal, ob alles in Ordnung ist mit der Wohnung. Sind Sie schon eingecheckt?«

»Vor zehn Minuten. Sieht alles gut aus.«

»Schön. Wenn etwas ist, melden Sie sich. Meine Nummer haben Sie jetzt ja.«

»Mach ich. Danke.«

»Ja dann …« Er zögerte. »Eine Frage: Sind Sie *die* Annett Frey? Sie wissen schon … Der Prozess damals …«

Ein flaues Gefühl legte sich in ihren Magen. »Das ist lange her.« Sofort ärgerte sie sich, weil sie seine Vermutung bestätigt hatte. »Wie gesagt, wenn ich etwas brauche, melde ich mich.« Sie legte auf.

Dass sich noch jemand an den Prozess erinnerte, überraschte sie. Unbehagen griff sich Raum. Woher kannte Schwann ihren vollen Namen? Die Medien hatten ihn abgekürzt in Annett F. War Schwann etwa an dem Verfahren beteiligt gewesen? Sie überlegte, konnte sich aber nicht erinnern, seinen Namen schon einmal gehört zu haben.

Das Handy gab einen Ton von sich, dann wurde das Display schwarz. Jetzt wusste sie, was sie vergessen hatte. Das Ladekabel. Volker würde auf eine Antwort warten müssen.

*

Es war früher Abend und die Luft noch mild. Zur Innenstadt waren es nur wenige Minuten zu Fuß, und Annett machte sich auf die Suche nach einem Handyladen. Touristen frequentierten die Straßencafés und Restaurants. Sie flanierten mit Handys und Kameras an den barocken Fassaden der Unesco-Welterbestadt vorbei und standen vor den Schaufenstern der Geschäfte. Alles war so anders als damals.

Annett besorgte ein Ladekabel und bummelte weiter. Ehe sie es sich versah, bog sie in die Schulstraße ein, und das Gebäude, in dem damals alles begonnen hatte, erschien in ihrem Blickfeld. Die Erweiterte Oberschule Geschwister Scholl.

Keine Stunde nach ihrer Ankunft in Wismar stand sie vor der Mauer, die das Schulgelände umgab. Im Hof waren die alten Bäume höher gewachsen. Der Sportplatz war neu angelegt. Nur das zweistöckige Gebäude aus rotem Backstein mit den weißen Fenstern, dem markanten Giebel und den verspielten Türmchen hatte sich nicht verändert. Als wäre die Zeit stehen geblieben.

Wie froh ihre Eltern damals gewesen waren, dass ihre Tochter zu den wenigen zählte, die nach der zehnten Klasse der Polytechnischen Oberschule auf die EOS wechseln durften, um das Abitur zu machen. Als die Nachricht kam, hatte Papa eine Flasche Rotkäppchen-Sekt geöffnet und mit ihr und Mama angestoßen. »Auf deine Zukunft. Wir sind stolz auf dich.«

Ihre Noten waren gut und ihre politische Haltung ohne Zweifel. Natürlich galten auch ihre Eltern als zuverlässig, sonst wäre ihr dieses Privileg nicht zuteilgeworden. Papa war Redakteur beim Wismarer Tagblatt. Ein liebevoller und kluger Mann. Ein leidenschaftlicher Segler und bei jedem Wetter auf dem Wasser. Er hatte ihr das Segeln beigebracht. Die Liebe zum Meer und auch die Fähigkeit durchzuhalten, hatte er ihr mitgegeben.

Vor acht Jahren war er gestorben. Innerhalb von sechs Wochen. Nach kurzer schwerer Krankheit, wie Mama es in der Todesanzeige formuliert hatte. Es war Krebs gewesen, und Mama war ihm nur ein halbes Jahr später gefolgt. Ein tödlicher Verkehrsunfall. Eine junge Frau hatte während der Fahrt eine SMS geschrieben. Dabei war sie auf die Gegenspur geraten und frontal in Mamas Corsa gerast.

Ach, Mama, dachte Annett. Auch ihrer Mutter hatte sie es zu verdanken, dass sie damals auf die EOS gedurft hatte. Denn auch sie hatte sich angepasst und geschwiegen. Sie war Krankenschwester gewesen und hatte sich bemüht auszugleichen, was ihre Schwester Silke angerichtet hatte. Kein Kommentar zu den Missständen in der Klinik. Zum Postengeschachere, zu den Stasi-Spitzeln überall. Zu den Medikamententests an ahnungslosen Patienten, die sie vermutete, aber nicht beweisen konnte. Doch sie versuchte es nicht einmal und ließ sich auf eine andere Station versetzen. Mama wollte, dass Annett eine Zukunft hatte, deshalb schluckte sie ihre Kritik hinunter. Ihre größte Sorge war, dass Silkes Geschichte Annett im Wege stehen könnte. Denn ihre Schwester hatte den Mund nie halten können.

Tante Silke hatte sich über die schlechte Versorgungslage beklagt und gegen die Bonzen da oben und die Kriecher und Zuträger überall gestichelt. Gegen das ganze marode politische System, das seine Bürger einsperren musste, da sie sonst davonlaufen würden. Irgendwann – Annett war sieben Jahre alt gewesen – hatte Tante Silke sich an einer Flugblattaktion beteiligt, war denunziert worden und für Jahre im Gefängnis verschwunden, obwohl sie an den Sozialismus glaubte. Man müsste ihn ihrer Ansicht nach allerdings gründlich reformieren. Am Ende hatte man sie ausgebürgert und in den Westen abgeschoben. Dorthin hatte sie nie gewollt. Das Leben im Kapitalismus hatte ihr nicht behagt. Gleich nach der Wende war sie zurückgekehrt und lebte seither in Halle. Zu ihrer ehemals besten Freundin hatte sie keinen Kontakt mehr, denn nicht irgendwer hatte die Flugblattaktion verraten, sondern sie.

Am Morgen des ersten Schultags auf der EOS hatte Mama Annett wieder einmal eingeschärft, vorsichtig zu sein. Man könne niemandem trauen. Auch den besten Freunden nicht. Das wiederholte sie ständig. »Du bist jetzt in diesem aufmüpfigen Alter, in dem man die Welt verändern will. Sie lässt sich aber nicht ändern. Also behalte deine Gedanken für dich. In jedem steckt ein Denunziant. Denk an Tante Silke!« Doch Annett hatte nicht auf sie gehört, und am Ende hatte Mama recht behalten.

Ein Windstoß fuhr durch die Bäume. Annett betrachtete noch immer das Schulgebäude, und für einen kurzen Augenblick sah sie sich selbst, wie sie damals an ihrem ersten Schultag die Stufen hinaufgegangen war. Ein wenig ängstlich, weil sie niemanden hier kannte, und wie ihr Mischa sofort auffiel. Er trug Jeanshosen mit Schlag und ein Barett mit glänzendem Stern, wie Che Guevara. Er stand oben am Ende der kurzen Treppe und hielt Ausschau nach jemandem. Nach Volker, Sandro und Peggy, wie sie später erfahren hatte. Ihre Blicke trafen und trennten sich gleich wieder. Gefunkt hatte es zwischen ihnen erst ein Jahr später. Kurz vor dem Abitur. Als aus ihnen längst eine Clique geworden war. Aus Mischa, Volker, Peggy, Sandro und ihr. Freunde, die sich blind vertrauten. Bis einer von ihnen sich als Verräter entpuppte.

Wismar

Spätsommer 1988

Die Hauptsaison war vorüber. Die Strände und Campingplätze leerten sich. Es wurde September, und noch immer wusste Mischa nicht, wie es weitergehen sollte. Noch keine Antwort aus Berlin, was seinen Studienplatz betraf. Auch Annett wartete noch auf ihren Bescheid. Sie hatte sich in Halle an der Kunst-Hochschule für den Studiengang Grafikdesign beworben. Sie hingen beide in der Luft, und es gab tausend offene Fragen. Wie sollte ihre Beziehung weitergehen, falls er in Berlin studierte und sie in Halle? Was sollte er tun, falls man ihn zum Militär stecken wollte?

Da war es wieder, dieses Wort: falls. Es war das große Fragezeichen, die Unbekannte, das Pendel, das noch nicht ausgeschlagen hatte.

Diese Unsicherheit machte Mischa derart unruhig, dass er sich abreagieren musste und nun jeden Tag trainierte. Er lebte mit Annett mehr oder weniger in der Datsche auf Poel. Außer an den Wochenenden, an denen seine Eltern sie nutzten. Sie waren aus dem Urlaub in Ungarn zurück und sahen ab und an auf Poel nach dem Rechten. Dann erntete seine Mutter Gemüse, Papa schwamm seine Tausendmeterstrecke und Mischa blieb mit Annett in der Stadt. In seiner sturmfreien Bude.

Es sah aus, als würden sie den letzten Sommer vor dem Studium genießen. Die große Freiheit, die keine war, denn wirkliche Freiheit gab es in diesem Land nicht.

Beide umschifften sie das Thema, was werden sollte, falls Mischa eingezogen wurde. Doch sie diskutierten, was in diesem Land geschah. Die Genossen in Berlin ließen sich von Gorbatschows Willen zur Veränderung nicht beeindrucken. Unbeirrt machten sie weiter. Nichts würde sich ändern. Nur vereinzelt regte sich Widerstand, wie in Sandros Umwelt- und Friedensgruppe. Doch was konnten die wenigen schon bewegen? Nichts.

Zwischen den Zeilen schwang immer das Thema Republikflucht mit, ohne dass sie es bisher offen angesprochen hatten. Annett war genauso oft mit dem Segelboot draußen wie er. Vermutlich ahnte sie, mit welchen Überlegungen er sich herumschlug. Täglich waren sie auf dem Wasser. Einmal schlug Mischa vor, bis nach Nienhagen zu segeln, dort auf dem Campingplatz zu übernachten und am nächsten Tag auf demselben Weg nach Poel zurückzukehren. Der kürzeste Weg führte über die Bucht und betrug etwa vierzig Kilometer, die sie, je nach Strömung, Wind und Wellengang in sechs bis sieben Stunden schaffen konnten. Ein gutes Training. Dahme in der BRD war ein wenig näher. Allerdings müssten sie übers offene Meer, um dorthin zu gelangen. »Lass uns das an einem Tag probieren. Hin und zurück, meine ich.« Annett sah ihm direkt in die Augen. Es war der Moment, in dem er erkannte, dass sie wusste, worüber er nachdachte. »Das werden wir nicht schaffen, solange es hell ist.« Mit den Booten durfte man erst eine Stunde nach Sonnenaufgang raus und musste eine Stunde vor Sonnenuntergang zurück sein.

»Dann lass uns nach Boltenhagen segeln und unterwegs auch Aufrichten nach Kentern üben. Habe ich schon ewig nicht mehr gemacht.«

Sie starteten am Vormittag und kehrten am Abend erschöpft nach Poel zurück. Hartmut empfing sie mit einem zotigen Spruch und half ihnen mit den Booten. In dieser Nacht schlief Annett bald ein, während er noch wach lag und Gedanken wälzte. Bis nach Dahme in der BRD waren es etwa dreißig Kilometer. Den Leuchtturm konnte man bei gutem Wetter von Poel aus sehen. Sie konnten es schaffen. In einer klaren Nacht bei guter Sicht.

Allerdings war das Meer heute ruhig gewesen. Eine stetige Brise. Wie wäre es bei Dunkelheit und höherem Wellengang? Wie bei Sturm? Wie verhielt es sich mit Strömungen? Irgendwann schlief er ein, in der Hoffnung, dass die Flucht gelingen konnte, und mit der Gewissheit, dass Annett mit ihm gehen würde. Falls es nötig wurde. Falls.

*

Auch bei ihrer Band Tagebau stand die Frage im Raum, wie es weitergehen sollte. Nur Peggy und Kathi würden in Wismar bleiben. Peggy hatte sich entschieden, nicht zu studieren, sondern eine Ausbildung als Altenpflegerin zu machen. Während Kathi in die Fußstapfen ihres Bruders trat und wie er in der Werft Schweißer lernte. Die Band würde auseinandergehen. Eigentlich war das allen klar, als sie sich an einem regnerischen Nachmittag im Übungsraum trafen.

Als Mischa kam, waren Peggy und Kathi schon da. Sie saßen auf einer alten Matratze, und Mischa dachte, dass die beiden nicht unterschiedlicher sein könnten. Wie Krähe und Papagei. Peggy in ihrem Gruftie-Look und Kathi mit türkisfarbenem Iro und pink und gelb geschminkten Augen. Peggy ruhig und besonnen, Kathi immer ein wenig überdreht und schnell aufbrausend. Vor allem in den letzten Monaten, seit Annett öfter bei den Proben dabei gewesen war und sich einmal auch als Sängerin versucht hatte. Kathi mochte Annett nicht. Sie war eifersüchtig. Mischas Plan, sie mit Volker zu verkuppeln, war nicht aufgegangen. Er stand nicht auf sie. Und Kathi baggerte weiter Mischa an. Sie ignorierte, dass er in festen Händen war. So auch jetzt. Zur Begrüßung fiel sie ihm um den Hals und drückte ihm zwei Küsschen rechts und links auf die Wangen. »Moin Mischa.«

Er schob sie sacht von sich. »Moin Kathi. Sind Volker und Sandro noch nicht da?« Dämliche Frage, das sah er doch selbst. In diesem Augenblick kamen die beiden herein, und Mischa schlug vor, das neue Stück zu proben. Doch niemand hatte Lust. Das Ende von Tagebau nahte, jeder spürte das. Wozu noch üben?

Also fläzten sie sich auf die Matratzen, tranken Bier, rauchten und diskutierten über alles und nichts. Während er sich fragte, wo Annett blieb, rutschte Kathi näher an ihn heran. Heute hatte sie ihren Walkman dabei, ein Geschenk der Westverwandtschaft, und darin eine Kassette mit DDR-Hits. Darauf stand sie. Leise sang sie den aktuellen Song von Stern-Combo Meißen mit und lehnte ihre Schulter an seine. »›Du bist infernal, Gott sei Dank nicht stinknormal.‹«

Da er schon in der Ecke an der Wand saß, konnte er nicht noch weiter von ihr wegrutschen.

»›Ich schäme mich nicht, wenn ich sage: Ich liebe dich.‹« Sie sang leise und sah ihm dabei in die Augen. Während er noch überlegte, was der Mist sollte, senkte sich ihr mit Filzstifttinte türkis gefärbter Iro auf seine Brust und er sprang auf. »Ich will nichts von dir. Kapier das endlich mal!« Die Gespräche im Raum verstummten. Alle blickten neugierig auf sie. Sofort tat Mischa seine harsche Reaktion leid. »Ich gehe mit Annett. Das weißt du doch.«

Zornig rappelte Kathi sich auf und sah in die Runde. »Was gibt's da zu glotzen!« Betreten wandten die anderen sich ab. Kathi stopfte den Walkman in die Hosentasche, setzte die Kopfhörer auf und stupste ihm einen Finger in die Brust. »Das wird noch ein Nachspiel haben.« Abrupt drehte sie sich um. »Ab heute ohne mich.« Im Hinausgehen reckte sie eine Hand mit gestrecktem Mittelfinger in die Luft und sang den Refrain des Songs lauthals mit. »›Die Welt steht in Flammen. Die Welt steht in Flammen.‹« An der Tür stieß sie mit Annett zusammen, die gerade hereinkam. Kathi schubste sie zur Seite und verschwand im Durchgang.

Es war das letzte Treffen der Band gewesen. Mischa wusste es instinktiv, als sie sich an diesem Abend trennten. Annett nahm Kathis unbeholfenen Annäherungsversuch nicht tragisch. »Eigentlich tut sie mir leid.«

»Hoffentlich gibt sie jetzt Ruhe.«

»Was soll sie denn tun?«

»Sie hat was von einem Nachspiel gesagt.«

Annett meinte, das wäre nur Gerede, doch Mischa war sich da nicht so sicher. Insgeheim machte er sich auf eine Racheaktion gefasst. Auf ein Nachtreten. Etwas würde Kathi sich einfallen lassen.

*

Annett stand vor dem Spiegel und betrachtete sich in dem grün gemusterten Kleid. Es war ein wenig spießig, aber akzeptabel für das Essen heute Abend bei Mischas Eltern. Seit einiger Zeit hatten sie darauf gedrängt, sie endlich kennenzulernen, und er hatte schließlich nachgegeben.

Annett bändigte noch ihre Locken mit einem Haarband und ging in die Küche zu ihrer Mutter, um sich zu verabschieden. Papa war noch in der Redaktion. »Hübsch siehst du aus«, sagte Mama. »Du solltest öfter Kleider tragen und nicht immer nur diese Jeans.«

Es war sinnlos, mit ihr über Mode zu diskutieren. Die Meinungen lagen zu weit auseinander. Deshalb zuckte Annett nur die Schultern und nahm den Strauß entgegen, den Mama besorgt hatte. »Man kommt nicht mit leeren Händen. Viel Spaß und benimm dich.«

»Weil ich das ja sonst nicht tue?« Annett schüttelte den Kopf und machte sich auf den Weg in die Innenstadt.

Als sie um Punkt achtzehn Uhr an diesem Freitagabend vor der Tür der Altbauwohnung in der Wismarer Innenstadt stand, war sie ein wenig nervös. Hoffentlich mochten Mischas Eltern sie. Aber wenn nicht, war es eigentlich auch egal. Hauptsache, Mischa und sie mochten sich.

Sie klingelte, und einen Moment später öffnete er. »Da bist du ja. Neues Kleid? Du siehst toll aus.« Er trug Jeans und T-Shirt und sah so vertraut aus wie immer.

»Ich bin aufgeregt.«

»Musst du nicht. Sie werden dich mögen. Mama kocht groß auf. Königsberger Klopse und Schokocreme.«

Sie folgte ihm in die Wohnung, und das Begrüßungsritual begann. Ein wenig befangen von beiden Seiten. Mischas Mutter dankte für die Blumen und suchte eine Vase. Sein Vater legte die Zeitung weg und begrüßte sie mit einem kräftigen Handschlag sowie einem wohlwollenden Blick und bot Platz auf der Couch an. Mischa setzte sich neben sie. Während seine Mutter den Tisch deckte, nahm sein Vater sie in eine Art Kreuzverhör. Er fragte, was sie studieren wollte, was ihre Eltern machten und wie sie ihre Zukunft sah. Bis Mischa einschritt. »Mensch, Papa, wir sind hier nicht bei der Stasi.« Dankbar drückte sie seine Hand, und sein Vater lachte und brachte das Gespräch auf die Datsche und den Garten und auf das Meer, das er liebte. »Ich bin ein guter Schwimmer. Tausend Meter sind meine Standardstrecke. Im Gegensatz zu Mischa. Das schafft er nicht. Nicht mal zweihundert.«

»Ja, danke, dass du mich so über den grünen Klee lobst vor meiner Freundin.« Mischa sah zu ihr und ließ in gespieltem Entsetzen den Kopf in die Hände sinken, und sie musste lachen.

»Dafür ist er der bessere Segler«, lenkte sein Vater ein. »Jeder hat eben seine Qualitäten. Treibst du auch Sport?«, fragte er Annett.

»Ja, klar. Mischa und ich haben dasselbe Hobby. Segeln.«

»Ach ja. Richtig. Hartmut hat mir davon erzählt. Ihr seid ständig mit euren Jollen draußen. Als ob ihr für eine Regatta trainiert, meinte er.«

Eher für eine Flucht, dachte Annett und fühlte sich ertappt. Hatte Hartmut etwas bemerkt? Doch wie sollte er? Wo sie doch noch nie ein Wort darüber gesprochen hatten. Wo es nicht mehr als eine Möglichkeit war, eine Art Notausgang, und die Vorstellung, das zu tun, in weiter Ferne. Kaum vorstellbar.

Mischas Mutter kam mit dem Essen herein, und Annett war froh, dass damit das Thema wechselte. Sie zogen an den Tisch um, und Mischas Eltern erzählten vom Urlaub in Ungarn und breiteten Fotos auf dem Tisch aus. Beim Dessert fiel seiner Mutter ein, dass Post für Mischa gekommen war. Ein Brief aus Berlin. Von der Uni. Annett blieb beinahe das Herz stehen. So lange hatte Mischa darauf gewartet, und seine Mutter erwähnte diesen Brief ganz nebenbei, als wäre er nicht wichtig.

Mischa sprang auf. »Wo ist er?«

»Dort, wo die Post immer liegt. In der Keramikschale in der Küche.«

Er verließ das Zimmer. Annett folgte ihm, und kurz nach ihr betraten auch seine Eltern die Küche. Alle scharten sich um Mischa, während er das Kuvert mit einem Messer öffnete und den Brief hervorzog. Sie sah, wie er die Zeilen überflog, sah die Anspannung aus seinem Gesicht weichen und die Enttäuschung darin aufsteigen.

»Nun sag schon. Nehmen sie dich?«, fragte seine Mutter.

Mischa atmete durch und sah in die Runde. »Der Arbeiter- und Bauernstaat hat keinen Bedarf an weiteren Literaturwissenschaftlern.«

»Ach je ... Das tut mir leid«, sagte seine Mutter. »Dann studiere was anderes.«

»Ich will aber nicht Agrarökonom werden. Oder Elektrotechniker.«

»Gegen Naturwissenschaften ist nichts einzuwenden«, sagte sein Vater.

»Kann schon sein, ist aber nichts für mich.«

»Und was willst du nun tun?«, hakte seine Mutter nach.

»Keine Ahnung. Eine Nacht darüber schlafen.«

Mit einer Hand wuschelte sein Vater ihm durch die Haare. »Ich könnte meine Beziehungen nutzen, um dich bei uns an der Ingenieurhochschule unterzubringen. Kopf hoch. Das wird schon.«

»Mal sehen«, antwortete Mischa ausweichend, und Annett verstand, dass er diese Diskussion für sinnlos hielt. Etwas Entscheidendes war gerade geschehen. Etwas verschob und verrückte sich in ihm. Ein trotziger Ausdruck erschien auf seinem Gesicht, und sie ahnte, was er dachte: Ohne mich! Ihr könnt mich alle mal. Ich gehe meinen eigenen Weg. Und wenn es hier nicht geht, dann eben drüben. Im Westen! In der BRD! Beim Klassenfeind!

Nach dem Essen folgte Annett Mischa nach oben in sein Zimmer. Sie setzten sich auf sein Bett und lehnten die Rücken an die Wand. Auf dem Nachttisch lagen einige seiner Zettel, die er ständig schrieb. Notizen. Gedankenfetzen. Zeilen für Songs. Verziert mit allerlei Mustern. Sie nahm einen in die Hand.

Den Mond vom Himmel holen, die Welt in Silber tauchen, für Annett.

»Ich brauch den Mond nicht. Nur dich. Trotzdem danke schön, dass du ihn mir schenken willst.« Sie gab ihm einen Kuss, den er erwiderte.

»Und jetzt?«, fragte Annett schließlich. »Sollen wir es versuchen? Wir könnten es schaffen.«

Er nahm ihre Hand und flocht seine Finger zwischen ihre. »Würdest du denn mitkommen?«

»Na klar. Ich liebe dich und will mein Leben mit dir verbringen. Also geht's nicht anders. Ich frage mich nur …« Sie zögerte.

»Was?«

»Das wird ein Abschied für lange Zeit, vielleicht für immer. Von unseren Eltern, meine ich. Können wir ihnen das antun?«

»Das liegt mir auch quer im Magen. Obwohl sie mich manchmal auf die Palme bringen, sie sind meine Eltern. Meine eine Familie. Ich kenne nichts anderes. Sich für immer von ihnen zu trennen … Ich weiß nicht. Vielleicht suche ich mir eine Lehrstelle als Buchhändler, dann habe ich immerhin mit Büchern zu tun, und probiere es mit dem Studium später noch mal. Ich muss darüber nachdenken.«

»Ja, tu das.« Sie kuschelte sich an ihn und malte sich aus, dass er eine Lehrstelle in Halle bekam. Dann könnten sie zusammenleben, während sie studierte.

Doch diese Möglichkeit erledigte sich am nächsten Tag. Als sie am Samstagnachmittag zur Datsche kam, saß Mischa mit finsterer Miene auf der Schaukel im Apfelbaum und schwenkte einen Brief in der Hand.

»Was ist das?«

»Mein Einberufungsbefehl für den 1. Oktober.«

Und damit war es nun entschieden.

Annett

So schlecht wie letzte Nacht hatte Annett schon lange nicht mehr geschlafen. Die Matratze war zu weich und durchgelegen. Jeder Knochen tat ihr weh, und ihr Hirn fühlte sich an, als wäre es mit Watte umhüllt. Wo sie doch einen klaren Kopf brauchte, um erstens zu einer beruflichen Entscheidung zu kommen und um sich zweitens den seit achtundzwanzig Jahren offenen Fragen zu stellen.

Der Kühlschrank der Ferienwohnung war leer. Sie machte einen kurzen Spaziergang durch die frische Morgenluft Richtung Altstadt und entdeckte bald eine Bäckerei, die auch Frühstück anbot. Mit einer Tasse Kaffee und einem belegten Brötchen setzte sie sich an einen der weißen Kunststofftische. Nach dem ersten Schluck Kaffee ging es ihr besser, und nach dem zweiten holte sie das Handy hervor.

Sie hatte es gestern Abend aufgeladen und Volker eine Nachricht geschrieben, dass sie gut angekommen war und er sich keine Sorgen machen müsse. Zehn Sekunden später hatte er angerufen und sich wegen des Streits entschuldigt. Das Gespräch war nett verlaufen, und er hatte kein Wort über sein Job-Angebot verloren. Stattdessen hatte er von Fabian erzählt, der sich mit Pauline verlobt hatte, obwohl er sich für eine Ehe noch zu jung fühlte, und jetzt nicht wusste, wie er aus dieser Nummer wieder rauskam. Mit Ehrlichkeit natürlich, dachte Annett. Ihr Sohn hatte erst vor einem Jahr das Studium abgeschlossen und seine erste Stelle angetreten. Natürlich war er zu jung für eine Ehe. Er musste Pauline reinen Wein einschenken. Wobei Volker befürchtete, dass er das Thema auszusitzen versuchte. Was nur schiefgehen konnte. Und obendrein falsch war. Sie hatten ihre Kinder zu Offenheit und Ehrlichkeit erzogen. Offenbar mit mäßigem Erfolg, wie Annett sich eingestehen musste, wenn sie an Leonies Job und Fabians Hinhaltetaktik dachte.

Natürlich hatte Volker während des Gesprächs gefragt, wo sie war, und sie hatte geantwortet, dass er nachkommen würde, wenn sie ihm das verriet. Was er natürlich erst abstritt, dann aber lachend einräumte. Am Ende des Gesprächs hatte er sie gebeten, sich gelegentlich zu melden, damit er wusste, dass es ihr gut ging.

Nun schaltete sie das Handy ein. Drei Nachrichten poppten auf. Volker wünschte ihr einen guten Morgen, sandte ihr Küsse und fragte, ob er nun das Lokal für die Silberhochzeit buchen sollte.

Ja, mach das. Das ist ein schöner Ort zum Feiern.
Hab einen schönen Tag.

Sie sandte die Nachricht mit drei virtuellen Küssen ab und schaltete das Handy wieder aus.

Das Frühstück bezahlte sie an der Theke und verließ die Bäckerei. Was sollte sie mit dem Tag anfangen? Vielleicht nach der Adresse des Verräters googeln. Dass Sandro noch immer in Wismar lebte, wusste sie von Peggy, mit der sie in losem Kontakt stand. Oder sie fragte Peggy danach. Zuletzt gesehen hatten sie sich vor acht Jahren auf Mamas Beerdigung. Ab und zu schrieben sie sich Mails und aus den Urlauben ganz altmodisch Postkarten.

Peggys Nummer war im Handy gespeichert. Annett schaltete es wieder ein. Eine neue Sprachnachricht von Volker war inzwischen eingegangen. Die wollte sie später anhören. In den Kontakten suchte sie nach Peggy. Schon nach dem zweiten Läuten meldete sie sich. »Moin Annett. Das ist ja eine Überraschung.«

»Moin, Peggy. Ich bin in der Stadt und dachte mir, ich melde mich mal.«

»Prima. Wir sollten uns treffen.«

»Deswegen rufe ich an. Wann hast du Zeit?«

»Ich feiere gerade alte Urlaubstage und Überstunden ab, bevor sie verfallen. Magst du zu mir nach Hoben kommen? Ich bin in der Datsche.«

»Klingt wunderbar.«

»Vergiss die Badesachen nicht. Den Weg kennst du noch?«

»Aber sicher. Ich finde hin.«

Annett verabschiedete sich und ging Richtung Innenstadt, um einen Badeanzug zu kaufen, denn ihren hatte sie nicht eingepackt. Als sie den Marktplatz überquerte, bemerkte sie einen Pavillon mit blauem Dach und davor eine Gruppe von Männern, die sich unterhielten.

Plötzlich fühlte sie sich unbehaglich, als ob jemand sie beobachtete. Sie sah sich um, konnte aber niemanden entdecken. Eine Möwe landete auf dem Kopfsteinpflaster. Eine junge Frau schob einen Kinderwagen vorbei. Drei alte Damen unterhielten sich. Das unbehagliche Gefühl blieb, während Annett weiterging, den Pavillon passierte – und dort sah sie ihn. Er unterhielt sich mit einem älteren Mann, und dabei gestikulierte er auf eine Art, die sie bisher nur einmal gesehen hatte. Es waren kontrollierte, abgezirkelte Bewegungen. Sie signalisierten Macht. Obwohl achtundzwanzig Jahre vergangen waren, erkannte sie ihn sofort. Sein schmales Gesicht mit dem spitzen Kinn und seine undurchschaubare Mimik. Blitzschnell konnte dieser Mann den Schalter umlegen, von Drohungen auf Anteilnahme. Von Wut auf Verständnis. Das kalte Blau seiner Augen verbarg sich hinter einer Hornbrille. Er musste jetzt weit über sechzig sein. Im Rentenalter, und doch stieg Panik in ihr auf. Das Gefühl, nicht genügend Luft zu bekommen. Ihre Hände begannen zu prickeln. Der Drang davonzulaufen, so schnell es ging, wurde übermächtig. Doch sie wollte ihn nicht auf sich aufmerksam machen und beherrschte sich. Hastig ging Annett weiter, mit gesenktem Kopf und von einem Kribbeln im Nacken begleitet. Hatte er sie bemerkt? Hatte er sie erkannt? Ihr Herz raste. Schweiß rann zwischen den Schulterblättern den Rücken herab. Und gleichzeitig kroch Kälte in ihr nach oben. Eilig bog sie in eine Gasse ein und verschwand aus seinem Blickfeld. Allmählich beruhigte sie sich und atmete durch.

»Mist, Mist, Mist!«, sagte sie leise. Er kann dir nichts mehr anhaben, dachte sie. Beruhige dich! Er besitzt keine Macht mehr. Er ist ein alter Mann. In ausgebeulter Jeans und verwaschenem Poloshirt, wenn sie das richtig gesehen hatte. Wo er doch damals gut sitzende Anzüge getragen hatte. Weiße Hemden und Krawatten. Und wenn sie genau überlegte, hatte er nicht ziemlich krumm dagestanden? Mit dem typischen Rundrücken alter Männer? Ein tattriger Greis. Vor ihm musste sie sich nicht mehr fürchten. Wirklich nicht!

Nachdem sie sich beruhigt hatte, kaufte sie sich in einem Sportgeschäft einen Badeanzug und entschloss sich, mit dem Rad zu Peggy zu fahren. Wie früher. Sie zog das Handy hervor und entdecke zwei weitere Anrufversuche von Volker. Drei innerhalb einer Stunde! Ihr Nervenkostüm war seit dieser Beinahebegegnung auf dem Marktplatz dünn. Ärger stieg in ihr auf. Warum konnte Volker ihr nicht eine Stunde Ruhe gönnen! Sie rief nicht zurück, sondern googelte nach einem Fahrradverleih. Zehn Minuten später betrat sie den Laden und mietete ein Rad bis Freitag. Der Händler gab ihr noch einen Fahrradkorb dazu, in dem sie ihren Einkauf und die Handtasche verstauen konnte, und wünschte ihr schöne Urlaubstage.

Kaum war sie losgefahren, legte sich der Gedanke wie Blei in ihre Magengrube, dass etwas passiert sein könnte. Mit Leonie oder Fabian. Vielleicht versuchte Volker deshalb, sie zu erreichen, und sie Idiotin ging nicht ran. Abrupt stoppte sie und rief ihn an.

»Ist alles in Ordnung?« Ihre Stimme klang so zittrig, wie sie sich fühlte.

»Ja. Natürlich. Was soll denn sein?«

»Weil du drei Mal versucht hast mich zu erreichen.«

»Ach so. Es ist nur wegen des Lokals. An unserem Wochenende sind sie schon ausgebucht. Also entweder suchen wir ein anderes oder wir feiern eine Woche später. Was meinst du?«

Sie beruhigte sich. Alles war gut. »Mir gefällt das Lokal, und auf eine Woche kommt es nicht an. Also lass uns die Feier verschieben.« Sie verabschiedete sich und fuhr weiter. Aber dieser Tag war auf einmal wie verhext. Sie verlor die Orientierung und wusste für einige Augenblicke nicht, wo sie sich befand. Bis sie in eine breite Straße einbog und ihr Blick auf ein Haus auf der gegenüberliegenden Seite fiel und ihr so flau wurde, dass sie anhalten und sich auf die Bank an der Bushaltestelle setzen musste, die sie gerade passiert hatte.

Das Gebäude sah beinahe noch so aus wie damals. Es war nur renoviert worden, während Annett sich für einen Moment eine Abrissbirne wünschte, um es eigenhändig zu Kleinholz zu schlagen. Hier hatte die Stasi mit ihren Spitzeln und Zuträgern gesessen. Diese Popelinejackenträger, wie Mischa sie nannte. Diese fürchterlichen Bürokraten mit der Macht, Leben zu zerstören.

Plötzlich schien die Welt kleiner zu werden, enger. Wände rückten zusammen. Schlammiggrau gestrichen. Das Muster der Bettdecke. Blau und weiß kariert. Immer eine dünne und eine dickere blaue Linie. Waagrecht und senkrecht. Dazwischen weiße Karos. Siebentausenddreihundertvierundachtzig. Siebentausenddreihundertfünfundachtzig. Sie zählte, um nicht verrückt zu werden. Der Spion an der Tür wurde dunkel, die Klappe aufgerissen. »Anlehnen verboten! Sitzen Sie gefälligst gerade!«

»Geht es Ihnen nicht gut?« Eine ältere Frau setzte sich zu ihr auf die Bank.

Irritiert sah Annett auf.

»Hier. Nehmen Sie das.« Die Frau reichte ihr ein Papiertaschentuch, und erst jetzt bemerkte Annett ihre verknoteten Hände. Die Nägel hatten sich ins Fleisch gebohrt. Ein Tropfen Blut lief zwischen Daumen und Zeigefinger den Handrücken hinunter.

*

Als Wismar hinter ihr lag und sie bei Wendorf Strand auf den Radweg einbog, hielt sie Ausschau nach der Ruine der Künstlervilla, in der sie sich damals getroffen hatten. Einen unvergleichlichen Frühling und Sommer lang, und ein Sehnen erfüllte sie mit einem Mal. Ein Schmerz, in dem alles lag. Eine große Liebe, eine nicht gelebte Zukunft, ein schrecklicher Verrat und die dunkle Zeit, in der der Krake schlummerte.

Sie hatte Mischa geliebt. So, wie man nur einmal im Leben lieben konnte. Rückhaltlos. Bedingungslos. Verrückt und vernünftig zugleich. Voller Bedacht. Nicht eine Sekunde hatte sie gezögert, sich seinem Plan anzuschließen. Ohne ihn zu leben war unvorstellbar gewesen. Und nun tat sie das schon seit so langer Zeit. Das Ziehen in ihrer Brust wurde stärker. Was wohl ohne Sandros Verrat aus ihnen geworden wäre? Säßen sie heute irgendwo Hand in Hand auf der Bank vor einem Haus, verliebt wie am ersten Tag, und ließen sich die Morgensonne ins Gesicht scheinen? Er, der Dozent für Literatur, der zu Vorträgen im Ausland eingeladen wurde, zu denen sie ihn manchmal begleitete. Und sie, die studierte Grafikdesignerin in einer verantwortungsvollen Position? Oder vielleicht sogar Autorin. Es waren müßige Gedanken.

Annett konnte die Ruine nicht entdecken. Vermutlich hatte man sie längst abgerissen. Die Idee, Schriftstellerin zu werden, hatte sie nie ernsthaft verfolgt. Es war ein Hirngespinst von ihr. Nur einmal hatte sie Volker davon erzählt. Sie las leidenschaftlich gerne. Vor allem Krimis aus England und Skandinavien. Irgendwann war die Idee da gewesen, sie könnte versuchen, einen Roman zu schreiben. Genügend Fantasie dafür besaß sie. Eines Morgens beim Frühstück hatte sie Volker davon erzählt, und er hatte geschmunzelt. »Vermutlich denkt jeder, der gerne liest, dass er schreiben kann. Doch so einfach ist das nicht.« Danach hatte sie das Thema nicht mehr angesprochen. Ohnehin war sie mit Haushalt, Kindern und Beruf ausgelastet gewesen.

Annett ließ ein Wäldchen hinter sich. Wiesen und Felder breiteten sich linker Hand aus. Auf der rechten Seite erschien das Meer in ihrem Blickfeld. Über der Bucht spannte sich ein wolkenbetupfter Himmel. Gischtkronen tanzten auf den Wellen, und an den Booten blähten sich die Segel. Einige Möwen ließen sich vom Wind emportragen und von den Luftströmungen treiben. Es sah so verspielt und leicht aus, dass ihr weh ums Herz wurde.

Nach kurzer Fahrt erreichte sie den Weiler Hoben. Reetgedeckte Dächer blitzten zwischen alten Bäumen hervor. Sie bog auf einen Feldweg ein und steuerte das blau gestrichene

Holzhäuschen an, Peggys Datsche. Ein windschiefer Zaun umgab das Grundstück. Das Tor stand offen. Annett stellte das Rad unter dem Vordach ab und sah sich um. Hier hatte sich nichts verändert, als wäre die Zeit stehen geblieben. Der Garten war eine bunte, blühende und duftende Pracht. Überall Gemüsebeete, Blumenstauden, Obstbäume und Beerensträucher.

Die Tür ging auf, Peggy kam raus. »Mensch, Zwerg! Lass dich drücken.« Ehe Annett es sich versah, warf Peggy beide Arme um sie und zog sie an sich. Den Gruftie-Look hatte sie schon vor langer Zeit abgelegt. Ein türkisfarbenes Tuch hielt die aschblonden Haare aus dem Gesicht. Peggy trug Jeanshorts und T-Shirt. Arme und Beine waren braun gebrannt.

»Moin Peggy. Wie schön, dich zu sehen. Du siehst toll aus.«

»Bis auf die Heidelbeerfinger.« Lachend hob sie die Hände mit den rot gefärbten Fingerspitzen in die Höhe. »Ich mache gerade Marmelade. Magst du mir helfen, und danach stürzen wir uns ins Meer?«

»Klingt gut.«

Kurz darauf saßen sie am Tisch auf der Terrasse. Vor ihnen eine Schüssel voller Heidelbeeren, die von Stielen und Blättern befreit und gewaschen werden mussten.

»Warst du schon bei Marlene?«, fragte Peggy.

Marlene war Annetts Schwiegermutter, zu der sie und Volker kaum Kontakt hatten. Denn sie hatte die Familie wegen eines anderen Mannes verlassen, als Volker ein kleiner Junge gewesen war. Das hatte er ihr nie verziehen. Seinen Vater Rainer hatte Volker hingegen geliebt, obwohl sich später herausstellte, dass die Sache mit Marlene ganz anders gelaufen war, als er immer erzählte. Volker und sie waren zwei verletzte Seelen gewesen, die damals glaubten, nie wieder jemandem vertrauen zu können, und dann doch langsam Vertrauen zueinander fassten.

Der Kontakt zu Volkers Vater war mit der Zeit wieder besser geworden. Rainer war regelmäßig zu Besuch nach Bamberg gekommen, außerdem hatte Volker ihn finanziell unterstützt. Obwohl Annett sich darüber manchmal gewundert hatte. Denn die Sache mit Marlene hatte Volker ihm nie verziehen, trotzdem war es ihm nicht gelungen, zu seiner Mutter ein gutes Verhältnis aufzubauen. Und nun wollte Peggy wissen, ob Annett ihre Schwiegermutter besucht hatte. Wie kam sie auf die Idee?

Verwundert sah sie auf. »Äh … Nein. Sollte ich?«

»Ich dachte, deswegen bist du hier.«

»Wegen Marlene?« Annett schüttelte den Kopf. »Das hat andere Gründe. Geht es ihr nicht gut?«

»Na ja.« Peggy nahm die nächste Handvoll Heidelbeeren aus der Schüssel. »Ich bin ihr vor ein paar Wochen begegnet. Sie war mit Rollator unterwegs, und ich habe mich gefragt, wie sie damit in ihre Wohnung in der dritten Etage kommen will. Berufskrankheit, sozusagen. Als ich ihr helfen wollte, hat sie mich abgewimmelt. Am nächsten Tag habe ich sie besucht und Kuchen mitgebracht. Damit konnte sie mich schlecht wegschicken, und wir haben gemütlich Kaffee getrunken. Mein Eindruck ist jedenfalls, dass sie allein nicht mehr klarkommt. Der Müll stand in zwei Tüten neben der Tür. Die Wohnung verlässt sie nur noch selten, weil sie so schlecht zu Fuß ist und mit dem Rollator drei Treppen rauf und runter muss. Ich habe Volker eine Mail geschrieben. Er muss sich darum kümmern. Sie braucht entweder jemanden, der ihr hilft, oder sie zieht in eine Erdgeschosswohnung um. Und deshalb dachte ich, dass er das an dich delegiert hat. Aber du weißt anscheinend nichts davon.«

»Volker hat viel zu tun. Vermutlich hat er es vergessen. Ich kümmere mich darum.«

Eigentlich überraschte es Annett nicht, dass Volker kein

Wort über Peggys Mail verloren hatte. Seine Mutter war nicht für ihn da gewesen, und er sah keinen Grund, für sie da zu sein, falls das einmal notwendig werden sollte. Das hatte er kurz nach dem Tod seines Vaters gesagt. Natürlich war das unfair und kaltherzig. Denn Marlene war genauso das Opfer von Rainers Intrige wie Volker.

*

Die Schüssel mit Heidelbeeren leerte sich allmählich, als Peggy die kleine Wunde an Annetts Hand bemerkte und fragte, ob sie die nicht besser desinfizieren wollte.

»Ist nicht schlimm. Nur ein Kratzer.« Doch damit kehrte die Erinnerung an die Beinahebegegnung zurück. »Vorhin habe ich Högner an einem Infostand vor dem Rathaus gesehen. Mir ist jetzt noch ganz flau.«

»Ach je.« Peggy griff nach ihrer Hand. »Die Geister wird man nie wirklich los.«

»Scheint so. Ist er jetzt in der Politik?«

»Schon seit Jahren.«

»Und das ausgerechnet bei den neuen Nazis.«

Peggy warf eine Handvoll Beeren in den Topf. »Diesen Move haben einige von der Stasi hingelegt. Hat er dich bemerkt?«

»Gott sei Dank nicht.«

»Das ist gut. Der Mann ist schräg drauf.«

»Wie meinst du das?«

»Na ja. Er sieht sich als Opfer.« Peggy erzählte, dass sie ein Interview mit ihm in der Zeitung gelesen hatte. Außerdem war eine der Seniorinnen, die sie betreute, vor ihrem Umzug ins Altenheim jahrelang seine Nachbarin gewesen.

»Als Stasi-Mitarbeiter hat er einen Teil seiner Rentenansprüche verloren. Das stößt ihm sauer auf. Dabei hat er doch nur seine Pflicht erfüllt und lediglich Befehle ausgeführt. Ein kleiner braver Beamter. So sieht er sich, und dass er ins Gefängnis musste, kann er schon gar nicht verstehen. Ein abgekartetes Spiel und ein Fehlurteil. Er ist ja schließlich kein Mauerschütze.« Peggy warf die Hände in die Luft.

»Hat er denn die vollen acht Jahre abgesessen?« Annett wusste es nicht, da sie sich nach dem Prozess mit Volker einig gewesen war, das Kapitel DDR ein für alle Mal abzuschließen.

»Er ist schon nach fünf oder sechs Jahren rausgekommen und hat sich in die soziale Hängematte gelegt. Dort liegt er heute noch. Wobei er jetzt ja in Rente sein müsste. Doch davor hat er als Vorbestrafter angeblich keine Anstellung gefunden, und bei den Umschulungen der Jobagentur hat er sich so dumm angestellt, dass daraus nie etwas wurde. Immer sind die anderen schuld. Nie er. Die Opferrolle passt ihm wie ein Maßanzug.«

»Ein frustrierter alter Mann.«

»Das trifft es nicht ganz. Er ist auch streitsüchtig und aggressiv. Eher ein wütender alter Mann. Geh ihm besser aus dem Weg.«

*

Das Wasser war herrlich. Annett schwamm weit hinaus, und als sie umkehrte und sich dem Ufer wieder näherte, begriff sie, wie sehr sie die Ostsee vermisst hatte. Seit dem Umzug nach Bamberg waren Volker und sie nur in Wismar gewesen, wenn es sich nicht vermeiden ließ.

Kurz vor dem Strand drehte sie sich auf den Rücken und ließ sich auf den Wellen treiben. Das Sonnenlicht blendete. Wie ein Scheinwerfer, dachte sie, und schlagartig kehrten die Erinnerungen zurück. Das kreisende Licht über ihr. Das Knattern, von dem sie erst nicht verstand, woher es kam. Die Kraft der Bugwelle, die ihre Jolle hochhob, umwarf und sie unter Wasser drückte. Panik stieg in ihr auf. Mit einem Ruck drehte sie sich um und kraulte an Land.

Peggy hatte es sich bereits im Strandkorb bequem gemacht und reichte ihr ein Handtuch. »Wie geht es dir und Volker eigentlich?«

Annett war dankbar für den festen Boden, auf dem sie nun stand. Ihr inneres Beben ließ nach. Die Erinnerungen verzogen sich wie Nebel bei aufkommendem Wind. Sie rubbelte sich die Haare trocken. »Gut. Eigentlich.«

Peggy blinzelte in die Sonne. »Also eigentlich nicht gut?«

»Doch. Nur verändert sich gerade vieles.« Annett setzte sich neben Peggy. »Die Kinder sind aus dem Haus und stehen auf eigenen Füßen. Das heißt, wir müssen uns neu sortieren. Bisher hat sich viel um sie gedreht. Außerdem bin ich mal wieder auf Jobsuche. Und obendrein feiern wir im November Silberhochzeit. Unvorstellbar, wie schnell die Zeit vergeht.«

»Klingt eigentlich beneidenswert. Aber auch ein bisschen langweilig, oder?«

»Immer noch besser als große Dramen. Außerdem gab es gerade richtig Aufregung.« Annett erzählte von Patricia Weber, Volkers unglücklich verliebter Mitarbeiterin, die versucht hatte, ihren Selbstmord als Mord zu inszenieren, und dadurch Volker beinahe in Schwierigkeiten gebracht hatte.

»Ach du meine Güte«, sagte Peggy. »Die ist ja nicht ganz richtig im Kopf.«

»Ich bin froh, dass wir das hinter uns haben. Wie geht es dir eigentlich? Was macht die Liebe?«

»Zurzeit Dornröschenschlaf«, sagte Peggy. »In meinem Alter haben die Männer entweder ihre Macken oder sie sind in festen Händen und suchen nur ein wenig Abwechslung. Ich tauge aber weder zur Therapeutin noch zur Zwischendurchgeliebten.«

»Und Sandro?« Annett wusste, dass Peggy und er immer wieder mal zusammenkamen, bis es krachte und sie sich wieder trennten.

»Er gehört zu den Männern mit Macke. Es ist schwierig, mit ihm zusammenzuleben. Der Stasi-Knast hat Spuren hinterlassen. Heute würde man wahrscheinlich sagen, dass er eine Posttraumatische Belastungsstörung hat. Doch er geht nicht zum Psychologen.« Peggy erzählte, dass Sandro seit einiger Zeit als Assistent des Bucht-Rangers arbeitete und mit seinem Hund in einem abgelegenen Haus oberhalb des Strands wohnte. »Das ist der richtige Job für ihn. Er ist den ganzen Tag draußen in der Natur. Entweder zu Fuß oder mit dem Boot auf dem Meer. Das tut ihm gut.«

»Meinst du, ich kann mit ihm reden? Oder wird er mich hochkant rauswerfen?«

»Kommt drauf an, wie er gerade drauf ist. Was willst du denn von ihm?«

»Ich will mit diesem Kapitel endlich abschließen, und dafür muss ich verstehen, warum er uns verraten hat. Außerdem würde ich ihm gerne verzeihen.« Ob ihr das gelingen würde, wusste sie nicht.

»Verstehe«, sagte Peggy. »Wie hast du eigentlich den Stasi-Knast überstanden?«

Das war eine Frage, der Annett wie immer auswich. Sie wischte sie beiseite, mit einem Schulterzucken und der Bemerkung, dass sie damit schon klarkäme. Stimmte ja auch. Im Großen und Ganzen. Kein Wort von wiederkehrenden Albträumen. Und dass es passieren konnte, dass sie beim Anblick von Karomustern eine Panikattacke bekam, dass sie bei bestimmten Geräuschen heute noch zusammenfuhr und dass sie manchmal für Sekunden zurückkatapultiert wurde in die U-Haft. In ihre Zelle. In das Verhörzimmer. Zu Högner.

Volker

Volker stand am Fenster und blickte auf die Altstadt von Bamberg. Im Büro war es bis auf das Klappern einer Tastatur ruhig. Dagmar bearbeitete die Exposés für das Projekt in Würzburg, das er gestern akquiriert hatte. Er hatte sie von Onkel Edgar übernommen, und er wusste schon jetzt, dass es nicht leicht würde, sie zu ersetzen, wenn sie in zwei Jahren in Rente ging.

Das Lokal für die Feier hatte er gebucht, und das gab ihm ein gutes Gefühl. Als könne jetzt nichts mehr schiefgehen. Was natürlich Unsinn war, passieren konnte immer etwas. Ein Unfall, Krankheit oder dass Annett ihn verließ. Kurz vor der Silberhochzeit. Der Gedanke war idiotisch. Das sagte er sich schon die ganze Zeit. Doch sein Bauch sagte etwas anderes. Obwohl sie ihm drei Küsschen per WhatsApp geschickt hatte. Dennoch hatte er bei dem Telefonat vorhin ihre Ungeduld gespürt. Sie hatte gedacht, es wäre etwas mit den Kindern. Dabei war er es, der sie brauchte.

Seit die Kinder aus dem Haus waren, hatte ihn wieder die Angst im Griff, Annett könnte erkennen, was für ein armseliges Würstchen er im Grunde war. Manchmal sah er sich so. Wie der Kaiser, der plötzlich ohne die Kleider dastand, die er nie angehabt hatte. Mehr Schein als Sein. Irgendwann würde Annett dahinterkommen, dass er nackt durchs Leben ging. Dass er nichts Besonderes war. Nur ein Mann, der Angst hatte.

Ihr Job als Mutter war mehr oder weniger erledigt, nun war sie frei zu tun und lassen, was sie wollte. Die Kinder hatten sie ans Haus und an ihn gebunden. Gott, war er damals froh gewesen, dass die Kinderbetreuung im Westen so mies organisiert war und sie daheimbleiben musste. Vom ersten Tag ihrer Beziehung an trieb ihn die Angst um, dass sie ihn früher oder später verlassen würde. Er liebte sie. Er trug sie auf Händen. Las ihr beinahe jeden Wunsch von den Augen ab. Jedenfalls diejenigen, die er erfüllen konnte. Wobei sie bescheiden war. Sie stellte keine großen Ansprüche. Nicht wie Patricia. Herrgott! Patricia. Diese dumme Gans.

Es machte ihn beinahe wahnsinnig, dass er nicht wusste, wie Annett ihre Tage verbrachte, seit sie keine Arbeit mehr hatte. Wo sie jetzt, in diesem Augenblick, war. Das war der Grund, warum er sie in die Firma holen wollte. Er wollte sie enger an sich binden, damit es für sie unmöglich wurde, ihn zu verlassen. Das war ihm bewusst. Wenn sie hier arbeitete, wüsste er, wo sie war, was sie tat und mit wem sie Umgang hatte. Und sie wäre finanziell von ihm abhängig.

Es gab keinen Grund, sich Sorgen zu machen, sagte er sich wieder einmal. Sonst hätte sie gezögert, als er sie fragte, ob sie ein anderes Lokal suchen oder den Termin verschieben sollten. Das hatte sie nicht getan. Die Feier würde stattfinden. Alles war im Lot.

Die größte Zuversicht zog er paradoxerweise aus der Nachricht, die sie auf dem Esstisch hinterlassen und die ihn zunächst in Panik versetzt hatte. Er hatte sie unzählige Male gelesen und kannte den Text inzwischen auswendig. Sie hatte nicht vor, ihn zu verlassen. So viel stand fest. Sie brauchte Bedenkzeit, und das war eigentlich verständlich. Obwohl er es nicht wirklich verstand.

Das Klappern hörte auf, ein Stuhl wurde gerückt. Dagmar kam aus dem Nebenraum. »Sag mal, Volker, hat Annett sich schon entschieden?«

Er wandte sich um. »Sie hat sich bis Freitag Bedenkzeit erbeten.«

»Gut. Mir wird das nämlich langsam zu viel an Arbeit.« Dagmar strich einen Fussel vom Ärmel. Sie war ganz Dame. Stets gut frisiert und dezent geschminkt. Sie trug gerne Hosenanzüge, die sie mit Blusen kombinierte. »Denkst du, sie nimmt dein Angebot an, oder sollen wir sicherheitshalber ein Stellenangebot platzieren?«

»Das wird nicht nötig sein.«

Sie nickte. »Dann stell ich jetzt die neuen Angebote auf die Website. Und denk an den Besichtigungstermin in einer halben Stunde.« Dagmar verschwand an ihren Schreibtisch, und er starrte wieder einmal auf sein Handy. Wo war Annett? Vielleicht bei einem anderen Mann? Er konnte von diesem Gedanken nicht lassen, und wieder senkte sich bei dieser Vorstellung ein Schwert aus Eis in seinen Magen.

Bei ihrem Telefonat am Morgen hatte er sie gefragt, wo sie war, und sie hatte gesagt, dass er nachkommen würde, wenn er es wüsste. Das stimmte. Er würde nicht eine Minute länger hier sitzen bleiben, während seine Frau vielleicht mit einem anderen rummachte. Doch sie hatte von Vertrauen geschrieben. Wenn es einen anderen gäbe, hätte sie es ihm gesagt. Das wusste er doch. Seine Gedanken drehten sich im Kreis. Die Unsicherheit machte ihn verrückt.

»Du solltest allmählich los, sonst kommst du zu spät«, rief Dagmar herüber.

»Ja, sicher.« Er nahm die Unterlagen für den Termin vom Schreibtisch und steckte das Handy ein. »Bis später.«

Mit dem Lift fuhr er in die Tiefgarage und legte das Handy in die Ablage des Audi. Doch dann nahm er es wieder heraus und öffnete die UVO-App.

Annett

Die Sonne versank hinter dem Horizont und legte einen orangeroten Schimmer über das Meer. Während Annett Hoben hinter sich ließ und auf dem Feldweg Richtung Westen radelte, wurde es kühl und dämmrig. Nach einer Weile erschien Sandros Häuschen in ihrem Blickfeld. Es stand abseits des kleinen Orts oberhalb des Strands und sah wenig einladend aus. Peggy hatte ihn angerufen und gefragt, ob Annett willkommen sei, und er hatte gesagt, er würde sie schon nicht beißen.

Ein rostiger Maschendrahtzaun umgab das Grundstück. Annett lehnte das Rad daran und sah sich um. Das Haus erinnerte eher an eine Garage oder Werkstatt als an einen Ort, an dem man wohnen wollte. Ein eingeschossiger Bau aus unverputzten Betonsteinen mit einem Flachdach aus Eternit. Von den Fensterrahmen bröckelte der Lack, und die Scheiben waren vor Schmutz beinahe blind. Ein Schild am Tor warnte vor einem bissigen Hund, und Annett zögerte einzutreten.

»Du kannst reinkommen. Buddy tut dir nichts.«

Erst jetzt bemerkte sie zwei weiße Plastikstühle, die im Schatten der Bäume an einer Feuerschale standen. Auf einem saß Sandro, neben ihm lag ein großer schwarzer

Hund mit gehobenem Kopf und gespitzten Ohren. Annett öffnete das Tor und trat ein. Sandro blieb, wo er war. Breitbeinig saß er auf dem Stuhl. Immer noch so dünn wie früher. Er trug Jeans und Tanktop, und sie sah die hervortretenden Schlüsselbeine und die sehnigen Arme. Das Basecap saß verkehrt herum auf dem Kopf. Grau meliertes Haar lugte hervor. Sein Gesicht war vom Wetter gegerbt, und ein Dreitagebart spross auf den Wangen. Er sah wild aus. Beinahe zum Fürchten. So ein verbissener Zug um den Mund.

»Moin Sandro.«

»Moin Zwerg.« Ein Lächeln huschte über sein Gesicht, und ihr Gefühl von Beklemmung wich. Der Hund ließ den Kopf auf die Pfoten sinken und schloss die Augen. »Lange nicht gesehen.«

»Kann man wohl sagen.« Sie setzte sich auf den freien Stuhl und überlegte, wie lange es her war. Es musste am Tag der Abrechnung gewesen sein. Kurz nach ihrer Haftentlassung hatte sie von Peggy erfahren, dass Sandro als IM den Pfarrer und die Friedensgruppe bespitzelt hatte. Ausgerechnet die Menschen, die ihn bei seiner Totalverweigerung unterstützt hatten. Da hatte sie verstanden, dass sie sich wegen ihres Verdachts nicht schämen musste. Dass tatsächlich er der Verräter war. Vermutet hatte sie es längst. Sie war zu ihm gefahren und wollte wissen, warum er sie verraten hatte. Doch er stritt alles ab, und am Ende hatten sie sich angebrüllt und wären beinahe aufeinander losgegangen.

»Magst du ein Glas Eistee?«

»Ja. Gerne.«

Er verschwand im Haus. Der Hund blieb, wo er war, allerdings beobachtete er sie, und Annett wagte nicht, sich zu rühren, bis Sandro mit zwei Gläsern und einem Krug zurückkehrte und einschenkte. Sie stießen an. »Wie geht's dir?«, fragte Annett.

»Ich mache uns Feuer.« Vom Stapel vor dem Haus holte er ein paar Scheite und trockenes Reisig. »Es wird kalt, sobald die Sonne weg ist.« Die Scheite schichtete er in die Feuerschale, schob Reisig darunter und zündete es an. »Ich komme klar«, sagte er schließlich. »Und du?«

»Ich auch. Ich komm auch klar.« Und plötzlich hatte sie das Gefühl, dass es stimmte. Dass sie klarkam. Was nicht bedeutete, dass sie glücklich war, sondern, dass das Leben im Großen und Ganzen okay war. In Ordnung. Aber nicht wirklich erfüllend. Etwas fehlte. Mischa vielleicht. Der Gedanke legte sich wie Blei auf ihre Brust. Vielleicht war es keine gute Idee gewesen, an diesen Ort zurückzukehren.

Sandro lachte leise, und sie fragte nicht, weshalb, denn dann würde sich das Gespräch um ihre Ehe mit Volker drehen, um die Kinder und darum, dass sie es im Westen geschafft und zu etwas gebracht hatten. »Wie geht es eigentlich Jenny?« Ihre Karriere als Eiskunstläuferin war nach der Wende nicht weitergegangen, und Annett wusste nicht, was aus Sandros Schwester geworden war.

Mit einer Metallstange stocherte Sandro im Feuer. »Sie ist jetzt Bäuerin. Hat einen Landwirt aus Niederbayern geheiratet. Nebenbei trainiert sie den Nachwuchs des örtlichen Eiskunstlaufvereins.« Es klang bitter, und Annett verstand, dass es ihm wie Hohn erscheinen musste. Nach allem, was er für sie getan hatte.

»Du bist aber nicht hier, um mit mir über Jenny zu reden. Bringen wir es hinter uns.« Er ließ die Metallstange fallen und sah sie abwartend an.

»Ich will es verstehen. Auch, damit ich dir verzeihen kann.«

Er lachte trocken. »Verzeihen. Großes Wort. Sag's doch gleich: damit du dich dann besser fühlst. Die gütige Annett, die dem Verräter vergibt.«

Das Gespräch lief in die falsche Richtung. Wenn sie jetzt auf seine Provokation einging, würde sie nie den Grund für seinen Verrat erfahren. Also schwieg sie. Sandro griff wieder zum Metallstab und stocherte im Feuer, bis Funken aufstoben. »Hast du dich eigentlich nie gefragt, wie schwer dein Anteil an dieser Schuld wiegt?«

Natürlich hatte sie das. »Ich hätte ihn nicht abhalten können.«

»Hast du es überhaupt versucht?«

Das hatte sie nicht getan. Sie war nicht einmal auf die Idee gekommen, und bis heute fragte sie sich, weshalb sie nur in die eine Richtung geblickt hatten. In eine Zukunft, die ihnen alle Möglichkeiten bot. Weshalb sie nie die Perspektive gewechselt und sich gefragt hatten, was ihnen schlimmstenfalls drohte und ob es das wert war. Sie waren so voller Optimismus gewesen. »Du hast ihn doch gekannt. Ihr wart Freunde. Er hat immer durchgezogen, was er wollte. Und er war nun mal entschlossen abzuhauen.«

»Ihr hättet warten sollen. Nur ein Jahr. Ein verdammtes Jahr!«

»Ja. Ich weiß.« Wie oft hatte sie sich mit diesem Gedanken gequält. »Aber im Herbst achtundachtzig konnte niemand ahnen, dass die Mauer fallen würde. Auch du hast dir das in deinen kühnsten Träumen nicht ausgemalt.«

»Er hätte seinen Wehrdienst ableisten sollen. Augen zu und durch.«

Annett lachte bitter. »So wie du? Ja? Ihr hattet doch dieselben Ideale.«

»Außerdem gab es noch das Kirchenasyl. Das wäre auch eine Möglichkeit für ihn gewesen.« Sandro sah auf. »Du kannst das drehen und wenden, wie du willst. All das wäre nicht passiert, wenn ihr abgewartet hättet.«

Mit der Hand fuhr sie sich über die Augen. »Irrtum! All das wäre nicht passiert, wenn du uns nicht verraten hättest!«

»Woher willst du das wissen? Kaum jemandem ist die Flucht über die Ostsee geglückt. Die meisten wurden noch an der Küste festgenommen. Oder schon vorher. Nur vier Prozent haben es geschafft, um genau zu sein.« Sandro stand auf, legte ein Holzscheit nach und blieb an der Feuerschale stehen.

»Ach, damit redest du dir das schön. Mit Statistik.«

»Ich muss mir nichts schönreden. Mischa hat mich nicht eingeweiht. Ich wusste nichts von eurem Plan. Das habe ich dir damals schon gesagt.«

»Du hast ihn trotzdem gekannt, denn du hast ihn mitbekommen. Oder soll ich sagen: Du hast uns im Übungsraum belauscht?«

Eine zornige Falte erschien an Sandros Stirn. »Du klagst den Falschen an.«

»Ach! Und weshalb beschäftigst du dich dann mit den Zahlen? Mit der Statistik? Wie viele wann und wo hopsgenommen wurden. Wenn du angeblich nichts damit zu tun hast!«

»Weil ihr meine Freunde wart und mich nicht kaltlässt, was euch passiert ist! Und wenn du unbedingt jemandem die Schuld geben willst, dann gib sie dir.«

Ein Pärchen ging lachend den Weg jenseits des Zauns entlang. Der Hund hob den Kopf und begann zu knurren. »Ist gut, Buddy«, sagte Sandro. »Das sind nur ein paar Touristen.«

Annett ließ sich nicht ablenken. Sie wollte endlich die Wahrheit erfahren. »Ich glaube dir nicht.«

»Ist schon klar: einmal Verräter, immer Verräter.«

»Stimmt es etwa nicht, dass du IM warst?«

Mit der Stange hieb er auf ein brennendes Holzscheit. Funken verglühten in der Nacht. »Du weißt, warum!«

»Klar. Gründe gibt es immer. Also erkläre mir endlich, warum du uns bei der Stasi verpfiffen hast!«

Er schnellte herum und warf die Stange nach ihr. Sie sauste knapp an ihrem Kopf vorbei und landete hinter ihr im Gras. Annett sprang auf und schnappte nach Luft.

»Verschwinde!«, brüllte er. »Dich interessiert die Wahrheit doch gar nicht.«

*

Das Radlicht tanzte vor ihr auf dem holprigen Feldweg. Der Ärger auf Sandro und die Angst vor seinem Hund, der sie bellend vom Grundstück verjagt hatte, ließ nach. Enttäuschung breitete sich in Annett aus. Sie war umsonst gekommen. Es war ohnehin eine dumme Idee gewesen. »Lass die Vergangenheit ruhen.« Das würde Volker jetzt sagen und sie in den Arm nehmen. »Erinnern kann schmerzhaft sein. Tu dir das nicht an. Wir haben uns. Lass uns nach vorne blicken.« Vermutlich hatte er recht.

Vor dem Haus in der Turmstraße gab es einen Laternenpfahl, daran kettete sie das Rad. Der Zugangscode für die Eingangstür fiel ihr nicht ein. Sie zog das Handy hervor, um die Bestätigungsmail des Vermieters zu öffnen. Dabei bemerkte sie einen Mann, der etwa dreißig Meter entfernt in der Nähe einer Laterne stand und nun langsam auf sie zuging. An seinen Bewegungen erkannte sie ihn sofort. Annett reagierte auf seinen Anblick wie am Morgen. Ihr wurde ganz flau, und was noch schlimmer war, sie erstarrte. Plötzlich konnte sie sich nicht rühren, in ihrem Kopf setzte ein Rauschen ein, während Högner auf sie zukam und schließlich vor ihr stehen blieb. »Sieh mal einer an. Tatsächlich die Genossin Frey. Wühlen Sie mal wieder in der Vergangenheit, um für Ihre Vorstellung von Gerechtigkeit zu sorgen?«

Sie fand ihre Sprache wieder. »Das ist nicht meine Gerechtigkeit, sondern unsere. Die, auf die wir uns als Gesellschaft geeinigt haben. Außerdem wäre ich allein wohl heillos überfordert. Um diesen Berg an Unrecht aufzuarbeiten, braucht es Heerscharen.«

Högner lachte trocken. »Noch immer Idealistin. Sie lernen es wohl nie. Ein Rat von mir: Lassen Sie Sandro Blanke in Frieden. Er hat mit der ganzen Sache von damals nichts zu tun.«

Überrascht sog Annett die Luft ein. Doch sie traute Högner nicht über den Weg. Diesem Weltmeister im Täuschen und Lügen, im Verdrehen von Tatsachen. »Ach? Ist das so? Warum sollte ich ausgerechnet Ihnen glauben?«

»Sie können es auch lassen. Ich gebe Ihnen nur den Rat, hier nicht wieder Unfrieden zu stiften.« Högner wandte sich zum Gehen.

Annett konnte es nicht lassen. »Sonst?«

Högner zuckte mit den Schultern, schob die Hände in die Hosentaschen und schlenderte davon. Annett sah ihm nach, bis er um die Ecke verschwunden war, und tippte dann den Zugangscode ins Tastaturfeld. Mit zitternden Fingern. Ein bitterer Kern ballte sich in ihrem Magen. Ihr war übel, als sie die Haustür hinter sich zuschlug und sich von innen dagegen lehnte, als ließe sich so das Böse fernhalten.

Wismar

September 1988

Samstagmittag klingelte Sandro an der Tür und wedelte mit seinem Einberufungsbefehl. »Hast du den Wisch auch bekommen?«

Mischa nickte.

»Nur Volker hat Glück. Ich war gerade bei ihm. Er darf nach Rostock an die Hochschule. Der Einzige von uns, der bereitwillig zur NVA gehen würde, wird verschont. Das ist nicht fair.«

»Nur vorübergehend.« Mischa ließ Sandro ein. »Irgendwann muss auch er zur Armee.«

»Das tröstet mich jetzt nicht wirklich.« Sie gingen in Mischas Zimmer. Sandro fläzte sich in den Korbsessel, Mischa aufs nicht gemachte Bett. »Und jetzt? Gehst du ins Kirchenasyl?«

»Logisch«, sagte Sandro. »Bernd hat schon alles vorbereitet. Bist du dabei?«

Mischa nickte. Diese Frage hatte er erwartet. Niemand durfte von ihrem Plan, abzuhauen, erfahren. Annett und ihm war bewusst, dass sie ihre Familien und Freunde mit ihrer Flucht in Teufels Küche brachten. Endlose Stasi-Verhöre standen ihnen bevor. Wenn sie nichts wussten, konnten sie nicht als Mittäter belangt werden. Deshalb mussten sie ihren Plan für sich behalten. Deshalb musste er Sandro belügen und schloss sich zum Schein seiner Totalverweigerung an. Notfalls mit Hungerstreik. Bernd hatte einen Kontakt zur Westpresse. Ihre Aktion würde die nötige Aufmerksamkeit bekommen. Am 1. Oktober sollte es losgehen. Statt in die Kaserne würden sie in die Kirche gehen und mit Plakaten und einer Mahnwache dafür demonstrieren, dass es jedem möglich sein sollte, aus Gewissensgründen den Dienst in der NVA zu verweigern.

Sandro war erleichtert, dass er das nicht allein durchziehen musste, und Mischa schämte sich, seinen Freund zu hintergehen. Es ging nicht anders. Wenn er nicht mitmachte, würde Sandro fragen, was Mischa stattdessen vorhatte, und am Ende erraten, was er plante.

Noch am selben Tag nahm Sandro ihn zu den Umwelt- und Friedensaktivisten mit, stellte ihm die Leute vor. Auch Bernd, den Pfarrer, einen bulligen Kerl mit wilder Haarmähne, und Mischa fragte sich, ob Sandro tatsächlich Berichte über ihn schrieb und bei der Stasi ablieferte. Eigentlich wollte er es nicht wissen. Er schnitt das Thema in den kommenden Tagen nicht an, und auch Sandro mied es.

Seine Eltern bekamen natürlich mit, dass da etwas lief, denn aus seiner Ablehnung des Wehrdienstes hatte Mischa nie einen Hehl gemacht. Sein Vater fragte, was er nun tun würde. Brav einrücken? Mischa zuckte die Schultern, doch damit kam er bei seinem alten Herrn nicht durch. Er bohrte nach, und schließlich gab Mischa den Plan mit der Totalverweigerung preis. Erstaunlicherweise hakte sein Vater nicht nach. Er stellte nur eine einzige Frage. »Kann man dir das noch ausreden?«

»Nein. Wir ziehen das durch.«

Sein Vater nahm das Buch wieder hoch, das er gerade las, und verschanzte sich dahinter. Ganz Untertan. Was er nicht wusste, konnte man ihm später nicht vorhalten. Lediglich am nächsten Morgen beim Frühstück fragte er, ob Mischa sich über die Konsequenzen im Klaren war. Gefängnis und keine Aussicht auf ein Studium. Mischa nickte. »Ich werde eine Buchhändlerlehre machen.«

»Eine Lehre!« Sein Vater knallte die Serviette auf den Tisch und stand auf. »Und dafür haben wir alles gegeben«, sagte er im Hinausgehen. »Für eine Lehre! Was für eine Enttäuschung.« In der Tür drehte er sich noch einmal um. »Deine Mutter und ich wollen, dass du ausziehst. Denn für uns wird das auch Konsequenzen haben. Je weniger wir damit zu tun haben, umso besser. Oder willst du, dass wir unsere Anstellungen verlieren?«

»Wo soll ich denn hin?« Er fragte das empört, obwohl er bald nicht mehr hier sein würde, sondern drüben im Westen, in Dahme. Dort würde er auf den Leuchtturm steigen und nach Drüben gucken, das dann ein anderes Drüben sein würde als jetzt. »Du weißt, dass ich niemals eine Wohnung zugeteilt bekomme.«

»Du wirst auch keine brauchen, denn du wirst im Gefängnis sitzen.«

»Und bis dahin?«

»Du kannst in die Datsche ziehen. Oder frag deine Freunde. Wir wollen dich hier jedenfalls nicht haben. Es sei denn, du kommst zur Vernunft.«

Seine Eltern warfen ihn raus. Es traf ihn bis ins Mark. Doch wenn der Schmerz darüber nachlassen wollte, holte Mischa den Satz wieder hervor und etwas verschob sich. Sein Vater und seine Mutter wollten nichts mit ihm zu tun haben. Es machte die Trennung leichter, wenn er sauer auf sie war.

Natürlich nahm seine Mutter ihn am selben Tag in der Küche beiseite und redete ihm ins Gewissen. Er ließ sie reden. Je weniger er dazu sagte, umso schneller würde das Gespräch vorüber sein. Er benahm sich wie ein trotziges

Kind. Doch er sah keinen Sinn in einer Diskussion. Ein Kompromiss war nicht möglich. Es hieß ganz oder gar nicht. Es hieß, duck dich, pass dich an, oder führe ein freies Leben. Seine Entscheidung war längst gefallen. Doch er sah die Not seiner Mutter. Natürlich machte sie sich Sorgen und wollte verhindern, dass er sich seine Zukunft ruinierte. »Ich weiß nicht, was wir noch tun können, um dich zur Besinnung zu bringen. Wir haben sogar schon überlegt …« Hier brach sie ab und griff nach dem Geschirrtuch, obwohl es kein Geschirr zu trocknen gab.

»Was habt ihr euch überlegt? Etwa Sandro und mich bei der Stasi hinzuhängen?«

Sie wandte sich ab. Nahm ein Glas aus dem Schrank, und damit war alles gesagt.

»Habt ihr nur überlegt oder habt ihr es getan?«

Sie wandte sich um. »Wir haben nichts getan. Es würde ja nichts ändern. Du kommst so oder so in Schwierigkeiten. Wir denunzieren doch nicht unser einziges Kind.«

»Ihr wärt fein raus.«

»Dein Vater sieht das so. Trotzdem werden wir nichts sagen. Das steht fest.«

»Aber in die Datsche soll ich dennoch ziehen?« Er konnte es nicht lassen, diesen Rausschmiss noch einmal zu provozieren.

*

Die Zeit wurde knapp. Nur noch zehn Tage bis zum 1. Oktober. Aus dem vagen Plan musste ein konkreter werden. Was brauchten sie noch an Ausrüstung? Wann sollten sie es wagen? Wie konnten sie von Hartmut unbemerkt ablegen?

Eines Abends Ende September suchte Mischa zum letzten Mal den Übungsraum auf. Die Mappe mit seinen Songtexten war noch dort, er wollte sie mitnehmen. Außerdem wollte er hier Annett treffen, die bei ihren Eltern war, bevor sie gemeinsam nach Poel radelten. Wo er nun in der Datsche lebte. Und sie eigentlich auch.

Er ging über den Hinterhof des halb verfallenen Hauses und schloss die Tür des Nebengebäudes auf. Die Fenster hatten sie selbst neu verglast und alte Teppiche auf den bröckelnden Estrich gelegt und darauf ausrangierte Matratzen als Sitzgelegenheit. Sie sogen die Feuchtigkeit aus dem Gemäuer und rochen inzwischen ziemlich modrig. Er wusste, dass er diesen Raum zum letzten Mal betrat, und für einen Augenblick erfasste ihn Wehmut.

Das Schlagzeug war halb abgebaut. Sandro holte seine Sachen bereits. Kathis Keyboard war noch an seinem Platz. Doch auch Volkers Sachen fehlten. Sein Notenständer und das Mikro waren verschwunden. Tagebau gab es nicht mehr. Die Tür zum Nebenraum stand offen. Den nutzten sie nicht, aber von dort führte eine weitere Tür zum nächsten Hinterhof und von dort ging es hinaus auf die Straße zum Alten Hafen. Mischa öffnete sie, um durchzulüften, bis Annett kam, und zündete die Kerzen an, die in Weinflaschen in den Fensterlaibungen standen. Es gab zwar Strom, aber so war es romantischer.

Annett kam kurz nach ihm und reckte einen Daumen in die Höhe. »Ich habe einen Neoprenanzug. Von der Tochter eines Segelfreundes meines Vaters. Sie ist rausgewachsen. Gut, dass ich so klein bin.«

Er hatte seinen Anzug bereits. Eigentlich war es der seines Vaters, den er im Frühjahr und im Herbst für seine Tausendmeterstrecke benutzte. Momentan hatte er Probleme mit der Schulter und schwamm nicht. Dass der Anzug weg war, würde ihm erst in ein paar Wochen auffallen. »Und ich habe zwei Lampen.«

Höhlenkletterer verkauft Ausrüstung. Den Aushang hatte er am Tag zuvor an einem Laternenmast entdeckt und in der Hoffnung auf leistungsfähige Taschenlampen die angegebene Nummer gleich angerufen. Der Mann musste sein Hobby nach einem Unfall aufgeben, und er hatte Besseres zu bieten: Stirnlampen. Natürlich wollte er wissen, wofür Mischa sie brauchte, und er machte aus sich einen Geländeläufer, der gerne in den frühen Morgenstunden unterwegs war, die zweite bräuchte er für seinen Trainingspartner.

»Super. Die Ausrüstung haben wir also«, sagte Annett.

»Bis auf einen Kompass.« Mischa setzte sich zu ihr auf die Matratze.

»Den brauchen wir nicht. Wir halten auf das Leuchtfeuer von Dahme zu.«

»Vorausgesetzt, die Sicht ist gut«, gab Mischa zu bedenken.

»Bei schlechtem Wetter sollten wir es nicht versuchen. Das wird zu gefährlich.«

»Vielleicht können wir uns das nicht aussuchen. Uns bleiben nur noch zehn Tage«, sagte Mischa.

Annett schlug vor, in den Segelsachen ihres Vaters nach einem Kompass zu suchen, denn Mischa konnte von der Idee nicht lassen, dass es besser war, einen zu haben. Die Vorstellung, auf dem Meer die Orientierung zu verlieren, ließ eine Welle von Panik in ihm hochschwappen.

Weiter ging es mit der Frage, ob sie vor aller Augen am Tag abhauen sollten. Mit der Segelerlaubnis PM 18 kämen sie mehr oder weniger unbehelligt drei Meilen weit. Doch die Saison war vorbei und weniger Boote unterwegs. Vermutlich würden sie von einem der Grenzschutzboote kontrolliert werden. Hin und wieder kam das vor, obwohl man sie und ihre PM 18 kannte. Und dann?

Obendrein wollten sie nach Möglichkeit bei schönem Wetter starten, wenn die Sicht gut war. Also wären auch sie leichter auf dem Wasser auszumachen als bei Dunkelheit. Und bei schlechtem Wetter würden sich die Grenzschützer erst recht fragen, wieso sie mit dem Boot draußen waren. Also entschieden sie sich, nachts zu fliehen.

»Am kommenden Wochenende ist Vollmond«, sagte Annett. »Wenn das Wetter bis dahin aufklart, sollten wir es in der Nacht zum Sonntag versuchen. Dann brauchen wir die Lampen vielleicht nicht.«

Die Lampen waren ohnehin nur für den Notfall vorgesehen. Beispielsweise, falls sie auf den Kompass sehen mussten. Fragend sah sie ihn an, und er nickte. »Gut. Aber versuchen ist zu wenig. Wir müssen es schaffen. Wir müssen sicher sein, dass es klappt.«

»Natürlich. Es gibt kein Zurück.«

»Hartmut ist meistens um zehn im Bett. Wir könnten zwischen elf und zwölf starten.« Als er das sagte, schepperte etwas im Nebenraum. Nach einer Schrecksekunde sprang er auf und rannte raus.

Die Tür zum Hinterhof war noch offen. Und dort stand Sandro neben seinem Rad, das er an die alte Blechmülltonne gelehnt hatte. War er gerade erst gekommen? Oder war er schon länger da?

»Mann, hast du mich erschreckt«, sagte Mischa.

»War nur der Mülltonnendeckel. Er ist runtergefallen. Was machst du denn hier?«

Der Deckel lag an Ort und Stelle. Hatte Sandro sie belauscht? »Dasselbe kann ich dich fragen.«

»Ich will meinen Kram holen. Tagebau ist ja wohl Geschichte.«

»Dito. Annett ist auch da. Magst du ein Bier?« Er musste wissen, ob Sandro schon länger da war und etwas mitbekommen hatte. Im Übungsraum standen noch ein paar Flaschen Störtebeker. Damit stießen sie an, und Sandro benahm sich wie immer. Sie redeten über die Totalverweigerung und Sandro bewunderte, wie gelassen Annett diese Aktion nahm. Im Gegensatz zu Peggy, die noch immer versuchte, ihn davon abzubringen. Denn es war klar, dass sie beide dafür ins Gefängnis wandern würden. Sandros Mutter hatte keine Ahnung von seinen Plänen, und das war gut so. Zum Schluss ging es um Jenny, die ihre Karriere als Eiskunstläuferin damit wohl endgültig begraben konnte. Wieso war Sandro das plötzlich egal? Mischa fragte ihn das, als Annett kurz draußen war. »Weil ich meine Überzeugungen habe«, sagte er. »Ich kann mir nicht länger in die Tasche lügen, nur damit sie ihren Traum, die zweite Kati Witt zu werden, verwirklichen kann.« Die Antwort fand Mischa nicht wirklich zufriedenstellend. Hatte Sandro etwa seine IM-Tätigkeit an den Nagel gehängt und ließ sich nicht weiter erpressen? Annett kehrte zurück. In ihrer Gegenwart konnte er Sandro diese Frage nicht stellen, und in den folgenden Tagen ergab sich keine Gelegenheit dazu.

*

Am Freitagmorgen, als ihre Eltern bei der Arbeit waren, durchsuchte Annett die Kommode ihres Vaters. Sie erinnerte sich vage, dass er ihr als Kind einmal einen alten Kompass gezeigt hatte. Ein Erbstück seines Großvaters. Tatsächlich fand sie ihn in der untersten Schublade zwischen allerlei Krimskams und steckte ihn ein. Ohne schlechtes Gewissen, wie sie überrascht feststellte. Der Kompass würde ihnen helfen und ihr Vater am Ende dankbar sein, wenn sie – dank dieses Instruments – gut drüben angekommen waren.

Sie steckte ihn zu den anderen Sachen in ihre Tasche und radelte nach Poel. An der Kreuzung in der Dorfmitte lief ihr Kathi über den Weg. Wieder einmal. Annett hatte inzwischen den Verdacht, dass das kein Zufall war. Dass Kathi sie beobachtete. »Moin, Kathi!«

Ein gestreckter Mittelfinger war die Antwort. Na, dann nicht, dachte Annett und erzählte Mischa davon, als sie die

Datsche betrat. »Ich glaube, sie verfolgt uns. Früher bin ich ihr hier jedenfalls selten begegnet.«

»Lass sie doch. Sie wird sich schon beruhigen. Außerdem sind wir bald weg.«

»Ja, du hast recht. Ich habe übrigens einen Kompass.«

»Großartig.« Mischa gab ihr einen Kuss. »Das beruhigt mich ungemein.«

Jetzt hatten sie alles zusammen, was sie für die Flucht brauchten, und sie hatten sogar etwas Westgeld, das drüben ihr Startkapital werden sollte. Geburtstagsgeld von Tante Silke, die seit ihrer Ausbürgerung in Hamburg lebte und jedes Jahr zu Weihnachten und zum Geburtstag Geschenke schickte. In den Verpackungen versteckte sie kunstvoll Geldscheine. Annett hatte bisher kaum etwas davon ausgegeben, als hätte sie geahnt, dass sie es einmal brauchen würde. Tante Silke war nach dem Leuchtturm von Dahme ihr nächstes Ziel im Westen.

Eigentlich hatten sie beschlossen, nichts mitzunehmen, was auf einen Fluchtversuch hindeutete. Für den Fall, dass sie erwischt wurden, wollten sie sich mit einer Wette herausreden, die einem Bier zu viel geschuldet war. Ob Annett sich traut, in der Nacht allein über die Bucht nach Boltenhagen zu segeln? Sie hätte das beweisen wollen, er habe Angst bekommen und sei ihr hinterhergelaufen und zu ihr ins Boot geklettert, als er sie nicht abhalten konnte. Und bei dieser Aktion hätten sie irgendwie die Orientierung verloren. Das sollte ihre Legende sein. Hartmut konnte bestätigen, dass sie die Tour nach Boltenhagen in diesem Sommer sicher ein Dutzend Mal gemacht hatten.

Doch das Westgeld, ihre Ausweise und die Abiturzeugnisse, die sie in Plastikbeutel eingepackt mitnehmen wollten, würden ihrer Legende widersprechen. Also entschieden sie, die Beutel zu beschweren, damit sie sie notfalls versenken konnten.

Als Annett gegen Mittag in den Himmel sah, klarte das Wetter auf, und sie machten am Nachmittag Mischas Jolle flott, flachsten ein wenig mit Hartmut herum, der einem älteren Paar geholfen hatte, das Segelboot aus dem Wasser ins Winterquartier zu holen, und absolvierten eine Trainingsrunde. Gegen vier kehrten sie zurück und vertäuten das Boot am Steg. Hartmut kam, um ein wenig zu quatschen. Bald wäre die Saison ja vorbei und das schöne Leben. Wie es denn weitergehen sollte, in ihrem Lebenslauf.

Annett erklärte, dass sie fürs Studium nach Halle ging, und Mischa sagte, dass er erst mal seinen Wehrdienst ableisten musste. »Wir nutzen das schöne Wetter am Wochenende noch aus und dann motten wir die Boote ein.«

Hartmut machte noch ein paar Bemerkungen über das Wetter und den nahenden Winter, der hier draußen einsam werden konnte, und trollte sich dann.

Sie radelten zur Datsche zurück. Es war ein schöner Herbstabend und das Licht ganz golden. Doch der Wind war kalt, und Annett fröstelte. Deshalb setzten sie sich zum Essen dann doch ins Häuschen und nicht in den Garten, wie sie es eigentlich vorgehabt hatten. Annett kochte, und Mischa hörte den Seewetterbericht im Radio. In der Nacht von Samstag auf Sonntag sollte der Wind mit Stärke fünf aus Nordost kommen. Eine frische Brise bei mäßig bewegter See. Ideal für sie. Während der Wetterbericht für den Sonntagnachmittag und die darauffolgende Nacht Stärke sieben ankündigte. Das war für ihre kleine Jolle zu viel. Also entschieden sie, es in der Nacht zum Sonntag zu wagen.

Während sie aßen, gingen sie alles noch einmal Schritt für Schritt durch. Wann die bewachten Posten in ihrem Abschnitt unterwegs waren, hatten sie den Sommer über beobachtet, ebenso das Wachboot der Grenzbrigade Küste. Es gab ein Zeitfenster von etwa anderthalb Stunden. Bis dahin mussten sie die ersten drei Meilen geschafft haben, knapp fünf Kilometer. Hartmut war die einzige Unwägbarkeit. Normalerweise gingen zwischen zehn und halb elf die Lichter in seinem Häuschen am Hafen aus. Aber nicht immer. Sicherheitshalber beschlossen sie, bis um zwölf zu warten. Der Wind zog kalt durchs Küchenfenster herein. Annett schloss es. Der Mond hing beinahe voll am Himmel, und das bereitete ihr Sorgen. Die Nächte waren so hell. Jenseits des Gartenzauns nahm sie eine Bewegung wahr. Vermutlich die rote Katze, die häufig durch den Garten schnürte. Sie schenkte ihr keine weitere Beachtung.

Annett

Am Morgen nach der Begegnung mit Högner setzte sich Annett mit einem Becher Milchkaffee und einem Croissant auf eine Bank am Alten Hafen und sah aufs Wasser. Dass Högner ihr gestern aufgelauert hatte, war kein Zufall. Woher kannte er ihre Adresse? Die kannte nur einer: Schwann, ihr Vermieter. Der sich nach über zwanzig Jahren noch immer an den Prozess und ihren Namen erinnert hatte. Sie zog das Handy hervor und gab seinen Namen plus Wismar in die Suchmaske ein und wurde sofort fündig. Högner und er gehörten derselben Partei an. Sie waren Freunde. Kurz überlegte Annett, sich eine andere Unterkunft zu suchen, doch sie wollte sich nicht von Högner vertreiben lassen. Er konnte ihr nichts tun, außer ihr Angst einjagen und sie verunsichern. Woher hatte er gewusst, dass sie bei Sandro war? Hatte er sie etwa den ganzen Tag beobachtet? Oder war es ein Schuss ins Blaue gewesen? Sagte Sandro die Wahrheit? Und Högner ebenso? Doch wenn Sandro sie nicht verraten hatte, wer dann?

Ein Pärchen ging vorbei. Auf der anderen Seite des Kais wurde ein Lieferwagen entladen.

Sie trank den letzten Schluck Kaffee aus dem Becher, warf ihn zusammen mit der Tüte in den Papierkorb und zog das

Handy hervor. Keine Nachricht von Volker, wie sie erleichtert feststellte. Er respektierte endlich ihren Wunsch, ungestört zu sein. Marlenes Nummer war in den Kontakten gespeichert. Annette wählte sie, und kurz darauf meldete sich ihre Schwiegermutter. »Moin, Annett. Ist jemand gestorben?«

»Hallo Marlene. Keine Sorge. Uns geht es gut.«

»Ich dachte, weil du mich anrufst.«

»Ich bin für ein paar Tage in Wismar und würde dich gerne treffen.«

»Das ist ja eine Überraschung. Warte einen Moment.« Annett hörte Schritte und wie ein Stuhl gerückt wurde. Dann war Marlene wieder am Telefon. »Ein Treffen … Hm … Wobei … Eigentlich passt mir das sehr gut. Ist Volker auch dabei?«

»Er hat in Bamberg zu tun.«

»Das ist schade. Tja, also dann kommst du am besten heute Nachmittag um drei. Das wird interessant.«

»Soll ich etwas mitbringen? Kuchen vielleicht?«

»Nicht nötig, ich habe schon einen gebacken. Wir werden nicht allein sein.«

Annett wunderte sich zwar, doch sie fragte nicht nach, wer noch kommen würde. Wenn Marlene es hätte sagen wollen, hätte sie das getan. Nach dem Telefonat kehrte Annett in die Ferienwohnung zurück, packte die Badesachen ein und fuhr mit dem Rad hinaus nach Wendorf. Dort suchte sie nach der alten Künstlervilla, doch sie existierte tatsächlich nicht mehr. Unweit der Stelle, an der sie gestanden hatte, befand sich jetzt eine Seebrücke, die sich über Betonpfeiler hinaus ins Meer schwang und in einer Plattform endete. Ein Hotspot für Touristen. Annett wollte allein sein und fuhr weiter, bis sie ein ruhiges Plätzchen am Ufer fand.

Das Wetter war schön, nur ein paar Wolken segelten über den blauen Himmel, doch der Wind war frisch. Sie schwamm ein Stück hinaus, drehte sich auf den Rücken und ließ sich eine Weile mit ausgebreiteten Armen auf den Wellen treiben, bevor sie wieder ans Ufer zurückkehrte. Dabei entdeckte sie weiter hinten bei der Seebrücke zwei weiße tanzende Segel auf dem Wasser. Pirat-Jollen, wie ihre damals. Bilder stiegen in ihr auf, die einen Knoten in ihr lösten und sie zum Weinen brachten.

Benommen stieg sie aus dem Wasser und wischte sich Tränen und Meerwasser aus dem Gesicht. Ich hätte nicht herkommen sollen, dachte sie. Ich sollte nach Hause fahren. Zu Volker. Uns geht es gut. Wir führen ein ruhiges und schönes Leben. Es hat keinen Sinn, sich noch immer mit der Vergangenheit herumzuschlagen. Ich kann sie nicht ändern.

Während sie sich abfrottierte, fasste sie den Entschluss, Volkers Jobangebot anzunehmen, und es fühlte sich mit einem Mal so gut und richtig an, dass sie sich fragte, warum sie so lange gezögert hatte. Künftig würden sie jeden Morgen nach dem Frühstück gemeinsam das Haus verlassen und ins Büro fahren. Es war ein schöner und beruhigender Gedanke.

*

Kurz nach drei erreichte Annett das Haus Am Kagenmarkt, in dem ihre Schwiegermutter Marlene lebte. Ein Plattenbau aus den Sechzigerjahren mit vier Etagen. Sie schob das Rad in den Ständer, nahm die Schachtel mit den Halloren-Kugeln aus dem Korb, die sie als Gastgeschenk besorgt hatte, und klingelte. Einen Moment später ertönte der Summer. Ein dämmriger Flur führte ins Treppenhaus. Drei Stockwerke ging es nach oben, und Annett versuchte sich vorzustellen, wie Marlene die zahlreichen Stufen mit dem Rollator bewältigte. Es gelang ihr nicht so recht.

Oben wurde sie bereits von Marlene in der offenen Wohnungstür erwartet. Sie war eine zierliche alte Frau mit einem fein gezeichneten Gesicht, in das das Leben zahlreiche Falten gegraben hatte. Für den Besuch hatte sie sich hübsch gemacht. Sie trug zwar wie immer Jeans – Annett hatte sie noch nie ohne gesehen –, heute aber mit einer weißen Bluse und Perlenkette kombiniert. Das graue Haar war noch voll und stufig geschnitten. Zur Feier des Tages hatte sie einen roséfarbenen Lippenstift aufgetragen, der ihr stand. »Moin Marlene. Du siehst gut aus.«

»Man tut, was man kann. Komm rein.«

Im Flur stand der Rollator neben der Kommode. Marlene stützte sich an den Möbeln und der Wand ab, während sie langsam ins Wohnzimmer voranging. Das Laufen fiel ihr sichtlich schwer. Die von Peggy erwähnten Mülltüten waren verschwunden und die Wohnung aufgeräumt und sauber.

Im Wohnzimmer duftete es nach Kaffee. Der Tisch in der Essecke war gedeckt. Ein Mann saß dort, der Dokumente und Fotos zwischen Kaffeetassen und Kuchentellern ausgebreitet hatte und aufsah, als sie hinter Marlene eintrat. Er war etwa so alt wie sie und wirkte in seinem Anzug auf den ersten Blick wie ein Versicherungsvertreter. Marlene stellte ihn als Friedrich von Sadlow vor, Journalist einer überregionalen Wochenzeitung. Der Mann stand auf und reichte ihr die Hand. »Heute bin ich aber mehr in meiner Eigenschaft als Enkel hier.«

Überrascht sah Annett zu Marlene. Außer Volker hatte sie keine Kinder. Jedenfalls soweit Annett wusste. »Als Enkel von Georg von Sadlow«, korrigierte sich der Mann, als er ihre Irritation bemerkte. »Vermutlich sagt Ihnen der Name nichts.«

Damit lag er richtig. »Sollte ich ihn kennen?«

»Eigentlich nicht. Bisher wurde das Schicksal meines Großvaters nicht wirklich wahrgenommen. Ich verfasse seine Biografie und einen Artikel für meine Zeitung. Deswegen bin ich hier. Ihr Schwiegervater spielte im Leben meines Großvaters eine entscheidende Rolle. Deshalb interviewe ich Personen, die Rainer Sandherr kannten.«

»Ach? Dann haben Sie meinen Mann sicher auch auf Ihrer Liste.«

»Leider will er nicht mit mir sprechen. Deswegen freut es mich umso mehr, dass uns beide heute der Zufall zusammenführt.«

Volker hatte ihr nichts von der Anfrage eines Journalisten erzählt. Vermutlich weil er es nicht als wichtig erachtet hatte. Was sollte an Rainer auch so interessant sein, dass man über ihn schreiben musste? Er war ein Provinzapotheker in der ehemaligen DDR gewesen. »Ich bin gespannt, worum es geht und ob ich Ihnen überhaupt weiterhelfen kann.«

»Du wirst schon sehen«, sagte Marlene.

Sie setzte sich und schenkte Annett Kaffee ein, nahm die Halloren-Kugeln entgegen und teilte Kuchen aus, während Friedrich von Sadlow die biografischen Daten seines Großvaters zusammenfasste. »Er wurde 1920 in Berlin als drittes Kind des Freiherrn Maximilian von Sadlow und dessen Frau Elisabeth geboren.«

Derselbe Jahrgang wie Rainer, dachte Annett. Volker war das Kind aus der zweiten Ehe ihres Schwiegervaters. Er war schon beinahe fünfzig gewesen, als er Marlene heiratete, die zwanzig Jahre jünger war als er und ihm den erhofften Sohn schenkte.

»Der Titel lässt Reichtum vermuten«, fuhr der Journalist fort. »Doch die von Sadlows waren eher armer Adel und führten ein bürgerliches Leben. Mein Urgroßvater war Arzt mit eigener Praxis. Er wünschte sich seinen Sohn als Nachfolger, was ganz in Georgs Sinn war. Nach dem Abitur begann er 1941 ein Medizinstudium.« Der Mann breitete einige Schwarz-Weiß-Fotografien auf dem Tisch aus, die die

Familie, Georg als Studenten, die Praxis und das Wohnhaus in Charlottenburg zeigten, und Annett fragte sich, wo wohl der Berührungspunkt zwischen Rainer und Georg von Sadlow lag.

»Hitler war an der Macht, der Krieg befand sich im dritten Jahr und die von Sadlows im geistigen Widerstand. Niemand in der Familie hatte die Nazis gewählt. Keiner hieß den Krieg gut und das, was im Land geschah. Doch sie behielten ihre Gedanken für sich, wie viele damals. Auch Georg. Bis er sich mit einem Kommilitonen anfreundete, der ihn in eine Widerstandsgruppe einführte. Es war nur ein kleiner Kreis von sechs Personen. Junge und unerfahrene Studenten, die weder ein Attentat planten noch Bombenwürfe. Sie überlegten, wie man die Bevölkerung darüber informieren könnte, was in den Konzentrationslagern wirklich geschah. Sie dachten über Flugblätter nach oder wildes Plakatieren und fassten schließlich den Plan, Zettel zu drucken und in Briefkästen zu verteilen. Doch so weit kam es nie. Die Gruppe wurde verraten. Zwei Mitglieder konnten untertauchen. Eine Studentin beging in Gestapogefangenschaft Selbstmord, und einer wurde zum Tode verurteilt und hingerichtet. Das war mein Großvater Georg.«

»Grundgütiger«, sagte Annett.

Marlene stellte die Tasse ab, heftiger als nötig. Kaffee schwappte über. »Das kannst du wohl sagen: Grundgütiger.«

»Was hat Volkers Vater damit zu tun? War er Mitglied dieser Gruppe?«

»Er studierte zur selben Zeit Pharmazie in Berlin. Mein Großvater hat sich mit ihm angefreundet«, sagte von Sadlow. »Und er hat Rainer in die Gruppe eingeführt, als er sicher war, ihm vertrauen zu können. Doch dieses Vertrauen hatte er nicht verdient.« Der Journalist reichte ihr die Kopie eines Dokuments, das sie zweimal lesen musste, bis sie die volle Tragweite verstand. Es war Volkers Vater gewesen, der die Gruppe bei der Gestapo angezeigt und ihre Pläne verraten hatte.

So wie er Jahrzehnte später Marlene und Günther bei der Stasi denunziert hatte und nicht nur sie. Nach der Wende war herausgekommen, dass Rainer als IM tätig gewesen war und Kollegen, Freunde und Kunden ausgespäht hatte. Vor der Wende hatten das einige schon vermutet, doch bestätigt hatte sich dieser Verdacht erst, als jedermann Akteneinsicht beantragen konnte.

Überrascht reichte Annett die Papiere zurück.

Volker

Es war Zeit, Annett Bescheid zu sagen, dass er unterwegs zu ihr war. Seit er gestern ihren Wagen in Wismar geortet hatte, wusste er, dass er zu ihr musste. Sie konnte sich dem Kraken nicht allein stellen. Sie brauchte ihn. Er musste sie vor der Vergangenheit beschützen. Wieder einmal. Verdammter Herbst!

Bei der nächsten Raststätte fuhr er raus, kaufte eine Dose Cola und setzte sich damit an einen Tisch auf der Terrasse des SB-Restaurants. Der Verkehr donnerte auf der Autobahn vorbei. Es stank nach Diesel und Abgasen, und er schrieb die Nachricht, deren Text er sich während der Fahrt überlegt hatte.

> Liebe Schnecke, ich fahre für ein paar Tage nach Wismar zu meiner Mutter. Offenbar baut sie ab und kommt allein nicht mehr zurecht. Peggy hat mir deswegen eine Mail geschickt. Sie meint, man muss sich um sie kümmern. Ich sehe mal nach, was zu tun ist und ob sie meine Hilfe überhaupt annehmen will. Vermutlich bin ich morgen oder übermorgen wieder daheim. Dir geht's hoffentlich gut. Love you!

Er sandte die Nachricht ab und war gespannt, wie sie darauf reagieren würde. Ob sie ihm sagen würde, dass sie in Wismar war. Doch eigentlich hatte er keinen Zweifel. Sie war ehrlich. Damit war nun die Basis geschaffen, sich gemeinsam ein paar schöne Tage zu machen und sie so von der Vergangenheit abzulenken. Seine Sorge, seine Ehe könnte den Bach hinuntergehen, hatte sich in Luft aufgelöst, seit er wusste, wohin sie gefahren war. Jedes Jahr im Herbst kehrten die Erinnerungen zurück und rissen bei Annett die alten Wunden auf. Anfangs war es schlimm gewesen. Doch die Zeit hatte die Verletzungen nivelliert und glatt geschliffen. Wenigstens so einigermaßen. Aber eben nicht ganz. Der dunkle Sog war diesen Herbst wohl stärker, und deshalb war sie gefahren. Um sich in Erinnerungen zu suhlen. Den guten wie den schlechten. Vor allem aber den schlechten. Gesund war das nicht.

Wo sie wohl wohnte? Bestimmt nicht bei Marlene. Die Wohnung war zu klein und das Verhältnis nicht eng genug dafür. Und ebenso sicher nicht bei Sandro oder bei Peggy. Entweder hatte sie sich ein Hotelzimmer genommen oder privat etwas gebucht. Der Kia stand noch immer in der Turmstraße. Offenbar war sie zu Fuß unterwegs. Er googelte den Parkplatz und sah sich dann auf Maps die Umgebung an. Es gab eine Pension und mehrere Ferienwohnungen.

Während er die Cola trank, suchte er nach einem hübschen Hotel mit Wellnessbereich. Das würde ihr gefallen. Schnell fand er das Passende und entschied sich, Annett mit einer Junior-Suite mit Meerblick zu verwöhnen. Er tankte noch und wollte gerade losfahren, als eine Antwort von ihr kam.

> Das sind ja gleich zwei Überraschungen, mein Lieber: Dass du dich um deine Mutter kümmern willst. Und dass ich zufällig ebenfalls in Wismar bin.

Der sarkastische Tonfall gefiel ihm nicht. Sie glaubte nicht an einen Zufall. Doch er konnte ihr ja schlecht sagen, dass er sie getrackt hatte. Das würde sie ihm übel nehmen. Zu Recht, wie er sich eingestand. Es war ein Vertrauensbruch. Doch seine Liebe zu ihr wog schwerer.

Du bist in Wismar?
Kann ich mich bei dir einquartieren, oder soll ich etwas für uns buchen?

Ihre Antwort kam sofort.

Ich habe eine winzige Ferienwohnung. Die ist zu klein für uns beide. Eigentlich bin ich ja hierhergefahren, damit ich ohne deinen ständigen Druck entscheiden kann, ob ich dein Stellenangebot annehme. Also wäre es besser, wenn wir uns nicht sehen.

Sie schrieb *eigentlich* und *wäre*.

Du hast dich also entschieden?

Ja.

Er wartete einen Moment, ob da noch mehr kam.

Liebes, spann mich doch bitte nicht auf die Folter.

Du kannst von der Streckbank steigen. Ich nehme dein Angebot an. Fühl dich geküsst.

Wow! Das ist großartig. Ich melde mich, wenn ich da bin. Und ich buche ein hübsches Hotel für uns. Love you!

Er sandte drei Herzen hinterher und spürte der Erleichterung nach, die ihn erfasste und einhüllte wie ein großes warmes Tuch.

Noch anderthalb Stunden Fahrt lagen vor ihm. Er schaltete das Radio an und suchte den Klassiksender. Ein Klavierkonzert erklang. War das Mozart? So recht kannte er sich nicht damit aus, doch die Musik passte zu seiner Stimmung. Leicht und perlend. Schwerelos. Annett hatte Ja zu seinem Angebot gesagt. Wie wunderbar!

Felder und Wälder zogen vorbei, und er überlegte, dass er nun tatsächlich Marlene aufsuchen musste. Sei's drum. Sie war seine Mutter, und eigentlich war nichts dabei, mal nach ihr zu sehen. Auch wenn er keinerlei Zuneigung oder familiäre Gefühle für sie hegte. Sie hatte ihn verlassen, als er ein kleiner Junge gewesen war und sie gebraucht hätte. Eine Rabenmutter. Es war ihm nie gelungen, sie als etwas anderes zu sehen. Obwohl mehr als zwei Jahrzehnte vergangen waren, seit er erfahren hatte, dass die Geschichte, die sein Vater ihm als Kind erzählt hatte, von vorne bis hinten erstunken und erlogen war.

Diesen Tag würde er niemals vergessen. Es war ein Jahr nach der Wende gewesen, kurz nach der Wiedervereinigung, im Dezember 1990, um genau zu sein. Das Stadtbild hatte sich in den dreizehn Monaten seit dem Mauerfall verändert. Plötzlich liefen die Leute mit den bunten Plastiktüten der neuen Geschäfte herum. Zwischen den Trabis und Wartburgs parkten westliche Marken. Überall hingen Reklametafeln, und in den Läden gab es alles. Exotische Früchte. Hundert Sorten Joghurt und Schokolade. Unzählige Varianten von Shampoo und Duschgel. Oft standen sein Vater und er ratlos vor dem Angebot. Brauchte man das alles wirklich? Wofür sollten sie sich entscheiden? An diesem Tag im Dezember war er allein daheim. Sein Vater war zwar längst in Rente, doch er hatte immer etwas zu tun und traf sich heute mit seinen alten Stasi-Freunden. Volker wusste nicht, was sie trieben, doch er vermutete, dass sie Akten verschwinden ließen, Geld beiseiteschafften und sich gegenseitig ihrer Loyalität für die neue Zeit versicherten.

Volker saß in seinem Zimmer in der vierten Etage des Plattenbaus in Wendorf und sah hinaus ins Dezembergrau.

Das Studium hatte er längst geschmissen. Er bekam nichts mehr auf die Reihe seit der Sache mit Mischa und Annett. Und dann war auch noch die Mauer gefallen, und der ganze Mist war noch sinnloser geworden, als er sowieso schon war. Hätten sie doch nur gewartet!

Plötzlich klingelte es, und er stoppte das Gedankenkarussell, riss sich vom Anblick der grauen Tristesse los und öffnete die Tür. Eine Frau stand davor, die ihm bekannt vorkam. Schmal und mager. Sie steckte in einem zu großen Wintermantel, in dem sie zu verschwinden drohte.

»Moin Volker. Du kannst den Mund wieder zumachen. Ich bin's wirklich. Marlene. Deine Mutter.«

Erst jetzt erkannte er sie. Hauptsächlich an ihrer Stimme, an dem weichen, singenden Tonfall, der schnell schneidend werden konnte, wenn sie sich ärgerte. Er starrte sie an, wie eine Erscheinung, und war kurz davor, ihr die Tür vor der Nase zuzuschlagen. Doch dann packte ihn die Angst, dass sie ebenso schnell verschwunden sein könnte, wie sie gekommen war. Verschluckt von diesem Mantelmonster. »Was willst du denn hier?«

»Wir müssen reden. Kann ich reinkommen? Oder sollen wir das im Treppenhaus besprechen, damit es auch alle mitkriegen?«

Sie hatte recht. Sie mussten reden. Also ließ er sie ein, und sie ging schnurstracks in die Küche, als wäre sie noch immer hier zu Hause. »Magst du einen Kaffee?«, fragte er, weil er nicht wusste, was er sagen sollte.

»Danke. Nein. Das ist lieb von dir. Rainer ist nicht da?«

Sie sah sich um, als erwarte sie, dass sein Vater jeden Moment zur Tür hereinkäme.

»Er trifft sich mit Freunden.«

»Gut. Ihm will ich nämlich nicht begegnen. Es könnte sein, dass ich ihn sonst umbringe.« Ihr Blick wanderte zur Schublade mit den Küchenmessern. Sie zog den Mantel fester um sich und nahm Platz. »Setz dich und hör mir zu.« Sie wies auf einen Küchenstuhl, und er gehorchte.

»Es ist Zeit, dass du die Wahrheit erfährst. Ich weiß nicht, was dein Vater dir erzählt hat. Vermutlich, dass ich eine Rabenmutter bin, der ihr Kind egal ist und die es für einen anderen Kerl im Stich gelassen hat. Das stimmt aber nicht. Ganz sicher hat er dir nie gesagt, was er getan hat. Also lass uns reden.«

Wobei sie dann genau genommen gar nicht miteinander redeten. Er jedenfalls nicht. Seine Mutter ließ einen Monolog los, und er fühlte sich wie im Theater. Sie auf der Bühne, er das Publikum. Es ging gar nicht um ihn, sondern um sie.

»Den anderen Mann gab es wirklich«, begann Marlene. »Im Sommer 1976 habe ich mich in einen Kollegen auf der Werft verliebt. Günther hieß er. Dein Vater ist hinter diese Affäre gekommen und hat mir befohlen, sie zu beenden. Wenn ich ›befohlen‹ sage, dann meine ich das auch so. Es war ein Befehl. Er wollte nicht darüber diskutieren, was mir in unserer Ehe vielleicht fehlte. Ich sollte das beenden. Basta. Das habe ich nicht gemacht, obwohl es fast schon aus war. Aus purem Trotz. Eigentlich waren Günther und ich eher Freunde als ein Liebespaar.« Sie zog eine Packung Zigaretten aus der Manteltasche und zündete sich eine an, während sie weitersprach. »Wir waren uns ähnlich. Uns gefiel das ganze System nicht, und Günther konnte so herrlich darüber lästern. Auf eine Art, die irgendwie subversiv war und unangreifbar. Er platzierte seine Meinung meistens zwischen den Zeilen. Egal. Wie auch immer. Ich blieb mit ihm zusammen und hatte keine Ahnung, dass Rainer uns beschattet. So richtig, mit Kamera und Notizblock. Wie in einem miesen Agentenfilm. Er fertigte Berichte über uns an. Er hat nach Günthers schwachem Punkt gesucht. Wie er ihn ausschalten konnte. Am Ende hat er uns beide, wenn auch nicht ausgeschaltet, dann doch rausgekickt. Jedenfalls kam seine Stunde, als Biermann im November ausgebürgert wurde. Günther und ich wollten das nicht hinnehmen und haben einen anonymen Aufruf verfasst, in dem wir Solidarität für Biermann gefordert haben und seine Ausbürgerung Unrecht nannten. Wir haben Durchschläge des Appells an Litfaßsäulen, Plakatwände und Zäune gepappt. Ahnungslos, dass Rainer uns dabei fotografierte. Mit den Fotos wollte er mich erpressen.« Sie blies Rauch in die Küche und versuchte, ihn mit der Hand wegzuwedeln. »›Du verlässt ihn, oder ich zeige euch an.‹ Sollte ich etwa einer Erpressung nachgeben? Also ist Rainer mit seinem Dossier über uns zur Kreisdienststelle des MfS gegangen und hat uns angezeigt. Wir wurden wegen staatsfeindlicher Hetze angeklagt und beide zu viereinhalb Jahren Haft verurteilt. Die Scheidung folgte auf dem Fuß, und natürlich erhielt dein Vater das Sorgerecht für dich. Zwei Jahre später hat uns die BRD freigekauft. Wir mussten in den Westen, obwohl wir das nie vorhatten. Du hast mir gefehlt. Ich habe dir geschrieben. Dutzende Briefe, aber wenn ich deine Reaktion auf mich richtig deute, hast du die nie bekommen.« Fragend sah Marlene ihn an, und er wusste nicht, wie ihm geschah. Es fühlte sich an, als ob ihm gerade der Rest Boden, auf dem er noch stand, unter den Füßen weggezogen wurde. Er schüttelte den Kopf. Keine Briefe. Nichts als Lügen seines Vaters. Wenn stimmte, was seine Mutter erzählte. Vielleicht log ja sie.

Sie stand auf und drückte ihre Zigarette im Spülbecken aus. »Also, jetzt weißt du Bescheid. Ich werde zurück nach Wismar ziehen. Hier ist meine Telefonnummer im Westen.

Ruf mich an, wenn du was brauchst. Ich melde mich, sobald ich hier eine Wohnung habe.« Sie drückte ihm eine Visitenkarte in die Hand und wuschelte ihm durch die Haare. »Groß bist du geworden. Fast schon ein Mann.«

Im Flur drehte sie sich noch einmal nach ihm um. »Bis bald.«

Benommen sah er ihr nach und schloss die Tür erst, als ihre Schritte im Treppenhaus verhallt waren.

Sein Vater kam nur eine halbe Stunde später nach Hause. Er roch den Zigarettenrauch, entdeckte die Kippe in der Spüle, und seine Lippen wurden schmal. »Ich denke, wir waren uns einig, dass Rauchen gesundheitsschädlich ist und du das bleiben lässt.«

»Die ist nicht von mir«, sagte er trotzig. »Die ist von Mama.«

Verblüfft sah sein Vater ihn an. »Von Marlene?«

»Klar von Marlene. Oder habe ich noch eine andere Mutter?«, entgegnete er pampig. »Warum überrascht dich das? Du musst doch seit dem Mauerfall damit gerechnet haben, dass sie hier auftaucht und mir reinen Wein einschenkt. Oder soll ich sagen: befürchtet?«

»Ich habe es erwartet«, sagte sein Vater. »Und ihr Wein ist garantiert nicht rein, um bei deinem Bild zu bleiben. Die Wahrheit ist selten so einfach, wie sie gerne verkauft wird.«

»In diesem Fall schon. Hast du sie und ihren Freund bei der Stasi angezeigt? Ja oder nein?«

Sein Vater verschränkte die Arme vor der Brust. »Du benimmst dich wie ein kleines Kind. Deine Mutter hatte einen Liebhaber, das ist eine Tatsache.«

»Aber sie hat uns nicht seinetwegen verlassen. Das ist auch eine Tatsache.«

»Wir reden morgen darüber, wenn du dich beruhigt hast und man vernünftig mit dir reden kann.«

Das Konzert ging zu Ende. Volker drehte den Ton am

Autoradio leiser, als der Moderator ein Gespräch mit einem Musikwissenschaftler über die Klavierkonzerte von Chopin ankündigte.

Das Gespräch damals war auch am nächsten Tag nicht besser gelaufen. Sein Vater hatte versucht, seinen Verrat und seine Lügen zu beschönigen und kleinzureden, aber am Ende blieb es dabei: Er war ein mieser Denunziant, und obendrein hatte er Volker nach Strich und Faden belogen. Es war das Ende ihrer Männerwirtschaft gewesen. Das Ende von Vertrauen. Der Beginn der Zeit im luftleeren Raum.

Es war lange her. Schnee von gestern. Längst hatte er wieder Boden unter den Füßen. Und das lag auch an Annett. In einer Stunde würde er bei ihr sein, und allein der Gedanke machte ihn glücklich.

Wismar

24. September 1988

Am Samstagmorgen schien die Sonne mit frühherbstlicher Kraft. Der Wind kam mäßig aus Nordost, der Wetterumschwung war für den Nachmittag angesagt. Mischa und Annett erschienen mittags im Hafen und meldeten sich vorschriftsgemäß bei Hartmut ab. »Heute machen wir nur eine kleine Regatta bis zur Boje und zurück. In einer Stunde sind wir wieder da.«

»Habt ihr langsam genug?« Hartmut zog die Trainingshose über seinen Bierbauch hoch. Ein vergebliches Unterfangen. Einen Moment später hatte sie den Äquator wieder Richtung Süden passiert.

»Leider nicht mehr Zeit.« Mischa löste die Leinen an seinem, Annett die an ihrem Boot. »Annetts Eltern kommen zum Kaffee.«

»Na, dann viel Spaß.« Hartmut sah ihnen beim Ablegen zu und trollte sich dann in sein Häuschen.

Als sie eine Stunde später zurückkehrten, war er nirgends zu sehen.

Um drei kamen Annetts Eltern zur Datsche. Das hatte sie sich gewünscht, während er froh war, seine nicht noch einmal zu sehen. Die Sorge, dass sie ihm etwas anmerken und den Fluchtplan erraten könnten, war zu groß. Er hatte keine Ahnung, wie sein Vater reagieren würde. Vielleicht mit einer Anzeige. Nicht um ihm zu schaden, sondern um ihn zu beschützen. Vielleicht sah er ihn lieber im Gefängnis als der Gefahr einer Flucht ausgesetzt. Ausschließen konnte Mischa es nicht. Außerdem war es für ihn leichter ohne Abschied.

Sie deckten den Tisch im Garten. Annetts Mutter brachte Marmorkuchen mit und ihr Vater eine Menge Geschichten. Als Redakteur bei der Zeitung kannte er allerlei kuriose Begebenheiten. Wie die von einem nächtlichen Polizeieinsatz bei einem Einbruch. Doch der Einbrecher entpuppte sich als Waschbär. Oder die von dem Mann, der sturzbetrunken in den Gänsebrunnen am Markt gestiegen war und sich darin abseifte. Es gab auch Geschichten von Katzen, die gerettet werden mussten, und einem Stasi-Offizier und seiner heimlichen Geliebten, die sich unter falschem Namen in einem Hotel angemeldet hatten. Mischa hörte kaum zu. In Gedanken ging er den Plan durch und guckte immer wieder in den Himmel. Gegen Abend zogen einige Wolken auf. Der Wind kam gleichmäßig mit Stärke drei aus Nordost. Hoffentlich blieb das so.

Beim Abschied umarmte Annett ihre Eltern und ihre Mutter fragte ihn, ob sie am kommenden Sonntag zum Essen kommen wollten. Er war so in Gedanken, dass er beinahe gesagt hätte: Da sind wir doch schon drüben. Stattdessen stotterte er herum, dass sie sich freuen würden. Annetts Eltern stiegen in den Trabi. Sie winkte ihnen nach und wischte sich eine Träne aus dem Augenwinkel. Er nahm Annett in den Arm und wollte gerade flapsig sagen, dass es ja nur ein Abschied für ein paar Jahre sei – bis ihre Eltern in Rente wären und Westbesuche machen durften –, als er Kathi bemerkte. Auf dem Rad kam sie den Weg Richtung Hafen entlang und fuhr direkt an ihnen vorbei. »Moin, Kathi.« Er hob die Hand zum Gruß. Sie auch, allerdings wieder mit gestrecktem Mittelfinger.

»Na, dann nicht«, sagte er halblaut.

Annett schüttelte den Kopf. »Sie ist noch immer sauer auf dich.«

»Ich verstehe es nicht. Denkt sie etwa, man kann jemanden zwingen, einen zu lieben?«

In Annetts Augen erschien ein Funkeln. »Es soll Zauber geben, die das bewirken.«

»Oh ja. Vielleicht vergräbt sie heute Nacht bei Vollmond an einer Wegkreuzung ein paar Haare von mir.« Es tat gut, ein wenig herumzuflachsen und so die wachsende Anspannung einzudämmen. Verdammt, war er nervös.

Sie gingen ins Haus, suchten ihre Sachen zusammen und aßen irgendwann zu Abend, obwohl er das Gefühl hatte, nichts runterzubringen. Ausreichend Kohlenhydrate waren wichtig. Also aß er noch eine Stulle. Sie gingen den Plan noch einmal Schritt für Schritt durch. Besprachen die Postenwechsel und die Zeiten des Wachboots. Um Mitternacht wollten sie starten. Wenn Hartmut schlief. Doch schon um zehn hielt er es vor Nervosität nicht mehr aus. »Ich drehe noch durch. Mir ist beinahe schlecht.«

»Mir auch.«

»Wir könnten ein Zeitfenster früher los. Um halb elf.«

»Es hängt von Hartmut ab«, meinte Annett.

Sie entschieden nachzusehen und es früher zu wagen, wenn bei ihm alles ruhig war. Unter die Neoprenanzüge schoben sie die zugeklebten Plastikhüllen mit ihren Abiturzeugnissen, den Ausweisen, Tante Silkes Westgeld und den Metallfeilen, die sie in der Datsche gefunden und als Ballast in die Hüllen getan hatten. Darüber zogen sie ihre normale Kleidung. Zu Fuß machten sie sich auf den Weg, Arm in Arm wie ein Liebespaar auf Vollmondspaziergang. Der Wind schob eine Wolkenbank über den Himmel. Hoffentlich zog es nicht zu. Außer ihnen war niemand unterwegs. Hinter einigen Fenstern brannten noch Lichter. Die

Kirchturmuhr schlug Viertel nach zehn. Der Wind wehte kräftig aus Nordost.

Im Hafen war es ruhig, und an Hartmuts Haus waren die Fenster dunkel. Das Mondlicht erhellte den Steg und die Boote. Mischa fühlte sich beobachtet und sah sich um. Doch nichts war zu hören. Kein Mensch weit und breit zu sehen. Seine Jolle lag im Mondschatten des Schuppens am Steg. Wortlos verständigten sie sich. Ein Händedruck. Ein Kopfnicken. Sie streiften die Kleidung ab, verstauten sie in der wasserdichten Box im Boot, zogen die Kapuzen der Neoprenanzüge und die Stirnlampen über die Köpfe und machten seinen Pirat klar zum Ablegen. Schon vor Tagen hatte er die Fock gegen das Genua-Segel getauscht, mit dem sie höheres Tempo machen würden. Es waren ruhige routinierte Handgriffe, und nach kurzer Zeit waren sie klar zum Auslaufen. Dennoch hörte Mischa sein Herz schlagen und das Blut in den Ohren rauschen. Jeder Atemzug erschien ihm überlaut. Schließlich glitten sie weg vom Steg und hinaus in die noch sanfte Brandung der Bucht. Der Mond stand voll am Himmel, das weiße Segel reflektierte das Licht, und Mischa wünschte sich, es wäre schwarz. Ab und zu zog eine Wolke vorbei. Einige Lichter am Ufer und weit entfernt bei Boltenhagen der Turm mit dem Scheinwerfer am Strand, dessen Licht nicht bis zu ihnen reichte. Nach einer halben Stunde erreichten sie das offene Meer und sahen das Leuchtfeuer von Dahme in der Ferne. Das Ziel war in Sicht. Die Wellen waren jetzt höher, doch das war kein Problem. Sie blieben auf Kurs, glitten durch Wellentäler und über Wellenkämme. Annett ruhig und konzentriert am Ruder, er die Segel im Blick, die Hand an den Leinen, und er dachte, dass er ihr doch noch einen Kuss hatte geben wollen, bevor es losging. In der Aufregung hatte er das ganz vergessen. Inzwischen hatte seine Anspannung nachgelassen. Die Konzentration tat gut. Das ruhige Schlagen des Wassers, das sanfte Gebrause des Windes, das gleichmäßige Wispern der Segel. Alles war in einem Rhythmus verbunden. Doch etwas stimmte nicht. Es dauerte einen Moment, bis er darauf kam. Das Wachboot der Küstenbrigade hätte längst am Horizont erscheinen müssen. Von West nach Ost, auf seinem Rückweg Richtung Rostock. Während er noch überlegte, was das zu bedeuten hatte, bemerkte er ein weiteres Geräusch. Erst sehr leise, doch stetig lauter werdend.

Annett

»Schon erstaunlich, welche Zufälle es gibt.« Annett saß Volker in einem Restaurant mit Blick auf den Alten Hafen gegenüber. So recht wusste sie nicht, ob sie verärgert war oder sich freute, dass er hier war. Seltsamerweise beides zugleich.

Als Aperitif hatte er zwei Gläser Prosecco bestellt, die der Kellner nun brachte.

Ein Lächeln huschte über Volkers Gesicht. »Lass uns darauf anstoßen.«

»Auf den Zufall?«

»Warum nicht?« Er hob das Glas und Annett ihres.

»Tja, warum auch nicht?«

»Weil du nicht an Zufälle glaubst.« Ein belustigtes Funkeln erschien in seinen Augen.

»So ist es.« Sie trank einen Schluck. »Ich habe Peggy gestern besucht. Sie hat dir die Mail schon vor Wochen geschickt. Du hast kein Wort darüber verloren und bis heute nicht vorgehabt, nach Wismar zu fahren. Gib es zu.«

»Sie war im Spam-Ordner. Daher habe ich sie erst gestern gefunden.«

»Es ist also wirklich Zufall, dass du ausgerechnet jetzt die Zuneigung zu deiner Mutter entdeckst? Oder hast du etwa eine App auf meinem Handy installiert, mit der du mich ausfindig machen kannst?« Sie hörte den leicht verärgerten Unterton, obwohl es leichthin und ironisch klingen sollte.

»So ähnlich.« Volker hob die Hände zu einer entschuldigenden Geste. »Du hast ein tolles neues Auto mit allem technischen Schnickschnack. Unter anderem gehört die UVO-App dazu. Du weißt, dass ich sie auch auf meinem Handy installiert habe.«

»Sicher. Du fährst den Wagen ja auch.« Wobei sie die App noch nie benutzt hatte und nicht wusste, wozu man sie eigentlich brauchte, es jetzt aber ahnte.

»Sie zeigt dir den Standort an. Falls das Auto geklaut wird oder du nicht mehr weißt, wo du es geparkt hast. Also ja«, sagte er. »Ich bekenne mich im Sinne der Anklage schuldig: Ich konnte nicht widerstehen und habe mal geguckt, wo der Wagen steht.« Er sah so schuldbewusst drein, dass Annett ihm nicht böse sein konnte. Vermutlich hätte sie in derselben Situation ebenso gehandelt. Wenn die Versuchung direkt vor einem lag, war es schwer, zu widerstehen. »Und als du gesehen hast, dass ich hier bin, fiel dir Peggys Mail ein. Ein wunderbarer Vorwand, um ebenfalls hierherzukommen.«

Er zuckte mit den Schultern.

»Und jetzt willst du dich tatsächlich um Marlene kümmern.«

»Nicht wirklich«, räumte er ein. »Ich konnte ja schlecht sagen: Liebling, ich habe deinen Standort ausspioniert und fahre dir nach, obwohl du lieber allein sein willst.«

»In der Tat. Es klingt wie der Anfang eines schlechten Krimis.« Eigentlich war es nicht in Ordnung, was er getan hatte. Doch der Grund für ihre Auszeit hatte sich erübrigt. Sie hatte sich entschieden, sein Angebot anzunehmen.

»Apropos Krimi. Ich habe dir den Roman mitgebracht.«

Nun war sie es, die lachte. »Das passt aber gar nicht zu deiner Inszenierung vom zufälligen Erscheinen.«

»Ich habe ja schon vermutet, dass ich bei deinen kriminalistischen Fähigkeiten mit dieser kleinen Notlüge nicht durchkomme.«

Außerdem haben wir uns versprochen, ehrlich zueinander zu sein, dachte Annett, und sie war froh, dass das noch immer galt.

»Lass uns auf deinen Einstieg in die Firma anstoßen.« Volker hob das Glas. »Das ist großartig. Du wirst es nicht bereuen. Das verspreche ich dir.«

*

Nach dem Essen machten sie einen Spaziergang durch die Stadt. Der Oktober nahte, und die Nachtluft war kühl. Annett fröstelte in ihrer leichten Jacke. Volker legte einen Arm um ihre Schultern und sagte, dass ihre Junior-Suite über einen Jacuzzi verfügte. »Wir können uns später darin aufwärmen.«

Während sie durch die Stadt bummelten, erzählte Annett von ihrem Gespräch mit Sandro, der seinen Verrat noch immer nicht eingestehen wollte, und wie er mit der Metallstange nach ihr geworfen hatte. Und auch von Högner, der wusste, wo sie wohnte und ihr aufgelauert hatte. »Warum bist du denn ausgerechnet hierhergekommen?« Der Griff um ihre Schulter wurde ein wenig fester. »Warum lässt du die Vergangenheit nicht einfach vergangen sein?«

»Ich weiß auch nicht. Ich bin ohne Ziel losgefahren, und plötzlich war ich auf dem Weg nach Wismar. Es erschien mir richtig, endlich meinen Frieden mit Sandro zu schließen. Aber solange er sich hinter Ausflüchten verschanzt, wird das nichts.«

»Er wird es nie zugeben. Das weißt du doch, und es ist auch nicht mehr wichtig. Nach so langer Zeit.«

»Ja, vermutlich hast du recht.« Sie schlang ihren Arm um seine Hüfte. Es fühlte sich gut an, ihn an ihrer Seite zu wissen.

Am Ende des Stadtbummels holten sie Annetts Koffer aus der Ferienwohnung und entschieden, Schwann, ihrem Vermieter, den vorzeitigen Auszug nicht mitzuteilen. Sollte Högner doch weiter vor der Wohnung rumlungern. Er konnte ihr keine Angst mehr machen. Sie fuhren mit dem Kia und parkten ihn in der Tiefgarage des Hotels neben Volkers Audi. Mit dem Lift ging es in die oberste Etage. Die Junior-Suite hatte ein Panoramafenster und einen Balkon mit Meerblick. Während Volker die Flasche Sekt öffnete, die in einem Kühler bereitstand, ging sie hinaus. Spiegelnde Reflexe tanzten auf dem Wasser. Der Mond stand beinahe voll am Himmel. Wie damals.

Volker kam mit zwei Gläsern auf den Balkon. »Auf uns! Wir sind privat ein tolles Team und werden es auch beruflich sein.«

»Hoffentlich.«

»Du klingst so traurig. Ist was?«

»Nein. Nichts. Ich musste gerade an früher denken. Als wir noch so jung waren und so unbekümmert. Wie idiotisch wir waren.«

»Ach je.« Er zog sie an sich. »Weißt du … Ohne den ganze Schlamassel von damals würden wir nicht demnächst Silberhochzeit feiern.«

»Wie meinst du das?« Sie löste sich und sah zu ihm auf.

Er strich ihr eine Locke aus dem Gesicht. »In allem, was man durchmacht, stecken auch gute Anteile, man muss nur nach ihnen Ausschau halten. Aus uns wäre vermutlich nie ein Paar geworden, wenn dieser ganze Mist damals nicht passiert wäre.«

Irgendwie hatte er ja recht. Volker beugte sich zu ihr und gab ihr einen zärtlichen Kuss, den sie erwiderte und der schnell leidenschaftlicher wurde.

*

Am nächsten Morgen wachte Annett auf, weil ihr die Sonne ins Gesicht schien. Sie lag an Volker gekuschelt unter der Decke. Sein Arm um ihre Schulter, als wollte er sie festhalten, auch im Schlaf. Es war ein sonderbarer Gedanke, den sie gleich wieder vergaß. Leise stand sie auf und ging ins Bad. Ein paar Minuten später kam er nach und küsste sie auf den Nacken. »Du bist wunderbar.«

»Das hört man gerne«, antwortete sie seinem Spiegelbild.

»Ich liebe dich. Weißt du das?«

»Ja, ich glaube, das hast du mal erwähnt.« Sie drehte sich zu ihm um und gab ihm einen Zahnpastakuss. »Ich liebe dich auch.«

Eine halbe Stunde später saßen sie beim Frühstück. Volker brachte ihr vom Büfett Milchkaffee, Müsli und Orangensaft. Während sie frühstückten, fragte er, was sie unternehmen wollten. Er hatte das Zimmer bis Samstag gebucht und schlug einen Ausflug nach Boltenhagen vor. »Wir könnten uns den Ort ansehen und dann eine Küstenwanderung machen.«

Damit war es nun Zeit, ihm von ihrem Besuch bei seiner Mutter zu erzählen. Hoffentlich war er deswegen nicht verärgert. »Das wird knapp. Um zwei habe ich einen Termin mit deiner Mutter bei einer Beratungsstelle.«

»Wieso denn?«, sagte er, sichtlich überrascht.

»Nachdem Peggy mir gesagt hat, dass sie nicht mehr allein zurechtkommt, konnte ich doch nicht so tun, als ginge uns das nichts an. Also habe ich sie besucht. Sie war nicht allein. Das erzähle ich dir gleich.« Annett wusste nicht, wie sie Volker beibringen sollte, dass sein Vater während der NS-Zeit Widerstandskämpfer verraten hatte.

Von den Dokumenten, die Friedrich von Sadlow ihr und Marlene gezeigt hatte, hatte sie Handyfotos gemacht. Natürlich hatte der Journalist etliche Fragen zu Rainer und seinem Leben in der DDR gehabt, die hauptsächlich Marlene beantworten konnte. Nur zu seinem Tod konnte sie nichts sagen, denn Rainer war in Bamberg gestorben. Am zweiten Weihnachtsfeiertag vor zehn Jahren war er tödlich verunglückt. Von Sadlow hatte sich Annetts Angaben dazu notiert und sich verabschiedet, als er merkte, dass das Gespräch Marlene zu viel wurde. Nicht ohne vorher zu fragen, ob Annett ihm die Tür bei Volker öffnen würde. Sie hatte gesagt, sie werde es versuchen.

Doch Annett wusste schon jetzt, als sie Volker beim Frühstück gegenübersaß, dass er ablehnen würde. Einen einmal gefassten Entschluss revidierte er selten.

»Ich bin gespannt«, sagte Volker.

»Es ist ganz einfach. Deine Mutter braucht eine Erdgeschosswohnung. Mit dem Rollator kommt sie nämlich die drei Etagen zu ihrer Wohnung nur in lebensgefährlichen Aktionen rauf und runter. Sie wäre zu einem Umzug bereit, kann sich aber eine neue Bleibe nicht leisten. Die Miete ihrer Wohnung wurde seit zwanzig Jahren kaum erhöht, während die übrigen Mieten seit dem Welterbe-Status der Stadt ordentlich gestiegen sind. Da ihre Rente nicht üppig ist, habe ich ihr versprochen, sie zu einer Beratungsstelle zu begleiten. Vermutlich hat sie Anspruch auf Wohngeld. Damit könnte sie sich eine barrierefreie Wohnung leisten.«

»Verstehe«, sagte Volker. »Es ist lieb, dass du mir das abgenommen hast. Falls Marlene keinen Zuschuss bekommt … Mein Gott … Was soll's? Dann übernehme ich die Differenz.« Er griff nach ihrer Hand. »Ich meine natürlich, wir können die Differenz übernehmen. Du bist jetzt ja auch Chefin.« Er wirkte so gelöst und erleichtert wie schon lange nicht mehr. Es war der Moment, in dem sie begriff, dass er sich wirklich Sorgen gemacht hatte, sie könnte ihm abhandenkommen. Und irgendwie hatte er das mit dem Jobangebot verbunden.

Sie erwiderte seinen Händedruck. »Gut, dann tun wir das. Falls es nötig werden sollte. Kommst du mit?«

»Zu Marlene? Lieber nicht. Du weißt doch, wie es zwischen uns steht.«

Natürlich wusste sie das. Doch sie verstand es nicht. »Gut, dann gehe ich allein.« Sie drehte die Papierserviette zwischen den Händen. »Es gibt da noch etwas, das du wissen solltest. Es geht um Rainer.«

»Ist sie wieder über ihn hergezogen und hat kein gutes Haar an ihm gelassen?«

»Überraschend wäre das nicht. Er hat ihr übel mitgespielt. Und dir auch. Ich verstehe nicht, warum du seinen Verrat an ihr auslässt. Sie hat dich nicht freiwillig verlassen. Doch du hast immer zu deinem Vater gehalten.«

Er wandte den Blick ab und sah aus dem Fenster. »Ich habe nicht zu ihm gehalten. So einfach war das nicht.«

»Als ich gestern bei Marlene war, hatte sie Besuch von einem Journalisten. Friedrich von Sadlow. Er scheint auch dich angeschrieben zu haben.«

Einen Moment überlegte Volker. »Richtig. Schon vor Wochen. Er wollte sich mit mir treffen, wegen meines Vaters.«

»Du hast ihm abgesagt?«

»Natürlich. Warum soll ich mich für seine Stasi-Spitzeltätigkeit rechtfertigen? Das hatte nichts mit mir zu tun.«

Einen Moment zögerte Annett, ob sie ihm sagen sollte, was sie gestern erfahren hatte. Manchmal war es besser, nichts zu wissen. Doch es entsprach nicht ihrem Naturell. Es wäre wie eine Lüge, wenn sie schwieg. »Er wollte mit dir nicht über Rainer in der DDR sprechen. Sondern über sein Leben davor. Während des Krieges.« Sie erzählte Volker, was der Journalist herausgefunden hatte, und zeigte ihm die Handyfotos der Dokumente. Ansonsten wäre diese Geschichte kaum zu glauben. Volker hörte sich das mit versteinerter Miene an. »Du sagst ja gar nichts.«

»Was soll ich dazu sagen? Der Verrat lag ihm offenbar im Blut. Er war ein mieses Arschloch. So viel steht fest.«

»Und ich dachte immer ...«

»Was? Dass ich ihn liebe und verehre?«

»Verehren sicher nicht. Aber dass du ihn magst und schätzt. Er war so oft bei uns. Ihr habt euch nahegestanden.«

»Da täuschst du dich. Es ist mir nur nie gelungen, mit ihm zu brechen. Dafür hat uns dann doch zu viel verbunden. Die Männerwirtschaft ... Das waren eigentlich gute Jahre.« Er fuhr sich durch die Haare. »Ich habe es einfach nicht geschafft, Nein zu sagen, wenn er sich mal wieder selbst eingeladen hat. Und die Kinder ... Zu ihnen hatte er einen guten Draht. Ich konnte ihnen den Opa doch nicht nehmen.«

Das überraschte Annett. Volker hatte nie darüber gesprochen, wie er wirklich zu seinem Vater stand. Dass Rainer sich stets selbst nach Bamberg eingeladen hatte, hatte sie zwar mitbekommen, doch sie war immer davon ausgegangen, dass es in Volkers Sinn war. Sie selbst war mit ihrem Schwiegervater nie richtig warm geworden. Ihr Verhältnis war gut gewesen, aber nicht herzlich, und sie immer froh, wenn er wieder abreiste. Rainer war sowohl ein Kommandant gewesen – einer, der anschaffte und erwartete, dass jeder tat, was er sagte – als auch ein Wichtigtuer, der zu jedem Thema etwas beisteuern konnte und natürlich immer alles besser wusste. Sie erinnerte sich noch, wie er ihr kurz nach dem Umzug nach Bamberg in ihrer Küche erklärt hatte, wie sie den Spinat, den sie frisch auf dem Markt gekauft hatte, zubereiten musste. Oder wie man Spannbettlaken richtig faltete. Der erste Stollen ihres Lebens, den sie buk, schmeckte natürlich nicht so, wie sich das gehörte, und auch die Ente am ersten Weihnachtstag war falsch, denn eigentlich gehörte Gans auf den Tisch.

Warum wurde jemand ohne Not zum Verräter? Das war die Frage, die Annett seit gestern beschäftigte. Denn Rainer hatte die Mitglieder der Widerstandsgruppe aus freien Stücken verraten. Niemand hatte ihn unter Druck gesetzt, und offenbar war er auch kein verblendeter Nazi gewesen und der Verrat somit keiner Ideologie geschuldet. Genau wie später im Sozialismus. Fürs MfS hatte er aus freien Stücken gearbeitet und Nachbarn, Kollegen und Freunde und sogar die eigene Frau denunziert. Warum?

»Vielleicht hat er die Macht genossen«, meinte Volker, als sie ihn das fragte. »Er als Herr über die Schicksale seiner Mitmenschen.«

Wismar

24. September 1988

War das etwa ein Motor? Mischa sah sich um.

»Was ist das für ein Geräusch?«, fragte Annett.

»Keine Ahnung.« Jedenfalls kein Boot. Er konnte keine Positionslichter entdecken. Nur das Mondlicht, dessen Reflexe auf dem Wasser tanzten, und Annetts Silhouette vor dem dunkelgrauen Horizont. Das Weiß der Segel schien im Mondlicht zu leuchten, zu strahlen. Es verriet sie. Seht her, hier sind sie!

Das Geräusch wurde lauter, und nun erkannte Mischa, was es war. Das Knattern eines Rotors. Ein Hubschrauber. Dann sah er das Licht. Es kam näher. Der Lichtkegel eines Suchscheinwerfers glitt über das Wasser. Noch etwa zwei Meilen entfernt. Der Schreck durchfuhr ihn wie ein elektrischer Schlag. »Scheiße! Was macht der da?!«

»Suchen die etwa uns?« Er hörte die Angst in Annetts Stimme. »Was sollen wir tun?«

»Beten?« Hoffentlich war das nur eine Übung der NVA. Eine Hand an den Leinen, griff er mit seiner freien nach Annetts freier Hand. Mit der anderen steuerte sie das Boot. Der Hubschrauber flog annähernd parallel zu ihnen. Wenn er die Richtung beibehielt, würde er sie nicht finden. Langsam entfernte er sich, und Mischa wollte schon durchatmen, als der Helikopter den Kurs änderte. Er flog eine enge Kurve und kehrte zurück. Sie suchten das Gebiet systematisch ab. Das war doch kein Zufall. Wie war das möglich? Während er sich das fragte, mischte sich ein weiteres Geräusch in den Klang des Rotors, und jetzt erkannte er Positionslichter. Sie waren noch weit entfernt, doch sie näherten sich rasch, und plötzlich flammte ein Schweinwerfer auf, dessen Lichtkegel übers Wasser huschte. Ein Schnellboot der Küstenbrigade. Angst senkte sich wie Blei in seine Glieder, und gleichzeitig dachte er, wie lächerlich und armselig dieser Aufwand war. Schnellboot und Hubschrauber gegen sie beide in ihrem Pirat. Als wären sie eine Gefahr für den Weltfrieden.

»Mischa!« Auch Annett hatte das Boot entdeckt. »Sie kommen direkt auf uns zu! Wir müssen weg!«

Die Schrecksekunde ging vorüber. »Klar zur Gefahrenhalse?«

»Ist klar.«

Sie legte sich hart ins Ruder, ging auf Vorwindkurs, er fierte die Schoten, schiftete den Großbaum nach Backbord und holte die Schoten wieder an. Ein schnelles Manöver, das sie auf neuen Kurs brachte, weg vom Schnellboot, allerdings Richtung Bucht.

Mit etwas Glück würde das Schnellboot an ihnen vorbeirauschen. Inzwischen änderte der Hubschrauber erneut seinen Kurs und kam direkt auf sie zu. Das Boot war etwa vierhundert Meter entfernt. Und Mischa fühlte sich machtlos und ausgeliefert. Der Lichtkegel des Scheinwerfers streifte sie. Das Blut rauschte in Mischas Ohren, sein Herz raste. Sie mussten härter in den Wind. Doch sie waren nicht schnell genug. Der Lichtkegel fand sie wieder. Annett schrie etwas. Er verstand sie nicht. Das Schnellboot war jetzt ganz nah, beinahe neben ihnen. Dieselgestank. Motorenlärm. Sie würden sie rammen! Das Boot schoss mit einem Meter Abstand vorbei. Die Heckwelle hob den Pirat empor wie eine unsichtbare Hand, und dann kippte die Jolle und kenterte. Mischa ging über Bord. Knapp neben ihm schlug der Mast ins Wasser, die Fock lag über ihm. Er tauchte unter dem Segel durch, kam an die Oberfläche und spuckte Salzwasser. Wo war Annett? Er entdeckte ihren Schattenriss beim Schwert. Sie kletterte darauf, wollte das Manöver zum Aufrichten ausführen. Was ohne ihn nicht ging. Das Schnellboot wendete, hielt direkt auf sie zu, und jetzt bemerkte er ein zweites, das sich von Poel her näherte. Es war der Moment, in dem er erkannte, dass sie keine Chance hatten. Das erste Boot hielt wirklich auf ihn zu. Direkt. Wollten die ihn umbringen? Er kraulte, so schnell es ging. Weg vom Pirat. Das Schnellboot schob sich zwischen ihn und Annett, die auf dem Schwert stand. Doch als er sich nach ihr umsah, war sie nicht mehr da. Sie war weg. Der Motorenlärm wurde leiser. Das Boot langsamer. Eine Megafonstimme erklang. Er verstand kein Wort. Wo war Annett? Er musste zu ihr. Schlag um Schlag hieb er die Arme ins Wasser. Er musste auf die andere Seite. Der Lichtkegel fing ihn erneut ein. Er konnte nichts anderes denken als: Annett. Der Hubschrauber war da. Auf der Steuerbordseite des Boots ging er tiefer. Ohrenbetäubender Lärm. Wieder die Stimme aus dem Megafon. Sie ging im Lärm unter. Das Scheinwerferlicht funkelte auf dem Wasser, und erst jetzt dachte er an die Plastikhülle. Er riss den Reißverschluss des Neoprenanzugs auf, zog sie heraus und ließ sie untergehen. Direkt neben dem Heck des Schnellboots. Der Hubschrauber etwa fünf Meter entfernt über den Wellen. Der Luftdruck des Rotors peitschte das Wasser auf. Wieder brüllte eine Stimme. Er verstand nur Bruchstücke. Ergeben! Hände hoch! Und er lachte beinahe. Das war doch ein Witz. Hände hoch. Im Wasser. Wo war Annett?

*

Annett kam prustend und spuckend an die Oberfläche. Diese Arschlöcher! Mit einer Hand hielt sie sich mühsam über Wasser. Mit der anderen tastete sie nach dem Reißverschluss. Die Beweise mussten weg. Das Knattern des Rotors über ihr. Der Hubschrauber. Sein Scheinwerferkegel zehn Meter entfernt. Sie zog die Plastikhülle hervor und ließ sie los. Gerade noch rechtzeitig. Einen Moment später fing der Lichtkegel sie ein. Wo war Mischa? Sie schrie seinen Namen. Doch er ging im Lärm unter. Sie konnte ihn nirgends entdecken. Eines der Schnellboote hatte sich zwischen ihn und sie geschoben. Sie konnte auch den Pirat nicht mehr sehen.

Es war aus. Doch sie wollte nicht aufgeben, kraulte weg vom Schnellboot und hatte den Hubschrauber plötzlich direkt vor sich. Zwei Meter über dem Wasser. Die Tür war offen. Dort saß ein Soldat und richtete sein Maschinengewehr auf sie. Sie sah in die Mündung. Das war lächerlich! Mit Kanonen auf Spatzen schießen. Doch es war vorbei. Sie gab auf. Resigniert stellte sie das Kraulen ein, hob eine Hand als Zeichen, dass sie aufgab. Etwas knallte und gleich noch einmal. Der Schütze an Bord des Hubschraubers sah unbeteiligt zu ihr herunter. Was war das gewesen? Eines der Schnellboote kam näher. Neben ihr klatschte etwas ins Wasser. Ein Rettungsring. Sie griff danach und wurde damit zum Boot gezogen. Über ihr an der Reling Matrosen in Uniform. Einer richtete seine Waffe auf sie, als wäre sie der Feind. Vor ihr eine Leiter. Sie griff nach der untersten Sprosse, zog sich hoch und sah sich noch einmal nach Mischa um. Er musste beim anderen Boot sein. Eine Hand streckte sich ihr entgegen. Sie griff danach, wurde nach oben gerissen und blieb mit dem Arm an einem Stück hervorstehendem Metall hängen. Es riss den Ärmel des Neoprenanzugs auf und schnitt ihr ins Fleisch. Ein scharfer Schmerz von der Schulter bis zum Ellenbogen. Sie schrie auf und landete auf dem Deck. Blut lief aus der Wunde. Gesichter beugten sich über sie. Was hatten sie doch für einen tollen Fang gemacht. Noch immer richtete einer seine Waffe auf sie. Ein anderer sah ihr direkt in die Augen, und sie erkannte Freundlichkeit darin und so etwas wie Mitleid. »Wo ist Mischa?« Auf diese Frage erhielt sie keine Antwort. Stattdessen deutete er mit dem Gewehr auf eine steile Metalltreppe, die nach unten führte. Sie rappelte sich auf, stieg voran unter Deck und deckte mit einer Hand die Verletzung ab, so gut es ging. Er folgte ihr. Mit der Waffe dirigierte er sie durch einen engen Flur. Als hätte er Angst, dass sie sich auf ihn stürzen oder über Bord springen könnte. Es war lächerlich. Obendrein mit dem verletzten Arm. Der Schmerz pulsierte darin. Ein Rinnsal Blut lief über den zerfetzten Ärmel des Neoprenanzugs, über ihre Hand und tropfte von den Fingern.

Sie erreichten einen hell erleuchteten Raum. Metallwände. Festgeschraubte Stühle. Ein Tisch, ebenfalls im Metallboden verankert. Er öffnete eine Metalltür und wies in einen fensterlosen Raum. Nicht größer als ein Spind. »Da hinein.«

Sie konnte nicht. Nicht bevor sie wusste, was mit Mischa war. »Wo ist Mischa? Geht es ihm gut? Bitte.« Flehend sah sie den Mann an.

Er warf einen kurzen Blick über seine Schulter, ob sie wirklich allein waren. »Er ist bei den Kameraden auf dem anderen Boot. Jetzt aber.« Mit dem Kinn deutete der Soldat in den lichtlosen Raum.

Annett

Am Donnerstagvormittag bummelte Annett mit Volker durch Wismar. Er kaufte einen Pullover und sie eine Handtasche. An einer Imbissbude aßen sie Fischbrötchen zu Mittag, und sie überlegte, nach dem alten Übungsraum zu suchen. »Wahrscheinlich finden wir ihn nicht. Die Stadt hat sich so verändert«, sagte sie mit vollem Mund.

»Das sollten wir besser lassen, Schnecke.« Er strich ihr über die Wange. »Sonst steckst du gleich wieder in der Vergangenheit fest. Wo ich dich doch gerade erst aus diesem Sumpf gezogen habe.«

Kurz vor zwei fragte sie, ob er nicht doch zum Beratungsgespräch mitkommen und Marlene Hallo sagen wollte. Er winkte ab. »Die Verträge für das Gewerbeobjekt in Hirschaid sind gekommen. Ich nutze die Zeit, um sie durchzusehen. Melde dich, wenn du fertig bist.«

Das Beratungsgespräch dauerte nicht lange. Marlene hatte Anspruch auf Wohngeld. Das wurde schnell klar. Mit einer Broschüre, einem mehrseitigen Antragsformular und einer Liste benötigter Dokumente verließen sie das Büro. Vor der Tür druckste ihre Schwiegermutter ein wenig herum, und Annett verstand, dass sie Hilfe mit dem Antrag benötigte. Natürlich sagte sie zu. Sie verabredeten sich für den kommenden Vormittag. Volker würde das sicher nicht gefallen. Er wollte die Zeit mit ihr verbringen. Aber es würde ja nicht ewig dauern. Im Ausfüllen von Formularen war Annett gut.

Sie begleitete Marlene noch ein Stück, bis sich ihre Wege trennten. Dann schrieb sie Volker eine WhatsApp.

> Wir sind fertig. Ich gehe jetzt noch ans Grab meiner Eltern, und dann komme ich zu dir. Wo finde ich dich?

> Ich bin mit den Verträgen durch und begleite dich. Wo bist du?

Sie sandte ihm ihren Standort und traf ihn bei der Wasserkunst Am Markt. Zum Friedhof war es ein Spaziergang von zwanzig Minuten. Unterwegs kam ein Gespräch nicht richtig in Gang. Etwas beschäftigte Volker, er wirkte abwesend. Schließlich fragte sie, was los sei.

Er verzog das Gesicht. »Es gibt Ärger mit den Würzburgern. Die Bauherren haben noch ein anderes Eisen im Feuer. Jemanden, der unseriös arbeitet und offenbar bereit ist, die Provision zu teilen. Wenn ich den Auftrag retten will, müssen wir noch heute zurückfahren. Dagmar versucht, einen Termin für morgen zu bekommen.«

»Ach, das ist schade.« Annett griff nach seiner Hand.

»Ja. Finde ich auch.« Er blieb stehen und nahm sie in den Arm. »Letzte Nacht war schön.«

»Ja, das war sie.« Sie lehnte ihren Kopf an seine Schulter. »Dann heißt es wohl Koffer packen. Wobei ... Ich wollte Marlene morgen früh mit dem Papierkram helfen.«

»Mach das doch. Dann muss ich kein schlechtes Gewissen haben. Du kommst einfach nach.«

Sie erreichten den Friedhof. Beim Blumenstand am Haupteingang kaufte Annett einen Strauß mit Rosen, Gerbera und

Dahlien und trat mit Volker durch das Tor. Abgeschottet von der Welt lagen die Gräber hinter einer hohen Mauer. Ein Eichhörnchen huschte über den Weg und verschwand in einer Eiche. Ein Radfahrer überholte sie, und von irgendwoher klang leise Musik. Die letzte Ruhestätte ihrer Eltern befand sich am Rand eines Areals, das von einer blühenden Hecke eingefasst wurde. Das Grab war mit rosa Eisbegonien bepflanzt und mit Cotoneaster eingefasst. Annett ließ es von einem Friedhofsgärtner pflegen. Sie nahm die Vase hinter dem Stein hervor, holte am Brunnen Wasser und stellte den Strauß hinein. Volker legte seinen Arm um ihre Schultern.

Annett dachte an ihren Vater, der immer für sie da gewesen war, und daran, wie erschrocken er über ihren Anblick war, als sie sich das erste Mal nach der Katastrophe gesehen hatten. Nach Monaten, in denen sie manchmal an Selbstmord gedacht hatte und so verzweifelt gewesen war, dass sie auch heute kaum Worte dafür fand. Menschen brechen. Das hatte dieser verdammte Staat wirklich gut gekonnt. Annett verspannte sich und presste die Kiefer aufeinander, bis es wehtat.

Ihre Eltern hatten nicht verstanden, weshalb sie den Fluchtversuch unternommen hatte. Mit Mischa, diesem jungen Kerl mit den Flausen im Kopf. Ihr wart ja fast noch Kinder. Das hatte ihre Mutter gesagt. Unreif. Keinen Sinn für die Realität. Hättet ihr doch nur abgewartet.

»Lass uns gehen«, sagte Volker. »Friedhofsatmosphäre ist so bedrückend.«

Sie machten sich auf den Rückweg. Kies knirschte unter ihren Sohlen. Der Wind strich kühl durch die Bäume. Annett fand die Stimmung friedlich und nicht bedrückend. Aber sie verstand, was Volker eigentlich meinte. Sie sollte die Vergangenheit endlich vergangen sein lassen. Und dann fiel ihr wieder ein, was er gestern Abend über die guten

Anteile gesagt hatte. »Aus uns wäre vermutlich nie ein Paar geworden, wenn dieser ganze Mist damals nicht passiert wäre.« Es stimmt, dachte sie. Aber man kann das auch anders sehen. Annett stieß die Luft aus, die sie unwillkürlich angehalten hatte.

»Was ist?«, fragte Volker prompt.

»Nichts.«

»Nun sag schon.«

»Es ist wirklich nichts.«

»Warum reagierst du so gereizt?«

Es stimmte, plötzlich war sie gereizt. Also gut. »Ich habe über deinen Satz von gestern Abend nachgedacht. Den mit den guten Anteilen, nach denen man Ausschau halten muss.«

»Was gibt es da zu schnauben?«

»Ich habe nicht geschnaubt.«

»Doch, das hast du.« Lächelnd legte er den Arm um sie. »Wieso missfällt er dir?«

»Eigentlich ging es um den zweiten Teil. Wenn man es mal krass formulieren will, hast du eigentlich gesagt: Wie gut, dass eure Flucht gescheitert ist, sonst wärst du heute mit Mischa verheiratet und nicht mit mir.«

Abrupt blieb Volker vor ihr stehen. Etwas arbeitete in ihm, und sie fragte sich, ob er noch immer eifersüchtig auf Mischa war. In den ersten Jahren ihrer Ehe hatten sie nie darüber gesprochen. Dass es vor Volker eine große Liebe in ihrem Leben gegeben hatte, war tabu gewesen. Bis es einmal aus ihm herausgeplatzt war und er ihr unterstellte, sich ein Leben an Mischas Seite zu wünschen. »Das ist lächerlich«, hatte sie erwidert und ihm erklärt, dass sie sich für ihn entschieden hatte, und zwar nicht als zweite Wahl, dass sie ihn liebte und zwei wunderbare Kinder mit ihm hatte. Dass er nicht auf Mischa eifersüchtig sein musste. Und doch war er das offenbar noch immer.

Volker kickte einen Stein vom Weg. »Und? Stimmt es etwa nicht?«

Mach dich nicht lächerlich! Das hätte sie am liebsten gesagt. Stattdessen schüttelte sie den Kopf und sagte nichts. Sie wollte diese Diskussion nicht führen. Volkers Eifersucht war albern. Sie hakte sich bei ihm ein. »Lass uns weitergehen.«

Doch Volker konnte es nicht lassen. Nach einer Weile sagte er: »Einen Groschen für deine Gedanken.« Und sie dachte natürlich an Mischa mit Ches Barett, der sie dasselbe gefragt hatte, und wie sie erwidert hatte, was Ches Barrett auf seinem Kopf zu suchen habe. Wie er es sich daraufhin vom Kopf gerissen und lachend ins Meer geworfen hatte und an ihren ersten Kuss.

»Was denkst du?«, hakte Volker nach.

»Was wohl? Wenn du einen Groschen für meine Gedanken bietest. Natürlich muss ich dann an Mischa denken. Das weißt du. Er war so ...« *Einzigartig* wollte sie sagen. Doch damit würde sie Volker verletzen. »Anders. Eigen.«

Volker machte sich von ihr los und versenkte die Hände in den Hosentaschen. »Ich hab damals immer gedacht, dass er ein Blender ist, ein Angeber, der genau weiß, wie man bei den Mädchen punktet. Mit dieser Intellektuellennummer und dem Barett. Mit seinem ganzen Gehabe.«

Ärger regte sich in ihr. »Das meinst du jetzt nicht wirklich.«

»Es war alles Show bei ihm. Immer auf Effekt bedacht. Seine theatralischen Songtexte. Diese Zitate, die er immer parat hatte. Seine Inszenierung als Pazifist. Keine Sekunde hat er daran gedacht, sich Sandros Widerstand wirklich anzuschließen. Er hat nur so getan und sich dafür als Freiheitskämpfer feiern lassen.«

»Das ist jetzt nicht fair. Du weißt, dass es ein Vorwand war, um von unseren wahren Plänen abzulenken. Du bist noch immer eifersüchtig auf ihn. Ich glaube es nicht!«

»Gib doch zu, dass du dich sofort in seine Arme stürzen würdest, wenn er jetzt um die Ecke käme.«

Annett konnte es nicht fassen. »Das ist verrückt. Er kommt nicht um die Ecke.«

»Wenn aber doch. Was dann?«

»Was soll das dumme Spiel?«, fuhr sie Volker an. »Da spiele ich nicht mit.«

»Ja, und ich weiß auch, warum. Weil du die Wahrheit nicht sagen kannst.« Zornesröte stieg in sein Gesicht. »Du liebst ihn noch immer.«

»Du spinnst!«, fuhr sie ihn an, und ehe sie es sich versah, standen sie streitend mitten auf dem Friedhofsweg. Volker unterstellte ihr, er sei nur der Ersatzmann. Sie warf ihm vor, ihr nicht zu vertrauen. Was das wohl über den Zustand ihrer Beziehung aussagte? Ein alter Mann näherte sich, und Annett wich einen Schritt von Volker zurück, der sie anschrie, dass er ihr in diesem Punkt in der Tat nicht vertraue. Dass sie ihn belügen würde. Sicher aus Rücksichtnahme, aber darauf pfiff er. Er wolle es jetzt endlich – verdammt noch mal! – aus ihrem Mund hören, dass sie ihn sofort für Mischa verlassen würde.

Der alte Mann wich ihnen aus und ging vorbei. Sie griff nach Volkers Arm. »Beruhige dich.«

Ihre Berührung löste die Anspannung in ihm. Er atmete durch. »Entschuldige. Bitte.«

»Glaubst du wirklich, dass wir demnächst Silberhochzeit feiern würden, wenn ich dich nicht liebte?«

»Es tut mir leid. Ich weiß auch nicht, was in mich gefahren ist.« Er schüttelte den Kopf, wie ein Boxer im Ring nach einem Schlag. »Es war wohl keine gute Idee, hierherzukommen.«

Sie sah die Verzweiflung in seinen Augen. Vielleicht lag es wirklich am Ort und an der Vergangenheit, die hier nicht vergehen wollte. Was war nur los mit Volker?

»Wenn Mischa jetzt um die Ecke käme, würde ich ihm sagen, dass ich mit dir glücklich bin. Weil es die Wahrheit ist. Aber er kann nicht um die Ecke kommen, wie du weißt. Er ist seit achtundzwanzig Jahren tot.«

*

Volker musste zurück nach Bamberg. Dagmar hatte für morgen Vormittag einen Termin mit den Würzburgern vereinbart, und Annett überlegte, ob sie noch an Mischas Grab gehen sollte, wenn Volker gefahren war. Sie hatte das aus Rücksicht auf ihn nicht vorgeschlagen.

Sie kehrten zum Hotel zurück. Volker packte, und Annett begleitete ihn zu seinem Wagen in der Tiefgarage. Die Szene auf dem Friedhof sprach sie nicht mehr an. Sie wollte sich nicht im Streit von ihm trennen und verabschiedete sich mit einem Kuss.

»Alles gut mit uns?«, fragte er.

»Ja, natürlich. Fahr vorsichtig und melde dich, wenn du zu Hause bist. Wir sehen uns morgen Abend.«

Sie sah ihm nach, bis der Wagen auf der Rampe zur Ausfahrt aus ihrem Blickfeld verschwand, und ging nach oben in ihr Zimmer. Die Aussicht war großartig, und sie entschloss sich, sie zu genießen. Mit dem Roman von Charlotte Link setzte sie sich auf den Balkon und betrachtete die Signatur.

Mit dem Buch hatte er ihr wirklich eine Freude gemacht. So, wie er immer wusste, womit er sie überraschen konnte. Er ist so aufmerksam, dachte sie. Und dann: Als ob er mich immer genau beobachtet und eine Liste führt. Plötzlich erschien es ihr, als habe diese aufmerksame und liebevolle Seite einen doppelten Boden oder eine dunkle Kehrseite. Einen Spiegel, in dem seine Angst sichtbar wurde, sie zu verlieren. Er musste sie halten. Mit allen Mitteln. Indem er sie verwöhnte. Oder kontrollierte? Indem er die App checkt und herausfindet, wo ich bin, dachte Annett.

Großer Gott, was dachte sie denn da! Sie atmete durch und schlug das erste Kapitel auf.

Das Buch war spannend und vertrieb die merkwürdigen Gedanken. Sie versank darin, bis ihr Handy klingelte. Sicher Volker, der eine Tankpause für einen Anruf nutzte. Doch die Nummer kannte sie nicht. »Ja, Frey-Sandherr.«

»Hallo Annett. Robert George hier.«

Überrascht sog sie die Luft ein.

»Mischas Vater«, fügte er hinzu. Als ob er es für möglich hielt, dass sie sich nicht an ihn erinnerte.

»Ja, ich weiß, wer Sie sind.« Der Kontakt war gleich nach ihrer Haftentlassung abgebrochen. Mischas Eltern wollten nichts mit ihr zu tun haben. Dennoch hatte sie einen Versuch unternommen und war abgewiesen worden.

»Ich habe dich heute mit Volker gesehen. Wir sollten einen Schlussstrich ziehen. Deswegen rufe ich an. Magst du mich besuchen?«

»Ja, gerne.« Wenn sie mit Mischas Eltern Frieden schließen konnte, war ihre Fahrt nach Wismar nicht umsonst gewesen. »Woher haben Sie denn meine Nummer?«

»Von Peggy. Wir haben all die Jahre Kontakt gehalten. Und in letzter Zeit ist er sogar sehr eng geworden. Ich bin vor einem halben Jahr in das Altenheim gezogen, in dem sie arbeitet. Ein Jahr nach dem Tod meiner Frau.«

»Oh! Das tut mir leid.« Dass Mischas Mutter gestorben war, hatte sie nicht gewusst. Annett notierte sich die Adresse. Er schlug vor, sich um sechs in der Pizzeria beim Altenheim zu treffen, er würde einen Tisch reservieren.

Es war schon nach fünf. Annett zog sich um, googelte nach dem Weg und entschloss sich, zu Fuß zu gehen. Es war ein Spaziergang von einer halben Stunde.

Kurz vor sechs betrat sie das Restaurant. Es lag abseits

des Zentrums und war an diesem Donnerstagabend mäßig besucht. Kaum die Hälfte der Tische war besetzt. Es duftete nach Oregano und nach frischer, heißer Pizza.

Der Kellner hinter der Theke begrüßte sie mit einem Kopfnicken und sagte etwas von freier Platzwahl. »Ich bin verabredet. Es müsste ein Tisch auf den Namen George reserviert sein.«

»Der Herr ist schon da.« Der Kellner wies auf einen Raumteiler, an dem sich eine künstliche Grünpflanze emporrankte. Dahinter befand sich ein Vierertisch in einer Art Separee. Mischas Vater wollte offenbar ungestört mit ihr reden. Es war ihr recht.

Jetzt erkannte Annett ihn. Er war der Mann, der ihren Streit auf dem Friedhof mitbekommen hatte. Dort hatte sie ihn kaum beachtet, und erst jetzt sah sie, wie alt er geworden war. Ein vom Leben gebeutelter Mann. Das weiße Haar schütter, die Wangen eingefallen, doch der Blick aus den dunklen Augen war wach.

Vor ihm auf dem Tisch lag ein Aktendeckel. »Annett, wie schön, dich zu sehen.« Er stand auf und reichte ihr die Hand.

Das hatte damals ganz anders geklungen, als er und seine Frau ihr die Tür gewiesen hatten. »Freut mich auch.« Sie setzte sich, als er ihr Platz anbot. Der Kellner kam, nahm die Bestellung auf und brachte die Getränke. Mischas Vater erzählte vom Tod seiner Frau, der ganz plötzlich gekommen war. Ein Schlaganfall, und das war es dann gewesen, nach so vielen Jahren. Wie er allein mit dem Haushalt nicht zurechtgekommen und ihm die Wohnung ohne seine Frau zu groß geworden war. Wie Peggy ihn unter ihre Fittiche genommen und ihm den Umzug in das Altenheim schmackhaft gemacht hatte, das sich hochtrabend Seniorenresidenz nannte, doch er fühlte sich dort wohl. Es sei eine gute Entscheidung gewesen. Dann wollte er erfahren, wie es ihr ergangen war. Von Peggy wusste er, dass Annett mit Volker in Bamberg lebte und sie zwei Kinder hatten. Also erzählte sie ihm, während sie ihre Pizza aßen, von ihrem Leben im Fränkischen, von den Kindern, die inzwischen in Berlin und Leipzig lebten, von Volkers Immobilienbüro und ihrer nicht sehr erfolgreichen Karriere als Mediengestalterin.

»Ja, ich erinnere mich. Du wolltest damals Design studieren«, sagte Mischas Vater. »Du bist dir also treu geblieben. Bist du glücklich mit Volker?«

Die Frage kam so überraschend, dass Annett nicht wusste, was sie antworten sollte. Es würde ihn verletzen, wenn sie sagte, dass sie ohne Mischa glücklich geworden war. Außerdem wäre es eine Lüge, schoss es ihr durch den Kopf. Denn glücklich war sie mit Volker nicht. Nicht mehr. Es war eine Schrecksekunde der Erkenntnis, die sie fassungslos machte. Doch so war es. Auch wenn sie zu Volker erst vor wenigen Stunden das Gegenteil gesagt hatte. Weil er es sich erhoffte. Weil es immer so gewesen war. Doch etwas hatte sich schleichend zwischen ihnen verändert und trat seit dem Auszug der Kinder in den Vordergrund.

»Also nicht«, stellte Mischas Vater fest, als sie nicht antwortete. »Ich habe es mir schon gedacht, nachdem ich auf dem Friedhof gesehen habe, wie er dich behandelt. Er hat dich angeschrien, und einen Augenblick habe ich befürchtet, er würde handgreiflich werden.«

Plötzlich schnürte ihr etwas die Kehle zu. Sie schluckte. »Er ... Er hat sich verändert. Ich mich vermutlich auch ... Es ist im Moment nicht einfach.« Und es war ein Fehler, Volkers Angebot anzunehmen, das erkannte sie ebenfalls in diesem Moment. Zu eng, zu nah. Das konnte nicht gut gehen. »Können wir über etwas anderes reden?«

Mischas Vater nickte. »Ich will dir etwas zeigen. Doch vorher muss ich dir etwas erklären.« Abwartend sah er sie an, und sie nickte.

»Ich habe dich immer gemocht, und der Gedanke, dass

Mischa mit dir glücklich war, hat mir nach seinem Tod geholfen. Dass er geliebt hat und geliebt wurde, hat es ein wenig leichter gemacht. Das wollte ich dir eigentlich schon immer sagen. Doch die ersten Jahre waren natürlich schwierig. Wir mussten das alles erst einmal verarbeiten. Als du damals bei uns geklingelt hast, waren wir noch nicht so weit. Das tut mir heute leid.«

Er griff nach ihrer Hand und drückte sie.

»Und dann haben wir gehört, dass du Volker geheiratet hast und in den Westen bist. Plötzlich warst du weg, und eigentlich war das gut. Das Leben geht weiter, heißt es immer, und das stimmt ja auch. Wir haben gelernt, mit Mischas Tod zu leben. Es ging nicht anders. Und dann haben wir uns eines Tages entschlossen, bei der Stasi-Unterlagen-Behörde Akteneinsicht zu beantragen.«

Etwas verkrampfte sich in Annett. Natürlich hatte auch sie Akteneinsicht beantragt, sobald das möglich gewesen war. Da sie mit Mischa nicht verwandt und auch nicht verlobt oder gar verheiratet gewesen war, hatte sie seine Akte aber nie zu Gesicht bekommen, nur ihre.

»Es gibt etwas, das du erfahren solltest.« Mischas Vater griff nach dem Aktendeckel. »In seinen Stasi-Unterlagen befindet sich die Kopie einer Anzeige. Jemand hat eure bevorstehende Republikflucht am Samstag, den 24. September gegen 21.30 Uhr bei der Kreisdienststelle des MfS in Wismar angezeigt.«

Annett nickte. »Das ist mir klar. Es war kein Zufall, dass wir erwischt wurden. Sandro hat uns verpfiffen.«

Mischas Vater schüttelte den Kopf. »Wieso Sandro? Er hatte damit nichts zu tun.«

Volker

Am Samstagvormittag saß Volker mit dem Kochbuch am Küchentisch und machte sich Sorgen. Seit dem frühen Morgen regnete es in ganz Deutschland. Vor einer halben Stunde hatte Annett ihm eine Nachricht geschickt. Sie war gegen zehn in Wismar losgefahren und wollte am frühen Abend in Bamberg sein.

Eine so lange Fahrt bei diesem Mistwetter. Es machte ihn ganz nervös. Wenn ihr nun etwas zustieß? Verwirbelnde Nässe auf der Autobahn, schlechte Sicht und schon krachte es. Sie war eine vorsichtige Fahrerin. Aber keine sichere. Als Beifahrer neben ihr zu sitzen hielt er nicht aus. Deshalb fuhr immer er, wenn sie gemeinsam unterwegs waren.

Wäre sie doch nur schon gestern Mittag gefahren, wie sie es ursprünglich vereinbart hatten, als das Wetter noch schön war. Doch um drei, als er dachte, sie wäre längst unterwegs, hatte sie sich gemeldet. Die Erledigung des Wohngeldantrags für Marlene hatte länger gedauert als gedacht, da seine Mutter die benötigten Unterlagen nicht griffbereit hatte und sie erst suchen musste. »Jetzt habe ich Kopfschmerzen und muss mich hinlegen«, hatte Annett gesagt. »Ich fahre morgen.«

Natürlich hatte er zugestimmt. Was hätte er denn tun sollen? Sie mit Migräne nach Hause beordern?

Vielleicht war es sogar gut, dass sie erst heute kam. Ein Tag mehr Abstand zum Streit auf dem Friedhof. Den sie mit ihrer Wortklauberei provoziert hatte. Herrgott!

Er vertiefte sich wieder in das Kochbuch, denn er wollte Annett mit einem Drei-Gänge-Menü überraschen. Sie hatte ihm gesagt, dass sie ihn liebte. Sie hatte es ihm gezeigt, als sie miteinander geschlafen hatten. Sie hatte sich entschlossen und stieg in die Firma ein. Es war also alles bestens. Es gab keine Probleme. Bis sie dann dieses Theater heraufbeschworen hatte, wegen einer einzigen Bemerkung von ihm. Was war nur in sie gefahren! Wismar tat ihnen beiden nicht gut. Sie waren das letzte Mal dort gewesen, entschied er.

Ratlos blätterte er durch die Seiten. Er hatte keine Ahnung, was er kochen sollte.

Das Tablet fiepte. Es war Leonie, die sich über Facetime meldete. »Hallo Papa. Ich wollte mal gucken, wie es euch so geht.«

»Du kommst wie gerufen. Ich will für deine Mutter kochen. Weißt du, was sie außer Pizza gerne isst?«

»Coq au Vin.«

»Okay. Bekomme ich das hin?«

»Es gibt sicher eine Videoanleitung im Netz. Habt ihr was zu feiern? Ich meine, weil du kochst.«

»Deine Mutter steigt in die Firma ein.«

»Super.«

»Hast du auch einen Vorschlag für Vorspeise und Dessert?«

Leonie lachte. »Mensch, Papa. Übernimm dich nicht. Du hast noch nie gekocht. Ich an deiner Stelle würde was beim Italiener besorgen.«

Das war eine gute Idee. Er fragte, wie es ihr ging, und erfuhr, dass sie eine Lösung für das Job-Problem gefunden hatte. »Ich frage meine Kunden jetzt, ob sie die AGB gelesen haben. Die sagen dann regelmäßig Nein, und ich rate ihnen, das zu tun. Ich führe also niemanden mehr hinter die Fichte, wie Mama mir vorgehalten hat. Ich spiel mit offenen Karten.«

»Du machst den Job also weiter?«

»Jetzt wissen sie ja Bescheid. Es gibt also keinen Grund, mein Budget zu kürzen.«

»Die lesen die AGB auch trotz deiner Aufforderung nicht?« Es war kaum zu glauben.

»Ein paar schon. Aber bisher ist nur ein Klient abgesprungen. Die andern lassen sich entweder auf die Fiktion ein und ich spiele ihnen die Traumfrau vor oder sie fühlen sich dazu angestachelt, mein wahres Ich zu entlarven. Das ist lustig, weil sie Ehrgeiz entwickeln. Die kann man ewig online halten.«

Volker gefiel es, wie seine Tochter das Problem gelöst hatte. So pragmatisch. Das hatte sie von ihm. Obwohl er schon jetzt wusste, dass Annett damit nicht einverstanden sein würde. Ihr ganzer moralischer Anspruch kam ihm manchmal übertrieben vor. Jeder log mal, und sei es nur, um nett zu sein, weil die Wahrheit kränkend wäre.

»Und was sagst du? Darf ich jetzt weitermachen?«

Er sah keinen Grund, ihr den Job noch zu verbieten. Schließlich traf sie diese Männer nie im richtigen Leben. All das spielte sich virtuell ab, und Leonie würde ihnen schon die Grenzen zeigen. Außerdem waren die Kerle selbst schuld, wenn sie sich so bereitwillig hinters Licht führen ließen.

Er plauderte noch eine Weile mit seiner Tochter, dann fuhr er ins Einkaufszentrum und besorgte im Supermarkt alles, was er für ein Coq au Vin brauchte. Beim Italiener suchte er gemischte Vorspeisen aus und entschied sich für Tiramisu als Dessert. Eine Flasche Wein fürs Huhn und eine zum Essen. Im Blumenladen ließ er sich einen Strauß zusammenstellen und achtete darauf, dass auch Sonnenblumen darin waren.

Am frühen Nachmittag kehrte er nach Hause zurück und machte sich an die Arbeit. Er deckte den Tisch, arrangierte die Blumen in einer Vase, stellte den Wein kalt, drehte die Musik auf und bereitete das Huhn vor. Während er auf dem Tablet das Kochvideo ansah und der Anleitung Schritt für Schritt folgte, sah er immer wieder mal auf der UVO-App nach, wo Annett war. Es beruhigte ihn zu sehen, dass sie zügig vorankam. Er googelte über Maps auch nach Staus auf ihrer Strecke, doch sie war frei. Annett würde gegen sechs hier sein. Um fünf schob er das Huhn in den Ofen, entkorkte den Wein und probierte ein Glas. Er war fruchtig mit einer leichten Säure. Annett würde ihn mögen. Aus dem Wohnzimmer klang Bob Dylans »Girl from the North Country« und er tanzte dazu, leerte das Glas und schenkte sich ein weiteres ein.

Ihm ging es gut. Auch das Problem mit den Würzburgern war gelöst. Er hatte sich zwar auf eine Beteiligung des Bauherrn an der Vermittlungsprovision eingelassen, sonst wäre er den Auftrag los gewesen. Im Gegenzug hatte er einen Exklusiv-Vertrag für die Folgeprojekte ausgehandelt. Die Beteiligung war also eine Art Mengenrabatt. Damit konnte er leben.

Kurz vor sechs sah er auf die App. Annett hatte die Autobahn verlassen, sie war im Landeanflug. Er richtete die Vorspeisen auf einer Platte an, schnitt das Ciabatta auf und suchte eine passende Playlist für diesen Abend aus. Eine Mischung aus den Neunzigern mit kubanischer Musik, für die Annett eine Schwäche hatte. Es erklang gerade »Chan Chan« vom Buena Vista Social Club, als er den Wagen in die Einfahrt einbiegen hörte.

Annett

Annett stellte den Motor ab und blieb noch einen Augenblick sitzen. Regen pladderte auf das Wagendach und lief die Windschutzscheibe hinunter. Die Welt dahinter verlief zu weichen, sich auflösenden Konturen, in denen der Garten zerfloss. Das Haus. Vielleicht auch ihr Leben.

Sie konnte nicht ewig sitzen bleiben und gab sich einen Ruck. Durch den Regen lief sie zum Haus. Den Koffer konnte sie später holen. Gerade als sie den Schlüssel ins Schloss schieben wollte, öffnete Volker die Tür. »Da bist du ja, Schnecke.« Er zog sie an sich und drückte ihr einen Kuss auf den Mund. »Wie war die Fahrt?«

»Furchtbar bei diesem Wetter. Ich bin froh, dass ich endlich daheim bin.« Sie legte die Tasche auf die Ablage.

Einer ihrer Lieblingssongs der Kubaner klang aus dem Wohnzimmer, und es duftete nach Essen. »Hast du etwa gekocht?«

»Du musst dich nur noch hinsetzen und verwöhnen lassen. Es gibt Coq au Vin.«

Er wirkte so gelöst und fröhlich. Sie wusste, dass es an ihrer Zusage lag, die sie eigentlich rückgängig machen wollte. Während des Gesprächs mit Mischas Vater hatte sie begriffen, dass sie das ständige Aufeinandersitzen nicht ertragen würde. Doch wie sollte sie Volker das beibringen? Und wie das andere?

»Klingt großartig. Ich mache mich nur schnell frisch.« Sie verschwand in der Gästetoilette, wusch sich die Hände, betrachtete sich im Spiegel und machte den Rücken gerade.

Volker erwartete sie in der Küche und reichte ihr ein Glas Weißwein. »Auf uns.« Sie stieß mit ihm an, bemerkte eine Fussel an seinem Pullover und zupfte sie mit schlechtem Gewissen weg. Sie hatte Volker belogen. Zum ersten Mal in ihrer Ehe ganz bewusst. Denn mit Marlenes Papierkram war sie gestern schnell fertig gewesen. Doch wenn sie ihm gesagt hätte, warum sie einen weiteren Tag in Wismar bleiben wollte, hätte er nachgebohrt, und dann hätte sie sich rechtfertigen müssen, weshalb sie Zeit brauchte, um nachzudenken und worüber. Deshalb hatte sie eine Ausflucht gesucht.

Sie folgte ihm ins Wohnzimmer an den Esstisch, den er mit dem guten Geschirr gedeckt hatte. Antipasti, Brot und Wasser standen bereit. »Das sieht wunderbar aus.« Eigentlich hatte sie keinen Hunger, doch sie nahm sich von den Vorspeisen und brachte nur ein paar Bissen hinunter. Was Volker natürlich bemerkte.

»Schmeckt es dir nicht?«

»Doch. Es ist nur ... Ich ... Es gibt etwas, das wir besprechen müssen.« Sie legte die Gabel an den Tellerrand. »Ich wollte es mir für später aufheben. Du hast dir so viel Mühe gemacht.«

»Was ist denn los?«

Mit der Hand fuhr sie über die Tischdecke und sah dann auf. »Mischas Vater hat mich vorgestern Abend angerufen. Wir haben uns zum Essen getroffen.«

»Ach? Nach so vielen Jahren sucht er plötzlich Kontakt?« Volker schien überrascht und schenkte vom Wein nach. »Woher hat er überhaupt deine Nummer?«

»Von Peggy.«

»Und was wollte er?«

»Sehen, wie es mir geht. Oder besser gesagt uns beiden. Peggy hat ihn wohl die Jahre über auf dem Laufenden gehalten. Ich habe immer geglaubt, er mag mich nicht. Dass er mir die Schuld an Mischas Tod gibt. Doch das stimmt nicht. Er hat sich gefreut, dass es mir gut geht, dass ich glücklich bin.«

»Das ist ja eine Überraschung. Schön, dass ihr euch ausgesprochen habt. Aber irgendwo ist da noch ein Haken?« Er versuchte es leichthin klingen zu lassen, doch sie spürte seine Anspannung.

»Eigentlich wollte er mich treffen, weil er unseren Streit auf dem Friedhof mitbekommen hat. Er ist an uns vorbeigegangen, ohne dass wir ihn bemerkt haben.«

Volkers Hand verkrampfte sich um die Serviette. »Das geht ihn nichts an! Wir sind ihm ja wohl keine Rechenschaft schuldig.« Es war erstaunlich, wie schnell er aggressiv werden konnte. Bisher war ihr das nicht wirklich aufgefallen. Vermutlich weil sie gut darin war, Unangenehmes beiseitezuschieben.

»Die Pointe besteht darin, dass er erkannt hat, dass ich offenbar doch nicht glücklich bin.«

»Ach. Das kann er beurteilen?«

»Er hat uns streiten sehen.«

Sie wollte keinen neuen Disput und griff nach seiner Hand. »Wie auch immer er das interpretiert hat, es war der Grund, mich anzurufen.«

»Wir haben das doch geklärt«, sagte Volker.

»Ja, sicher.« Sie sah ihm in die Augen. »Ich hätte nicht nach Wismar fahren sollen. Und du hattest obendrein Stress mit den Würzburgern. Bei uns beiden lagen die Nerven blank. Jedenfalls war Mischas Vater der Annahme, dass ich mit dir nicht glücklich bin, und deshalb hat er sich entschlossen, ein Versprechen zu brechen, das er und seine Frau sich vor Jahren gegeben haben.«

»Ach? Und welches?«

»Mir nicht zu sagen, wer den Fluchtplan verraten hat.«

Von einem Moment zum nächsten wurde Volkers Gesicht zu einer glatten Maske. Er wusste es also längst. »Sie haben in den Neunzigerjahren Akteneinsicht beantragt. Die Anzeige befindet sich in den Unterlagen.« Annett machte eine Pause und wartete, ob Volker etwas dazu sagen würde. Doch er schwieg. »Es war dein Vater, der uns bei der Stasi denunziert hat.« In Volkers Gesicht rührte sich nichts. Und er sagte auch nichts, entgegen seiner sonstigen Art. »Du wusstest das?«

Er drehte die Handflächen nach oben.

»Seit wann?«

Er zog die Schultern hoch. »Weiß nicht. Irgendwann, als wir schon hier gewohnt haben, ist es ihm mal rausgerutscht. Ich habe nachgehakt, und am Ende hat er sich damit gebrüstet.« Volkers Weinglas war leer. Er schenkte sich nach. »Warum hat Mischas Vater seiner Frau versprochen, dir nichts zu sagen?«

»Weil ich glücklich verheiratet und gerade zum zweiten Mal Mutter geworden war. Wir hatten uns hier eine Existenz aufgebaut. Sie wollten mir das nicht kaputtmachen. Wie gesagt: Er mag mich.«

»Und jetzt?«, fragte Volker. »Soll ich mich für meinen Vater entschuldigen?«

»Wieso denn?« Es kostete sie Mühe, ruhig zu bleiben. »Ich würde nur gerne verstehen, warum du mir nichts gesagt hast.«

Es dauerte einen Moment, bis Volker antwortete. »Weil ich es eigentlich nicht wissen wollte. Mein Vater, ein mieser Verräter.«

»Das hast du doch schon seit Langem gewusst. Du weißt doch, was er Marlene und Günther angetan hat. Und nach der Wende kam ja beinahe sofort raus, dass er IM war, und zwar ein sehr fleißiger. Genau, wie es viele schon immer vermutet hatten.«

Mit den Händen fuhr Volker sich durchs Haar. »Vielleicht wollte ich ihn beschützen. Vor allem aber wollte ich dich nicht wieder mit dieser alten Geschichte belasten. Jahre waren vergangen, du warst einigermaßen zur Ruhe gekommen. Ich wollte einfach nicht, dass das alles wieder hochkocht und es dir schlecht geht.« Er stand auf und räumte die Vorspeisenteller ab. Für ihn war das Thema offenbar erledigt. »Zweiter Gang folgt in Kürze«, rief er aus der Küche und kehrte kurz darauf mit angewärmten Tellern und dem Bräter zurück.

»Ich frage mich, woher dein Vater von unseren Plänen wusste.«

»Steht das nicht in Mischas Akte?« Er reichte ihr den Teller und setzte sich.

»Nein. Hast du Rainer nicht gefragt?«

»Doch, natürlich. Er wollte damit nicht rausrücken. Wir wissen doch beide, dass es Sandro war. Er hat euch im Übungsraum belauscht, und er war IM. Außerdem wollte er für seine Totalverweigerungsaktion Straffreiheit. Dafür musste er etwas liefern.«

Auch sie hatte immer Sandro verdächtigt. Annett war sich sogar sicher gewesen. Doch etwas passte plötzlich nicht mehr. »Er hat seine Totalverweigerung aber erst eine Woche später begonnen. Das ergibt keinen Sinn.«

»Wieso sollte er nicht zu seinen Kumpels von der Stasi gegangen sein und einen Deal ausgehandelt haben? ›Ich gebe euch Infos zu zwei Republikflüchtlingen und hab im Gegenzug was gut bei euch.‹«

»Vielleicht. Vielleicht auch nicht.« Annett gefiel noch etwas anderes nicht. »Ich verstehe außerdem nicht, weshalb er damit nicht direkt zur Stasi ist, sondern zu deinem Vater?«

»Er wird seine Gründe gehabt haben.« Volker sprach mit vollem Mund, während sie ihr Essen nicht anrührte.

»Außerdem war Sandro für seine Verweigerung in Haft. Es gab also keinen Rabatt für ihn.«

Volker legte das Besteck beiseite. Sichtlich genervt. »Seit achtundzwanzig Jahren sagst du, Sandro war's, und jetzt plötzlich nicht mehr?«

»Er hätte uns bei seinem Führungsoffizier angezeigt.«

Volker fuhr sich mit dem Mittelfinger über die Nasenwurzel. »Ja, du hast recht. Vermutlich hätte er es so gemacht. Doch wenn er es nicht war, wer dann?«

»Darüber zerbreche ich mir seit gestern den Kopf. Niemand kannte unsere Pläne. Es sei denn, Mischa hätte mit jemandem darüber gesprochen, ohne mir das zu sagen. Das glaube ich aber nicht.«

»Vielleicht war es Kathi. War sie nicht eifersüchtig auf dich und wütend auf Mischa? Da gab's doch diesen Zwischenfall im Übungsraum.« Nachdenklich fuhr Volker sich über das Kinn. »Sie hat ihn angemacht, und er hat sie ziemlich übel abgefertigt.«

»Und sie hat mit einem Nachspiel gedroht. An Kathi habe ich nie gedacht.«

War das möglich? Und dann fiel Annett ein, wie Kathi ihnen am Samstagnachmittag, nur Stunden vor dem Fluchtversuch, auf Poel begegnet war und ihnen den gestreckten Mittelfinger gezeigt hatte. »Woher hätte sie von unseren Plänen wissen sollen?«

»Vielleicht hat sie euch nachspioniert und euch belauscht. Können wir das Thema langsam mal lassen? Was geschehen ist, ist geschehen. Es ist nicht mehr zu ändern.« Volker griff wieder zum Besteck und aß weiter, als wäre all das nicht mehr wichtig.

Annett schluckte den aufsteigenden Ärger hinunter. Für ihn war das alles vorbei und vergessen. Für sie nicht. Dieser

Verrat hatte nicht nur Mischas Tod zur Folge gehabt, sondern auch ihr Leben für immer verändert.

Volkers Messer reflektierte für einen Moment das Licht. Es blendete sie. Sie kniff die Augen zusammen, und plötzlich waren die Erinnerungen wieder da. An die Aufnahme in die U-Haft. An das blendende Licht und diese beiden widerwärtigen Menschen, die sie behandelten wie den letzten Dreck.

»Wolfgang, det is keene Peepshow!« Für einen Augenblick meinte sie, die Stimme wieder zu hören, glaubte die latexbehandschuhten Finger zu spüren, die in sie eindrangen, und ihr wurde übel.

Volker bekam davon nichts mit. Er spießte ein Stück Hühnerfleisch auf. Die Musik lief noch immer und erschien ihr weit entfernt. Für ihn war das Thema erledigt, während sie es nicht ad acta legen konnte. Sie hatte keinen Appetit, doch er köpfte die zweite Flasche Wein. Am liebsten hätte sie sich jetzt ins Bett verkrochen und die andere unerfreuliche Nachricht auf morgen vertagt. Doch der Ärger über seine Gleichgültigkeit ließ sich nicht beiseiteschieben. Sie wollte sich revanchieren, und es brach förmlich aus ihr heraus. »Eines noch, Volker. Ich habe meine Meinung geändert. Ich werde nicht bei dir einsteigen.«

Er hielt inne und sah von seinem Teller auf. »Das meinst du jetzt nicht ernst.«

»Es wird uns nicht guttun, wenn wir den ganzen Tag zusammen sind.«

»Schlag dir das aus dem Kopf. Du hast zugesagt, und dabei bleibt es.«

Annett lachte auf. »Entschuldige, aber das entscheidest nicht du.«

»Du wirst die Stelle antreten. Ich bestehe darauf!« Sie sah die Ader, die an seiner Schläfe hervortrat, sah, wie sein Gesicht ganz rot vor Zorn wurde, und hielt seinem Blick stand.

»Werde ich nicht.« Sie schob den Stuhl zurück und stand auf. »Ich bin hundemüde und gehe nach oben. Lass uns das morgen in Ruhe besprechen.« Sie wandte sich um und ging zur Tür, als er schrie, sie solle verdammt noch mal hierbleiben. Ein Luftzug streifte sie, etwas flog vorbei. Ein Teller zerschellte an der Wand. Hühnerknochen und Scherben regneten aufs Sofa, Soße lief an der Tapete herab. Sie fuhr herum und stieß mit ihm zusammen. Er packte sie am Arm. »Du wirst deine Zusage einhalten!«

»Lass mich los! Du kannst mich nicht zwingen.«

»Den ganzen Tag mit mir zu verbringen. Das widert dich also an.«

»Das habe ich nicht gesagt. Lass mich jetzt bitte los.«

Doch er ließ sie nicht los. Im Gegenteil, er packte noch fester zu. »Was ist da wirklich in Wismar gelaufen? Wem bist du begegnet? Du hast doch deine Meinung nicht einfach so geändert.«

»Du bist ja paranoid!« Sie machte sich von ihm los und wollte das Zimmer verlassen. Doch er griff wieder nach ihr, erwischte aber nur den Ärmel der Bluse, der mit einem Ratsch riss. Verblüfft sah sie auf das Stück Stoff in seiner Hand.

»Das hast du jetzt davon!«, schrie er. »Sieh dir an, was du angerichtet hast! Du machst alles kaputt!«

»Ich ja wohl nicht!«, brüllte sie zurück. »Sondern du!«

Sie musste hier weg. Benommen stolperte sie in den Flur, nahm die Handtasche und den Wagenschlüssel von der Ablage, donnerte die Haustür hinter sich zu und lief durch den Regen zu ihrem Wagen. Mit zitternden Fingern startete sie ihn. Als Volker aus dem Haus gelaufen kam, verriegelte sie die Türen, legte den Rückwärtsgang ein und gab Gas.

*

Zwanzig Minuten später trug Sonjas Mann Patrick den Koffer, der noch im Wagen gelegen hatte, nach oben. Sie wohnten in einem Altbau am linken Pegnitz-Arm und Annett wurde in der offenen Tür von Sonja empfangen, die sie an sich zog. »Meine Güte, alles gut?«

»Geht schon wieder«, sagte Annett, obwohl sie noch immer fassungslos war. »Danke fürs Asyl.«

»Ist doch selbstverständlich. Du kannst Claudias Zimmer haben und bleiben, so lange du willst.«

Annett folgte ihr durch den Flur. Das Zimmer war einmal die Speisekammer gewesen. Ein schmaler hoher Raum, den Patrick mit handwerklichem Geschick für seine Tochter eingerichtet hatte. Über eine Leiter ging es auf knapp zwei Metern Höhe zur Schlafebene mit Absturzsicherung. Darunter war Platz für Sessel und Kommode. Überall hingen Poster von Bands und Stars und dazwischen von Pferden, und für einen Moment beneidete Annett die siebzehnjährige Claudia um ihre Zeit in Kanada, fernab jeder Kontrolle.

»Hier, den kannst du anziehen.« Sonja reichte ihr, mit Blick auf die zerfetzte Bluse, einen Pulli. »Im Schrank habe ich Platz gemacht und das Bett bezogen. Da oben musst du mit dem Kopf aufpassen. Man stößt ihn sich leicht an. Richte dich erst mal ein.«

Sonja verschwand, und Annett ließ sich auf den Sessel fallen. Langsam wichen Anspannung und Zorn, und sie musste plötzlich gegen Tränen ankämpfen. Was geschah mit Volker und ihr? Sie verstand es nicht.

Einen Moment blieb sie sitzen, dann tauschte sie die Bluse gegen den Pullover und entdeckte dabei blaue Flecken an den Oberarmen. Dort, wo Volker sie gepackt hatte. Es war nicht zu glauben! Sie räumte den Koffer aus und legte das ausgeschaltete Handy auf den Tisch. Sicher hatte Volker bereits ein halbes Dutzend Nachrichten geschickt und würde demnächst hier auftauchen. Er konnte das Auto orten, und selbst wenn er das nicht tat, war es naheliegend, dass sie zu ihrer besten Freundin gefahren war. Sie wusste, dass er ihr hinterherfahren würde, weil er Gewissheit wollte. Sicherheit. Und sie zurück.

Er hatte mit dem Teller nach ihr geworfen! Und ihre Bluse ruiniert. Sie konnte es nicht fassen.

Aus dem Wohnzimmer klangen leise der Fernseher und die Stimmen ihrer Freunde. Sie ging zu ihnen und Patrick machte den Fernseher aus. »Auch ein Bier?«

»Ja, gerne.«

Er ging in die Küche und kehrte mit einer geöffneten Flasche zurück. »Ein Glas?«

»Das passt schon so.«

»Wie geht es dir?«, fragte Sonja, und Annett zog die Schultern hoch.

»Ich fühle mich wie im falschen Film. So kenne ich Volker nicht. Ich verstehe es nicht.« Sein Verhalten machte sie fassungslos. Doch nicht nur das. Es war Futter für den Kraken. Niemand hatte sie bisher so behandelt. Außer Högner. Der Stasi-Mann mit dem falschen Lächeln, mit seinen Lügen und Versprechungen. Mit Zuckerbrot und Peitsche. Von allen Seiten rückten die Wände auf sie zu, nahmen ihr die Luft zum Atmen. Sie konzentrierte sich auf das Streifenmuster des Tischsets, begann unwillkürlich die Linien zu zählen. Einatmen. Eins. Ausatmen. Zwei.

»Annett?« Sonja berührte sie am Arm und holte sie zurück in die Gegenwart.

»Er hat mit dem Hühnchen nach mir geworfen, das er für mich gekocht hat. Das ist so … Ich weiß nicht … Eigentlich komisch.« Ein glucksendes Lachen wollte in Annett aufsteigen, doch es erreichte die Oberfläche nicht.

»Armselig?«, schlug Sonja vor.

»Wie soll es jetzt weitergehen?«, fragte Patrick. Er verstand sich gut mit Volker. Sie waren beide Rennradler und oft mit ihrem Kumpel Ralf unterwegs.

»Ich glaube, ich werde mich von ihm trennen«, hörte Annett sich sagen. Ein unvorstellbarer Satz.

»Echt jetzt?«, fragte Patrick. »Wegen eines Ausrutschers? Wir haben euch immer bewundert, wie gut eure Ehe läuft. Vielleicht hat er zu viel getrunken oder anderweitig Probleme. Verstehe mich nicht falsch. Das soll keine Entschuldigung sein. Aber ich kann mir nicht vorstellen, dass sich das wiederholen wird. Das ist einfach nicht seine Art.«

»Er hat eine Grenze überschritten«, stellte Sonja fest. »Mit dem Teller nach seiner Frau zu werfen, das geht zu weit. Trotzdem: Nimm dir Zeit für deine Entscheidung.«

»Es liegt nicht allein daran«, sagte Annett.

»Sondern?«, fragte Sonja.

»Ich habe in Wismar erfahren, dass er schon lange wusste, dass sein Vater unsere Flucht verraten hat, und er hat es mir nie gesagt.«

»Das gibt's doch nicht!«, sagte Sonja.

»Sicher in guter Absicht«, meinte Patrick.

»Aber es ist wie eine Lüge. Wir haben uns versprochen, ehrlich zueinander zu sein und uns zu vertrauen. Keine Geheimnisse. Und jetzt das! Wie soll ich ihm denn noch glauben?«

Sonja griff nach ihrer Hand. »Schlaf drüber. Morgen siehst du das vielleicht anders.«

Das Thema wechselte. Sie unterhielten sich über Claudias Kanadaaufenthalt, Sonjas Geschäft und Patricks Beruf als Teamleiter in einem Möbelhaus. Langsam ebbte der Zorn auf Volker ab. Annett war müde und erschöpft, und plötzlich war die Vorstellung beängstigend, alles aufzugeben. Auf einmal mit nichts dazustehen und mit kurz vor fünfzig neu zu beginnen.

Sie trank ihr Bier und wartete darauf, dass es klingelte

und Patrick Volker in die Schranken weisen musste, wie sie es besprochen hatten. Annett wollte ihn jetzt nicht sehen und würde sich bei ihm melden, wenn sie bereit für ein Gespräch war. Doch es wurde acht und dann neun, und nichts rührte sich. Langsam machte sie sich Sorgen. Um zehn schaltete Annett dann doch das Handy ein. Nicht eine Nachricht von Volker.

Volker

Volker sah aufs iPhone. Sein Daumen schwebte über dem grünen Symbol des Telefonhörers. Zum hundertsten Mal, seit sie ihn wie einen Idioten hatte stehen lassen. Im wahrsten Sinn des Wortes: im Regen. Er warf das Handy aufs Sofa, schenkte sich vom Wein nach. Doch es kamen nur noch ein paar Tropfen. Er schleuderte die leere Flasche quer durchs Zimmer auf den Sessel und atmete durch.

Du rufst sie nicht an!

Du schickst keine WhatsApp!

Du fährst nicht hin!

Natürlich wusste er längst, wo Annett war. Er musste sich keine Sorgen um sie machen. Ihr ging es gut. Sie saß im Warmen und heulte sich bei ihrer Freundin aus. Kotzte sich aus. Machte ihn schlecht. Er, die miese Ratte. Sie war nicht gegen einen Betonpfeiler an der Autobahn gerast oder von einer Brücke in die Pegnitz gesprungen, wie er es im ersten Moment befürchtet hatte. Sie wollte sich nichts antun. Aber ihm. Sie würde sich rächen. Sie würde ihn verlassen. Das durfte nicht passieren. Deshalb wäre es falsch, sie anzurufen. Er durfte nicht tun, was sie erwartete. Er musste sich beruhigen und abwarten, bis auch sie sich beruhigt hatte. Erst dann konnten sie vernünftig miteinander reden.

Morgen würde er sie anrufen, oder besser noch: Er würde warten, bis sie das tat. Voller Sorge, warum er sich nicht meldete, und insgeheim befürchtend, ihm könnte etwas zugestoßen sein. Der Gedanke gefiel ihm, dass sie Angst um ihn hatte. Ganz kleinlaut würde sie sein. Und erleichtert, wenn er dann endlich vor ihr stand. Unversehrt.

Sie war einfach davongebraust. Mit dem Auto, das er für sie geleast hatte. Er tat alles für sie. Sie brauchte nur mit dem Finger zu schnippen, und er sprang. Und jetzt hatte sie ihn verlassen. Es war ungeheuerlich. Sie musste zurückkommen. Jetzt sofort. Schließlich war sie seine Frau. Er griff wieder nach dem Handy, wieder schwebte der Daumen über dem grünen Symbol, wieder wählte er nicht und warf das Mobiltelefon zurück aufs Sofa.

Schließlich stand er auf, tigerte durchs Haus, wälzte Gedanken und bläute sich ein, die Ruhe zu bewahren. Wie konnte er sie zurückholen? Mit Verständnis. Mit Reue. Mit Freundlichkeit und dem Appell an die vergangenen fünfundzwanzig Jahre. Sie liebten sich. Das warf man doch nicht weg. Weil er ein Mal ausgeflippt war. Ein Mal! Er musste hier raus, sonst würde er sie doch noch anrufen.

Er rief sich ein Taxi, schaltete das Telefon aus und legte es auf den Tisch. Als der Wagen kam, ließ er sich zu Georgias Café & Bar in der Altstadt fahren. Das Lokal war voll. Am Tresen fand er noch einen Platz und rutschte auf den Barhocker. Musik klimperte aus den Boxen und legte sich über den Geräuschpegel der Gespräche. Er bestellte ein Glas Rotwein, das er noch einmal nachfüllen ließ. Später stieg er auf Gin Tonic um. Er gab sich langsam und gewissenhaft die Kante. Beim zweiten Drink wurden die Plätze neben ihm frei. Das Pärchen, das dort gesessen hatte, verschwand eng umschlungen in die Nacht, und zwei attraktive Enddreißigerinnen eroberten sich die Barhocker. Echte Sahneschnitten, wie sein Kumpel Ralf jetzt sagen würde.

Annett

Am Sonntagmorgen wurde Annett von Kaffeeduft und Patricks und Sonjas gedämpften Stimmen geweckt. Sie hatte schlecht geschlafen. Tausend Gedanken und Bilder waren durch ihren Halbschlaf gegeistert. Vor allem aber ihre Sorge um Volker hatte sie am Schlaf gehindert. Dass er nicht versuchte, sie zu erreichen, machte ihr langsam Angst. Es passte nicht zu ihm. Sicher ein Dutzend Mal hatte sie auf ihr Handy gesehen und schließlich kurz nach Mitternacht angerufen, doch seines war ausgeschaltet. Sie konnte sich nicht erinnern, dass er das jemals getan hatte, und die Sorge wuchs. Er würde sich doch nichts antun? Eher betrank er sich. In ihrer Ehe hatte es nur ein paar Mal heftigen Streit gegeben, und jedes Mal hatte er sich danach betrunken. Vermutlich saß er in einer Bar, oder er war zu Ralf gefahren. Dem Dritten in der Rennrad-Clique.

Annett setzte sich auf und griff zum Handy. Keine Nachricht. Sie wählte Volkers Nummer. Doch sein Handy war noch immer ausgeschaltet. Es war zwar erst halb neun, doch die Angst wuchs, und sie rief Ralf an. Nach dem sechsten oder siebten Läuten meldete er sich verschlafen. Von Volker hatte er nichts gehört.

Sie ging ins Bad und setzte sich dann zu Sonja und Patrick

an den Küchentisch. Der Kaffee tat gut, und auch das Gespräch mit den beiden. Es lenkte sie ab, doch bald kamen ihre Gedanken wieder bei Volker und der Frage an, ob er sich tot stellte oder tot war? Oder verletzt? Ob er seinen Kummer in Alkohol ertränkt hatte und nun erstickt in seinem Erbrochenen lag? Sie hatte zu viel Fantasie für derart ungewisse Situationen. Ständig produzierte ihre Vorstellungskraft neue Bilder. Je weiter der Morgen voranschritt, umso unruhiger wurde sie.

Schließlich versuchte sie noch einmal, ihn zu erreichen. Noch immer war sein Handy ausgeschaltet, und ihre Sorge schoss in die Höhe wie die Quecksilbersäule eines Thermometers, das man über eine Flamme hielt. Sie entschloss sich, nach Hause zu fahren, um nach ihm zu sehen. Ohnehin wollte sie noch einige Sachen holen, und Patrick bot an, sie zu begleiten.

Sie nahmen seinen Wagen und parkten kurz darauf auf dem Stellplatz vor dem Haus. Annett sah durchs Fenster in die Garage. Volkers Wagen war da.

Im Haus war es ruhig. Alles war wie gestern, als sie gegangen war. Bis auf die leere Weinflasche im Sessel und Volkers Handy auf dem Tisch. Das war ungewöhnlich. Er hatte es immer bei sich. Sogar nachts lag es auf der Ablage neben dem Bett.

Patrick hob die Weinflasche hoch. »Ich denke, bis auf einen Kater geht es ihm gut.«

Sicher lag Volker besoffen im Bett, und ihre Sorge um ihn verwandelte sich in Ärger. Diese Nummer mit dem ausgeschalteten Handy ergab plötzlich Sinn. Sie sollte sich seinetwegen Sorgen machen und mies fühlen.

Die Tür zum Schlafzimmer war angelehnt. Das Bett war nicht benutzt. Im Bad war er auch nicht, und die Angst kehrte zurück. Im Schlafzimmer setzte sie sich auf die Bettkante. »Wo ist er nur?«

»Vielleicht in einer Ausnüchterungszelle«, meinte Patrick. »Er taucht schon wieder auf.«

»Aber wenn ihm etwas zugestoßen ist ... Ein Unfall ... oder ein Überfall ... Betrunkene sind ideale Opfer. Ich rufe jetzt im Krankenhaus an.«

»Die würden sich bei dir melden. Wolltest du nicht ein paar Klamotten einpacken?«

Nicht nur Kleidung, sondern auch einige Papiere und ihr Sparbuch, auf dem sie die kleine Erbschaft ihrer Eltern gebunkert hatte. Sie nahm den Koffer und suchte die Sachen zusammen, während Patrick nach unten ging.

Gerade als sie mit dem gepackten Koffer auf der Treppe war, rief er: »Da kommt ja der Totgeglaubte.«

Einen Moment später ging die Haustür auf. Volker kam herein, und Patrick ging ihm entgegen. »Hallo Kumpel.«

»Was machst denn du hier?«

Volker hatte sie auf der Treppe noch nicht entdeckt. Er sah fertig aus. Dunkler Bartschatten. Die Haare zerrauft und die Kleidung zerknittert.

»Nachsehen, wie es dir geht. Du hast wohl ganz schön getankt letzte Nacht.«

»Yep! Und eine klasse Frau gevögelt.« Er legte einen Finger auf die Lippen. »Aber kein Wort zu Annett, sie köpft mich sonst.«

Für einen Moment wollten Annetts Knie nachgeben. Das konnte doch nicht sein. Während sie sich Sorgen um ihn gemacht hatte, war er mit einer anderen im Bett gewesen. Der Augenblick der Schwäche ging vorüber, Zorn schwappte hoch. »Zu spät! Sie weiß es schon.«

Volker fuhr herum und sah zum Treppenabsatz hoch, auf dem sie stand. Er sah richtig heruntergekommen aus und widerte sie in diesem Moment an. Sie musste hier weg, griff sich den Koffer und ging runter. Als sie an Volker vorbeiwollte, packte er sie am Arm. »Du ziehst also aus.«

Sie machte sich los. »Was glaubst du denn!«

»Das kannst du nicht machen.«

»Natürlich kann ich das.«

Er fuhr sich durch die Haare. »Es tut mir leid. Ich wollte das nicht.«

»Was meinst du jetzt? Dass du mir den Verrat deines Vaters jahrzehntelang verschwiegen hast? Oder den Tellerwurf? Oder dass du mich betrügst?«

»Alles. Ich wollte nicht mit ihr ins Bett. Es ist einfach passiert.«

»Ohne dein Zutun. Hat sich dich etwa vergewaltigt?«

»Jetzt tu doch nicht so empört. Schließlich hast du dein Scherflein dazu beigetragen. Erst sagst du den Job zu und dann wieder ab. Das hat mich aus der Bahn gekickt. Ich verstehe dich einfach nicht mehr.«

»Geht mir genauso. Ich verstehe dich nämlich auch nicht mehr.«

Wismar

24. September 1988

»Er ist bei den Kameraden auf dem anderen Boot. Jetzt aber.« Mit dem Kinn deutete der Soldat in den lichtlosen Raum. Dieser hatte Metallwände und war so groß wie ein Spind. Panik wollte nach ihr greifen, doch sie hatte keine Wahl und ging hinein. Die Tür schlug hinter ihr zu. Ein Riegel wurde vorgeschoben, und Annett stand im Dunkeln. Von fern drangen Geräusche zu ihr. An der Wand entlang glitt sie zu Boden. Der Platz reichte nicht aus, um die Beine auszustrecken. Mit angezogenen Knien saß sie dort, als die Tür aufging. Der mit dem freundlichen Blick warf ihr ein Handtuch zu. »Das muss vorerst genügen. In Rostock wird sich das ein Arzt ansehen.«

Sie presste das Handtuch gegen die Wunde und versuchte, den Schmerz zu ignorieren. Trotz des Maschinenlärms hörte sie Schritte im Vorraum. Irgendwo schlug eine Metalltür. Der Rotorenlärm wurde leiser. Der des Schiffsmotors lauter. Das sachte Schaukeln änderte sich, wurde heftiger und härter. Plötzlich wurde sie von der Fliehkraft gegen eine Wand gedrückt. Das Schnellboot wendete und nahm Kurs auf Rostock.

Ihr Kopf sank auf die Knie. Es war vorbei. Sie hatten es nicht geschafft. Nicht einen Moment hatte sie geglaubt, dass es so kommen könnte. Nun blieb ihnen nur ihr Märchen, um einer langen Haftstrafe zu entgehen. Hoffentlich hatte auch Mischa daran gedacht, die Beweise für eine Flucht zu versenken.

Das Boot schaukelte derart, dass ihr in diesem dunklen muffigen Loch übel wurde. Sie klopfte gegen die Tür, doch niemand kam. Auch nicht, als sie dagegen hämmerte und schrie, dass sie sich gleich übergeben müsse. Sie konnte es nicht eine Sekunde länger zurückhalten und erbrach sich in das blutige Handtuch. Würgend und spuckend verabschiedete sie sich von der Stulle, die sie erst vor zwei Stunden zu sich genommen hatte. In einer anderen Zeit. In der Zeit davor, und sie verstand, dass diese Nacht ihr Leben für immer in ein Davor und ein Danach teilen würde.

*

Irgendwann hörte das Schaukeln auf, öffnete sich die Tür und jemand legte Annett Handschellen an. Sie wurde von Bord gebracht und an zwei Männer übergeben, die graue Windjacken trugen. Sie sah sich nach Mischa um, konnte ihn aber nicht entdecken. Ein schwarzer Wolga stand am Kai. Sie wurde unsanft auf den Rücksitz bugsiert. Die beiden Männer setzten sich rechts und links neben sie, ein dritter saß am Steuer. Bis auf den kurzen Befehl einzusteigen, richtete keiner ein Wort an sie.

Sie fuhren durch das schlafende Rostock. Es musste weit nach Mitternacht sein. Kaum jemand war unterwegs. Kaum ein Licht in einem Fenster. Der Wagen stoppte vor einem hohen Metalltor. Der Fahrer wies sich bei der Wache aus. Der Wolga durfte passieren und hielt im Innenhof eines Komplexes aus mehreren Gebäuden. Plattenbauweise und rote Ziegel wechselten sich ab. Im Erdgeschoss eines Hauses brannten Lichter. Dorthin wurde sie gebracht und an eine Frau und einen Mann in dunkelblauen Uniformen übergeben. Der Mann quittierte den Empfang der Festgenommenen und ihre Begleiter verschwanden.

Sie stand an einer Art Holztresen. Der Uniformierte setzte sich an den Schreibtisch dahinter, vor sich einen Aktendeckel. Gelangweilt sah er hoch. »Dann nehmen wir mal die Personalien auf. Ham'se Ihren Ausweis bei sich, Genossin Frey?«

Annett wies auf den zerrissenen Neoprenanzug. »Wo denn?«

Seine Brauen stiegen in die Höhe. »Wer'n Se mal nich frech.«

Er notierte ihre Angaben, und sie dachte einen Moment an ihre Eltern, bei denen bald die Stasi klingeln würde, und im nächsten fragte sie sich, woher er ihren Namen kannte. Bisher hatte niemand danach gefragt.

»So, dann machen wir mal die Fotos.« Er führte sie in einen Nebenraum, in dem eine Kamera und ein Scheinwerfer aufgebaut waren. Ein Stuhl vor einer weißen Wand. Die Frau drückte ihr ein Schild mit einer Nummer in die Hand. Sie musste sich damit auf den Stuhl setzen und sich von vorne und von beiden Seiten fotografieren lassen. Man behandelte sie wie eine Kriminelle.

Es folgte die Abnahme der Fingerabdrücke, und sie fragte nach einem Arzt. Die Wunde am Arm blutete zwar nicht mehr, doch sie tat weh und musste desinfiziert werden, sonst würde sie sich entzünden. »Da müssen Sie bis morgen warten, Genossin«, sagte der Mann.

Seine Kollegin war eine kleine, kompakte Frau mit flächigem Gesicht und einem zu breiten Kinn. Nun schnaubte sie. »Bilden Sie sich etwa ein, dass mitten in der Nacht ein Arzt Ihretwegen aus dem Bett steigt? Wegen einer, die rübermachen wollte, der es hier nicht gut genug ist? Und jetzt Ansprüche stellen. So weit kommt's noch.«

Das durfte sie nicht unwidersprochen stehen lassen. »Wir wollten nicht abhauen. Es war nur eine blöde Wette.«

Die Frau lachte. »Den Bären können Sie jemand anderem aufbinden. Ausziehen!«

»Was?«

»Sie sollen sich ausziehen. Ganz. Ich muss sie durchsuchen.« Die Frau richtete die Lampe auf sie. Das Licht blendete. Annett kniff die Augen zusammen. »Nein. Das mache ich nicht.«

»Das müssen Sie aber. Wenn Sie es nicht tun, tue ich es.«

Der Mann lehnte sich an die Wand und verschränkte die Arme. Die Frau ging auf sie zu. »Wird's bald.«

»Kann er bitte rausgehen?« Ihre Stimme klang so kleinlaut, dass sie selbst erschrak.

»Wolfgang, det is keene Peepshow.« Sie machte mit dem Kopf eine Bewegung Richtung Tür, und ihr Kollege verließ tatsächlich den Raum. Annett streifte den Neoprenanzug ab und dann den Badeanzug, den sie darunter trug. Es ging ja nicht anders. Sie hatte keine Wahl. Dabei begann die Wunde wieder zu bluten. Die Frau schnaubte erneut, holte aus dem Nebenraum Papierhandtücher und Klebeband. »Machen Sie das darauf. Bis morgen geht das so.«

Nachdem Annett den Arm notdürftig verarztet hatte, musste sie sich breitbeinig mit dem Gesicht zur Wand stellen. Die Frau zog sich Gummihandschuhe über und tastete die Körperöffnungen ab. Annett rang die Tränen nieder. Sie würde sich nicht unterkriegen lassen. Nicht von diesem Scheiß-Staat.

»So, das hätten wir. Jetzt noch die Probe.« Die Frau hob den Neoporenanzug hoch, sah ihn sich von allen Seiten an, legte ihn beiseite und nahm den Badeanzug. Mit einer Schere schnitt sie ein Stück Stoff aus dem Schritt, das sie in einem Schraubglas mit Deckel verstaute.

»Was soll das? Der war noch fast neu.«

»Ist nur für die Hunde. Falls Sie abhauen, nehmen die Ihre Fährte damit auf.« Sie schraubte den Deckel auf das Glas, und Annett dachte, dass das nicht wahr sein konnte. Das war ein Albtraum, und gleich würde sie aufwachen und Mischa ihr durch die Locken wuscheln. Guten Morgen, Zwerg.

Die Frau warf ihr ein graues Kleiderbündel hin und dazu ein Paar Badelatschen. »Ziehen Sie das an.«

Die Unterwäsche war grau verwaschen, sah aber sauber aus und roch nach Waschmittel. Annett überwand sich und zog die Sachen an. Die Baumwollhose war zu lang. Sie krempelte die Hosenbeine um. Der Kittel war zu groß. Es war egal. Alles war egal.

Weiter ging es zu den Zellen. Sie folgte der Frau über endlos lange, neonbeleuchtete Flure. Gittertüren wurden auf- und hinter ihnen wieder zugeschlossen. Es ging eine Treppe hinauf und dann noch eine. Sie erreichten einen Gang, in dessen Boden Glasbausteine eingelassen waren. Wozu?, fragte sich Annett, während eine Wache die Gittertür aufsperrte.

»Der Neuzugang«, sagte die Frau.

»Wir übernehmen«, sagte der Mann, und Annett fragte sich, wen er mit »wir« meinte, denn er war allein.

Die Gittertür wurde geschlossen. Annett hörte die Schritte der Frau im Treppenhaus verhallen, während sie dem neuen Aufpasser über den Flur folgte. Vorbei an einem Dutzend beige gestrichener Holztüren. Alle mit Metallrahmen und Riegeln versehen, mit einer Klappe und Spion und einer Nummer oben am Rahmen. Die Tür der Zelle 211 war nur angelehnt. »Da geht's hinein. Wir wünschen eine gute Nacht.«

Annett konnte es nicht lassen: »Wer ist wir?« Es gelang ihr, ihn zu irritieren, denn er fragte: »Wie jetzt?«

»Sie sprechen ständig von ›wir‹, obwohl Sie hier allein sind.«

»Eine mit ’ner großen Klappe. Die habe ich ja besonders gern.« Er musterte sie, als wäre sie ein seltenes Insekt. »Wir, das sind die, die hier das Sagen haben. Werden Sie schon noch merken. Rein jetzt.« Er gab ihr einen Schubs, sie stolperte in die Zelle, und er schloss die Tür. Sie hörte das Ratschen der Riegel, den Schlüssel im Schloss, und dann ging die Klappe auf. Er sah herein. »Geschlafen wird auf dem Rücken, Hände über der Decke. Die Hausordnung bekommen Sie morgen mit dem Frühstück.«

Der Raum war winzig. Etwa zwei Meter breit und dreieinhalb lang. An der Wand gegenüber der Tür gab es eine Holzpritsche, die die gesamte Breite des Raums einnahm. Darauf eine dünne Matratze und Bettzeug mit blau karierter Bettwäsche. Darüber in der Wand drei Reihen Glasbausteine. Kein Fenster. Eine zweite Pritsche an der rechten Wand, ohne Matratze, ohne Bettzeug. Ein Waschbecken mit Spiegel, ein Hocker und neben der Tür die Toilette. Nur mit Brille.

Es gab weder Seife noch Zahnpasta oder eine Zahnbürste. Aber einen Becher. Annett ließ Wasser einlaufen und trank es in einem Zug. Erst jetzt merkte sie, wie durstig sie war. Sie wusch sich das Gesicht und trocknete es mit dem Ärmel. Es gab auch keinen Pyjama. Sie kroch unter die Decke und stand dann wieder auf, um das Licht zu löschen. Doch es ging nicht aus, als sie den Schalter neben der Tür drückte. Nachdem sie es mehrmals probiert hatte, gab sie auf. Sicher war das eine Schikane. Sie legte sich hin und konnte nicht einschlafen, es war zu hell. Also drehte sie sich mit dem Gesicht zur Wand und zog die Decke über den Kopf. So ging es einigermaßen. Doch sie fand keinen Schlaf, weil nun die Ereignisse der Nacht zurückkehrten und durch ihren Kopf tanzten. Das Licht der Scheinwerfer. Die Welle, die ihr Boot zum Kentern brachte. Mischas Hand in ihrer. Der Hubschrauber, der tiefer ging. Die Mündung des Maschinengewehrs. Der Rettungsring und der mitleidige Blick des Soldaten. *Er ist bei den Kameraden auf dem anderen Boot.* Der Gedanke, dass Mischa hier war, vielleicht nur ein paar Zellen von ihr entfernt, gab ihr Kraft. Schließlich dämmerte sie weg und war gerade eingeschlafen, als die Klappe in der Tür aufgerissen wurde und sie hochschreckte. »Geschlafen wird auf dem Rücken! Hände auf die Decke. Aber zack, zack.«

»Ich bin Seitenschläferin«, sagte sie und rollte sich wieder zusammen.

Die Tür ging auf. Der Wärter, der stets von »wir« sprach, kam herein. »Auf den Rücken!«

»Nein.«

»Das werden wir ja sehen.« Erst jetzt bemerkte sie den Schlagstock, mit dem er ausholte. Er traf sie am Oberschenkel. Ein scharfer Schmerz schoss durch ihren Körper und trieb ihr die Tränen in die Augen.

»Auf den Rücken! Hände auf die Bettdecke!«

Annett

Der September ging vorüber. Die Schlechtwetterfront wich einem Azorenhoch, und die erste Oktoberwoche begann warm und sonnig. Herrliches Herbstwetter, das Annett unter anderen Umständen genossen hätte.

Seit dem Streit nach ihrer Rückkehr aus Wismar, seit Volker zugegeben hatte, von Rainers Verrat schon lange zu wissen, seit er den Teller nach ihr geworfen und obendrein einen One-Night-Stand zugegeben hatte, fühlte sie sich wie am Rande eines Abgrunds balancierend. Was geschah mit ihnen? Sie verstand es nicht.

Volker bereute den Seitensprung natürlich und den Tellerwurf sowieso. Es tue ihm leid, wie er in unzähligen Nachrichten beteuerte, die er ihr zu jeder Tages- und Nachtzeit schickte. Es mussten inzwischen hundert oder mehr sein. Er schrieb von Ausrutschern und dass dergleichen nie wieder passieren würde. Ihr war egal, wie er das nannte, und seine Nachrichtenflut nervte sie. Vor allem, weil er darin immer wieder ihr die Schuld zuschob. Sie hätte ihn provoziert. Und das Geheimnis seines Vaters hatte er angeblich für sich behalten, um sie zu schützen. Was für ein Bullshit! Nicht sie, sondern Rainer hatte er beschützt, und Annett fragte sich, was sie noch alles nicht wusste. Mit einem Mal stellte sie alles infrage. Wie war das mit Patricia gewesen? Hatte er am Ende doch ein Verhältnis mit ihr gehabt, und sie hatte nichts bemerkt?

Volker plötzlich zu misstrauen war ein neues und erschreckendes Gefühl. Sie hatte geglaubt, ihn zu kennen, dass ihre Beziehung auf einem soliden Fundament stünde, Granit oder Stahlbeton. Darauf hatte sie seit fünfundzwanzig Jahren vertraut, doch vielleicht war es nur Sand.

An diesem Abend Anfang Oktober wollte sie sich mit Volker zum ersten Mal treffen, seit sie zu Sonja und Patrick gezogen war. Es war Zeit, ein paar Dinge zu klären.

Für sie war es aus. Ihre Ehe war vorbei. Sie spürte es tief in ihrem Innersten, auch wenn sie manchmal Zweifel packten, ob sie das Richtige tat, und Patrick und Sonja ihr rieten, Volker noch eine Chance zu geben. Sie hatte kaum noch positive Gefühle für ihn, sondern war bitter enttäuscht. Die Trennung wollte sie schnell hinter sich bringen. Keine Vorwürfe. Keine Streitereien. Ein sauberer Schnitt, nach dem sie neu beginnen konnte. Auch wenn ihr dieser Neubeginn Angst machte.

Seit einigen Tagen studierte sie die Immobilienangebote in Bamberg. Sie wollte nicht wegziehen, nur um Volker nie wieder zu begegnen. In einer Kleinstadt würde sich das nicht vermeiden lassen. Daher war es auch aus diesem Grund besser, sich friedlich zu trennen. Natürlich auch wegen der Kinder, die noch nichts wussten. Jedenfalls nicht von ihr, und sie nahm nicht an, dass Volker sie informiert hatte. Er hatte sicher nichts gesagt, weil er davon ausging, dass sich alles einrenken würde. Das schloss sie aus seinen Nachrichten, obwohl sie nicht verstand, wie er auf diese Idee kam. Und sie selbst hatte noch nichts gesagt, weil sie noch ein wenig Zeit brauchte, um das sachlich mit Leonie und Fabian besprechen zu können.

Annett saß an diesem Donnerstagmorgen in der Küche

am Tisch und scrollte auf Patricks altem iPad durch die Immobilienangebote, denn ihr Laptop war noch im Haus.

Eine Wohnung zu finden war nicht so einfach, wie sie zunächst geglaubt hatte. Zum einen, weil Volker der größte Makler am Platz war und daher die meisten Vermietungen über seinen Tisch liefen. Wenn er ihr helfen wollte, wäre es ein Leichtes, eine Wohnung zu finden. Doch sie nahm nicht an, dass er das tun würde. Und etwas hinderte sie daran, ihn zu bitten. Vielleicht ihr Stolz. Also hatte sie sich bei anderen Maklern beworben, doch bisher nur Absagen erhalten. Vermutlich lag es an ihrer derzeitigen Arbeitslosigkeit. Vermieter wollten kein Sparbuch sehen, sondern einen Einkommensnachweis.

Sonja kam aus dem Bad, schenkte sich Kaffee ein und setzte sich zu ihr. »Was gefunden?«

Annett schloss das Browserfenster. »Mir ist gerade klar geworden, dass ich das Pferd von hinten aufzäume. Ich brauche erst einen Job, bevor ich mir eine Wohnung suchen kann.«

»Mein Angebot gilt noch. Wenn du willst, kannst du bei mir anfangen. Ganztags, halbtags, wie du willst. Ich suche wirklich händeringend jemanden.«

»Ich weiß nicht, ob ich das kann.«

»Was denn? Kaffee abfüllen? Die Kasse bedienen? Ich zeige dir alles, und ich bezahle auch fair.«

Sonjas Laden gefiel Annett. Sie hätte etwas zu tun und vor allem einen Gehaltsnachweis, der die Wohnungssuche erleichtern würde. Also willigte sie ein. »Aber nur vorübergehend, bis ich etwas in meinem Beruf gefunden habe. Wenn das für dich in Ordnung ist.«

*

Um neun band Annett sich im Bittersüß eine Schürze um und ließ sich von Sonja in groben Zügen alles erklären, bis das Geschäft um zehn öffnete.

Der Betrieb begann gemächlich. Ein paar Kunden, die Kaffee kauften. Touristen auf der Suche nach einer kulinarischen Erinnerung oder einem Geschenk für die Daheimgebliebenen. Drei alte Damen, die sich regelmäßig hier zum Frühstück trafen, kamen Punkt zehn. Gegen eins wurde es voll. Die Mitarbeiter aus den umliegenden Büros tranken gerne ihren Espresso und Cappuccino im Bittersüß, bevor es zurück an den Schreibtisch ging.

Als es danach ruhiger wurde, besorgte Sonja Sandwiches im Feinkostladen nebenan. Annett taten die Füße weh. Sie war froh über die Pause. Sonja braute für sie gerade zwei Latte, als Volker hereinkam. »Hallo ihr zwei Schönen.« Er tat so unbefangen, als wäre nichts geschehen, und bestellte ein halbes Pfund vom Arabica, den sie immer kauften, und einen Espresso doppio, den er an der Theke trank. »Du arbeitest jetzt hier?«, fragte er Annett.

»Ja. Warum auch nicht?«

»Weil du es vor Kurzem noch ausgeschlossen hast. Vor allem aber, weil du eigentlich bei mir einsteigen wolltest.«

Sie reagierte nicht darauf. Was sollte sie auch dazu sagen?

»Ich halte dir die Stelle noch ein Weilchen frei. Überlege es dir.« Sein Handy summte. »Wir können das heute Abend besprechen.« Er nahm das Telefonat entgegen, suchte in der Tasche nach Münzen und zahlte. Überrascht sah Annett ihm nach, als er den Laden verließ.

»Was war das denn?«, fragte Sonja.

»Keine Ahnung.« Annett wurde ganz flau. Wieso verstand er nicht, dass sie die Stelle nie und nimmer annehmen würde? Nahm er sie nicht ernst? Das konnte heute Abend ja heiter werden. Wie gut, dass sie auf einem Treffen in der Öffentlichkeit bestanden hatte. Volker würde sich zusammenreißen und nicht laut werden. Im Gegenzug hatte er das Lokal ausgesucht. Ein neues französisches Restaurant, etwas außerhalb von Bamberg. Teuer und mit guten Bewertungen. Für ihren Geschmack war es zu weit draußen und zu nobel. Das Essen würde sich ewig hinziehen. Im Grunde graute ihr vor dem Abend.

Rostock

September 1988

Die Nacht ging schlaflos vorüber. Ab und zu hörte Annett, wie die Klappe in der Tür aufging, oder ein Kratzen am Spion, und drehte sich rasch auf den Rücken, Hände auf die Decke. Der Oberschenkel schmerzte höllisch. Als sie nachsah, entdeckte sie eine geschwollene und blutunterlaufene Strieme, die sich bereits dunkel färbte.

Mit der Zeit wurde das Licht hinter den Glasbausteinen heller. Auf dem Flur waren Stimmen und das Schlagen von Türen zu hören. Wie spät es wohl war? Ihr Magen knurrte. Sie stand auf, trank einen Schluck Wasser aus dem Becher und hätte sich gerne die Zähne geputzt. Der rechte Arm tat zwar noch immer weh, doch der pochende Schmerz hatte nachgelassen. Sie zog den Kittel aus. Das Klebeband hatte sich gelöst und der provisorische Verband aus Papierhandtüchern fiel zu Boden. Die Wunde war blutverkrustet und sah entsetzlich aus.

Irgendwann ging die Klappe auf, und das Frühstück wurde hereingeschoben. Ein Plastikteller mit einer Marmeladenstulle und ein Becher Tee. Bevor sie um Zahnpasta und Zahnbürste, um Seife und Handtuch bitten konnte, wurde die Klappe schon wieder zugeknallt.

Zum Frühstücken setzte sie sich auf das Bett und stellte

den Teller auf den Hocker. Natürlich war auch das falsch. Kaum saß sie, kam eine Aufseherin herein. Der Kerl, der so gerne »wir« sagte, hatte seine Schicht wohl beendet.

»Zwo-eins-eins. Während der Tageszeit darf das Bett nur mit besonderer Genehmigung benutzt werden. Aber das wissen Sie ja noch nicht.« Die Frau reichte ihr mehrere Zettel, die eine Heftklammer zusammenhielt. »Hier, die Hausordnung. Ab sofort richten Sie sich danach.«

Annett nickte. »Könnte ich bitte Waschzeug bekommen und einen Schlafanzug? Ich habe nichts.«

Verwundert sah die Frau sich um. »Ich kümmere mich darum.« Sie war groß und hager und erinnerte Annett mit ihrem dunklen, im Nacken zusammengebundenem Haar an Olivia aus der Zeichentrickserie Popeye, die sie als Kind heimlich im Westfernsehen gesehen hatte.

»Danke. Und …« Sie schob den Ärmel hoch, und die Wärterin zuckte zusammen. »Kann sich das ein Arzt ansehen?«

»Das hängt von Ihrem Vernehmer ab. Er muss das genehmigen. Ich versuche es. Versprechen kann ich es nicht. Jetzt frühstücken Sie erst mal.«

Der freundliche Tonfall tat so gut, dass Annett beinahe geweint hätte. Sie trank den dünnen Tee, aß das Marmeladenbrot und dachte an Mischa, der vielleicht nur ein paar Zellen weiter saß und das Gleiche tat.

Sie war so müde, dass sie sich am liebsten hingelegt hätte. Doch das war verboten. Sie las die Hausordnung, die Verhaltensregeln, Rechte und vor allem Pflichten für die Untersuchungshäftlinge aufführte, aber auch ein paar Vergünstigungen. Täglich eine Freistunde an der frischen Luft. Einmal in der Woche konnte sie sich Bücher ausleihen, und es gab offenbar einen Laden, in dem sie einkaufen konnte. Doch dafür brauchte sie Geld. Besuch war nur einmal pro Monat für eine halbe Stunde erlaubt. Der Gedanke an ihre Eltern schnitt ihr mitten ins Herz. Vermutlich war die Stasi schon bei ihnen, hatte sie im Morgengrauen aus dem Schlaf gescheucht und stellte jetzt alles auf den Kopf.

Ein Geräusch an der Tür erklang. Annett stand auf, wie es in der Hausordnung stand. Gesicht zur Tür. Arme locker hängen lassen. Die Wärterin kehrte zurück und brachte Waschsachen und einen Schlafanzug.

»Was geschieht jetzt mit mir?«, fragte Annett. »Bekomme ich einen Anwalt?«

»Das müssen Sie mit Ihrem Vernehmer besprechen.«

»Wann werde ich vernommen?«

»Irgendwann im Laufe des Tages. Jetzt bleiben Sie mal locker. Am besten geben Sie alles zu, dann haben Sie das schnell hinter sich. Das wird schon.« Die Frau nahm Teller und Becher mit und drehte sich in der Tür noch einmal um. »Sie müssen uns mit Dienstgrad ansprechen. Manche Kollegen legen großen Wert darauf.«

Annett nickte. »Danke, Frau Wachtmeister.«

Sie wusch sich, putzte die Zähne und räumte dann die Zelle auf, wie es in der Hausordnung beschrieben war. Es war lächerlich, alles an vorgeschriebene Plätze zu stellen und das Bett nach exakter Anweisung zu machen, aber sie hatte etwas zu tun, das sie ablenkte. Die Arbeit war schnell erledigt, und sie setzte sich auf den Hocker, denn auf das Bett durfte sie sich nicht setzen, obwohl sie das gerne getan hätte. Sie war so müde, dass ihr Kopf sich ganz wattig anfühlte. Die Wunde am Arm und der Bluterguss am Oberschenkel taten weh. Sie lehnte sich mit dem Rücken an die Wand, legte den Kopf in den Nacken und versuchte zu schlafen. Für ein paar Minuten gelang es ihr zu dösen. Da ging die Klappe auf, und ein Wärter sah herein. »Gerade sitzen. Anlehnen ist nicht gestattet. Sie lernen das schon noch.«

Sie stand auf und ging in der Zelle herum, setzte sich wieder und legte den Kopf auf die Knie. Auch das war nicht erlaubt. Langsam verwandelte sich die Müdigkeit in Ärger.

Irgendwann musste sie auf die Toilette und stellte fest, dass dieser Winkel ihrer Zelle schlecht einzusehen war, also blieb sie sitzen, Kopf auf die Knie. Ein wenig schlafen. Auch das ging nicht lange gut.

Schließlich gab es Mittagessen. Matschig gekochtes Gemüse und Kartoffeln. Es wurde Nachmittag, und sie lernte, die Geräusche zu unterscheiden. Wann jemand am Spion war, wann gleich die Klappe aufgehen würde. Auch die Schritte auf dem Flur unterschieden sich. Schlurfende und präzise gesetzte, klackernde und eilige. Wie gerne sie aus dem Fenster gesehen hätte. Doch die Glasbausteine verwehrten jede Aussicht. Ihr war langweilig, gleichzeitig saß die Angst vor der Vernehmung tief in ihr und machte sie unruhig. In Gedanken ging sie ihr Märchen von der Wette wieder und wieder durch. Sie musste glaubhaft sein. Sie durfte sich nicht in Widersprüche verwickeln. Hätten sie die Geschichte doch nur besser abgesprochen.

Jetzt holen sie mich, dachte Annett bei jedem Geräusch und fuhr hoch. Doch der Nachmittag verging und wurde nur von der Freistunde unterbrochen. Die keine Stunde dauerte, bestenfalls fünfzehn Minuten. Man führte sie allein in einen winzigen Hof, kaum größer als ihre Zelle. Meterhohe Mauern. Darüber ein Rechteck grauer Himmel und in luftiger Höhe ein Metallsteg, auf dem eine Wache mit einer Kalaschnikow stand. Das war paranoid. Denn es gab keine Möglichkeit zu fliehen. Es sei denn, sie könnte fliegen oder wie eine Spinne an Wänden hochklettern. Es gab auch keine Möglichkeit, den Mann da oben anzugreifen. Die Angst des Staats vor ihr war lächerlich.

Eine Viertelstunde später war sie wieder in ihrer Zelle und hatte inzwischen begriffen, dass sie zu einer Nummer geworden war. Zwo-eins-eins. Niemand sprach sie mit ihrem Namen an. Ebenso wenig kannte sie die Namen der Wärter. Den einen nannte sie für sich »Wir«, die andere »Olivia«.

Die Tür wurde hinter ihr geschlossen. Sie setzte sich auf den Hocker. Lehnte sich nicht an die Wand. Das Licht hinter den Glasbausteinen wurde grau und dann dunkel. Die Frage tauchte wieder auf, woher der Wärter bei der Aufnahme ihren Namen gekannt hatte? Auf dem Schnellboot hatte niemand danach gefragt. Es gab nur eine plausible Antwort. Mischa und sie waren nicht ein zufälliger Fang der Küstenbrigade, sondern man hatte gezielt nach ihnen gesucht. Jemand musste sie verraten haben.

Sie war hundemüde, fühlte sich zerschlagen und wäre am liebsten unter die Bettdecke gekrochen. Doch die Prellung am Oberschenkel erinnerte sie an den Preis, den sie dafür bezahlen würde. Irgendwann gab es Abendbrot, und Annett dachte schon, dass sie heute nicht mehr vernommen würde, als der Schlüssel im Schloss knirschte und Wachtmeister Wir erschien und sie abholte.

Annett

Annett traf um sieben am Restaurant ein, in dem sie mit Volker verabredet war. Sie stellte den Kia auf dem Gästeparkplatz ab und konnte Volkers Audi nicht entdecken. Kurz überlegte sie, ob sie draußen auf ihn warten sollte, ging dann aber hinein.

Ein Kellner empfing sie und begleitete sie zum reservierten Tisch. Volker war schon da. Er stand auf und begrüßte sie mit Küsschen auf beide Wangen, während sie den Impuls unterdrücken musste, ihn von sich zu schieben. »Ich habe deinen Wagen gar nicht gesehen. Ist was damit?«

»Ich bin mit dem Taxi gekommen.«

Hoffentlich hatte er nicht vor, sich zu betrinken, denn dann wurde er entweder selbstmitleidig oder laut. Sie sah sich um. Nur drei weitere Tische waren besetzt. Die Einrichtung war elegant im französischen Landhausstil gehalten.

Der Kellner brachte die Speisekarten und schenkte Wasser ein. Das Gespräch begann mit befangenem Small Talk und der Auswahl des Menüs. Bei den Getränken hielt Volker sich zurück. Ein Glas Wein für jeden. Er wollte das Gespräch also auch vernünftig über die Bühne bringen.

Während er mit dem Kellner noch den Wein aussuchte,

betrachtete sie ihren Mann. Wie war es möglich, dass er sie bei der erstbesten Gelegenheit betrogen hatte? Wobei … vielleicht war es ja schon häufiger geschehen und sie wusste nur nichts davon. Wieder dachte sie an Patricia und überlegte, ob er nicht doch eine Affäre mit ihr gehabt hatte. Eigentlich wollte sie es nicht wissen. Ganz neu war diese aggressive Seite an ihm. Woher kam die so plötzlich?

Was sie allerdings immer gespürt hatte und ihr manchmal sogar ein wenig unheimlich gewesen war, war seine Liebe zu ihr. Ein wenig überhöht, wie auf einem Podest. Und trotzdem von einer Unsicherheit begleitet, als hätte er Angst, dass sie eines Tages genug von ihm haben und ihn verlassen könnte. Wie einst seine Mutter. Und das war vermutlich auch der Grund, weshalb er sie gerne ein wenig zurechtstutzte. Sie kleinmachte. Sich ein wenig über ihre Fehler und Unzulänglichkeiten amüsierte. Damit ihr keine Flügel wuchsen, die sie von ihm wegtragen konnten. All das nicht im Übermaß, sondern gerade ausreichend, um sie nicht zu verschrecken. Und andererseits trug er sie auf Händen.

»Fein. So machen wir es«, sagte Volker und gab die Karte zurück.

Als der Kellner gegangen war, wandte er sich an Annett. »Hast du dich inzwischen beruhigt, sodass wir vernünftig miteinander reden können?«

Was war das denn für eine Frage? Als wäre sie hysterisch oder nicht ganz bei Verstand. »Deswegen sind wir doch hier«, sagte sie ruhig. »Wir müssen ein paar Dinge klären. Vor allem, wie wir es den Kindern sagen und was genau.«

»Was meinst du mit *was genau*?«

Beispielsweise, dass du seit einer Ewigkeit wusstest, dass dein Vater Mischa auf dem Gewissen hat, dachte sie. Und du hast ihn gedeckt und mich für ihn kochen lassen. Gans mit Rotkohl! So wie er das wollte! Dass du mich betrogen hast mit der erstbesten Frau, die dir über den Weg gelaufen ist. Und vielleicht auch mit deiner Mitarbeiterin. Irgendwas war da doch! Dass du neuerdings fliegende Teller für ein Mittel der Auseinandersetzung hältst? Sie konnte noch immer nicht fassen, dass er das getan hatte. Dass ich beginne, mich vor dir zu fürchten! Sie sagte nichts dergleichen und riss sich zusammen. »Gut, wir sagen ihnen einfach, dass es nicht mehr funktioniert und wir uns trennen. Keine Details.«

»Weshalb gleich ein so radikaler Schritt? Das muss doch nicht sein. Du weißt, wie unendlich leid mir das tut.« Er griff nach ihrer Hand, sie zog sie weg, und er lehnte sich im Stuhl zurück und musterte sie. »Ich weiß, es wäre besser gewesen, dir gleich zu sagen, dass mein Vater euch verraten hat. Ich habe ihn geschützt, und das war ein Fehler. Aus heutiger Sicht. Aber erinnere dich: Es ging dir damals nicht gut. Es wäre alles wieder hochgekocht und hätte dich unnötig aufgewühlt. Du warst drauf und dran, in eine Depression zu rutschen. Ich wollte dich beschützen. Deshalb ...«

»Das ist doch nicht wahr.« Natürlich war es ihr im Herbst nie gut gegangen. Aber nicht einen Tag in ihrem Leben war sie einer Depression nahe gewesen. Wie kam er dazu, das zu behaupten?

Volker ignorierte ihren Einwand. »Deshalb habe ich das für mich behalten.«

Es war sinnlos, diese Diskussion zu führen. Er hatte sich da etwas zurechtgebogen, das nicht den Tatsachen entsprach. »Dein Vater ist schuld an Mischas Tod. Ihm verdanke ich ein Jahr Knast. Du hast das gewusst und vor mir verheimlicht. Das ist Fakt. Darüber müssen wir nicht diskutieren. Wie wollen wir es mit den Möbeln und dem Hausrat machen?« Über das Haus mussten sie nicht reden. Es gehörte ihm.

Doch so schnell ließ Volker sich nicht von dem Thema

abbringen. »Du solltest auch mal deinen Anteil an Mischas Tod betrachten: Wer wollte denn das Land auf illegale Weise verlassen? Hättet ihr euch an die Regeln gehalten, wäre all das nicht passiert. Also inszeniere dich hier nicht als reines Opfer. Ein Teil der Verantwortung liegt schon auch bei dir.«

Annett zerriss ein Stück Baguette und warf die Brocken auf den Teller. Auf diesen Mist musste sie nicht antworten. »Okay. Lassen wir das. Wir teilen das Geschirr und den ganzen Krempel einfach gerecht auf. Jeder bekommt die Hälfte.«

»Ich will mich nicht trennen, Annett. Du kannst doch unser Leben nicht einfach so in die Tonne treten. Wegen dieser einen dummen Geschichte. Wie oft soll ich dich denn noch um Verzeihung bitten?«

Die Vorspeise wurde serviert. Eine Quiche mit Ziegenkäse. Sie starrte auf den Teller und hatte keinen Hunger.

»Fokussiere dich doch nicht auf das, was nicht so gut gelaufen ist«, fuhr Volker fort, als der Kellner gegangen war. »Wir hatten eine gute Zeit. Wir haben es zusammen weit gebracht.« Er ließ die letzten fünfundzwanzig Jahre Revue passieren. Der Umzug nach Bamberg in ihre erste eigene Wohnung. Ihr erster Urlaub im Westen. Italien. Pisa, Florenz, Rom. Adriastrände und rosa-weiß gestreifte Softeisberge, billige Hotelzimmer und unzählige Campari Orange. Wie sie plötzlich schwanger gewesen war und er ihr einen Antrag machte. Die Hochzeit an diesem kalten, nebligen Tag. Das Haus, das sie eigenhändig renoviert hatten. Für sich. Für die Kinder. Für ihre Familie. Annett hörte ihm zu. Was er sagte, stimmte alles, und es machte sie wehmütig, sogar traurig.

Sie aß nur ein paar Bissen und schob den Teller weg. Je länger sie schwieg, umso mehr sprach er, packte allerlei Anekdoten aus. Ab und zu streute sie eine Bemerkung ein. Ein

Fehler. Denn er verstand das als Zustimmung und beschwor weiter die Vergangenheit und wurde sich dabei ihrer immer sicherer. Sie merkte es daran, dass er lockerer wurde und sich entspannte. Während sie den Hauptgang beinahe unberührt ließ und nur an ihrem Wein nippte, leerte er Teller und Glas. Sie hörte nur noch mit halbem Ohr zu, als er schließlich sagte: »Also lass uns neu anfangen, ja?«

Sie schüttelte den Kopf. »Es geht nicht. Ich vertraue dir nicht mehr. Verstehst du das denn nicht? Lass uns ein andermal besprechen, wie wir es den Kindern sagen und wie wir unsere Sachen aufteilen. Wir werden schon eine Lösung finden. Auch für den Vermögensausgleich.«

»Hast du etwa schon einen Anwalt?«

»Ich bin auf der Suche.«

»Das Treffen hier war also nur eine Farce. Du hattest gar nicht die Absicht, uns noch eine Chance zu geben. Du hast mich verarscht!«

Wie befürchtet hatte er sich eingebildet, es sollte ein klärendes Gespräch werden. »Ich habe dir gesagt, dass ich mit dir über die Scheidung sprechen will. Nicht über vergeben, verzeihen, vergessen. Schwamm drüber und alles ist wieder gut.« Sie stand auf und griff nach ihrer Handtasche. »Ich bin müde und fahre jetzt.«

»Einen Moment noch.« Er erhob sich ebenfalls. »Kann ich den Schlüssel für den Kia haben?« Fordernd hielt er ihr die Hand entgegen.

»Wieso?«

»Das ist ein Firmenwagen. Für Mitarbeiter. Dazu zählst du nicht.«

»Und wie soll ich zurückkommen?«

»Nimm dir ein Taxi oder geh zu Fuß. Ach ja, die Rechnung kannst auch du übernehmen. Du bist jetzt ja eine selbstständige und unabhängige Frau.«

*

»Er ist mit dem Taxi gekommen, weil er mir den Wagen wegnehmen wollte, falls ich nicht einlenke. Stell dir das mal vor.« Annett saß neben Sonja auf dem Sofa. Ihr taten die Füße weh, denn sie war sechs Kilometer vom Restaurant zur Wohnung gelaufen. Nachdem sie die Rechnung beglichen hatte, wollte sie nicht auch noch Geld für ein Taxi ausgeben. Aber am meisten hatte sie wieder verblüfft, wie schnell Volkers Stimmung wechseln konnte. Gerade noch war er versöhnlich gewesen, und einen Moment später rächte er sich an ihr.

Sonja saß mit untergeschlagenen Beinen neben ihr. »Einer meiner Kunden hat einen Gebrauchtwagenhandel. Ich simse ihm, ob er was für dich hat.«

»Das ist lieb von dir. Ich frage mich nur, ob da noch mehr kommt.«

»Die gute Nachricht ist, dass du jetzt eine unabhängige Frau bist. Seine Worte. Er akzeptiert die Trennung also.«

»Hoffentlich.« So ganz konnte Annett es nicht glauben.

Und damit lag sie richtig, wie sie am nächsten Tag feststellte. Sonja hatte den Kontakt zum Autohändler hergestellt. Er mailte Fotos von einem froschgrünen Fiesta, den er im Angebot hatte. Siebzehn Jahre alt, noch achtzehn Monate TÜV und hundertfünfzigtausend Kilometer auf dem Tacho. Er kostete vierzehnhundert Euro. Annett gefiel der Wagen, und er war preiswert. Also vereinbarte sie einen Besichtigungstermin für denselben Abend. Nach einer Probefahrt wurde sie sich mit dem Händler einig und versprach, den Wagen am nächsten Tag abzuholen und den Preis, wie gewünscht, bar zu bezahlen.

Ihre Bank hatte schon geschlossen. Das Limit am Geldautomaten betrug zweitausend Euro, so viel brauchte sie nicht. Allerdings akzeptierte der Automat ihre Karte nicht und zog sie ein. Annett rief bei der Bank-Hotline an und erfuhr, dass Volker die Karte als gestohlen gemeldet hatte. Sie erklärte, dass das ein Irrtum war und sie so schnell wie möglich eine neue benötigte. Und dann überfiel sie eine Ahnung, und sie fragte nach dem Kontostand. Der war nahe null. Volker hatte das gesamte Guthaben auf ein anderes Konto geschoben, das allein auf seinen Namen lautete. Sie rief ihn an und fragte, was das sollte. Schließlich ging ihr Gehalt auf das gemeinsame Konto. Es war auch ihr Geld. »Jetzt nicht mehr«, sagte er. »Schließlich hast du gesagt, du vertraust mir nicht mehr. Also freu dich, du behältst recht.« Er legte auf, und sie schnappte nach Luft. Es war ungeheuerlich! Was bildete er sich ein! Einen Moment spielte sie mit dem Gedanken, ihn anzuzeigen. Doch es war ein gemeinsames Konto und sein Geld ihr Geld und umgekehrt.

Sie schob den Zorn beiseite und versuchte praktisch zu denken. Eines war jedenfalls klar: Sie brauchte ein eigenes Konto. Also füllte sie online einen Antrag aus, brachte im Postident-Verfahren die Identifizierung hinter sich und änderte im Online-Portal des Jobcenters ihre Kontoverbindung, damit ihr Arbeitslosengeld nicht bei Volker landete. Die Abholung des Wagens verschob sie auf Montag.

Bis sie das alles erledigt hatte, wurde es Samstagmittag. Annett kam daher erst um halb eins ins Bittersüß. »Na, hat alles geklappt?«, fragte Sonja, während sie ein Pfund vom jamaikanischen Kaffee für eine Kundin abwog. Annett nickte. »Wir sollten einen Arbeitsvertrag machen, damit ich dem Jobcenter was vorlegen kann. Sonst bekomme ich noch Ärger, weil ich hier arbeite.«

»Nicht wegen zwei Tagen«, sagte Sonja. »Aber klar. Das machen wir morgen.«

Annett band sich die Schürze um und machte sich an die Arbeit. Kurz vor sechs kam eine WhatsApp von Volker und im selben Moment ein Kurier mit einem Geschenk von ihm.

Eine Karte steckte unter der Schleife. *Sorry. Ich bin echt ein Arschloch. Bitte verzeih mir.* Die Nachricht war ausführlicher.

> Liebe Schnecke, verzeih mir bitte. Ich weiß auch nicht, was in mich gefahren ist. Ich erkenne mich gerade selbst nicht wieder. Das Geld habe ich auf unser gemeinsames Konto zurücküberwiesen. Nimm dir, was du brauchst. Und natürlich kannst du den Wagen haben. Hol dir den Schlüssel am Wochenende ab. Oder ich bringe ihn dir bei Patrick und Sonja vorbei. Falls du Unterstützung bei der Wohnungssuche benötigst, du weißt, wo du mich findest. Love you!

»Er treibt mich in den Wahnsinn.«

»Was hat er jetzt wieder angestellt?«, fragte Sonja.

Annett reichte ihr das Handy.

»Er lenkt ein. Das ist doch gut. Und du bekommst dein Auto wieder.«

»Es ist ja eine schöne Eigenschaft von dir, immer das Positive zu sehen. Aber ich will den Wagen nicht. Er kann mich damit orten. So hat er mich in Wismar gefunden.«

»Verstehe.« Sonja bediente einen Kunden. Annett räumte das Geschirr in den Spüler. Die Uhr schlug sechs, und sie schlossen den Laden. Das Päckchen lag noch immer auf der Theke, und Sonja fragte, ob Annett es nicht öffnen wollte.

»Eigentlich nicht.«

»Darf ich?«

»Klar. Mach es auf, und wenn es dir gefällt, behalte es.«

Sonja entfernte Schleife und Papier, und ein edel verpackter Flakon kam zum Vorschein. Black Saffron von Byredo.

Es war vier Jahre her, dass sie dieses Parfum in Kopenhagen entdeckt hatte. Während eines Wochenendtrips, mit dem Volker sie überrascht hatte. Ein Last-minute-Flug und ein kleines Hotel am Stadtrand, das bezahlbar war. Sie waren durch die Museen gebummelt, hatten den Tivoli besucht, an einer Imbissbude zu Mittag und später auch zu Abend gegessen und waren schließlich in einem Luxuskaufhaus gelandet und dort in der Parfümerieabteilung, wo ein Verkäufer mit einem Flakon in der Hand sie angesprochen hatte, ob sie diesen Duft probieren wolle. Er würde zu ihr passen. Sie wäre genau der Typ dafür. Der Duft hatte sie umgehauen. Der Preis auch. Lachend hatte sie abgewinkt und war mit Volker weitergezogen. Auf dem Heimflug hatte sie den Duft noch einmal erwähnt und wie schön es wäre, sich das Parfum irgendwann leisten zu können, und nun stand es vor ihr und es rührte sie. Weniger das teure Geschenk, als dass Volker sich noch daran erinnerte. Obwohl es eigentlich nicht so verwunderlich war. Er war aufmerksam und verfügte offenbar wirklich über eine innere Liste ihrer Wünsche, wie sie erst vor ein paar Tagen gedacht hatte. Weil er sie liebte und sie ihm wichtig war. Und für einen Moment dachte sie, wie schön es wäre, die Zeit zurückdrehen zu können. Wenn alles wieder beim Alten wäre und sie ihr Leben einfach fortführen könnten. Als wäre nichts geschehen.

Rostock

September 1988

Annett folgte Wachtmeister Wir über Flure und Treppen. Wieder wurden Gitter auf- und zugeschlossen. Wenn ihnen jemand entgegenkam, musste Annett stehen bleiben und sich zur Wand drehen. Weiter ging es, sobald die anderen vorüber waren.

Schließlich änderte sich die Atmosphäre. Keine Gitter mehr. Linoleumboden. Irgendwo das Klappern einer Schreibmaschine. Türen ohne Metallrahmen, Klappen und Riegel. Wachtmeister Wir blieb vor einer stehen, neben der ein Schild hing. Vernehmungsraum 4.

Er klopfte an und führte sie hinein. Regale voller Bücher an der Wand. Vorhänge am Fenster. Ein staubiger Gummibaum in der Ecke. Hinter dem Schreibtisch ein Mann. Ende dreißig. Kurz geschnittene braune Haare. Seitenscheitel. Glatt rasiert. Er trug ein weißes Hemd mit einer gemusterten Krawatte. Nach ein paar Sekunden sah er auf und bot ihr mit einer Geste Platz an. Wärter Wir verschwand. Annett setzte sich. Ihr Vernehmer musterte sie mit ernster Miene, bevor ein Lächeln über sein Gesicht huschte. »Sie sehen so verängstigt aus, Genossin Frey.«

Was sollte sie darauf antworten? Immerhin war sie für ihn nicht Zwo-eins-eins. Sie schwieg, und er beschäftigte sich mit den Papieren, die vor ihm lagen. Plötzlich sah er auf. »Wie wäre es mit einer schönen Tasse heißem Tee?«

Sie nickte. Er drückte einen Knopf der Telefonanlage, und Annett bemerkte das Tonband daneben. »Frau Winkler, bringen Sie uns doch bitte zwei Tassen Tee.« Er sah zu ihr. »Milch und Zucker?«

Wieder nickte sie, und er gab die Bestellung an Frau Winkler weiter. Bis der Tee gebracht wurde, blätterte er weiter in den Papieren, und Annett versuchte, einen Blick darauf zu erhaschen, was ihr aber nicht gelang.

Der Tee war heiß und süß und tat gut. Sie fühlte sich nach wenigen Schlucken besser.

»So, Genossin Frey, dann bringen wir das am besten zügig hinter uns.« Er schaltete das Tonband an und schob das Mikrofon in ihre Richtung. »25. September 1988.« Ein rascher Blick auf seine Armbanduhr. »19.32 Uhr. Untersuchungshaftanstalt des Ministeriums für Staatssicherheit, Rostock. Vernehmung der Genossin Annett Frey. Vernehmer: Oberstleutnant des MfS Kurt Högner. Ermittlungsverfahren wegen versuchtem ungesetzlichem Grenzübertritt gemäß Paragraf 213 StGb.« Wieder huschte ein Lächeln über sein Gesicht, und er nickte ihr zu. Damit wollte er wohl signalisieren, dass sie nichts zu befürchten hatte. Doch sie war auf der Hut.

»Sie wollten also gemeinsam mit Ihrem Freund Michael George die DDR – sagen wir mal auf unkonventionellem Weg – verlassen. Mich interessieren Ihre Gründe und Ihre Helfer.«

Annett rutschte auf dem Stuhl nach vorne. »Stimmt nicht. Wir wollten nicht abhauen. Es war eine dämliche Wette.«

Ihr Vernehmer lehnte sich im Bürostuhl zurück und wirkte amüsiert. »Das müssen Sie mir erklären.«

Im Geschichtenerzählen war sie gut. Hoffentlich nicht zu gut, sie durfte das nicht zu sehr ausschmücken, damit

Mischas Geschichte nicht von ihrer abwich. »Mischa und ich … Wir segeln gerne. Den ganzen Sommer über waren wir mit unseren Booten in der Bucht unterwegs. Das wissen Sie vermutlich schon von Hartmut, dem Hafenmeister. Es war so eine Art Wettbewerb zwischen Mischa und mir. Wer ist schneller? Wer traut sich waghalsigere Manöver? Gestern Abend haben wir dann rumgesponnen, wie es wäre, bei Vollmond zu segeln. Der Wind war fantastisch, der Mondschein romantisch, und es wäre natürlich auch ein Nervenkitzel, weil es ja verboten ist. Ich habe dann Abendbrot gemacht, wir haben jeder zwei Bier getrunken und diese Idee immer weitergesponnen, bis Mischa gesagt hat, ich würde mich ja eh nicht trauen. Das konnte ich nicht auf mir sitzen lassen. Wie gesagt: zwei Bier … Ich vertrag' nicht viel.« Sie drehte die Handflächen nach oben. »Ich habe gesagt, dass ich mich natürlich traue und er der Feigling wäre. So haben wir uns gegenseitig angestachelt, bis keiner mehr zurückkonnte und wir losgezogen sind. Insgeheim habe ich ja gehofft, dass Hartmut noch auf ist. Er hätte uns bemerkt, und dann wäre der Segeltörn bei Mondschein ausgefallen. Bei ihm war es aber dunkel. Also haben wir das durchgezogen.«

»Aha.« Ihr Vernehmer stippte sich mit dem Zeigefinger gegen die Nasenspitze. »Wohin sollte die romantische Tour denn gehen?«

»Keine Ahnung. Das haben wir nicht abgesprochen. Aber wir haben automatisch Kurs auf Boltenhagen genommen. Wie so oft in diesem Sommer.«

»Da haben Sie dann aber ganz schön die Orientierung verloren. Mannomann.« Högner klang noch immer amüsiert. Als ob er ihr nicht glaubte und noch etwas in petto hätte. »Und das bei Ihrer Erfahrung. Erstaunlich.« Plötzlich schnellte er im Stuhl vor und knallte beide Hände flach auf den Tisch. Der Tee in seiner Tasse schwappte über. Annett fuhr zusammen.

»Veräppeln Sie mich nicht! Sie wollten abhauen.«

»Nein.«

»Uns liegt die Anzeige eines Genossen vor, der Ihren Fluchtplan im Detail schildert. Nur bei der Uhrzeit hat er sich geirrt. Oder gab es einen Grund, warum Sie anderthalb Stunden früher aufgebrochen sind?«

Der Schreck durchfuhr sie wie ein Stromschlag. Sie konnte ihre Überraschung kaum verbergen. Instinktiv beschloss sie, nicht vom Kurs abzuweichen. Nichts zuzugeben. »In diesem Fall hat dann jemand Sie veräppelt.«

»Jetzt werden Sie mal nicht frech.«

»Im Ernst. Wir wollten nicht abhauen. Wieso auch? Ich habe einen Studienplatz in Halle bekommen. Grafikdesign. Mein Traum. Wieso sollte ich wegwollen? Noch dazu mit nichts am Leib als einem Neoprenanzug.«

»Wie erklären Sie sich dann die erstaunliche Übereinstimmung der Angaben unseres Informanten mit den Umständen Ihrer Festnahme?« Ihr Vernehmer gab sich wieder ganz entspannt, als ob er ihr glaubte und nach des Rätsels Lösung suchte. Mit ihr gemeinsam.

»Weiß nicht.« Annett improvisierte wild drauflos. Wer hatte sie verraten? Es konnte nur Sandro gewesen sein. »Vielleicht ein Schuss ins Blaue. Wir haben manchmal darüber gesprochen, wie schön es wäre, mal nachts zu segeln. Entgegen des Verbots. Eine Art Mutprobe oder Trotzreaktion. Eigentlich können Sie das nur von jemandem aus dem Umfeld unserer Band haben. Denn im Übungsraum war das mal Thema.« Abwartend sah sie ihn an. Keine Miene verzog sich in seinem Gesicht.

»Wer wusste noch davon?«

Annett stellte sich dumm. »Wovon?«

»Gut, fangen wir von vorne an. Ich habe Zeit. Die Nacht ist lang. Damit wir uns recht verstehen: Sie gehen hier erst raus, wenn Sie gestanden haben. Mir ist egal, ob das drei oder vier Tage dauert. Oder fünf. Aber so lange halten Sie nicht durch. So lange hält keiner durch.«

Er sah sie an, und Annett verstand, dass er dieses Geständnis brauchte. Sie hatten sonst nichts gegen Mischa und sie in der Hand. Keine Beweise. Sandros Bericht allein genügte offenbar nicht, um sie vor Gericht zu stellen. Sie mussten durchhalten. Alle beide. »Ich hätte gerne einen Anwalt.«

»Den hätten alle gerne.« Ihr Vernehmer lehnte sich wieder im Stuhl zurück und verschränkte die Arme vor der Brust. »Den bekommen auch alle. Aber erst nach Abschluss des Ermittlungsverfahrens. Also erst, wenn Sie Ihre Unterschrift unter Ihr Geständnis gesetzt haben, Genossin Frey. Wieso Trotzreaktion?«

»Was?«

»Der Segeltörn. Als Trotzreaktion. Wogegen?«

Annett kam ins Schlingern. Sie konnte ja schlecht sagen: gegen die Repressionen dieses Scheiß-Staats. »Gegen unsere Väter«, sagte sie schließlich. »Die sind beide so hundert Prozent auf Linie. Da hat man manchmal den Wunsch, ein wenig dagegen zu sein.«

Högner ließ das unkommentiert so stehen und fragte, was es zum Abendbrot gegeben hatte. Welches Bier sie getrunken hatten, wer Mitglied der Band war, welche Instrumente sie spielten und welche Art von Musik sie machten. Er fragte nach ihren Abi-Noten und ihrem Studium in Halle, nach Mischas Einberufung zur NVA und wie er dazu stand. Bis auf die letzte Frage beantwortete Annett alle so wahrheitsgemäß, wie sie konnte. Nur bei der Einberufung log sie. Mischa hätte zwar keinen Luftsprung gemacht, aber er wusste, dass der Wehrdienst nun mal dazugehörte. Und so ging es weiter. Mit belanglosen Fragen, obwohl sich Annett nicht sicher war, ob sie wirklich so harmlos waren. Worauf wollte er hinaus? Die Fragen begannen sich zu wiederholen. Sie war so müde, dass sie Högners Stimme manchmal wie aus weiter Ferne hörte und ihr der Kopf auf die Brust sank. Dann knallte er eine Hand auf den Schreibtisch, und sie schreckte hoch.

Irgendwann kam er dann wieder auf den Samstag zu sprechen. Er ließ sich den Ablauf des Tages minutiös schildern. Stellte wieder die Frage nach Abendbrot und Bier und wie die Entscheidung für die geplante Republikflucht gefallen sei. Wieder stritt sie alles ab. Er wurde laut, schrie sie an. Schlug mit der Faust auf den Tisch und begann das Spiel von vorne.

So ging das einige Male. Sie verlor jegliches Zeitgefühl und hatte keine Ahnung, wie spät es war. Drei Uhr nachts? Vier Uhr? Die Müdigkeit saß wie Sand in ihren Knochen. Der Kopf sackte ihr immer wieder nach vorne. Eine Sekunde Schlaf. Dann brüllte Högner sie an, und sie fuhr hoch.

Schließlich drohte er: »Sie haben ein gutes Verhältnis zu Ihren Eltern. Streiten Sie es nicht ab. Ich weiß das. Sie sind eine gute Tochter und wollen sicher nicht, dass Ihre Eltern ihre Anstellungen verlieren. Krankenschwester und Redakteur. Verantwortungsvolle Positionen, die kann man nur gefestigten sozialistischen Persönlichkeiten überlassen.«

Diese Drohung mobilisierte ihre letzten Kräfte. »Wenn ich gestehe, lassen Sie meine Eltern also in Ruhe?«

Högner nickte.

»Auch wenn es ein falsches Geständnis ist? Hauptsache, Sie haben, was Sie wollen?«

Der Kiefer ihres Gegenübers begann zu mahlen.

»Selbst wenn ich Republikflucht hätte begehen wollen, hätten meine Eltern damit nichts zu tun. Das ist Sippenhaft und Erpressung!«

Högner sprang vom Stuhl, griff über den Tisch nach ihrem Arm und riss sie hoch. Sie schrie auf vor Schmerz.

»Ich warne Sie, Genossin Frey! Das ist kein Spiel. Seien Sie vorsichtig, sonst wird der Staatsanwalt das Ermittlungsverfahren um den Straftatbestand der staatsfeindlichen Hetze erweitern. Dann sitzen Sie ein paar Jahre mehr ein!«

Er ließ sie los und sah auf seine Hand. Etwas klebte daran. Die Wunde an ihrem Arm war wieder aufgegangen. Blut sickerte durch den grauen Kittel. Der pochende Schmerz tobte erneut darin. Sie schob den Ärmel hoch. »Kann sich das bitte mal ein Arzt ansehen.«

Högner ging zur Tür, riss sie auf und brüllte etwas in den Flur. Ein Wachtmeister kam herein. »Abführen.«

Volker

Der Sonntagmorgen wollte ihn erschlagen. So erschien es Volker jedenfalls, als er nach einer unruhigen Nacht endlich aufstand. Der Tag als Feind. Wie seine Frau, die sich an etwas festbiss, das längst nicht mehr zählte.

Er ging unter die Dusche und machte Frühstück. Für sich allein. Es fühlte sich so falsch an, dass er fast nichts herunterbrachte und den Vormittag mit einer Joggingrunde verkürzte. Zwölf Kilometer, dann war er wieder daheim. Noch mal unter die Dusche, während eine Tiefkühlpizza im Ofen aufbuk. War das seine Zukunft? Ein verlassener Mann? Ein Loser.

Während er die Pizza aß, überlegte er, wie es weitergehen sollte. Er musste Annett zurückgewinnen. Was er gestern mit dem Angebot, ihr bei der Wohnungssuche zu helfen, intuitiv richtig gemacht hatte, wollte er fortsetzen. Sie gehen lassen, damit sie zu ihm zurückkehren konnte. Erst wenn sie ganz auf sich gestellt war, würde sie erkennen, was sie aufgegeben hatte und dass sie allein nicht zurechtkam. Trotzdem wollte er auf sie achtgeben.

Er nahm ein Bier aus dem Kühlschrank und setzte sich damit an den Esstisch im Wohnzimmer. Ohne ihn war Annett aufgeschmissen. Wenn er nur an ihr Auto dachte. Sie hatte sich eine alte Klapperkiste besorgt, die ständig Ärger machen würde. Ein Geldgrab! Sie hätte den Kia nehmen sollen. Dass sie den nicht wollte, ärgerte ihn. Wobei er ja selbst schuld war. Weshalb hatte er ihn ihr weggenommen? Eine dumme Racheaktion, genau wie die Sache mit dem Konto.

Seit sie ausgezogen war, fühlte er sich manchmal wie zwei verschiedene Personen. Neuerdings gab es einen Schatten oder Zwilling seiner selbst. Ein unbeherrschtes und rachsüchtiges Double, das ihn veranlasste, Dinge zu tun, die er sonst nicht tun würde.

Als er mit seinem einsamen Essen fertig war, setzte er sich in seinem Arbeitszimmer an den Laptop. Ohne seine Unterstützung würde sie kaum eine Wohnung finden. Der Job bei Sonja wurde sicher mies bezahlt, und die Mieten waren in den letzten Jahren auch in Bamberg gestiegen. Außerdem schätzten Vermieter Kontinuität und Ruhe. Daher waren in Scheidung lebende Mieter nicht unbedingt die erste Wahl. Entweder kehrten sie zu ihrem Partner zurück oder es gab Streit mit dem oder der Ex und die Nachbarn beschwerten sich.

Seit der Joggingrunde wusste er, welche Wohnung die richtige für Annett war. Ein hübsches Appartement mit Balkon, Bad und separater Küche in einem Zwölfparteienhaus, das einer Erbengemeinschaft gehörte. Gute Lage, akzeptable Miete. Aber vielleicht doch zu hoch für Annett. Verkäuferin und Kellnerin in Personalunion. Davon hatte sie ganz sicher nicht geträumt. Die Anstellung beim Bamberger Verlagshaus wäre ihr sicher lieber gewesen. Tja, daraus war nichts geworden.

Er sandte ihr das Exposé und eine Sprachnachricht. »Hallo Schnecke. Wie gefällt dir die Wohnung? Sie ist frei, frisch renoviert, und die Miete ist erschwinglich. Wenn sie dir gefällt, kannst du sie besichtigen.«

Ihre Antwort per Sprachnachricht kam eine halbe Stunde

später, als er gerade die Waschmaschine fütterte. Im Haushalt hatte er immer mitgeholfen. Im Gegensatz zu vielen anderen Männern. Patrick beispielsweise brachte bestenfalls den Müll runter und räumte mal die Spülmaschine aus, während er selbst ein Musterehemann war. Na ja, nicht immer.

»Danke, dass du mir helfen willst. Die Wohnung sieht gut aus. Also ... Ja. Ich würde sie gerne ansehen. Wie teuer ist sie denn?«

Er simste ihr die Kaltmiete und die Nebenkosten und schlug vor, sie am besten noch heute zu besichtigen. Denn es gäbe schon eine Reihe Interessenten. Das stimmte nicht, denn mit dieser Wohnung hatte es eine besondere Bewandtnis, und deswegen war auch nur ein Interessent übrig geblieben. Die anderen waren abgesprungen. Annett sagte zu und bat ihn, ihren Laptop mitzubringen. Ihre Bewerbungsunterlagen waren darauf, und die brauchte sie. Er lag längst für sie bereit. Volker schaltete ihn aus und steckte ihn in den Rucksack zu den anderen Sachen, die er gestern besorgt hatte.

Eine Stunde vor dem Termin betrat er die Wohnung. Dritter Stock, Südwestseite, mit Blick in den Garten. Die Nachmittagssonne schien durchs Fenster auf den Laminatboden. Er sah kurz in die Küche und ins Bad, nahm die Trittleiter, die neben einem Müllsack an der Wand im Flur lehnte, schraubte die alten Rauchmelder in Wohn- und Schlafzimmer ab und installierte die neuen.

Annetts Laptop legte er auf das Sims und öffnete Fenster und Balkontür zum Lüften. Die Räume waren nach der Entrümpelung frisch gestrichen worden und rochen nach Farbe.

Auf dem Balkon stand noch die Biergartenbank der Vormieterin. Der Entrümpler hatte sie vergessen. Er setzte sich darauf und ließ sich die Sonne ins Gesicht scheinen.

Fünfundzwanzig Jahre Ehe. Es konnte nicht sein, dass Annett ihn kurz vor der Silberhochzeit verließ. Nur weil er mal fremdgegangen war. Gut, zugegeben. Es war nicht nur ein Mal gewesen. Doch das wusste sie nicht. Jeder ging mal fremd. Es war normal. Wobei Annett ihn sicher nie betrogen hatte. Das musste er einräumen. Sie hätte es ihm ganz sicher gebeichtet. Er verstand einfach nicht, weshalb sie seinen Ausrutscher derart aufbauschte. Und auch die Sache mit seinem Vater verstand er nicht. Sie jazzte das hoch. Nach so langer Zeit. Vielleicht war das alles nur ein Vorwand und sie hatte doch einen anderen.

Es klingelte an der Wohnungstür. Volker ging hinein und öffnete für Annett. Sie war noch immer schön und die einzige Frau, die er begehrte. Sie war seine Frau, und das sollte sie bleiben. »Grüß dich, Schnecke.« Er nahm sie in den Arm. Für einen Moment spürte er einen leichten Widerstand, als wolle sie vor ihm zurückweichen. Doch dann gab sie nach, und er nahm den Duft an ihr wahr, und alle Sorgen fielen von ihm ab. Sie trug das Parfüm, das er ihr geschenkt hatte, und er wusste, dass sie zu ihm zurückkehren würde.

Rostock

Spätherbst 1988

Die Tage flossen zu einem zähen Einerlei aus Warten und Vernehmungen ineinander und wurden nur von den Mahlzeiten unterbrochen, die den Tagen Struktur gaben, ebenso wie die Viertelstunde Freigang am Nachmittag. Einmal dachte Annett, dass es aus Sicht der Stasi sinnvoll wäre, den Gefangenen auch dieses Halt gebende Gerüst aus wiederkehrenden Routinen zu nehmen, damit sie die Orientierung ganz verloren.

Noch immer saß sie allein in ihrer Zelle, isoliert von anderen Gefangenen. Sie bekam nur die Wärter zu Gesicht, die sie nie mit ihrem Namen, sondern stets mit ihrer Zellennummer ansprachen. So wie Kurt Högner, ihren Vernehmer, der sie in unregelmäßigen, nicht vorhersehbaren Abständen ins Vernehmungszimmer bringen ließ. Manchmal mitten in der Nacht. Inzwischen konnte sie ihren Text beinahe auswendig, und sie blieb dabei. Er würde ihr Geständnis nicht bekommen, denn ohne – so vermutete Annett – konnte man sie nicht vor Gericht stellen. Sie hatte die Wachtmeisterin, die sie Olivia nannte, gefragt, ob ihre Vermutung richtig war, und keine Antwort erhalten, aber ein angedeutetes Lächeln, das sie als Ja wertete. Sie musste durchhalten, bis Högner aufgab oder von oben die Anweisung bekam, seine Energie nicht weiter an diesen sinnlosen Fall zu verschwenden.

Doch die Einsamkeit setzte ihr jeden Tag mehr zu. Sie hatte nichts zu tun, und das Starren an die Wand begann sie verrückt zu machen. Damit sie nicht durchdrehte, räumte sie an manchen Tagen die Zelle unzählige Male auf. Gemäß der Hausordnung, die vorgab, was wo zu stehen hatte, wie die Decke zu falten und das Kissen zu platzieren war. Schließlich begann sie, die Karos der Bettwäsche zu zählen, damit die Zeit irgendwie verging, und rezitierte irgendwann Gedichte. Auch »Der Panther« von Rilke, das Mischa so liebte. »Es ist eine Analogie auf unsere Situation«, hatte er an einem Abend in der Datsche gesagt, als er es ihr vorlas. »Wir sind in diesem Land so eingesperrt wie der Panther in seinem Käfig.«

Oder wie ich in dieser Zelle, dachte Annett. Auch ihr Blick war müde geworden. Auch sie hatte das Gefühl, dass es hinter tausend Stäben keine Welt mehr gab. Auch wenn ihre Gitterstäbe Glasbausteine waren. Auch ihr Gang drehte sich im allerkleinsten Kreise, aber ihr Wille war noch nicht betäubt und auch nicht gebrochen. Sie würde nicht nachgeben. Högner würde nie ein Geständnis von ihr bekommen. Und auch von Mischa nicht. Sie wusste es. Mischa war stärker als sie.

An manchen Tagen wurde die Sehnsucht nach ihm so übermächtig, dass sie weinend auf dem Hocker saß – den Rücken mit Abstand zur Wand – und sich die Verse des Gedichts in ihrem Kopf drehten wie ein nimmermüdes Karussell.

Dass er ganz nah war, gab ihr an manchen Tagen Halt und Kraft und ließ sie an anderen verzweifeln, weil sie nicht zu ihm konnte. Dann machte sie sich Mut, dass sie sich bald wiedersehen würden. Wenn man ihnen nichts nachweisen konnte, musste man sie gehen lassen. Früher oder später.

Je weiter der Herbst fortschritt, umso quälender wurde ihre Situation. Sie begann die Welt draußen zu verlieren. Eines Morgens stellte sie fest, dass sie sich kaum noch an Mischas Stimme erinnern konnte, an sein Lachen, seinen Duft. Wie sahen die Häuser in ihrer Straße aus? Wie das Meer? Die verfallene Künstlervilla? Alles entfernte sich, kam ihr abhanden. Ihre Welt schrumpfte, und auch der Unterschied zwischen Tag und Nacht verschwamm, und sie fühlte sich klein, elend und ohnmächtig.

Högner wurde zunehmend gereizter. Er gab das Spiel mit Zuckerbrot und Peitsche auf. Kein Tee mehr zur Begrüßung, keine freundlichen Worte. Stattdessen gab es nun an manchen Tagen nichts zu essen und nachts brannte ständig das Licht. Das machte sie wahnsinnig. Sie sehnte sich nach einer finsteren Nacht mit Sternenhimmel, und sie verlor das Gefühl für die Zeit. Ihr einziger Halt wurde Olivia, die ihr irgendwann ins Gewissen redete, die versuchte Republikflucht zuzugeben, sonst würde Högner sie über kurz oder lang in den Keller stecken. In Dunkelhaft. »Dort unten drehen die Leute durch. Das hältst du nicht aus. Mach es dir doch nicht so schwer.«

Im Laufe der Wochen verheilte die Wunde am Arm. Eine Ärztin hatte sie am zweiten Tag versorgt, aber nicht genäht, dafür war es zu spät gewesen. Zurück blieb eine gezackte rote Narbe. Der Bluterguss am Oberschenkel verblasste. Doch er blieb nicht der einzige, denn immer wieder passierte es, dass Annett im Sitzen einschlief und mit dem Rücken die Wand berührte. Dann stürmte ein Wachtmeister herein und zog ihr eins mit dem Schlagstock über und sie gewöhnte sich an, mit dem Kinn auf der Brust einzunicken oder besser noch auf der Toilette sitzend. Das entdeckten sie meist erst nach einigen kostbaren Minuten.

Högner drehte weiter die Schrauben an. Bei den Vernehmungen stand nun eine Lampe mit starker Glühbirne hinter ihm, die direkt auf sie gerichtet war und sie blendete. Sie konnte ihn nicht mehr sehen, nur seinen ausfransenden Schattenriss im Gegenlicht. Ihr Augen tränten vor Schmerz. Wenn sie sie schloss oder den Blick abwandte, musste sie zur Strafe während der Vernehmung stehen, bis alles Blut in ihren Beinen versackt war und sie ohnmächtig wurde. Dann schleifte ein Wachtmeister sie zurück zur Zelle, und irgendwann begann der Reigen von vorne. Das konnte ebenso nach einer Stunde sein wie nach Tagen, in denen sie an die Decke starrte, die Risse im Putz betrachtete und daraus Karten imaginärer Länder entwarf. Fantasiewelten, die sie mit allerlei Figuren bevölkerte. Das Ausdenken dieser Geschichten half ihr, den Verstand nicht zu verlieren. Bis dann wieder ein Wachtmeister kam, sie zu Högner brachte und alles von vorne losging.

Laut Hausordnung durfte sie einmal im Monat für eine halbe Stunde Besuch bekommen und einmal pro Woche ein Buch ausleihen. Ein Monat musste um sein, und Annett entschloss sich, ihre Rechte beim nächsten Verhör einzufordern.

Als sie an diesem Tag in den Vernehmungsraum gebracht wurde, war die Lampe weg. Sie sah Högner wieder. Er saß am Schreibtisch, lächelte und schwieg. Im Raum war es still. Nur von sehr weit entfernt klang leise Schreibmaschinengeklapper über die Flure und aus dem Verhörraum nebenan die Stimmen von zwei Männern. Eine tiefe, dunkle, herrische. Und eine leisere, höhere. Sie klang jünger und verschüchtert. Annett verstand nicht, was gesprochen wurde. Högner sagte noch immer nichts. Er blätterte auch nicht in Unterlagen, sondern sah sie an. Abwartend. Dieses angedeutete Lächeln im Gesicht, und dann verstand sie es. »Ist das Mischa?«

Das Lächeln wurde stärker.

Das Herz schlug ihr plötzlich bis zum Hals. »Kann ich

ihn sehen? Bitte. Nur ganz kurz.« Ihn so nah zu wissen und seine Stimme zu hören machte sie glücklich.

»Das ist erst nach Abschluss des Ermittlungsverfahrens möglich.«

Ihre Euphorie verflog. »Sobald ich gestanden habe, meinen Sie.«

Er nickte. Sie zögerte und war kurz davor, alles zuzugeben, nur damit sie Mischa sehen konnte. Und wäre es nur für eine Minute. Doch genau das war Högners Plan. Deshalb saß Mischa im Nebenraum, damit sie endlich ein Geständnis unterschrieb. »Ich kann nicht gestehen, was ich nicht getan habe.«

Högner sackte in sich zusammen. War das nun echt oder Theater? »Ach, Genossin Frey, Sie machen es einem nicht leicht. Haben Sie denn keine Sehnsucht nach ihm?«

Natürlich! Sie wollte sich in seine Arme stürzen, spüren, wie er sie hielt, sich vergewissern, dass sie es gemeinsam schaffen würden, diesem Albtraum zu entkommen.

»Er sehnt sich jedenfalls nach Ihnen.« Högner nahm etwas aus dem Aktendeckel und legte es vor sich auf den Tisch. Es war ein kleiner Zettel, den er hin- und herschob. »Er schreibt nette kleine Gedichte für Sie. Wollen Sie mal sehen?«

Mischa und seine Zettel. Sie sah seine schmalen Finger vor sich, die einen Stift hielten. Wie er zeichnete und schrieb, Gedanken notierte, Fragmente für Songtexte, Ideen. Wie gerne sie lesen würde, was auf dem Zettel stand, doch sie riss sich zusammen. »Wenn der Preis derselbe ist, dann nicht.«

»Wie Sie wollen.« Ihr Vernehmer legte das Papier zurück in die Akte und sah auf. »Außerdem hat er gestanden.«

Eine Sekunde starrte sie ihn an, dann sprang sie auf. »Das glaube ich Ihnen nicht. Sie sind ein Lügner.« Der Stuhl fiel krachend zu Boden. Die Tür wurde aufgerissen, ein Wachtmeister sah herein. Mit einer Handbewegung signalisierte Höger, dass er alles im Griff hatte. »Setzen Sie sich!«

Es konnte nicht sein. Mischa war härter als sie. Nie und nimmer hatte er gestanden. Sie stellte den Stuhl hin und nahm wieder Platz, weil ihre Knie nachgeben wollten. Es war ein Trick. Högner wollte sie kleinkriegen.

»Lesen Sie selbst.« Er reichte einen Bogen Papier über den Tisch. Das Geständnis war nicht mit Maschine geschrieben, wie sie erst glaubte, sondern mit der Hand. Und es war Mischas Handschrift.

Annett

An einem Samstag Mitte Oktober zog Annett in die Wohnung um, die Volker ihr vermittelt hatte. Auf die Zahlung der Provision hatte er verzichtet und obendrein die Eigentümer dazu gebracht, keine Ablöse für die Einbauküche zu verlangen. Der Kauf des Autos, die Kaution und die Anschaffung eines Betts und einiger Kleinigkeiten für die Wohnung hatten an ihrem Notgroschen gezehrt. Daher war sie Volker für seine Unterstützung dankbar. Auch wenn sie sich wunderte, dass er sich plötzlich kooperativ zeigte und mit der Trennung einverstanden schien. Vor allem aber war sie erleichtert.

Sonja und Patrick halfen beim Umzug. Es war keine große Sache. Nur ein paar Kisten mit dem Nötigsten. Den Rest wollte sie nach und nach aus dem Haus holen. So hatte sie es mit Volker vereinbart, der sich nicht blicken ließ. Soweit sie wusste, unternahm er mit Ralf eine Wochenend-Radtour und wollte erst am Sonntagabend zurück sein.

Patrick montierte die Lampen und fragte, ob er sonst noch etwas installieren könnte. »Den Router vielleicht?«

»Den habe ich vom Vormieter übernommen. Volker hat ihn bei der Wohnungsübergabe schon für mich eingerichtet. Du könntest aber die Vorhangstangen anbringen.«

Als alles ausgepackt und aufgebaut war, bestellten sie Pizza und Wein und stießen an. »Auf dein neues Single-Leben«, meinte Sonja.

»Auf meine erste eigene Wohnung«, antwortete Annett, und für einen Moment packte sie Angst. Sie hatte noch nie allein gelebt.

Irgendwann war es für ihre Freunde Zeit zu gehen. Sie verabschiedeten sich mit Umarmungen. Annett schloss die Tür hinter den beiden und hörte ihre Stimmen und Schritte im Treppenhaus leiser werden. Ruhe umfing sie, eine ungewohnte Stille und neue leise Geräusche. Das gedämpfte Klingeln des Telefons in der Wohnung nebenan. Dort lebte eine ältere Frau, die Annett bisher nur einmal kurz zu Gesicht bekommen hatte. Schritte über ihr, in der Wohnung eines Paares, etwa in ihrem Alter. Sie waren sich im Treppenhaus begegnet. Kinderlachen aus dem Hinterhof. Annett kehrte ins Wohnzimmer zurück, räumte den Tisch ab, schenkte sich den Rest Wein ein und setzte sich auf die Biergartenbank auf dem Balkon. Es wurde dunkel und dann kalt. Sie ging hinein, um sich eine Jacke zu holen.

Ihr Atem kondensierte in der Nachtluft, und Fragen und Zweifel stiegen in ihr auf. Ihre Ehe hatte bisher gut funktioniert. War sie unfair und nachtragend, weil sie Volker seine Lüge nicht vergeben konnte? Erstaunlicherweise hätte sie ihm den One-Night-Stand verziehen. Er war angetrunken gewesen. Die Frau hatte ihn angemacht, und er hatte seinen Frust abreagiert. Das war nicht toll, aber irgendwie nachvollziehbar. Deswegen allein hätte sie ihn vermutlich nicht verlassen.

Die Kinder verstanden es nicht. »Was? Wegen eines One-Night-Stands?«, hatte Leonie gesagt, als sie mit ihr gefacetimed hatte. »Das ist so zwanzigstes Jahrhundert. Niemand kann ewige Treue erwarten. Kannst du ihm das nicht nachsehen?«

»Doch, das könnte ich sogar, aber nicht, dass er mit Tellern nach mir wirft und …«

»Zugegeben. Das war nicht okay.«

»Und er hat Geheimisse vor mir. Genau genommen hat er mich belogen, indem er mir etwas verheimlicht hat.«

»Mama, echt jetzt. Das hat er dir zuliebe getan.«

»Er hat es dir also erzählt?«

»Ja, klar. Es war Opa, der dich damals an die Stasi verraten hat. Ich verstehe, dass er dir das nicht gesagt hat. Hätte ich auch nicht.«

»Er hat zugelassen, dass der Mann bei uns ein- und ausging, der Mischa auf dem Gewissen hat und der mich ins Gefängnis gebracht hat. In Stasi-Haft. Weißt du, was das bedeutet?«

Leonie rollte mit den Augen. »Ich kann es mir vorstellen.«

»Nein«, fauchte sie ihre Tochter an. »Das kannst du dir nicht vorstellen. Das kann sich niemand vorstellen, der das nicht selbst erlebt hat.«

»Was hätte es denn geändert? Nichts. Außer, dass du Opa rausgeworfen und Depressionen bekommen hättest.«

Annett zog die Jacke enger um sich. Es war ihr nicht gelungen, ihrer Tochter verständlich zu machen, dass sie Volker nicht mehr vertraute, dass sie ihn nicht mehr liebte, dass sie ihn an manchen Tagen nicht mehr erkannte, so sehr hatte er sich verändert. Dass sie sich von ihm im Stich gelassen fühlte. Er hatte nicht sie beschützt, sondern seinen Vater, diesen Verräter.

Leonie stand jedenfalls auf Volkers Seite, während Fabian die Trennung seiner Eltern mehr oder weniger gelassen hinnahm und für niemanden Partei ergriff. »Das ist euer Leben«, hatte er gesagt. »Die meisten Ehen werden sowieso früher oder später geschieden. Man sollte sich den Aufwand sparen und zusammenleben, so lang es gut geht.« Offenbar war das seine Vorstellung von Beziehung, während seine

Freundin Pauline noch immer der Ansicht war, sie wäre mit Fabian verlobt, und Hochzeitspläne schmiedete. »Das kann nicht gut gehen«, hatte Annett eingewandt. »Du musst ihr endlich sagen, dass du noch nicht bereit für eine Ehe bist.«

Es wurde kalt auf dem Balkon. Annett ging hinein und überlegte, wie es nun weitergehen sollte. Eins nach dem anderen, wie Mischa seine Oma gerne zitiert hatte. An erster Stelle stand die Stellensuche. Obwohl ihr die Arbeit im Bittersüß Spaß machte, war das kein Job auf Dauer. Sie wollte kreativ arbeiten, außerdem verdiente sie als Grafikerin mehr. Mit Bedauern dachte sie an das Vorstellungsgespräch im Bamberger Verlagshaus. Das wäre der richtige Job für sie gewesen. Doch sie hatte nicht einmal eine Absage bekommen.

Sie setzte sich auf das Sofa – ebenfalls eine Neuerwerbung, weil sie Volker nicht in einem halb leer geräumten Haus zurücklassen wollte –, klappte den Laptop auf und öffnete die Website mit Stellenangeboten für die Designbranche. Die waren in ihrer Gegend erwartungsgemäß dünn gesät, und sie fand keines, das für sie passend war. In einigen Tagen wollte sie wieder nachsehen.

In der ersten Nacht in der neuen Wohnung schlief sie tief und fest und wachte am Sonntagmorgen erst um acht auf. Mit einer Tasse Tee setzte sie sich auf den Balkon und genoss die kalte Morgenluft, bevor sie ins Bad ging und ausgiebig duschte. Danach machte sie einen Spaziergang, besorgte sich in der Bäckerei am Bahnhof Brötchen und eine Zeitung und machte es sich daheim mit ihrem Frühstück gemütlich. Um elf kam eine WhatsApp von Volker. Er war mit Ralf bis nach Bad Lobenstein geradelt. Dort hatten sie übernachtet und machten sich jetzt auf den Rückweg. Er wünschte ihr einen schönen Sonntag und fragte, ob er noch irgendetwas für sie tun könne. Glühbirnen reinschrauben, beispielsweise. Ein Zwinkersmiley war angehängt, und sie antwortete: »Selbst ist die Frau.«

Nach dem Frühstück schleppten sich die Stunden dahin. Annett wusste nicht recht, was sie mit dem Tag anfangen sollte. Häufig machten Volker und sie sonntags Ausflüge in die Umgebung. Wandern und spazieren gehen. Oder sie unternahmen Radtouren. Allein erschien ihr das seltsam. Doch schließlich raffte sie sich auf und holte das Rad aus dem Ständer im Hinterhof.

Das Wetter war schön, der Himmel von einigen Wolken betupft, doch der Wind war kalt. Sie radelte über die Untere Brücke und durch Klein-Venedig an der Regnitz entlang, bis sie den Main-Donau-Kanal erreichte und ihn Richtung Unterhaid überquerte. Die Bewegung tat ihr gut, und plötzlich fühlte sie sich leicht und frei. Vor ihr breiteten sich Uferböschungen und abgeerntete Felder aus, brachliegende Wiesen und struppige Hecken. Die Natur machte sich für den Winter bereit, und sie streifte der Gedanke, dass sie ab jetzt allein zurechtkommen musste. Es war ihre Entscheidung, und sie fühlte sich noch immer richtig an. Sie würde sich schon einsortieren in ihrem neuen Leben.

Am späten Nachmittag kehrte sie in einem Restaurantgarten ein und bestellte sich ein Stück Apfelkuchen. Um sie herum saßen Paare und Gruppen. Sie war die Einzige, die allein war, und ein leichter Druck legte sich auf ihre Brust.

Als sie zurückkehrte, senkte sich die Dämmerung über die Stadt. Es war ein schöner Ausflug gewesen und sie auf angenehme Weise müde. Als sie die Tür zu ihrer Wohnung aufschloss, ging die der Nachbarin auf. Sie kam mit einem Müllbeutel heraus, und Annett grüßte sie. »Es ist Zeit, dass ich mich mal vorstelle. Annett Frey.«

Mit einem raschen Blick wurde sie von oben bis unten gemustert. »Nicht Sandherr? Ich dachte, Sie sind die Frau des Maklers.«

Verwundert sah Annett ihre Nachbarin an. Die Erklärung folgte prompt. »Ich wohne schon dreißig Jahre hier und kenne Ihren Mann natürlich. Bei den kleineren Wohnungen gibt es häufig Mieterwechsel. Er hat mir gesagt, dass Sie hier einziehen. Aber eigentlich wundert es mich, dass Sie ausgerechnet diese Wohnung genommen haben.«

»Wieso?«

»Na ja, weil es die seiner Mitarbeiterin war. Sie wissen schon. Die, die sich umgebracht hat.«

Patricia hatte hier gewohnt? Das hatte Annett nicht gewusst. Was sollte sie jetzt dazu sagen? Dass es eine fiese Finte ihres Mannes war, ihr ausgerechnet diese Wohnung unterzujubeln? Dass sie nicht an schlechtes Karma glaubte und auch nicht an Geister? Sie zuckte mit den Schultern. Doch wenn sie sich gleichgültig zeigte, hätte sie vermutlich gleich einen Ruf weg, kalt wie eine Hundeschnauze zu sein. Deshalb stammelte sie ein paar mitfühlende Worte – wie schrecklich es war, wenn jemand keinen anderen Ausweg sah, als sich das Leben zu nehmen – und verabschiedete sich, so schnell es ging, ohne unhöflich zu wirken.

*

Am Montagmorgen war Annett um neun im Bittersüß. Ein Lieferdienst brachte Kartons mit Kaffee, Schokolade und Gebäck. Während sie mit Sonja die Ware auspackte und in den Regalen verstaute, erzählte Annett, was sie von ihrer Nachbarin erfahren hatte, und Sonja reagierte nicht so entrüstet, wie Annett es erwartet hatte. »Vielleicht hat Volker sich gar nichts dabei gedacht und dir nichts gesagt, weil du dich sonst dort nicht wohlfühlen würdest. Die Wohnung ist jedenfalls ideal für dich.«

Natürlich war das möglich. Doch Annett schloss nicht aus, dass es eine subtile Rache war, sie ausgerechnet in dieser Wohnung zu wissen. In der Wohnung einer verzweifelten Frau, die sich nichts sehnlicher wünschte als die Liebe eines Mannes, einen Platz in seinem Leben und Sicherheit. All das, was Annett nun freiwillig aufgab. Vielleicht war das die eigentliche Botschaft: Mach dir bewusst, was du gehabt hast. Wie gut es dir ergangen ist. Meine Tür ist offen. Diese Überlegung teilte sie nun Sonja mit. »Dann hätte er es dir aber spätestens beim Umzug gesagt. Wenn du es nicht weißt, nützt ihm das ja nichts.«

»Er hat meiner Nachbarin erzählt, dass ich einziehe, und konnte sich darauf verlassen, dass sie es mir sagt.«

Während sie in der ersten Nacht in ihrer Wohnung so gut geschlafen hatte wie schon lange nicht mehr, hatte sie sich in der vergangenen von einer Seite auf die andere gewälzt und sich vorgestellt, wie Patricia Weber sich im Wohnzimmer am Lampenhaken aufhängte. »Er weiß, wie viel Fantasie ich habe und dass mir das keine Ruhe lassen wird. Wie kann ich mich gemütlich aufs Sofa lümmeln, wissend, dass sich seine Mitarbeiterin keine zwei Meter davon entfernt das Leben genommen hat? Diese Vorstellung wird ständig präsent sein. Ich soll in dieser Wohnung nicht ankommen oder heimisch werden. Darum geht's ihm.« Plötzlich war sie sich sicher. Es war eine Bestrafung. »Außerdem frage ich mich, ob er nicht doch eine Affäre mit ihr hatte.« So, jetzt war es raus.

»Wie kommst du denn darauf?«

»Weiß nicht. Es ist ein Bauchgefühl. Im Frühling war er häufiger abends lange unterwegs, und an zwei Wochenenden war er weg. Einmal zu einer Weiterbildung und einmal hat er ein Survival-Camp in Niederbayern besucht. Du erinnerst dich?«

»Klar. Wir haben uns darüber amüsiert, weil es nicht zu ihm passt. Heißt aber nicht, dass er in Wirklichkeit mit seiner Angestellten ein romantisches Wochenende verbracht hat.«

»Ja, ich weiß.«

»Hast du im Frühling schon Verdacht geschöpft?«

»Nein. Erst jetzt.«

»Verständlich, dass du nun alles infrage stellst. Aber die Polizei ist der Sache doch nachgegangen, und sie haben keine Hinweise gefunden, dass er was mit ihr hatte. Sie hat sich die Affäre aus den Fingern gesogen. Das hast du mir doch selbst erklärt.«

Annett zuckte mit den Schultern. Was sie über Patricias Tod und die Ermittlungen der Polizei wusste, wusste sie einzig und allein von Volker.

»Aber in der Nacht, als sie sich das Leben genommen hat, war Volker daheim?«

»Ja, natürlich. Ich unterstelle ihm doch nicht, dass er sie umgebracht hat. Ich befürchte nur, dass er doch mit ihr im Bett war. Wer weiß, wie oft er mich betrogen hat.«

»Das glaubst du jetzt nur, weil er diesen One-Night-Stand hatte.«

»Genau. Er ist in der Lage, einfach so mit einer Fremden in die Kiste zu steigen. Wer sagt mir denn, dass er das nicht schon häufiger getan hat?«

»Niemand. Und es ist auch nicht mehr wichtig.« Sonja schnitt den nächsten Karton mit dem Teppichmesser auf. »Trotzdem ist es schade, dass ihr beide euch trennt. Siehst du wirklich keine Chance, das noch zu kitten? Vielleicht mit einer Eheberatung?«

Auf diese Frage fand Annett keine Antwort. Vermutlich wäre es vernünftig. Doch sie spürte, dass es nichts mehr gab, das man kitten konnte.

Die Ladenglocke bimmelte, ein Kunde trat ein. Annett kannte den Mann und musste doch eine Sekunde überlegen, woher. Denn sie war ihm in einer anderen Umgebung begegnet, in einer anderen Situation. Jetzt fiel es ihr ein: während des Vorstellungsgesprächs. Er war der Personalleiter des Bamberger Verlagshauses, der es nicht einmal für nötig befunden hatte, ihr eine Absage zu schicken. Er erkannte sie ebenfalls. »Ach? Das ist ja eine Überraschung.« Er sah sich kurz um. »Sie arbeiten jetzt hier?«

»Von etwas muss frau ja leben«, gab sie patzig zurück. »Wie kann ich Ihnen denn helfen?«

Er suchte nach einem Präsent für eine Kollegin zum Geburtstag. Annett zeigte ihm verschiedene ausgefallene Schokoladensorten und er entschied sich für Schokotrüffel mit Chili. Während sie die Schachtel als Geschenk verpackte, beobachtete er sie. Etwas schien ihm auf der Zunge zu liegen. Sie gab Wechselgeld heraus und reichte ihm das Präsent. »Haben Sie sonst noch einen Wunsch?« Es klang ein wenig genervt, und er hörte das offenbar.

»Danke, das war es schon. Ich frage mich allerdings, wieso Sie so grantig sind.«

Sie atmete durch. »Tut mir leid. Aber ich bin ehrlich gesagt ein wenig angesäuert, weil Sie mir nicht einmal eine Absage geschickt haben. Ganz schlechter Stil.«

*

Drei Stunden später parkte Annett ihren froschgrünen Fiesta in der Leipziger Nonnenstraße, nahm den Laptop vom Beifahrersitz und knallte die Wagentür zu.

Sie musste von ihrem Zorn herunterkommen und versuchte sich zu sammeln. Auf der Straßenseite gegenüber erhob sich ein hundert Jahre alter Ziegelbau, der früher mal eine Fabrik gewesen war und jetzt ein IT-Unternehmen beherbergte.

Annett betrat das Gebäude, steuerte den Empfang an und fragte nach Fabian, der sie erwartete. Die Rezeptionistin griff zum Telefon und bat Annett, solange in der Besucherecke Platz zu nehmen.

Drei Minuten später öffneten sich die Lifttüren, und ihr Sohn kam auf sie zu. Wie ähnlich er Volker sah. So groß und schlaksig. Neuerdings trug er Bart. Und Annett fragte sich wieder einmal, weshalb man in einem gut klimatisierten Gebäude eine Strickmütze aufsetzen musste. Aber es war nun einmal hip und viele taten das.

»Hallo Mama.«

»Schön, dich zu sehen.« Sie umarmte ihn und erstaunlicherweise war ihm das nicht peinlich. Denn er ließ es geschehen.

»Dito. Das mit Papa und dir tut mir leid. Auch wenn das neulich vielleicht nicht so geklungen hat.«

»Das weiß ich doch.«

»Ich sehe das Thema einfach pragmatischer. Also, was ist mit deinem Laptop? Du hast vorhin so kryptisch geklungen.«

Sie nahm ihn aus der Tasche. »Kannst du feststellen, ob Daten gelöscht wurden?«

»Sollte kein Problem sein. Welche genau?«

»Zwei Mails. Eine davon soll angeblich ich geschrieben haben.«

»Ist ein Passwort drauf?«

»Das war bisher nicht nötig.«

»Dann kann jeder deinen Mailaccount benutzt haben.« Er strich sich mit dem Finger über die Nasenwurzel, genau wie Volker das immer tat. »Was ist denn passiert?«

Annett fuhr sich durch die Locken. »Ich habe mich vor einigen Wochen beim Bamberger Verlagshaus beworben und hätte die Stelle auch bekommen. Der Personalleiter hat mir eine Mail mit der Zusage geschickt. Doch ich habe angeblich dankend abgesagt. Jemand muss an meiner Stelle geantwortet und dann die beiden Mails gelöscht haben. Denn auf dem Laptop sind sie nicht.«

Fabian legte den Kopf in den Nacken. »Mit *jemand* meinst du Papa?« Er sah sie wieder an.

»Wer sonst käme an meinen Laptop?«

»Hast du deine Mails nicht auch auf dem Handy?«

Annett schüttelte den Kopf. »Hilfst du mir?«

Eine Weile schwieg Fabian, und Annett befürchtete schon, dass er sich raushalten wollte, wie meistens. Er scheute Konflikte, daher wäre es verständlich, sich nicht in den Streit seiner Eltern einzumischen. Denn Streit würde es geben, falls Volker diese Ungeheuerlichkeit tatsächlich gewagt hatte. Etwas in Annett hoffte immer noch auf eine andere Erklärung, auch wenn sie sich nicht vorstellen konnte, wie das sonst passiert sein könnte.

»Es wäre so was von unterirdisch, wenn er das getan hat«, sagte Fabian schließlich. »Also lass uns nachsehen.«

Sie fuhren im Lift nach oben in ein lichtdurchflutetes Großraumbüro. Fischgrätparkett und Stahlträger. Stuck an den Wänden und surrende Server überall. Grünpflanzen in gewaltigen Kübeln und ein digitales Whiteboard in der Besprechungsecke. Dazwischen Schreibtischinseln, an denen junge Leute hinter gigantischen Monitoren saßen. Sie hatten Kopfhörer über die Ohren gestülpt und hörten das Klappern ihrer Tastaturen nicht. Fabian steuerte seinen Schreibtisch an und zog einen rollbaren Hocker darunter hervor. »Der Besucherstuhl.« Sie setzte sich und sah ihm zu, wie er ihren Laptop an ein Kabel stöpselte. »Ich kopiere die HD, wenn es dir recht ist.«

»Sicher.« Sie sah zu, wie seine Finger über die Tasten huschten und auf seinem Bildschirm Daten erschienen und sich Fenster öffneten. Es dauerte nicht lange, bis er die Mails gefunden hatte. »Yep!«, sagte er und wies auf den Monitor. »Da sind sie. Sie waren gelöscht. Aber wirklich weg sind die Daten erst, wenn der Speicher überschrieben wird.« Er klickte auf die Dokumente, sie öffneten sich, und Fabian rutschte zur Seite, damit sie sie lesen konnte.

Die Zusage war an ihrem zweiten Tag in Wismar gekommen und zwar abends kurz vor achtzehn Uhr. Ihre Absage stammte vom darauffolgenden Morgen um acht Uhr dreizehn. In freundlichen Worten dankte sie für das Angebot und erklärte, dass sie bereits eine andere Stelle gefunden hatte.

Fabian hatte mitgelesen. »Dein Laptop war daheim?«

»Ja. Ich habe ihn nicht nach Wismar mitgenommen.«

Mit beiden Händen fuhr ihr Sohn sich über den Bart. »Also wenn ihr inzwischen keine Putzfrau engagiert habt oder Papa nicht jemanden mit nach Hause gebracht hat, kann es eigentlich nur er gewesen sein.«

Und er war auch der Einzige, der einen Grund hatte, diese Zusage zu boykottieren. Denn sie sollte nicht irgendwo arbeiten, sondern bei ihm.

»Und was machst du jetzt?«

Annett lachte auf. »Ihn verlassen, vielleicht?« Lachen war besser, als auszuflippen. Jedenfalls würde sie ihn nicht damit konfrontieren. Das wusste sie sofort. Sie wollte seine Ausflüchte und obskuren Erklärungen nicht hören.

»Ich werde ihm nicht sagen, dass ich Bescheid weiß. Es würde nichts ändern. Die Stelle ist weg, und das Einzige, was ich will, ist, die Scheidung sauber über die Bühne zu bringen. Ohne Streit.«

»Okay, Mama«, sagte Fabian. »Das bleibt unter uns.«

Rostock

Spätherbst 1988

Mischa hatte gestanden, und Annett fragte sich, was sie ihm angetan hatten, um ihn so weit zu bringen. War er im Keller gewesen? In Dunkelhaft. Tagelang. Oder musste er, was noch viel schlimmer war, stundenlang in kaltem Wasser stehen, wie Högner es ihr einmal angedroht hatte? Sie wollte sich das nicht ausmalen und tat es doch und verzieh ihm alles.

Von Olivia hatte sie erfahren, dass versuchte Republikflucht in der Regel mit zwei bis vier Jahren Haft bestraft wurde. Eine unvorstellbar lange Zeit. Doch sie würden das durchstehen, und danach konnten sie ihr Leben zusammen verbringen. An ein Studium war natürlich nicht mehr zu denken. Dann eben eine Ausbildung. Was auch immer, Hauptsache, sie waren zusammen. Zum ersten Mal, seit sie in Untersuchungshaft war, blickte Annett in die Zukunft.

Nachdem Högner ihr Mischas Geständnis gezeigt hatte, war sie zusammengebrochen. Sie hatte alles zugegeben und war beinahe erleichtert gewesen, als sie ihres unterschrieb. Es war vorbei, und sie durfte endlich Mischa sehen. Doch im Nebenraum war es längst still geworden. Er war wieder in seiner Zelle, und Högner vertröstete sie. Zwei Tage später erfuhr sie von Olivia, dass sie Mischa erst beim oder nach dem Prozess sehen würde. Je nachdem, ob sie gemeinsam oder einzeln angeklagt wurden. Sie könnten sonst ihre Aussagen für die Verhandlung absprechen. »Was für ein Quatsch«, sagte Annett fassungslos, aber es war eher ein Flüstern als ein Aufbegehren. »Wir wären doch keine Sekunde allein.«

Högner hatte sie reingelegt. Er hatte sie belogen, und ihr fehlte die Kraft, sich darüber zu empören und einen Aufstand anzuzetteln. Die Wochen der Isolation hatten sie verändert. Sie war nicht mehr die selbstbewusste Annett, sondern ein verängstigter und eingeschüchterter Schatten ihrer selbst.

Ihr Geständnis brachte auch Vorteile mit sich. Nun durfte sie einmal pro Woche Bücher ausleihen, und sie konnte Besuch bekommen. Eines Morgens erfuhr sie, dass sie ihren Vater für eine halbe Stunde sehen durfte. Nicht hier, sondern in einem anderen Gefängnis. Dafür wurde sie in einen Transporter verfrachtet, der mit kleinen, fensterlosen Zellen ausgestattet war. Gerade groß genug, dass eine Person hineinpasste. Während der Fahrt wurde ihr schlecht, beinahe hätte sie sich übergeben. Wohin man sie brachte, wusste sie nicht. Aber am Ende saß sie ihrem Vater gegenüber und konnte ihm nicht erklären, warum sie mit Mischa weggewollt hatte. Denn über die versuchte Republikflucht und alles, was damit im Zusammenhang stand, durfte nicht gesprochen werden. Ihren Eltern ging es so weit gut. Jedenfalls hatten sie ihre Stellen behalten. Immerhin das erfuhr sie. Befangen saßen sie sich gegenüber und wussten nicht, was sie sagen sollten. Ihr Vater war erschrocken darüber, wie sie aussah, und fragte, ob sie genug zu essen bekam. Das Gespräch ging nur schleppend voran, und mehrmals hatte sie den Eindruck, dass er ihr etwas mitteilen wollte, das er nicht laut sagen durfte. Sie kam nicht dahinter, was es sein könnte, und breitete ihre Zukunftspläne vor ihm aus, damit er sah, dass sie optimistisch war und mit der Situation zurechtkam. Eine Lehre anstelle des Studiums. Das war nicht das, was er sich für seine Tochter erträumt hatte. Er sagte es nicht, doch sie wusste, dass er es dachte. Sie hatte ihn und Mama enttäuscht. Die halbe Stunde war schnell vorbei. Zum Abschied nahm er sie in die Arme und drückte sie an sich. »Hör mal, Liebes«, flüsterte er. »Du musst wissen, dass …«

»Auseinander. Körperliche Berührung ist verboten!« Der Aufpasser ging dazwischen und wies zur Tür. Ihr Vater sah sie an. Ratlos, beinahe verzweifelt, wie es ihr schien, und ging.

Seit dem Geständnis durfte sie auf eigenen Wunsch auch arbeiten und wurde der Küche zugewiesen. Nun begannen ihre Tage morgens um fünf. Zusammen mit drei anderen Frauen schmierte sie unter Bewachung Marmeladenstullen, kochte Tee und richtete die Frühstückstabletts für die Untersuchungsgefangenen. Jeden Morgen bestrich Annett einige Brote ganz dick mit Margarine und Marmelade, gab heimlich Zucker in die Teebecher und hoffte, dass Mischa eines dieser Tabletts bekam.

Später spülten die Frauen Geschirr und halfen bei den Vorbereitungen fürs Mittagessen. Gemüse putzen und schnippeln, Kartoffeln schälen, einmal kochten sie Grießbrei und Apfelkompott. Eine der Mitgefangenen war Petra. Mit ihr verstand Annett sich gut. Sie war vier Jahre älter und ebenso eingeschüchtert wie sie selbst. Die beiden unterhielten sich, obwohl das verboten war. Leise erzählten sie sich ihre Geschichten, die sich in einem wesentlichen Punkt unterschieden. Petra hatte nichts getan. Sie war unschuldig, obwohl sie gestanden hatte.

Eine Kollegin im Kombinat hatte sie angezeigt. Angeblich war sie die Urheberin von Plakaten, auf denen Glasnost und Perestroika auch für die DDR gefordert wurden. Die Stasi hatte sie abgeholt, und Högner hatte schon nach einem Tag ein Geständnis von ihr bekommen, nachdem er seine Trumpfkarte gezogen hatte, Petras Kind. Nun stand ihr ein Prozess wegen staatsfeindlicher Hetze bevor. »Die Plakate sind aber nicht von mir. Ich schwöre es beim Leben meiner Tochter«, sagte Petra und wischte sich die Tränen aus den Augenwinkeln. »Sie werden mir das Sorgerecht nehmen, wenn ich verurteilt werde. Sie werden die Kleine in ein Heim stecken oder zur Adoption freigeben. Was soll ich nur tun?« Sie flocht die Hände ineinander und sah Annett abwartend an, als ob sie sich von ihr Hilfe erhoffte.

Annett wusste keinen Rat, außer, dass Petra das Geständnis vielleicht widerrufen könnte. Wie sollte ein Gericht sie verurteilen, wenn es keine Beweise und kein Geständnis gab? Zwei Tage später schleppte Petra sich morgens kreidebleich in die Küche und setzte Teewasser auf. »Geht's dir nicht gut?«, fragte Annett.

»Ich habe gestern Abend das Geständnis zurückgezogen. War keine gute Idee.« Sie streckte sich nach den Teetassen im Regal und stöhnte.

»Was ist mit dir? Hast du Schmerzen?«

Petra zog den Kittel hoch und zeigte die Blutergüsse auf Brust und Bauch. »Högners Denkzettel.«

»Meine Güte!«

»Was ist das denn hier für ein Kaffeeklatsch?«

Unbemerkt war eine der Aufseherinnen dazugekommen. Die mit dem hageren Gesicht, die Annett für sich Gingema nannte, nach der bösen Hexe aus dem Buch *Der Zauberer der Smaragdenstadt*. Sie sah zwar verbittert und harsch aus, war aber eine der wenigen, die auch mal ein freundliches Wort für die Gefangenen übrig hatten. »Petra geht es nicht gut. Ich glaube, sie braucht einen Arzt.«

»Kann ich das noch mal sehen?«

Petra hob den Kittel wieder hoch, und die Aufseherin zuckte zusammen. »Wie ist das passiert?«

»Ich habe mein Geständnis widerrufen. Das war Högners Antwort.«

»Ich sorge dafür, dass Sie dem Arzt vorgestellt werden.« Gingema machte auf dem Absatz kehrt und verschwand aus der Küche.

Nur zehn Minuten später kehrte sie zurück und schüttelte den Kopf. Högner hielt es nicht für notwendig, wegen eines blauen Flecks einen Aufstand zu machen.

Im Laufe des Morgens verschlechterte sich Petras Zustand. Sie wirkte apathisch, und die Aufseherin ging noch einmal zu Högner, der seine Meinung nicht änderte. Den Vorschlag, in die Zelle zu gehen und sich ausnahmsweise hinzulegen, lehnte Petra ab. Sie wollte nicht allein sein und meinte, es ginge schon. Doch während sie Blumenkohl putzten, saß sie gekrümmt da, winzige Schweißperlen sammelten sich auf ihrer Stirn. »Hast du Schmerzen?«

»Nur so einen Druck in Brust und Bauch. Ich fühle mich ganz seltsam.«

»Warum legst du dich nicht hin?«

»Ich weiß nicht … Ich will lieber bei euch sein.«

»Du meinst, falls du Hilfe brauchst?«

Wieder bemerkte die Aufseherin das Gespräch und kam dazu. »Geht's besser?«

Petra schüttelte den Kopf.

»Ich nehme das auf meine Kappe. Sie gehen jetzt zum Arzt.« Sie rief zwei Kolleginnen und bat diese, Petra zur Krankenstation zu bringen.

Bis Mittag kehrte Petra nicht zurück und auch an den folgenden Tagen kam sie nicht zum Küchendienst. Dafür begann das Gerücht die Runde zu machen, sie wäre an inneren Blutungen gestorben. Annett konnte das nicht glauben und fragte schließlich Gingema, wo Petra war, ob das Gerücht stimmte. »Das kann ich Ihnen nicht sagen, Genossin Frey.« Sie blickte sich um, ob jemand sie beobachtete, und sagte dann leise: »Die Zeiten werden sich ändern, und dann werden diese Mistkerle sich verantworten müssen. Ich bin Maria Voigt. Merken Sie sich meinen Namen.«

Annett

Seit Annett bei Fabian gewesen war, brodelte es in ihr. Zweimal war sie kurz davor, Volker auf die Unverschämtheit anzusprechen, in ihrem Namen die Stelle abzusagen, als er im Bittersüß seinen Doppio trank. Wie kam er dazu! Sie schluckte die Worte hinunter. Es würde zu nichts führen, außer zu Streit. Und dafür wollte sie ihre Kraft nicht verschwenden.

Er tat, als wäre nichts, und schickte ihr nach wie vor freundliche Nachrichten, und Annett fragte sich, wie es ihm gelang, diese boshafte Seite vor ihr zu verbergen. War sie neu? Oder hatte sie sie nur nie bemerkt? War sie bisher mit Scheuklappen herumgelaufen oder mit einer rosa Brille? Oder brach sich da etwas Bahn, das tief in ihm geschlummert hatte?

In ihrer Wohnung fühlte sie sich nicht mehr wohl, seit sie wusste, dass Patricia sich hier das Leben genommen hatte. Manchmal überlegte sie, den Vertrag zu kündigen und sich eine andere zu suchen. Doch dann waren ihr der Aufwand und die damit verbundenen Kosten zu hoch und sie ließ es bleiben. An den langen Abenden allein ließ sie häufig ihre Ehe Revue passieren, und es konnte sein, dass sie in Tränen ausbrach und sich fragte, wie sie hier gelandet war. Ohne ihn. War es doch auch ihre Schuld? Sah sie das zu eng? Wie Leonie es ihr vorwarf. Sollte sie Volker verzeihen und ihrer Ehe noch eine Chance geben, wie Patrick es ihr riet und eigentlich auch Sonja mit dem Vorschlag einer Eheberatung.

Volker rief natürlich auch an, doch sie ging nie ran, wenn sie seinen Namen auf dem Display sah. Sein Foto hatte sie noch in Leipzig gelöscht. Er hinterließ Nachrichten auf der Mailbox, bat wegen Kleinigkeiten um Rückruf, und sie antwortete ihm mit WhatsApp, wenn es nicht anders ging. Wenn er im Laden auftauchte und sie ihn kommen sah, ging sie ins Lager. Doch manchmal bemerkte sie ihn nicht rechtzeitig und er stand plötzlich an der Theke vor ihr. Er sah schlecht aus, und sie fühlte sich für einen Moment schuldig. Die Trennung machte ihn fertig. Dann tat er ihr leid und sie wechselte ein paar belanglose Worte mit ihm, während er seinen Espresso trank und dankbar auf ihren Small Talk einging.

Wie vereinbart holte sie nach und nach Bücher und Kleidung aus dem Haus. Ihre persönlichen Dinge und Haushaltssachen. Das tat sie während seiner Bürozeiten, doch einmal lief sie ihm in die Arme, als sie gerade das Haus verlassen hatte und ihren Frosch ansteuerte. Der Schreck fuhr ihr in alle Glieder, und sie fragte sich später, wieso sie so erschrocken war. Sie hatte von Volker doch nichts zu befürchten. Daheim spürte sie diesem Gefühl nach und ergründete, woran es lag. Was wäre geschehen, wenn er zwei Minuten früher gekommen und sie noch im Haus angetroffen hätte? Sie allein mit ihm. Ohne Publikum. Ohne Zeugen. Sie hatte Angst, dass er in einer solchen Situation einen Streit vom Zaun brechen und gewalttätig werden könnte. Dass er sie vielleicht schlagen würde.

Nach dieser Begegnung, bei der sie wieder nur Belanglosigkeiten ausgetauscht hatten – denn im Garten nebenan rechte die Nachbarin das Laub zusammen –, herrschte für einige Tage Ruhe. Volker schickte keine WhatsApps, und er rief auch nicht an. Er schien die Trennung endlich zu akzeptieren, und Annett entspannte sich. Bis dann eines Morgens Sonja zu ihr ins Lager kam. »Im Geschäft ist eine Polizistin. Sie fragt nach dir.«

Beunruhigt ging Annett nach vorne, wo sie von einer jungen Frau in Uniform erwartet wurde. »Frau Frey-Sandherr?«

Annett nickte. »Ist etwas passiert?«

»Ich habe leider keine gute Nachricht für Sie.«

Hoffentlich hat Volker sich nichts angetan, schoss ihr durch den Kopf.

»Ihre Tochter Leonie wurde in Berlin überfallen. Sie liegt im Krankenhaus.«

»Was?« Annetts Knie gaben nach. Sie setzte sich an einen der Tische und bekam den Rest nur noch wie durch Watte gefiltert mit. Ein Mann hatte Leonie aufgelauert und sie zusammengeschlagen. Jemand hatte den Täter verfolgt und gestellt. Die Polizei hatte ihn festgenommen. Derzeit war Leonie nicht bei Bewusstsein, doch der Arzt war zuversichtlich, dass sie bald zu sich kommen würde.

Die Polizistin drückte Annett einen Zettel mit den Kontaktdaten des Krankenhauses in die Hand und fragte, ob Annett ihren Mann informieren würde oder ob sie das tun sollte. »Ich mach das«, sagte Annett. Wie in Trance sah sie der Polizistin nach. Leonie lebte. Das war im Moment das Wichtigste. Doch sofort purzelten tausend Ängste durcheinander. Was hatte dieser Kerl ihr angetan? Diese verdammte Großstadt! Hier wäre ihr das nicht passiert.

Sonja legte ihr eine Hand auf die Schulter. »Ich ruf Volker an. Okay?« Annett nickte.

Keine zehn Minuten später stand er vor ihr, bleich wie ein Gespenst, doch handlungsfähiger als sie. »Wir fahren zu ihr. Sie braucht uns jetzt.«

Plötzlich löste sich der Klumpen in ihrem Hals, und sie

brach in Tränen aus. Volker nahm sie in den Arm, und es tat gut, ihn so nah bei sich zu wissen. »Ist ja gut. Sie ist ein starkes Mädchen. Sie packt das.«

Sie machte sich von ihm los und wischte die Tränen mit dem Handrücken weg. »Hoffentlich. Dieser verdammte Mistkerl!«

Sie nahmen seinen Audi, den Volker ruhig und sicher durch den Verkehr auf die Autobahn lenkte. Von unterwegs informierte Annett Fabian, und kurz nach Leipzig kam ein Anruf von Dagmar. Volkers Mitarbeiterin hatte alle Termine verschoben und außerdem ein Hotelzimmer in der Nähe der Charité gebucht, wo Leonie lag. Erst jetzt wurde Annett klar, dass sie in Berlin übernachten würden und dass sie nichts mitgenommen hatte. Es war nicht wichtig.

Während der Fahrt machte Volker Musik an. Eine Playlist mit ruhigen und entspannenden Stücken. Ihre rasenden Gedanken beruhigten sich ein wenig. Leonie war stark, sie verfügte über Reserven und Widerstandskraft. Hoffentlich kam sie bald zu sich. »Ruf doch den behandelnden Arzt an«, sagte Volker. »Vielleicht geht es ihr schon besser.«

Auf dem Zettel der Polizistin standen ein Name und eine Handynummer. Sie tippte sie ein. Der Arzt meldete sich. Seine Stimme war tief und klang gelassen. Er erklärte ihr, dass Leonie inzwischen zu sich gekommen war. »Es geht ihr so weit gut. Besser, als es zunächst aussah. Ein Schädel-Hirn-Trauma. Eine gebrochene Rippe, diverse Prellungen und Hautabschürfungen. Sie fragt nach Ihnen. Warten Sie, ich gebe mal das Telefon weiter.«

Eine Sekunde später war Leonie dran. »Mama, kommst du?« Sie klang so kläglich, dass Annett beinahe in Tränen ausgebrochen wäre. »Ja, natürlich, wir sind schon unterwegs. Was machst du auch für Sachen.« Und was rede ich für einen Quatsch, dachte Annett.

»Du hast recht behalten. Das ist kein guter Job.«

Es dauerte einen Moment, bis Annett verstand, was Leonie sagen wollte. »Du meinst … das war einer von diesen Kerlen?«

»Er hat herausgefunden, wo ich wohne, und …« Plötzlich klang ein Schluchzen durchs Telefon und der Arzt war wieder dran. »Ihre Tochter braucht jetzt Ruhe. Sie haben später genug Zeit, alles zu besprechen.«

Annett verabschiedete sich und steckte das Handy ein. Fragend sah Volker sie an. »Sie kennt den Mann?«

»So wie es aussieht, ja. Einer ihrer … wie soll man das nennen? Klienten? Du weißt schon … Ich dachte, sie hat den Job aufgegeben. Die Frist, die wir ihr gesetzt haben, ist längst um.« Erst jetzt begriff Annett, dass ihre Tochter dieses Thema bei den letzten Telefonaten umschifft hatte, indem sie das Gespräch auf die Trennung ihrer Eltern gelenkt hatte, sobald Annett sich dem Thema Job oder Geld näherte. »Wusstest du etwa Bescheid?« Die Frage kam direkt aus dem Bauch. Es würde sie nicht wundern. Leonie wickelte Volker seit eh und je um den kleinen Finger.

Er warf ihr einen schuldbewussten Blick zu. »Sie sollte den Job aufgeben, weil die Männer nicht wissen, dass ihnen etwas vorgespielt wird. Das war unser Argument. Seither weist Leonie sie auf die AGB hin. Jetzt sind sie im Bild. Ich dachte, das wäre okay.«

Annett konnte es nicht fassen. »Du hast gewusst, dass sie diesen Mist weitermacht. Es ging doch nicht nur um Ehrlichkeit. Was sind denn das für Männer, die das nötig haben? Deine Worte. Und du hast das zugelassen. Ich verstehe dich nicht.«

Volker legte eine Hand auf ihr Knie. »Jetzt beruhige dich. Es ist nicht deine oder meine Schuld. Sondern die des Mistkerls, der ihr das angetan hat. Wenn ich den in die Finger bekomme, dann gnade ihm Gott.«

*

Kurz vor zwei erreichten sie die Charité und fuhren mit dem Lift zur Station, auf der Leonie lag. Der Geruch nach Krankenhaus schlug Annett auf den Magen, wie die ganze Situation. Ein Wust an Gefühlen verschlang sich in ihr zu einem Knäuel aus Angst, Wut und Entsetzen. Aus Empörung, Zweifel und Unruhe. Vor allem aber aus Mitleid. Und im hintersten Winkel ihrer Seele entdeckte sie den Wunsch nach Rache. Wie Volker gesagt hatte: Gnade ihm Gott, wenn sie diesem Kerl jemals gegenüberstünde.

Leonie lag allein in einem Zimmer mit Aussicht auf einen begrünten Innenhof. Ihr Bett stand am Fenster. Sie schlief.

Der Kopf war bandagiert. Ein Auge blutunterlaufen. Abschürfungen auf der rechten Wange und blutiger Schorf an der Oberlippe. Ein Infusionsschlauch am Handrücken. Eine Batterie an Überwachungsgeräten am Kopfende. Kurven bauten sich auf und ab. Zahlen veränderten sich blinkend, und Annetts Herz zog sich zusammen, als sie ihr Kind so malträtiert und hilflos dort liegen sah. Sie schlug die Hand vor den Mund. »Das kann doch nicht wahr sein.«

Volker legte den Arm um ihre Schultern. »Unsere Kleine wird schon wieder«, sagte er leise. »Sie steckt das weg.«

»Auch psychisch? Ich könnte diesen Kerl umbringen.«

»Sie hat auch Glück gehabt«, flüsterte er. »Versuch es von dieser Seite zu sehen.«

»Du meinst, ich soll dankbar sein, dass er sie nicht umgebracht hat?«

»Ja.«

»Du spinnst.«

»Es hätte passieren können. Dann stünden wir jetzt im Leichenschauhaus. So gesehen ist mir die Klinik lieber.«

»Musst du so grauenhaft realistisch sein?« Sie löste sich von ihm. »Aber ja ... Aus dieser Perspektive betrachtet, ist es mir so auch lieber.« Ein schiefes Lächeln gelang ihr. »Wobei es mir noch lieber wäre, wenn sie jetzt im Hörsaal säße.« Sie setzte sich auf den Besucherstuhl und griff nach Leonies Hand.

»Mir doch auch.« Volker stellte sich auf die andere Seite des Betts. Schweigend betrachteten sie ihre Tochter, jeder in seine Gedanken versunken. Bis Leonie sich rührte und leise stöhnte. Schließlich schlug sie die Augen auf.

Mit dem Finger strich Annett über ihren Handrücken. »Hallo Kleines.«

»Hi Mama.«

»Na, wie geht's?«

»Nicht so toll. Hi Papa.«

Volker zog den zweiten Besucherstuhl heran. »Schöner Mist, meine Kleine. Brauchst du etwas?«

»Ja, eine fette Umarmung.« Sie setzte sich langsam auf, und Volker schlang vorsichtig beide Arme um sie. »Ich traue mich beinahe nicht, dich anzufassen. Es sieht so aus, als gäbe es kein Fleckchen an dir, das nicht wehtut.«

»Geht schon. Jetzt, wo ihr da seid. Du hast nicht zufällig ein Snickers dabei?«

Seit Leonie im Alter von etwa fünf Jahren das erste Mal diesen Schokoriegel gegessen hatte, gehörte er zu ihr wie Ernie zu Bert und der Elefant zur Sendung mit der Maus. Volker ging natürlich gleich los, um ein Snickers am Kiosk im Erdgeschoss zu besorgen, während Leonie Annett in groben Zügen erklärte, was passiert war.

Einer ihrer Klienten, eigentlich ein sympathischer junger Kerl, wie Leonie sagte, hatte sich einen Sport daraus gemacht herauszufinden, wer sie wirklich war. Sie hatte ihn oft zwei Stunden im Chat halten können und eigentlich nichts Persönliches ausgeplaudert. Nur, dass sie in Berlin lebte, wie hunderttausende anderer junger Frauen auch. Einmal hatte er ihr ein Foto von sich und seinem Hund geschickt. Deshalb hatte sie ihn überhaupt erkannt, als er plötzlich vor ihr stand. Gestern Nacht, als sie von einer Party nach Hause gekommen war und das Rad im Hinterhof abstellte. Sie wusste nicht, wie er herausgefunden hatte, wie sie hieß und wo sie wohnte. An dieser Stelle brach Leonie in Tränen aus, Volker kehrte mit dem Snickers zurück und sie wechselten das Thema, denn Leonie wollte nicht weiter darüber sprechen.

Den Rest erfuhren sie am frühen Abend bei der Kriminalpolizei von einem der ermittelnden Beamten. Der mutmaßliche Täter kam aus Potsdam, war selbstständiger IT-Berater und kein unbeschriebenes Blatt. Vorbestraft wegen Körperverletzung und Betrug. So wie es aussah, hatte er Leonie eine Bilddatei mit einem Trojaner gemailt und dadurch Zugriff auf ihren Laptop und ihre persönlichen Daten erhalten. Die forensische Untersuchung lief noch, ebenso die Hausdurchsuchung. Das Motiv war noch nicht ganz klar, der Kommissar vermutete eine Art universellen Hass auf Frauen.

Den Überfall auf Leonie hatte er jedenfalls geplant. Das gab er zu, behauptete aber, er habe sie nur zur Rede stellen und ein wenig erschrecken wollen und dann wäre das aus dem Ruder gelaufen, weil Leonie ihn provoziert hätte. Ein zufällig vorbeikommender Taekwondo-Lehrer hatte Lärm und laute Stimmen aus dem Hinterhof gehört, nachgesehen, was los war, und mit einem Blick die Situation erfasst. Er war dazwischengegangen und hatte den flüchtenden Täter verfolgt und gestellt.

Nach dem Besuch bei der Kripo war Annett völlig erschöpft. Am liebsten hätte sie sich die Decke über den Kopf gezogen und geweint. Doch sie mussten noch ein paar Sachen für Leonie aus ihrer WG holen. Eine ihrer Mitbewohnerinnen war da und wollte haarklein erfahren, was genau passiert war, und stellte Frage um Frage. Volker wimmelte die junge Frau schließlich mit ein paar freundlichen Worten ab, und sie packten in Leonies Zimmer Wäsche, Toilettenartikel und den Kopfhörer ein, den sie haben wollte. Auf dem Weg zur Klinik hielt Volker bei einem Supermarkt und kaufte eine Großpackung Snickers. Als sie wieder bei ihrer Tochter waren, war es schon dunkel, und eine der Schwestern meinte, morgen wäre auch noch ein Tag und jetzt wäre es Zeit zu gehen.

Das Hotel gehörte zu einer preiswerten Kette und war nur ein paar Minuten vom Krankenhaus entfernt. Volker erledigte den Check-in, während Annett das Gefühl hatte, heute keinen klaren Gedanken mehr fassen, geschweige denn einen verständlichen Satz formulieren zu können. Dieser Tag hatte sie alle Kraft gekostet. Sie wollte nur noch ins Bett und vorher ein heißes Bad nehmen, um runterzukommen.

Das Zimmer war schlicht und mit einem Doppelbett ausgestattet. Zwei Einzelzimmer wären ihr eigentlich lieber gewesen. Aber im Moment war das nicht wichtig. Volker ging noch mal los, um Zahnbürste und Zahnpasta zu besorgen. Annett ließ sich in der Zwischenzeit ein Bad ein, drückte die beiden Fläschchen Duschgel, die sie auf der Ablage fand, ins heiße Wasser und ließ sich hineingleiten. Die Wärme tat gut und das Karussell in ihrem Kopf beruhigte sich langsam.

Als Volker zurückkam, saß sie im Bademantel auf dem Bett, telefonierte mit Sonja und beantwortete deren besorgte Fragen. Er räumte die Sachen ins Bad und erklärte, dass der Zimmerservice gleich Sandwiches bringen würde, da er annahm, dass sie nicht essen gehen wollte. Womit er ins Schwarze traf. Er kannte sie gut, und wieder einmal war sie ihm dankbar für seine Empathie und ein leiser Zweifel schlich sich an, ob sie wirklich das Richtige tat, wenn sie demnächst eine Scheidungsanwältin aufsuchte.

Kurz darauf klopfte es an der Tür. Volker nahm ein Tablett entgegen, das er in Ermangelung eines Tischs auf dem

Bett abstellte. »Es ist angerichtet, Mylady.« Er schenkte Wasser ein, nahm die Flasche Weißwein aus dem Kühler und entkorkte sie. Erst jetzt merkte sie, wie hungrig sie war. Seit dem Frühstück hatte sie nichts gegessen. Das Thunfisch-Sandwich war gut und schnell verputzt. Sie trank das Wasser und ein Glas Wein und auch das zweite, das Volker für sie einschenkte. Irgendwann war sie satt und müde und ein wenig beschwipst. Sie putzte Zähne und entdeckte ihr Waschgel, ihre Tages- und Nachtcreme und ihr Deo auf dem Glasregal über dem Waschbecken. Es rührte sie, dass Volker ihre Marken kannte und daran gedacht hatte, all das für sie zu besorgen. In Unterwäsche ging sie zu Bett und zog die Decke hoch.

Kurz darauf folgte Volker. Während des Essens hatten sie kaum gesprochen, doch jetzt, im Schutz der Dunkelheit, schwappten ihre Sorgen um Leonie nach oben und nahmen sich Raum. Volker malte sich aus, wie dieser Kerl auf ihre Tochter losgegangen war und was noch hätte passieren können, wenn nicht ein Fremder eingeschritten wäre. Nun war sie es, die ihn wieder auf den Boden holte und vorschlug, den Helfer aufzusuchen und ihm zu danken, während Volker darüber nachdachte, wie sie Leonie unterstützen konnten. Sie sprachen leise, einander zugewandt, und irgendwann lagen sie Arm in Arm, hielten sich, sprachen sich beschwichtigende und Mut machend Worte zu, und der Kuss ergab sich wie von selbst. Ganz selbstverständlich und vertraut. So verbindend wie tröstlich. Sie waren nicht allein. Sie hatten einander. Und das war gut. Jedenfalls fühlte es sich ganz selbstverständlich und richtig an, bis der Kuss leidenschaftlicher wurde und in Annetts beschwipstem Gehirn eine Warnlampe zu flackern begann. Als Volkers Hände plötzlich an ihren Brüsten waren, dann langsam tiefer wanderten und seine Lippen den frei gewordenen Platz einnahmen. Als sie merkte, dass sie mit ihm schlafen wollte und eben auch nicht. Es war ein Fehler. Sie sollte das beenden. Sie rang mit sich, während seine Hände langsam nach unten rutschten, ihre Lust weiter entfachten und sie sich endlich einen Ruck gab. »Volker. Bitte. Das ist keine gute Idee.« Sie versuchte, sich ihm zu entziehen, doch er lag auf ihr und es gelang ihr nicht, ihn zur Seite zu schieben.

»Du willst das doch auch«, murmelte er. »Du bist ganz feucht.«

»Kann sein. Das hängt mit dem vegetativen Nervensystem zusammen, oder so. Bitte, lass uns aufhören. Ich will jetzt nicht.« Sie versuchte sich aufzurichten und kam gegen den Widerstand seines Körpers nicht an. Für einen Moment gab sie nach, ließ ihn machen, weil sie spürte, dass ihr die Kraft für eine Auseinandersetzung fehlte, die unweigerlich folgen würden. Sie müsste sich erklären und rechtfertigen.

»Ich mag nicht. Nicht jetzt. Bitte, hör auf.« Obwohl sie erregt war. Und ein wenig benebelt, vom Wein, den sie zu schnell getrunken hatte. Sie wollte nicht mit ihm schlafen. Doch es war zu spät. Volker reagierte nicht auf ihre Worte. Er machte weiter. Und sie ließ es geschehen.

Rostock

Spätherbst 1988

Der Herbst ging in den Winter über, ohne dass Annett Mischa sah. Bis zum Prozess blieb sie in der Untersuchungshaftanstalt der Staatssicherheit in Rostock. Noch zwei Mal erhielt sie Besuch. Einmal von ihrer Mutter, einmal von ihrem Vater. Dafür brachte man sie jedes Mal mit dem Gefangenentransporter in ein anderes Gefängnis, und ihr wurde beide Male während der Fahrt in der engen fensterlosen Kabine übel. Die Besuche dauerten nur eine halbe Stunde, und sie sprachen wenig. Hauptsächlich über Belanglosigkeiten. Wie das Essen im Gefängnis war und die Arbeit in der Küche. Ob sie ausreichend schlief. Mama erzählte von ihrer Arbeit im Krankenhaus und Papa von seiner in der Redaktion. Die Enttäuschung ihrer Eltern wurde für Annett mit jedem Besuch greifbarer, doch ein offenes Gespräch war in Gegenwart der Aufseher nicht möglich. Noch immer war es verboten, über ihren Fluchtversuch und alles, was damit in Zusammenhang stand, zu sprechen. Über die Haftbedingungen musste sie ebenso schweigen wie über ihren Verdacht, dass Petra an den Folgen von Högners Misshandlungen gestorben war.

Ihr Prozess fand kurz vor Weihnachten statt. Annett erfuhr erst zwei Tage zuvor davon, als sie plötzlich Besuch von ihrem Anwalt bekam. Högner hatte ihr kurz nach ihrem Geständnis eine Liste vorgelegt. Sie solle sich einen Rechtsbeistand aussuchen. Keiner der Namen sagte ihr etwas. Der erste auf der Liste war sicher der, der am besten mit der Stasi zusammenarbeitete. Also wies sie auf den letzten. Er hieß Erich Gabe. Anfang Dezember brachte man sie in den Besucherraum, wo er sie erwartete. Ein untersetzter Mann mit blassem Teint und beginnender Glatze. Er trug eine Bifokalbrille, über deren Rand er knapp an ihr vorbeisah. Obendrein besaß er die Eigenart, sich ständig am Ohrläppchen zu zupfen, was Annett ganz nervös machte. Für ihren Prozess war ein halber Verhandlungstag angesetzt, erklärte Gabe. Da ein Geständnis vorlag, sei das mehr als ausreichend. Es wäre von ihr vernünftig gewesen, den Fluchtversuch zu gestehen. Dadurch war ein milderes Urteil möglich. Mit keinem Wort fragte er nach den Gründen für ihre sogenannte Straftat oder ob es etwas gab, das er zu ihrer Verteidigung vorbringen könnte. Sein Besuch dauerte nicht einmal zwanzig Minuten, während der er in den Akten blätterte, bis Annett sich schließlich fragte, ob er sie gerade zum ersten Mal sah. Ihr Fall interessierte ihn nicht. Der Form musste Genüge getan werden. Sprich: In einem Rechtsstaat musste ein Anwalt der Angeklagten zur Seite stehen. Das war seine Rolle, die er nicht wirklich auszufüllen gedachte. Das Ganze war eine Farce. Als er ging, reichte er ihr die Hand und sah sie zum ersten Mal richtig an. »Es ist mir unverständlich, wie eine junge Frau wie Sie, der in unserem Land alle Möglichkeiten offenstanden, auf derartige Abwege kommen kann.«

Noch vor zwei Monaten hätte sie ihm geantwortet, dass er das auch nicht verstehen musste. Dass es ihr Leben war, ihre Gedanken, ihr Wunsch nach Freiheit. Doch ihr ohnehin nicht sehr ausgeprägter Widerspruchsgeist war ihr abhandengekommen. Sie schwieg und hoffte auf eine milde

Strafe. Und darauf, möglichst bald Mischa zu sehen. Vielleicht beim Prozess. Falls er als Zeuge gegen sie aussagen sollte. Oder umgekehrt, sie gegen ihn. Inzwischen hielt sie auch das für möglich.

Kurz überlegte sie, um einen anderen Anwalt zu bitten. Einen, der sie tatsächlich verteidigen würde, doch sie ließ es bleiben. Am Ende war einer wie der andere.

Am Montag, den 5. Dezember, brachte Olivia ihr einen grauen Rock und einen dazu passenden Blazer, der nicht richtig saß, und eine verwaschene Bluse, die am Hals kratzte. Dazu Strümpfe und Schuhe. Mit dem Gefangenentransporter wurde Annett zum Gericht gefahren, und sie hätte sich in dem engen Gehäuse wieder beinahe übergeben.

Es war ein grauer kalter Tag, der Himmel hing tief über der Stadt, und ein Graupelschauer ging nieder, als sie im Innenhof eines Gebäudekomplexes ausstieg. In Handschellen wurde sie in einen Warteraum geführt, wenig später kam ihr Anwalt dazu. Gabe begrüßte sie mit einem Nicken und zwinkerte ihr zu. »Das wird schon nicht so schlimm, Genossin Frey. Seien Sie froh, dass man Sie auf den richtigen Weg zurückbringt.«

Zwei uniformierte Wachen nahmen sie in die Mitte und brachten sie in den Gerichtssaal, der zu Annetts Überraschung kein Saal war, sondern ein Raum, der sie an das Lehrerzimmer der EOS erinnerte. An der Stirnseite das Richterpult. Links davon der Tisch der Staatsanwaltschaft, gegenüber der Platz für die Angeklagten, den ihr Anwalt ansteuerte. Das Staatswappen der DDR mit Hammer und Zirkel hing hinter dem Platz des Richters, tief wie die untergehende Sonne. Kein Publikum im Raum. »Wo sind meine Eltern?«

Ihr Anwalt zupfte an seinem Ohrläppchen. »Die Verhandlung findet unter Ausschluss der Öffentlichkeit statt.«

»Warum?«

»Weil es so entschieden wurde. Setzen Sie sich.«

Sie leistete der Anweisung Folge, weil sie in den vergangenen Monaten gelernt hatte zu gehorchen. Gleich darauf musste sie wieder aufstehen, denn der Richter und sein Beisitzer kamen herein und ein Mann mit strähnigen Haaren, der am Tisch des Staatsanwalts Platz nahm, und eine Frau mit Block und Bleistift, die sich an ein Pult seitlich neben dem Richter setzte. Alle waren da, und es ging los.

Der Staatsanwalt verlas die Anklage. Seine Worte drangen nicht zu ihr durch. Das Blut rauschte in ihren Ohren, und das Herz schlug ihr bis zum Hals. Sie sah, wie der Mann sie mit seinen Blicken beinahe aufspießte, sah im Gegenlicht die feinen Spucketröpfchen, die er mit jedem Wort in den Raum spie, und fragte sich wieder, warum es ein Verbrechen war, dieses Land verlassen zu wollen. Nicht sie hatte Unrecht begangen, sondern das Unrecht lag in diesem System. Mischa würde das viel besser und schöner formulieren, und bei dem Gedanken an ihn und dass sie ihn schlimmstenfalls erst wiedersehen würde, wenn sie beide ihre Haft verbüßt hatten, legte sich ein bleischweres Gewicht auf ihre Brust. Der Richter erteilte ihrem Anwalt das Wort. Sie hörte kaum, was er vorbrachte, und wappnete sich, dass man sie auffordern würde, Stellung zu beziehen oder Fragen zu beantworten. Doch das geschah nicht. Der Richter wandte sich lediglich an sie, um ihr zu ihrer Vernunft zu gratulieren, den Straftatbestand gestanden zu haben. »Das wird sich mildernd auswirken«, erklärte er, und dann zog sich das Gericht für ein paar Minuten zur Beratung zurück. Ihr Anwalt bot ihr ein Pfefferminzbonbon an, während sie auf die Rückkehr des Richters und seines Beisitzers warteten. »Was meinen Sie, wie schlimm wird es werden?«, fragte Annett schließlich.

»Schwer zu sagen. Einerseits hat der Richter Ihr Geständnis lobend erwähnt. Aber da ist ja noch die Sache mit dem jungen Mann, der bei dem von Ihnen angestifteten Straftat ums Leben gekommen ist. Das wird im Urteil nicht unberücksichtigt bleiben.«

»Was?«, fragte Annett. »Ich verstehe nicht, was Sie meinen. Es ist doch niemand gestorben.«

»Nicht?« Wieder zupfte Gabe an seinem Ohrläppchen und blätterte dann durch die Seiten der Akte. »Doch, doch. Natürlich. Da gab's doch ein Bild der Leiche.« Er suchte und nahm schließlich einen Bogen Papier mit einem aufgeklebten Foto heraus und reichte es ihr. »Hier steht es ja«, sagte Gabe und schob die Brille zurecht. »Michael George ist bei dem missglückten Fluchtversuch ertrunken.«

Annett

Eine Woche war seit dem Überfall auf Leonie und der überstürzten Fahrt nach Berlin vergangen, und Annett ging es nicht gut.

Schon nach zwei Tagen hatte ihre Tochter sie nach Hause geschickt. Sie käme jetzt zurecht, hatte sie gesagt. Außerdem gab es da jemanden. Er hieß Jonas, war zwar beruflich gerade in Mailand, befand sich aber gewissermaßen im Landeanflug, obwohl er mit dem Zug kam, wie Leonie erklärte, und würde jetzt die Care-Arbeit übernehmen. Sie hatten ihn im Krankenhaus noch kurz kennengelernt. Ein ruhiger junger Mann, der sich in einer NGO für Klimaschutz engagierte und Annett sofort sympathisch gewesen war. Volker hatte noch eine Anwältin für ihre Tochter organisiert, und dann hatten sie sich auf den Rückweg nach Bamberg gemacht. Nach zwei Nächten im Hotel, in denen sie in der ersten miteinander geschlafen hatten und Volker das auch gerne in der zweiten getan hätte. Nur widerwillig hatte er ihr Nein akzeptiert.

Etwas hatte sich in diesen beiden Tagen zwischen ihnen verändert. Nicht zum Guten, wie Annett auf der Hinfahrt noch gedacht hatte. Das Gegenteil war der Fall. Sie fühlte sich miserabel.

An manchen Tagen kam sie kaum aus dem Bett, wenn der Wecker klingelte. Wenn sie dann im Bad stand und ihr Spiegelbild betrachtete, fragte sie sich, wie das hatte geschehen können. Sie wollte mit niemandem darüber reden. Mit Sonja nicht, obwohl sie ihre Freundin war. Sie würde sofort Partei gegen Volker ergreifen und sich auf ihre Seite schlagen. Obwohl das nicht fair wäre. Sie schämte sich für das, was in Berlin geschehen war, und wollte es vergessen. Doch es ließ sich nicht beiseiteschieben. Es arbeitete in ihr. Natürlich bemerkte Sonja die Veränderung und fragte, was los war. Warum sie so gereizt reagierte, auch auf Kunden. Annett verwies dann auf den Überfall und die Trennung und dass sie sich erst neu justieren musste, entschuldigte sich und nahm sich vor, endlich wieder normal zu werden. Doch sie war aus dem Gleichgewicht geraten. Sie musste mit jemandem reden und konnte es nicht. Bis eines Abends der Zufall nachhalf. Als sie von der Arbeit nach Hause kam, lag im Briefkasten die kostenlose Wochenzeitschrift, bei der sie für ein halbes Jahr in Elternzeitvertretung gearbeitet hatte. Sie wollte die Zeitung schon in die Altpapiertonne werfen, als sie die Anzeige der Telefonseelsorge entdeckte.

Sich diesen Mist anonym von der Seele zu reden war verlockend. Oben in der Wohnung wählte sie die Nummer. Eine Frau meldete sich und fragte, wie sie helfen könne. Ihre Stimme war weich und sympathisch. Sie klang älter, wie jemand, der über ein gerüttelt Maß an Lebenserfahrung verfügte. »Ich habe ein Problem, über das ich mit niemandem sprechen will, den ich kenne.«

»Dann sind Sie hier richtig. Wir hören zu.«

Annett fasste sich ein Herz und erzählte von dem Überfall auf Leonie und wie ihr Mann und sie sich dadurch wieder nähergekommen waren, obwohl sie seit Kurzem getrennt lebten. »Wir haben in einem Hotel übernachtet. In einem Doppelzimmer, und ich habe mir nichts dabei gedacht, dabei wäre mir ein Einzelzimmer lieber gewesen. Aber es erschien mir in dieser Situation nicht wichtig. Der Tag war so fürchterlich gewesen. Er hat mich alle Kraft gekostet. Nicht nur körperlich ... Ich weiß nicht, wie ich das beschreiben soll.«

»Ich verstehe schon, was Sie meinen. Auch psychische Belastung bringt uns körperlich an die Grenzen. Sie waren ausgelaugt. Die Batterie war leer.«

»Ja, so kann man das nennen. Ich war fix und fertig, und mein Mann hat sich rührend um alles gekümmert. Er hat Essen besorgt und eine Flasche Wein. Wir haben uns zum ersten Mal seit Wochen wieder richtig unterhalten. Ohne Streit und Vorwürfe. Wir haben uns solche Sorgen um Leonie gemacht. Und plötzlich haben wir uns geküsst. Das war in Ordnung. Doch dann ... Mein Mann wollte mehr. Ich wollte nicht ... Und ich habe ihm das zu spät gesagt.«

»Er hat mit Ihnen geschlafen, obwohl sie das nicht wollten und ihm das auch gesagt haben?«

»Ja ... Nein ... Es klingt, als hätte er mich vergewaltigt. Das hat er nicht.«

»Aber Sie fühlen sich deswegen schlecht.«

»Ja ... schon. Ich habe ihn einfach machen lassen. In dem Moment hatte ich keine Kraft, mich zu wehren. Ich wollte ihm das nicht erklären müssen oder mich rechtfertigen. Er hätte mich in Grund und Boden argumentiert, und das hätte ich nicht ertragen.«

»Also haben Sie das scheinbar kleinere Übel gewählt.«

Annett lachte auf.

»Sie haben Ihrem Mann gesagt, dass Sie nicht mit ihm schlafen wollen.«

»Zwei Mal sogar.«

»Und er hat sich über Ihren Wunsch hinweggesetzt.«

Annett nickte, obwohl die Frau das nicht sehen konnte.

»Das nennt man eine Vergewaltigung.«

»Aber ich habe mich nicht gewehrt. Ich habe ihn machen lassen.«

»Sie haben es ihm gesagt, und er hat es ignoriert.«

Annett lehnte sich im Sofa zurück und schloss die Augen. Sie wollte kein Opfer sein. Und schon gar nicht das einer Vergewaltigung. Sie zwinkerte die Tränen weg.

»Sie sollten jetzt an sich denken und sich jemanden suchen, mit dem sie das bearbeiten können. Vielleicht eine Therapeutin oder eine Selbsthilfegruppe. Auf unserer Website finden Sie Adressen.«

»Ja … gut …«

»Eine Vergewaltigung ist auch in der Ehe strafbar. Sie können ihn anzeigen.«

»Nein! Das will ich nicht.« Volker würde durchdrehen. Außerdem müsste sie dann all das vor Fremden ausbreiten.

»Denken Sie in Ruhe darüber nach. Obwohl es schwierig wird, das zu beweisen. Sie müssten sich dafür untersuchen lassen. Ich kann …«

»Es ist schon über eine Woche her. Mein Mann wird außerdem sagen, dass ich das gewollt habe.«

»Ja, das sagen sie immer. Am Ende steht dann Aussage gegen Aussage.«

»Für ihn hat das vielleicht so ausgesehen.«

»Sie haben ihm gesagt, dass Sie keinen Sex mit ihm haben wollen. Suchen Sie die Verantwortung nicht bei sich. Er hat Ihr Nein nicht akzeptiert.«

»Ich denke darüber nach«, sagte Annett, obwohl sie wusste, dass sie Volker nicht anzeigen würde. Ihr Leben war schon so kompliziert genug. »Danke für Ihr offenes Ohr und für Ihre Zeit.« Annett beendete das Gespräch. Sie fühlte sich besser. Jetzt, wo das Kind einen Namen hatte.

Mit Volker konnte sie über diese Nacht nicht sprechen. Er würde ihr Problem nicht einmal verstehen. Sie hatte ihn machen lassen. Also war ihr Nein nicht ernst gemeint gewesen.

So würde er argumentieren. Er sah sich ganz sicher nicht als Vergewaltiger. Für ihn war jedenfalls wieder alles in Butter, und das war vielleicht sogar das größere Problem. Seit dieser Nacht schien er davon auszugehen, dass sie zu ihm zurückkehrte.

Während der Rückfahrt von Berlin hatte er prompt gefragt, ob sie jetzt langsam mal genug vom Alleinleben habe. Und sie hatte geantwortet, dass sie nicht vorhabe, wieder zu ihm ins Haus zu ziehen. Doch seine WhatsApps klangen seither so zuversichtlich, dass sie sich fragte, ob sie in verschiedenen Sprachen redeten. Und erst jetzt, nach dem Gespräch mit der Telefonseelsorge, stellte sie sich die Frage, ob es nicht eher daran lag, dass Volker ein Nein nicht akzeptieren konnte.

Sie stand vom Sofa auf. Dabei fiel ihr Blick auf die neue Lampe. Patrick hatte sie am Umzugstag aufgehängt. Die Abdeckung für das Kabel war herabgerutscht. Der Haken sah hervor. War es der, an dem sich Patricia aufgehängt hatte? Oder hatte man ihn ausgetauscht? Eine unsägliche Wut auf Volker überrollte sie aus dem Nichts kommend. Er hatte sie hier einquartiert. Er hatte ihre Mails gelesen und das Stellenangebot abgesagt. Er schlief mit ihr, obwohl sie Nein gesagt hatte. Er überschritt jede Grenze und tat, was er wollte. Was sie wollte, interessierte ihn gar nicht, und das nannte er Liebe!

*

Am nächsten Tag ging ihr die Arbeit im Bittersüß leichter von der Hand. Sie scherzte mit den alten Damen, die sich hier regelmäßig zum Frühstück trafen, wog Kaffee für die Kunden ab und verpackte Geschenke, bis sie Mittagspause machen konnte und sich zu einem kurzen Bummel durch die Altstadt entschloss.

Es war zwar kalt, doch die Sonne war herausgekommen und hatte den Morgennebel vertrieben. Beim Metzger besorgte sie sich eine Leberkässemmel und setzte sich damit in einer Grünanlage auf eine Bank mit Blick auf die Pegnitz. Ein älterer Mann ging mit seinem Hund vorbei, der an einem Busch schnupperte und dann seinem Herrchen hinterherlief. Auf dem Geländer jenseits des Weges landete eine Taube und beobachtete Annett mit schief gelegtem Kopf, wohl in der Hoffnung, dass etwas von der Semmel für sie abfiel. Als ein Spaziergänger sich näherte, flog sie davon. Den Mann kannte Annett. Es dauerte einen Augenblick, bis ihr einfiel, woher. Es war der Kommissar, der sie im Sommer nach Patricia Webers Tod befragt hatte. Er trug Cordhosen, Cabanjacke und eine Strickmütze wie Fabian, wobei er wesentlich älter war als ihr Sohn. Sicher schon um die fünfzig. Die Hände hatte er in den Taschen versenkt, auf den Wangen wuchs ein Dreitagebart. Er hatte sie bemerkt und kam auf sie zu. »Hallo Frau Sandherr.«

»Tut mir leid, ich habe Ihren Namen vergessen.«

»Alexander Thomann. Was dagegen, wenn ich mich dazusetze?«

Sie seufzte, beinahe lautlos. »Das ist eine öffentliche Bank.«

Er nahm Platz und streckte die Beine aus. »Wie geht's Ihnen?«

»Danke. Alles gut.«

»Ich habe gesehen, dass Sie im Bittersüß arbeiten.«

»Es gehört einer Freundin. Ich helfe dort aus.« Sie nahm einen Bissen von der Leberkässemmel. »Und Sie? Haben Sie einen interessanten Fall?«

»Nur olle Kamellen.«

»Klingt nicht sehr spannend.«

»Ach, sagen Sie das nicht. Manchmal muss man einfach nur dranbleiben.«

»Sie meinen jetzt aber nicht den Fall Patricia Weber?« Fragend sah sie ihn an.

»Für mich ist die Sache nicht so klar wie für meinen Chef.«

Sie knüllte die Semmeltüte zusammen. »Verstehe. Unser Treffen ist also kein Zufall. Sie denken noch immer, dass mein Mann etwas damit zu tun hat.«

Ein Lächeln erschien auf seinem Gesicht. »Gut kombiniert. Sie haben ihn verlassen, und ich dachte, ich frag einfach mal nach, ob Ihnen noch etwas eingefallen ist, das die Beziehung Ihres Mannes zu seiner Mitarbeiterin betrifft. Oder die Nacht ihres Todes.«

»Er hatte keine Beziehung mit ihr.« Und falls doch, dann wusste ich nichts davon, dachte Annett.

»Nun ja.« Thomann reckte sich und überkreuzte die ausgestreckten Beine. »Nicht nur Webers Freundin ist überzeugt, dass die beiden eine Affäre hatten, die auf seinen Wunsch hin verheimlicht werden musste.«

»Eine fantasierte Affäre. Sie hat sich das ausgedacht.« Das hatte Volker jedenfalls gesagt. Es wäre nichts dran an dieser Geschichte. »Sie war nicht ganz richtig im Kopf.«

Thomann zuckte mit den Schultern.

»Mein Mann hat mir gesagt, dass Sie nichts gefunden haben, das diese angebliche Beziehung belegt. Weder Briefe noch Chats oder WhatsApps.«

»Aber auch kein Handy. Das ist nach wie vor verschwunden.«

»Sie kann es verloren haben, oder es wurde geklaut. Ich habe auch schon mal ein Handy liegen lassen und hab es nicht wiederbekommen. Das kommt vor.«

»Die Verbindungsnachweise belegen jedenfalls einen regen Kontakt zwischen den beiden.«

»Er war ihr Chef. Und sein Handy haben Sie doch geprüft. Es war nichts drauf.« Langsam stieg Ärger in ihr auf.

»Vielleicht hat er ja ein zweites.«

Annett atmete durch. »Was wollen Sie eigentlich von mir?«

»Außerdem haben wir Frau Webers Kette noch nicht gefunden. Am Tag ihres Todes hat sie die noch getragen.«

»Volker hatte nichts mit ihr.«

»Sicher?« Thomann betrachtete seine Fingernägel.

»Wenn Sie mehr wissen als ich, dann sagen Sie das.«

»Darf ich leider nicht.«

»Ich glaube Ihnen kein Wort.«

»Und ich Ihnen nicht, dass er zur Tatzeit daheim war.«

»War er aber.«

»Ach ja? Sie haben ausgesagt, dass er neben Ihnen im Bett lag und schlief. Während auch Sie schliefen.« Thomann stand auf. »Ich lass Sie dann mal wieder in Ruhe. Sie wissen ja, wo Sie mich finden.« Gemächlich ging er davon und schob die Hände in die Taschen.

Volker

»Wenn Sie glauben, eine Woche wäre zu kurzfristig, dann sollten Sie eine entsprechende Stornofrist in Ihren Geschäftsbedingungen festhalten. Ihr Problem. Nicht meines.« Verärgert beendete Volker das Gespräch und starrte auf den PC.

So, nun hatte er die Feier zur Silberhochzeit abgesagt. Obwohl er seit Berlin gedacht hatte, es würde eine Versöhnungsfeier werden. Doch Annett zierte sich noch, ins Haus zurückzukehren. Zu ihm. Endlich einzulenken. Was sollte er denn noch tun, damit sie zufrieden war? Sich vor ihr in den Staub werfen und um Vergebung wimmern? So weit kommt's noch! Wir werden die Feier nachholen, entschied er. Aber nicht in diesem Lokal. Sondern anderswo.

Dagmar kam herein, und er kreiselte auf dem Bürostuhl herum.

»Hast du eine Minute für mich?«

»Selbstverständlich. Was gibt's?«

»Das weißt du doch. Ich kann nicht ewig für zwei arbeiten. Du solltest die Stelle endlich besetzen.«

Er rechnete es ihr an, dass sie nicht aussprach, was sie dachte. Nämlich dass Annett sein Angebot nicht annehmen würde. Er wusste es besser. Aber es brauchte noch Zeit. »Du hast recht. Gib eine Stellenanzeige auf. Die Formulierung überlasse ich dir.«

Dagmar verließ sein Büro mit erhobenem Kuli in der Hand und einem gemurmelten »Halleluja«.

Mit der Neuen würde er sechs Monate Probezeit vereinbaren. So konnte er sie ohne Angabe von Gründen kündigen, wenn Annett hier anfing.

Die nächsten Besichtigungstermine standen an. Volker machte sich auf den Weg und war froh, dass die Arbeit ihn von seinen Problemen ablenkte. Wobei er seit Berlin einen Silberstreif am Horizont sah. Seine Frau liebte ihn noch immer. Die Strategie, sie gehen zu lassen, damit sie zurückkommen konnte, war richtig. Auch wenn es ihn an manchen Tagen fast wahnsinnig machte, weil er nicht wusste, was sie tat. Mit wem sie sich traf. Mit wem sie über ihn sprach. Denn seine Überwachung hatte Lücken. Außer im Bittersüß, wo er sie beinahe jeden Tag besuchte, sah er nur, was sie in ihrer Wohnung trieb, und das machte ihm eigentlich Mut. Es bestätigte, was er vermutete. Sie war ohne ihn nicht glücklich. Sie war einsam, und an manchen Abenden wirkte sie geradezu verzweifelt.

Manchmal stand sie weinend am Fenster oder lag auf dem Sofa und starrte an die Wand. Sie brachte niemanden mit nach Hause. Keine Gäste. Keinen Mann. Sie war allein, beinahe isoliert. Bis auf Sonja und Patrick hatte sie niemanden. Die Kinder vielleicht noch, doch die waren zu weit weg und Leonie stand auf seiner Seite.

Es war nur eine Frage der Zeit, bis sie zurückkommen würde, und dann würde sie staunen. Derzeit ließ er den Pavillon im Garten aufbauen, den sie sich im Sommer vor zwei Jahren so sehnsüchtig bei einer Gartenausstellung angesehen hatte. Wohlgemerkt, nur angesehen. Mit keinem Wort hatte sie gesagt, wie sehr er ihr gefiel und wie gut er sich im Garten machen würde. Knapp zweitausend Euro kostete ihn der Spaß. Er tat alles für sie, und dafür erwartete er schon ein wenig Dankbarkeit.

Es wurde halb neun, bis er mit den Besichtigungen fertig war und Feierabend machte. Auf dem Heimweg kaufte er an einer Tankstelle eine Packung Tiefkühllasagne und dazu eine Flasche Wein.

Während die Lasagne im Ofen aufbuk, setzte er sich im Arbeitszimmer an den Laptop und sah sich die Aufzeichnungen der Kameras an, die sich in den Rauchmeldern befanden.

Seit Berlin tat er das nicht mehr jeden Tag. Gestern war er mit Ralf in einer Bar versackt, daher waren beinahe zwei Tage verstrichen, und es war Zeit, mal nachzusehen, was Annett so trieb. Er klickte auf Schnelldurchlauf und sah seine Frau aufstehen, aus dem Schlafzimmer verschwinden, darin wieder auftauchen. Beim Anziehen sah er ihr in normalem Tempo zu. Annett hatte noch immer eine gute Figur. Sie war tausendmal attraktiver als diese Tussi, die ihn in der Bar abgeschleppt hatte, und auch als Patricia. Eigentlich verstand er es selbst nicht, weshalb er sich auf sie eingelassen hatte. Vielleicht der Kick, begehrt zu werden, aber auch die Lust an einem verbotenen Abenteuer. Meine Güte, wie sie ihn angegraben hatte. Da würde jeder Mann schwach. Weiter ging es im Schnelldurchlauf. Annett im Wohnzimmer mit einem Becher Tee, dann verschwand sie kurz vor halb neun aus dem Bild. Während die nächsten Stunden in Sekunden auf dem Bildschirm vorüberliefen, überlegte er, ob er auch in Bad und Küche Kameras anbringen konnte. Dann kam Annett wieder ins Bild. Der Zeitstempel zeigte achtzehn Uhr zweiunddreißig. Mit einer Zeitung setzte sie sich aufs Sofa und tippte eine Nummer in ihr Handy. Er wechselte auf normales Tempo und schaltete den Ton ein.

»Ich habe ein Problem, über das ich mit niemandem sprechen will, den ich kenne.«

Was sollte das? Mit wem telefonierte sie?

Sie erzählte vom Überfall auf Leonie und den Tagen in Berlin. Wie rührend er sich um alles gekümmert hatte. Richtig. Das hatte er getan, wie immer, und ihm wurde ganz warm vor Freude, dass sie das nicht nur erkannte, sondern darüber – mit wem auch immer – sprach. Trotz der schrecklichen Umstände hatten sie schöne Tage in Berlin verlebt. Gute Tage.

»Wir haben uns zum ersten Mal seit Wochen wieder richtig unterhalten. Ohne Streit und Vorwürfe.«

Genau so war es gewesen. Wie gut, dass sie das auch so sah. Weihnachten würden sie zusammen feiern, in ihrem Haus. Als Familie. Er wusste es!

»Wir haben uns solche Sorgen um Leonie gemacht. Und plötzlich haben wir uns geküsst. Das war in Ordnung. Doch dann … Mein Mann wollte mehr. Ich wollte nicht … Und ich habe ihm das zu spät gesagt.« Sie schwieg und hörte zu, wem auch immer, und plötzlich veränderte sich ihr Tonfall. »Es klingt, als hätte er mich vergewaltigt. Das hat er nicht.«

Der Schreck fuhr ihm durch alle Glieder. Verdammt! Mit wem telefonierte sie? Für einen Moment wurde ihm ganz flau. Wer versuchte ihr einzureden, dass er sie vergewaltigt hätte?

Doch sie hielt dagegen, warf sich für ihn in die Bresche, und er beruhigte sich. Natürlich hatte sie ihn machen lassen, wie sie es nannte. Meistens ließ sie ihn machen. Annett war selten der aktive Part in ihrem Sexleben. Immerhin hielt sie zu ihm und beendete endlich dieses blödsinnige Gespräch mit der Killerfloskel, sie würde darüber nachdenken. Worüber auch immer. Etwa, ihn anzuzeigen? Es war grotesk.

Er ließ das Band weiterlaufen. Den Abend hatte sie allein verbracht. Abendessen am Wohnzimmertisch, danach ein Glas Wein auf dem Balkon, auf dem er mal mit Patricia gesessen hatte. Ebenfalls mit einem Glas Wein. In ihrer Wohnung war er nur selten gewesen. Doch es hatte gereicht, damit die Kripo seine Fingerabdrücke und DNA-Spuren fand.

Annett hatte gestern noch Nachrichten gesehen und danach einen Krimi gelesen. Kurz vor zehn war sie ins Bett gegangen.

Sein Essen war fertig. Er schaltete den Laptop aus und setzte sich mit der Aluschale Lasagne aufs Sofa. Der Vorwurf der Vergewaltigung saß wie ein Stachel in seinem Fleisch. Wer hatte versucht, Annett das einzureden? Vermutlich irgendeine dämliche Beratungstussi. An jeder Ecke gab es heute Beratungsstellen. Für jeden Mist. Jeder wollte Opfer sein. Gott sei Dank war Annett klug genug, sich nicht derart manipulieren zu lassen. Er beruhigte sich und schaltete den Fernseher ein. Eine Wissenschaftssendung lief. Es ging um familiäre Aufträge, und seine Gedanken schweiften ab, zu seiner Mutter, zu jenem Tag, der alles geändert hatte. Zu dem Tag, an dem sie ihn und seinen Vater verlassen hatte.

An diesem Sommermorgen war er schon früh aufgewacht. Bei Sonnenaufgang, gegen fünf. Ein Krähenpaar hatte im Ahorn im Hinterhof sein Nest errichtet. Der Nachwuchs war geschlüpft und musste gefüttert werden. Die Eltern flogen hin und her. Es war ein ständiges Geflattere, und jetzt erklang plötzlich wüstes Geschimpfe. Volker stand auf und sah sich das an. Ein Sperber flog einen Angriff auf das Nest. Er wollte ein Junges zum Frühstück. Die Eltern gingen im Sturzflug und laut schreiend auf ihn los. Einer von oben, einer von der Seite. Wer Vater und Mutter war, konnte er nicht unterscheiden. Sie verteidigten ihre Brut. Mit Erfolg. Der Sperber suchte das Weite.

Ob seine Eltern sich für ihn derart ins Zeug legen würden? Papa sicher. Er tat alles für ihn. Obwohl manche ihn für seinen Opa hielten, weil er schon so alt war. Doch er war rüstig und ein prima Vater. Er nahm Volker mit zu seinen Küstenwanderungen. Gemeinsam beobachteten sie die Seevögel in der Bucht. Austernfischer und Zwergseeschwalben, Pfuhlschnepfen und einmal entdeckten sie einen winzigen Zilpzalp. Zum Schulanfang im vergangenen Jahr hatte Papa ihm ein Fernglas geschenkt. Ein echtes Zeiss aus Jena. Mama hatte geschimpft und etwas von Seilschaften gesagt. Ein normalsterblicher Genosse müsste ewig auf ein solches Glas warten. Ihm war es egal. Jetzt hatte er sein eigenes Fernglas und war stolz darauf.

Im Urlaub kletterten sie im Elbsandsteingebirge herum, während Mama auf der Luftmatratze neben dem Zelt lag und sich sonnte. Sein Vater las ihm vor und dachte sich schaurige Geschichten aus, in denen es von Monstern und Ungeheuern nur so wimmelte. »Du machst dem Jungen Angst«, sagte Mama manchmal und verdrehte die Augen. Doch er fand die Geschichten schaurig schön. So wunderbar gruselig.

Ob Mama eine Attacke auf einen Angreifer fliegen würde, um ihn zu retten? Er glaubte das nicht. Trotzdem liebte er seine Mutter. Sie roch immer so gut, und sie war so schön. Sie konnte jede Menge Gedichte auswendig und sagte sie auf. Manche waren unsinnig, doch lustig. Das vom Flügelflagel liebte er ganz besonders. Eigentlich gab es die meisten Worte in dem Gedicht nicht wirklich. Nur dort. Aber man verstand trotzdem alles. Wie der Flügelflagel durchs Wirowaruwolz gausterte und die rote Fingur sich plausterte und wie grausig der Golz gutzte. Es war herrlich. Er liebte das und konnte das Gedicht längst auswendig.

Doch Mama war auch streng. Strenger als sein Vater. Ordnung war ihr wichtig und Sauberkeit. Und die Hausaufgaben natürlich, deren Erledigung er gerne vor sich herschob, bis es nicht mehr anders ging und er sich hinsetzen musste und Zeile um Zeile auf dem Schönschreibblatt füllte. Zehnmal »Staatsratsvorsitzender« zu schreiben war langweilig. Ebenso wie Rechnen. Er konnte das schon, weil er gut mit Zahlen war, wie sein Vater sagte. Deshalb langweilten ihn die Additionen und Subtraktionen im Zahlenraum bis hundert. Denn weiter waren sie mit Mathematik noch nicht.

An diesem Morgen ging er in die Küche zu seiner Mutter, sobald er sie dort rumoren hörte. Er musste etwas mit ihr besprechen. Dabei war ihm klar, dass die Voraussetzungen nicht die besten waren. Denn gestern Abend hatte sie ihm ordentlich den Kopf gewaschen, weil er sein Zimmer seit Wochen nicht aufgeräumt hatte. Überall lagen seine Spielsachen herum und dazwischen müffelnde Socken und Schuhe, schimmelige Apfelbutzen und vertrocknete Kanten von Marmeladenstullen. Sie hatte ihn angeschrien, ihn ein Ferkel genannt, wie er nur in diesem Saustall leben könne. Ob er schon Wanzen und Kakerlaken gesichtet habe? »Abendbrot gibt's erst, wenn du klar Schiff gemacht hast!«

Natürlich hatte er Widerworte gegeben, obwohl sie ja recht hatte. Aber gleich klein beigeben ging nicht. Am Ende war er ohne Abendbrot zu Bett gegangen, denn Papa mischte sich in ihre Streitigkeiten nicht ein. Die beiden stritten selbst oft genug. Da tat sein Vater sich das nicht auch noch an. Jedenfalls war sein Zimmer noch immer ein Saustall. Und jetzt, als er die Küche betrat, dämmerte ihm, dass das vielleicht ein Fehler war. Denn er wollte etwas von ihr.

Sie machte Frühstück und brühte in der großen Kanne Kaffee auf, von dem sie einen Teil in ihre Thermosflasche für die Arbeit füllen würde, sobald er fertig war.

»Moin, Mama.« Er setzte sich noch im Schlafanzug auf die Eckbank.

»Moin, mein Großer.« Sie stellte den Wasserkessel ab. Der Porzellanfilter war voll. Der Kaffee musste erst durchlaufen, bis sie Wasser nachgießen konnte. Sie drehte sich zu ihm um. »Wenn ich heute Abend aus der Werft komme, ist deine Bude tipptopp. Haben wir uns verstanden?«

Er nickte. »Wird erledigt.«

Verblüfft sah sie ihn an. Sie hatte mit Widerstand gerechnet. »Gut. Dann sind wir uns ja einig.«

»Du, Mama, kann ich dich was fragen?«

»Klar.«

»Michael fährt am Wochenende mit seinen Eltern nach Berlin. Sie gucken sich die Weltzeituhr an und den Palast der Republik.«

»Erichs Lampenladen«, sagte sie verächtlich. »Dafür geben sie unser Geld aus. Für einen scheußlichen Protzbau.«

Seine Mutter hatte es mit dem Sozialismus nicht so. Das hatte Volker schon verstanden. Das war einer der vielen Streitpunkte zwischen seinen Eltern. »Sie haben mich eingeladen mitzukommen. Darf ich?«

»So weit kommt es noch«, sagte sie. »Michaels Eltern sind rot wie ein Pavianarsch. Du bleibst hier.«

»Ich will aber.«

»Es geht aber nicht nach deinem Kopf. Sondern nach meinem.«

»Nö, nach Papas!«

»Jetzt reicht's. Ich habe Nein gesagt, und dabei bleibt es. Außerdem: Solang dein Zimmer nicht aufgeräumt ist, fährst du nirgendwohin.«

Er wusste, dass er verloren hatte, und Zorn breitete sich in ihm aus. »Du bist blöd. Ich hasse dich.«

»Selber blöd. Wenn du schlau gewesen wärst, hättest du erst aufgeräumt und mich dann gefragt.«

Türenknallend verließ er die Küche. Papa begegnete ihm im Flur und fragte, was los war, und Volker erzählte es ihm. »Deine Mutter hat recht. Sie kann dich doch nicht dafür belohnen, dass du nicht folgst.«

Damit war es entschieden. Selbst wenn er jetzt sofort aufräumte, würde Mama nicht einlenken. Auch wegen der roten Pavianärsche. Sie konnte Michaels Eltern nicht leiden.

Wütend stapfte er zur Schule und erklärte Michael, dass es nichts wurde mit dem Ausflug nach Berlin.

Als er aus der Schule kam, war seine Mutter nicht da, und es war ihm recht. Denn er war noch immer wütend. Im Wohnzimmer nahm er das Tierlexikon aus dem Regal und suchte nach Pavianen. Ihre Popos waren tatsächlich rot, und er musste lachen, als er sich Michaels Eltern mit roten Hinterteilen vorstellte. Es wurde dunkel, und er begann, auf das vertraute Geräusch von Mamas Schlüssel zu warten, das nicht kam. Langsam wurde er unruhig. Als er endlich den Schlüssel hörte, war es Papa, der von der Arbeit heimkehrte und ihm erklärte, dass ihr Leben sich ändern würde, denn Marlene habe die Familie verlassen. Sie wolle von ihnen beiden nichts mehr wissen. »Wir schaffen das auch ohne sie. Wir haben uns.«

Und damit begann die Zeit der Männerwirtschaft. Es war keine schlechte Zeit gewesen. Trotzdem war es ein Schock. Seine Mutter liebte ihn nicht, sie hatte ihn verlassen, und er fragte sich natürlich, ob es an ihm lag, weil er gesagt hatte, dass sie blöd sei und er sie hasse. Und weil er so unordentlich war und ständig widersprach, dass Mama immer mit ihm schimpfen musste.

In den ersten Monaten hatte er nach ihr gesucht, war durch die Straßen von Wismar gestromert, wann immer es ging, und hatte Ausschau nach ihr gehalten. Ob sie in der Schlange vor dem Konsum oder beim Metzger stand. War sie die Frau, die gerade in den Bus gestiegen oder über den Platz gegangen war, die in einem Haus verschwand? Sogar zur Werft war er marschiert und hatte nach Mama gefragt. Der Pförtner hatte ihn abgewiesen, und er war bis Schichtende vor dem Tor stehen geblieben und hatte darauf gewartet, dass sie rauskam. Aber sie kam nicht. Schließlich hatte er Papa gefragt und erfahren, dass sie in eine andere

Stadt gezogen war. Welche, sei unwichtig. »Sie ist weg, und sie kommt nicht wieder. Wir brauchen sie nicht.«

Noch Jahre später hatte er sich manchmal dabei ertappt, wie sein Blick an Frauen hängen blieb, die ihr ähnelten, und sein Herz einen Satz machte. Da war sie ja! Doch sie war es nie.

Auch Papa kam über den Verlust nicht hinweg. Er sagte es nicht, aber Volker spürte es. Auch sein Vater vermisste Marlene, obwohl er auf sie schimpfte und kein gutes Haar an ihr ließ, sie ein Flittchen nannte und eine Verräterin. Bis Volker ihn eines Abends bat, das nicht mehr zu tun. »Sie ist doch meine Mama«, sagte er und brach in Tränen aus. »Ich hab sie doch lieb.« Danach verlor sein Vater kaum noch ein Wort über Marlene.

Nach und nach richteten sie sich in der neuen Situation ein. Gemeinsam hielten sie die Wohnung sauber, kochten und wuschen. In den ersten Sommerferien nach Mamas Verschwinden packten sie das Zelt ein und fuhren wieder einmal ins Elbsandsteingebirge und verbrachten herrliche Wochen mit Wanderungen und Kanufahren, mit Lagerfeuer und Angeln. Aber auch mit prasselndem Regen auf der Zeltplane. Dann machten sie es sich in den Schlafsäcken gemütlich und Papa las Geschichten vor und Mama fehlte ihm kaum.

Volker wurde älter. Manchmal sprachen sie über Marlene, und nach und nach erkannte er, dass sein Vater seinen Teil zur Trennung beigetragen haben musste. Auch wenn das nur zwischen den Zeilen sichtbar wurde. In Formulierungen wie: Sie war anspruchsvoll. Man konnte ihr nichts recht machen. Sie hatte ihren eigenen Kopf und wollte ihn durchsetzen. Wenn Papa nur ein wenig nachgegeben und auf sie eingegangen wäre, wenn er ihr den einen oder anderen Wunsch erfüllt hätte, wäre es nicht so weit gekommen. Volker war sechzehn, als er entschied, es mit seiner Frau einmal besser zu machen. Denn noch einmal verlassen zu werden würde er nicht ertragen. Ihm würde das nicht passieren.

Annett

An einem regnerischen Vormittag Mitte November stand der erste Termin bei der Scheidungsanwältin an. Am Empfang saß ein junger Mann, der Annett bat, ihm zu folgen. Er hielt die Tür für sie auf, und Annett betrat das Büro von Franziska Liebermann. Sie war etwa in Annetts Alter, saß an ihrem Schreibtisch und stand zur Begrüßung auf. In Jeans und Rollkragenpullover wirkte sie unkonventionell. Das schulterlange Haar hielt ein Reif aus dem Gesicht. »Grüß Sie, Frau Frey-Sandherr.«

»Nur Frey wäre mir lieber.«

»Womit wir gleich beim Thema wären«, meinte die Anwältin. Mit einem Lächeln bot sie Platz an. »Sie wollen sich scheiden lassen.«

»Je eher, desto lieber.«

»Nun ja, der Gesetzgeber hat ein paar Hürden eingebaut. Sie müssen ein Jahr Trennungsfrist einhalten. Leben Sie schon getrennt?«

»Erst seit ein paar Wochen.«

»Das gibt uns Zeit, die Scheidung in Ruhe vorzubereiten. Wie steht Ihr Mann dazu?«

Annett sagte, wie es war. Dass Volker auf ihre Rückkehr hoffte.

»Deshalb gibt es das Trennungsjahr. Damit sich beide klar werden, ob die Ehe tatsächlich gescheitert ist.«

»Für ihn ist sie das nicht. Mein Mann wird einer Scheidung nie zustimmen. Nicht in einem Jahr und nicht in zehn.«

Die Anwältin klopfte mit dem Kugelschreiber auf die Schreibunterlage. »Wenn das so ist, müssen Sie drei Jahre warten. Erst dann können Sie sich gegen seinen Willen scheiden lassen.«

Drei Jahre! Mit einem Mal fühlte Annett sich gegängelt. Was hatte der Staat sich in ihre Scheidung einzumischen? Man konnte sie doch nicht zwingen, gegen ihren Willen verheiratet zu bleiben. Nur weil Volker das so wollte. »Muss das wirklich sein?«

»Es gibt einen Notausgang. Wenn die Fortführung der Ehe für Sie eine unzumutbare Härte darstellt, können Sie früher geschieden werden. Die Hürde ist aber hoch. Lassen Sie uns über Ihre Gründe sprechen.«

Annett berichtete, wie sie erfahren hatte, dass ihr Schwiegervater sie und ihren damaligen Freund an die Stasi verraten hatte und dass ihr Mann das seit vielen Jahren gewusst und seinen Vater gedeckt hatte. »Das hat mir den Boden unter den Füßen weggezogen. Ich vertraue ihm nicht mehr. Obendrein hat er mich betrogen, vermutlich nicht nur einmal.« Wieder stieg der Verdacht in ihr auf, dass er doch etwas mit Patricia gehabt hatte. Seit dem Gespräch mit Alexander Thomann ahnte sie, dass es so war.

»Ist Ihr Mann gewalttätig?«, fragte die Anwältin.

»Eigentlich nicht. Doch neulich hat er einen Teller mit Essen nach mir geworfen.«

»Das reicht nicht, um die Härtefallregel ins Spiel zu bringen. Wie ist Ihr Mann sonst?«

Annett wusste nicht, was sie darauf sagen sollte. Dass Volker eigentlich ein lieber Mensch war. Nett, fürsorglich. Ein Mann, der ganz selbstverständlich im Haushalt mithalf.

Weil er das von klein auf so gelernt hatte und kein Gewese darum machte. Ein aufmerksamer, höflicher Mann. Aber auch kontrollierend und manchmal unbeherrscht und ungeduldig, wenn es nicht nach seinem Willen ging.

»Ich meine, übt er psychischen Druck aus?«, fragte die Anwältin nach.

»Er setzt sich gerne durch und ist hartnäckig.«

»Das sind viele. Warten Sie das Trennungsjahr ab. Manchmal braucht es ein wenig Zeit, um die neue Situation zu akzeptieren. Ich erlebe es häufig, dass ein Partner zunächst gegen die Scheidung ist, im Laufe des Jahres aber einlenkt.«

*

Einlenken gehört nicht zu Volkers Stärken. Das dachte Annett, als sie nach dem Termin bei der Anwältin zum Haus fuhr, um noch ein paar Sachen zu holen. Auf dem Garagenvorplatz stand der Lieferwagen eines Handwerkers. War Volker etwa zu Hause? Doch sein Audi war weg, und das Sirren eines Akkuschraubers erklang aus dem Garten. Sie ging ums Haus herum und entdeckte zwei Monteure, die einen Pavillon aufbauten. Statt sich zu freuen, stieg Ärger in ihr auf. Volker und seine verdammten Geschenke!

Einer der beiden bemerkte sie. »Sind Sie etwa die Ehefrau?«

»Ja.«

»Mist, dann wird das nichts mit der Überraschung!«, entgegnete der andere.

»Sie müssen meinem Mann ja nicht sagen, dass ich Bescheid weiß. Und ich tue so, als ob ich nichts wüsste.«

»So machen wir's«, sagte der erste und griff wieder nach seinem Werkzeug.

Annett ging ins Haus. In der Küche nahm sie die Hälfte vom guten Geschirr und den Gläsern aus dem Schrank, stellte zwei Töpfe und eine Pfanne dazu und teilte dann auch das Edelstahlbesteck gerecht auf.

Weiter ging es in den Keller. Den hatte Volker nach und nach mit Einbauschränken ausgestattet, in denen er aufhob, was man vielleicht noch einmal gebrauchen konnte. Es gab eine Schublade mit alten Handys und Ladekabeln. Ein Fach mit seinen ausgemusterten Laptops und einen Schrank, in dem der alte Videorekorder und der DVD-Player Staub ansetzten. Beinahe ein Museum. Bei der Suche nach einer Klappkiste fürs Geschirr entdeckte Annett die mit geblümtem Stoff bezogene Schachtel. Sie enthielt die Schätze ihrer Jugend. Postkarten und Konzert- und Theaterkarten. Kinotickets. Ein signiertes Plakat von Nina Hagen. Ihr Poesiealbum. Fotos und selbst geschriebene Gedichte. Natürlich auch Fotos von Mischa und ihr aus dem Sommer 1988 und einige von Mischas Zetteln. Sie widerstand der Versuchung, den Deckel gleich abzunehmen.

Als sie abends nach Hause kam, trug sie die Klappkiste mit Geschirr und die Schachtel nach oben in die Wohnung und stellte sie auf den kleinen Tisch in der Küche, den sie vor einigen Tagen bei einem Trödler erstanden hatte. Der Bugholzstuhl stammte aus derselben Quelle. Seither war dieser kleine Essplatz ihr Lieblingsplatz in der Wohnung. Der Lampenhaken war außer Sichtweite.

Erst räumte sie das Geschirr auf, dann setzte sie sich mit der stoffbezogenen Schachtel an den Tisch und nahm den Deckel ab. Natürlich war sie auf sentimentale Gefühle gefasst, aber nicht, wie sehr sie der Anblick der alten Fotos treffen würde.

Vor allem das der Clique vor der zerbombten Künstlervilla. Sie überlegte, wer es aufgenommen hatte. Denn Sandro und Peggy waren in ihrem Gruftie-Look ebenso auf dem Bild wie Volker, der auf Popper machte, und Mischa, noch mit dem Che-Barett. Sie selbst stand am Rand, mit Ringelpullover, Schlagjeans, einer selbst gehäkelten Umhängetasche und vom Wind zerzausten Locken.

Es trieb ihr die Tränen in die Augen, Mischa mit seinem Barett zu sehen. Der Stern funkelte in der Wintersonne. Das Foto war ein paar Tage vor ihrem ersten Kuss entstanden. Mischa, mein Mischa, dachte sie. Viel zu früh gestorben.

Sie hatten sich für unverwundbar gehalten. Mit achtzehn zu sterben war unvorstellbar gewesen. Wieder tauchte das Bild von der Hausbank auf. Mischa saß neben ihr, ein Mann in den besten Jahren. Er legte einen Arm um sie und fragte, ob sie sich das Manuskript für seinen Vortrag ansehen wolle, und sie sagte, dass sie es gerne tun würde.

Annett stieß einen leisen Seufzer aus. Natürlich war ihr bewusst, dass sie sich ein ideales Leben für Mischa ausmalte. Ein gelingendes. Voller Liebe, Erfolg und Harmonie. Vielleicht wäre es aber auch anders gekommen. Ihre Liebe zerbrochen, seine Karriere gescheitert. Krankheit. Armut. Verzweiflung. Alles war möglich. Doch alles war besser als ein viel zu früher Tod.

Und wieder mischten sich in die Trauer um Mischa Wut und Fassungslosigkeit. Niemand war jemals für seinen Tod zur Rechenschaft gezogen worden. Oder sollte sie sagen: Weder ihr Schwiegervater hatte dafür bezahlt noch die Kerle von der Küstenbrigade, die ihn auf dem Gewissen hatten.

Einige von Mischas Zetteln befanden sich in der Schachtel. Notizen für Songs oder Gedichte, ein Sammelsurium seiner Gedanken. Verziert mit allerlei Mustern. Was man eben so kritzelte, während man nachdachte. Mit Filzstift und Kuli, mit Bleistift oder Füller in der Hand.

Den Mond vom Himmel holen, die Welt in Silber tauchen, für Annett.

Kringelingeling, deine Locken sind so verlockend.

Das hatte er mit einer doppelten Wellenlinie unterstrichen, und Annett lachte.

> SS20 und Pershings auf dem Mond verstecken. Mond dann doch oben lassen.
>
> Holzköpfe in Brand setzen? Geht mit Betonköpfen nicht. Die dann sprengen? Besprengen. Wasser, das in Haarrissen gefriert. Gefriergesprengt? Mit Worten das System sprengen?
>
> Freedom is another word for nothing left to lose. Ist man wirklich erst frei, wenn man nichts mehr zu verlieren hat? Dann Ballast abwerfen.

Je mehr dieser Zettel sie las, umso mehr schnürte es ihr die Kehle zu. Sie ließen Mischa in ihren Erinnerungen so lebendig werden. Sie konnte ihn beinahe vor sich sehen, seine Haut riechen, sein Lachen hören und wollte ihn umarmen. Alles ist gut, mein Lieber. Wie gerne sie das sagen würde.

Doch er war schon so viel länger tot, als er gelebt hatte. Und wieder schnürte es ihr die Kehle zu, wenn sie an sein verschwendetes Leben dachte. An all die nicht gelebten Jahre, an all die Möglichkeiten, die er nicht gehabt hatte. An seine nie geborenen Kinder. An hunderttausend nicht gelachte Lachen, an tausende nicht geschriebene Zettel. An all seine nie gedachten Gedanken.

Weil ihr Schwiegervater, dieser Scheiß-Denunziant, es verhindert hatte!

*

In dieser Nacht schlief Annett schlecht und fasste im Morgengrauen einen Entschluss. Wenn sie jemals mit diesem Verrat abschließen wollte, musste sie herausfinden, woher Rainer von ihren Fluchtplänen gewusst hatte. Sandro schied aus. Denn sie war sich sicher, dass er sich an seinen Führungsoffizier gewandt hätte. Kurz hatte sie Volker in Verdacht, doch ihn hatten sie während jenes Sommers so gut wie nicht gesehen. Er war mit seinem Vater in Urlaub gewesen, und als er zurückkehrte, lebten Mischa und sie mehr oder weniger in der Datsche auf Poel. Fünfzehn Kilometer von der Stadt entfernt. Dort hatte Volker sich nicht blicken lassen. Und bis auf das eine Mal, als sie von Sandro im Übungsraum überrascht worden waren, hatten sie über ihre Pläne nur in Mischas Zimmer und später in der Datsche gesprochen. Kathi war eine Möglichkeit. Sie war im Sommer '88 häufig auf Poel aufgetaucht. Oder Hartmut, der so vertraut mit ihnen getan hatte.

Annett packte ihren kleinen Koffer, trug ihn zum Auto und rief Sonja an, um zu fragen, ob sie sich ein paar Tage freinehmen konnte. Natürlich war ihre Freundin nicht begeistert, doch sie zeigte Verständnis und gab ihr frei.

Das Wetter war kalt und grau, aber es regnete wenigstens nicht wie auf der Rückfahrt von Wismar vor einigen Wochen. Nach zwei Stunden machte Annett eine Pause. Sie tankte, trank einen Kaffee und schrieb eine WhatsApp an Leonie.

> Hallo Kleine. Wie geht's dir?
> Ich bin heute Mittag in deiner Nähe und würde dich gerne treffen. Passt dir das?

Die Antwort ihrer Tochter kam kurz vor Dessau. Annett hörte den Signalton der eingehenden Nachricht und hielt beim nächsten Parkplatz.

Ich bin bis eins in der Uni. Danach habe ich bis vier vorlesungsfrei. Lass uns im Rabenaas in Charlottenburg treffen. Ich schicke dir die Daten.

Annett las die Nachricht gerade, als der Link kam, und antwortete ihrer Tochter mit einem gereckten Daumen.

Kurz vor halb zwei betrat sie das Lokal. Es war voll. Die Einrichtung schien aus unzähligen Haushaltsauflösungen zusammengewürfelt zu sein und erinnerte Annett an einen Flohmarkt. Weiter hinten winkte jemand. Es war Leonie. Annett bahnte sich einen Weg zu ihr und begrüßte sie mit einer Umarmung. Die Verletzungen im Gesicht waren verheilt und keine Spuren geblieben. »Na, wie geht's dir?«

»Schon besser. Nur die Rippe nervt noch. Radfahren ist im Moment nicht drin. Gestern war ich bei der Polizei und habe den Kerl identifiziert. Meine Anwältin meint, dass er für einige Zeit im Knast verschwinden wird. Gut so.«

Annett war erleichtert, dass Leonie so munter wirkte. Sie schien den Überfall gut zu bewältigen. Sie erzählte auch von dem ersten Treffen mit einer Selbsthilfegruppe und dass sie nun Pfefferspray besaß und sich gestern bei der Taekwondo-Schule ihres Retters angemeldet hatte. »Sobald die Rippe heil ist, beginne ich mit dem Training. Dann kann ich mich beim nächsten Mal selbst verteidigen.«

»Hoffentlich gibt's kein nächstes Mal.«

»Jedenfalls bin ich für alle Fälle bereit.« Leonie schob sich eine Locke hinters Ohr. »Sag mal, was machst du eigentlich in Berlin?«

»Ich bin auf dem Weg nach Wismar.«

Ihre Tochter ließ sich im Stuhl zurückfallen. »Warum denn?«

»Weil ich herausfinden will, woher Rainer unseren Fluchtplan kannte.«

»Das ist doch längst verjährt und vergessen. Und es kommt nichts Gutes dabei heraus. Deswegen hast du doch Papa verlassen. Für etwas, das Opa getan hat.«

Annett registrierte den genervten Unterton und rechtfertigte sich, obwohl sie das nicht wollte. »Nicht deswegen. Sondern, weil dein Vater ihn gedeckt hat. Zwanzig Jahre hat er Bescheid gewusst und keinen Ton gesagt.«

»Na und? Hättest du eigentlich Mischa geheiratet, wenn er nicht gestorben wäre?«

Das war eine müßige Frage. »Wir waren noch so jung. Gerade mal achtzehn. Aber ja ... vermutlich hätten wir geheiratet. Was aber nicht bedeutet, dass ich deinen Vater nicht liebe. Besser gesagt, geliebt habe. Mischa stand nie zwischen uns.«

»Aber in den Kulissen.«

»Sagt wer?«

»Papa. Ihr habt eine Ehe mit einem unsichtbaren Dritten geführt.«

Annett glaubte, sich verhört zu haben. So sah Volker das also. Und er sprach mit Leonie darüber. In ihrer Gegenwart hatte er nie ein Wort darüber verloren. Doch seine Eifersucht hatte sie manchmal gespürt. Na, dann ist es ja gut, dass das jetzt vorbei ist. Sie verkniff sich diesen Satz gerade noch.

»Ist es wirklich aus?«, fragte Leonie.

»Ich denke schon.«

»Und wenn du ihm noch eine Chance gibst?« Erwartungsvoll sah ihre Tochter sie an.

»Im Moment kann ich mir das nicht vorstellen.« Wobei sie es sich überhaupt nicht vorstellen konnte. »Zu viel ist kaputtgegangen.«

»Es tut ihm leid. Das weißt du doch.«

Wenn sie noch einmal diese Floskel zu hören bekam, würde sie durchdrehen. Als ob mit »leidtun« alles geklärt wäre und dann Schwamm drüber. »Was tut ihm leid?«, fuhr sie Leonie an. »Dass er einen Teller nach mir geworfen hat? Mit Hühnchen! Oder seine billige Nummer mit dieser Frau aus der Bar? Dass er meine Mails liest und in meinem Namen ein Stellenangebot absagt? Dass er mich belügt und außerdem in der Wohnung seiner Mitarbeiterin einquartiert, die sich umgebracht hat – seinetwegen? Weil er weiß, dass ich mich dort nicht wohlfühlen werde, sobald ich es weiß. Und dass ich es erfahre, dafür hat er gesorgt. All das tut ihm leid, ja?«

Die Augen ihrer Tochter weiteten sich vor Überraschung. »Wie war das im Mittelteil, mit den Mails?«

Annett ärgerte sich, dass ihr das herausgerutscht war. Doch jetzt war es zu spät, sie erklärte es, und Leonie drehte den Spieß um. Genau, wie Volker es tun würde. »Du redest von Vertrauen, und dann lässt du deinen Laptop filzen, weil du Papa verdächtigst, deine Mails zu lesen. Das ist so was von armselig.«

»Du hast nicht zugehört: Dein Vater hat meine Mails gelesen, und er hat eine gefälscht. Er hat die Stelle abgesagt, die ich haben wollte und bekommen hätte.«

»Ja, aber das hättest du nicht herausgefunden, wenn du ihm vertraut hättest.«

»Hörst du dir eigentlich zu? Das ist die absurdeste Argumentation, die ich je gehört habe.«

»Kann schon sein.« Plötzlich lachte Leonie. »Ja, du hast recht. Das ist schräg. Vergiss es.«

Die Kellnerin hatte sich endlich einen Weg zu ihrem Tisch gebahnt. Annett schloss sich Leonies Bestellung an und nahm eine vegetarische Bowl. Während des Essens wollte ihre Tochter unbedingt hören, dass die Trennung ihrer Eltern nicht endgültig war. Am Ende gab Annett nach und erklärte, was es mit dem gesetzlich vorgeschriebenen Trennungsjahr auf sich hatte, obwohl sie wusste, dass sie einen Fehler beging, denn Leonie würde nicht nur sich in falscher Hoffnung wiegen. Sie würde Volker von diesem Gespräch berichten. Vom Licht am Ende des Tunnels. Das es nicht gab.

*

Als Annett Wismar erreichte, war es dunkel geworden. Diesmal hatte sie ein Zimmer in einem Bed & Breakfast im Zentrum gebucht, das sich in der Erdgeschosswohnung eines renovierten Altbaus befand. Es ging zum Hof hinaus und war mit alten Möbeln, einem Flickenteppich, vielen bunten Kissen und allerlei hübschen Accessoires eingerichtet. Ein freundlicher und gemütlicher Raum, der ihr bewusst machte, wie unbehaglich sie sich in Patricias Wohnung fühlte, und der Groll auf Volker nahm zu.

Während sie den Koffer auspackte, überlegte sie, wie sie vorgehen sollte. Kathi hatte im Herbst '88 eine Lehre in der Werft gemacht. Die gab es noch. Einer der wenigen nicht abgewickelten Betriebe. Inzwischen gehörte er einem chinesischen Konzern. Ob Kathi dort noch arbeitete? Annett googelte auf dem Smartphone nach ihr, fand aber nichts. Vielleicht wusste Peggy, wo sie abgeblieben war. Annett rief sie an und erreichte sie bei der Arbeit im Altenheim. »Kathi hat geheiratet und heißt seither Struwe. Ich simse dir die Kontaktdaten. Sag mal, bist du wieder hier?«

»Bin gerade angekommen.«

»Dann lass uns doch morgen zum Frühstück … Warte mal eine Sekunde.« Plötzlich war Peggy weg. Annett hörte halblaute Stimmen, dann war sie wieder dran. »Das war Mischas Vater. Er lässt dich grüßen.«

»Grüße ihn auch von mir. Ich werde ihn morgen besuchen, wenn es ihm recht ist.«

»Ich frage ihn.« Wieder hörte Annett nur halblaute Stimmen, bis Peggy sich meldete. »Was hältst du davon, wenn wir morgen zu dritt in Inas Café frühstücken?«

»Das ist eine gute Idee.« Annett verabschiedete sich. Die WhatsApp von Peggy mit Kathis Adresse kam an, und Annett überlegte, wie sie dieses schwierige Gespräch führen könnte. Ihr wollte keine Strategie einfallen. Seit dem Herbst '88 hatte sie Kathi nicht gesehen und konnte nicht einschätzen, wie sie reagieren würde. Also musste sie auf ihre Intuition vertrauen.

Kathi lebte nicht weit von Marlene entfernt in Wismar-Ost. Annett entschloss sich, unangemeldet aufzutauchen. Sie zog Daunenjacke und Mütze an und machte sich zu Fuß auf den Weg. Es war halb sieben, und sie hoffte, dass Kathi zu Hause sein würde.

Die Schaufenster waren hell erleuchtet und die Fußgängerzone voller Menschen. Spontan kaufte sie in einem Blumenladen einen Weihnachtsstern. Dann wurde ihr der Trubel zu viel und sie entschloss sich zu einem Umweg über den Alten Hafen.

Die Lichter spiegelten sich im Wasser. Ein paar Möwen segelten über den Nachthimmel. Huschende weiße Kleckse. Der Wind kam aus Nordost. Er war kalt und duftete nach Meer, nach Salz und Tang. Nach Heimat. Nach Zuhause und Beständigkeit, und plötzlich war der Gedanke da, sie könnte zurückkehren. Sie musste nicht in Bamberg bleiben. In Volkers Nähe, der ihr keine Ruhe lassen würde. In der Wohnung seiner Vielleicht-Geliebten, in der sie sich so unwohl fühlte. Sie konnte sich hier eine Wohnung und Arbeit suchen. Sich ein wenig um Mischas Vater kümmern und um Marlene. Alte Freundschaften wieder aufleben lassen.

Hinter ihr lief ein Hund vorbei, gefolgt von seinem Besitzer, der nach ihm rief, und Annett ging weiter. Zwanzig Minuten später stand sie vor einem Mehrfamilienhaus und suchte am Klingelbord nach Struwe. Vierte Etage. Sie läutete und kurz darauf rauschte die Gegensprechanlage, eine Frauenstimme erklang. »Hast du wieder den Schlüssel vergessen. Ich glaube es ja nicht.«

»Kathi? Bist du das? Hier ist Annett. Annett Frey.«

Einen Augenblick blieb es still, und Annett dachte schon, Kathi würde sie nicht reinlassen, als sie antwortete. »Ist nicht wahr. Willst du zu mir?«

»Ja klar.«

»Na dann, komm rauf.« Der Summer ertönte. Es gab keinen Lift. Annett ging durchs Treppenhaus nach oben, wo sie bereits von Kathi in der offenen Tür erwartet wurde. Sie trug hautenge Jeans und ein Sweatshirt mit Nirvana-Print und war noch so dünn wie damals. Der Iro war einem weißblonden Kurzhaarschnitt mit einer längeren Strähne gewichen, die blau gefärbt war, ganz sicher nicht mehr mit Filzstifttinte wie damals.

Der Weihnachtsstern als Gastgeschenk erschien Annett plötzlich unpassend und spießig. Ein wenig befangen drückte sie ihn Kathi in die Hand und folgte ihr in die Wohnung. Im Flur lagen etliche Paar Turnschuhe durcheinander, an der Garderobe hing ein Wust von Jacken, und Kathi erklärte, dass sie drei Jungs zwischen sechzehn und zwanzig habe und obendrein einen Labrador, der wie auf Kommando aus einem der Zimmer kam und an Annett schnupperte.

»Lass uns in der Küche quatschen«, erklärte Kathi. »Ich mach grad Abendessen.«

»Wenn ich störe …«

»Der Auflauf braucht noch eine halbe Stunde und den Salat mache ich nebenbei.« Sie stellte den Weihnachtsstern auf den Kühlschrank. Im Spülbecken schwammen Salatblätter. »Wie geht's euch? Ich habe gehört, ihr lebt in Bamberg.«

»Ja, das stimmt. Unsere Kinder sind schon aus dem Haus.« Annett erzählte ein wenig von Fabian und Leonie und ihrem Beruf. Von Volkers Arbeit und fragte, was Kathi machte. Sie arbeitete tatsächlich noch in der Werft, die seit der Wende so oft den Eigentümer gewechselt hatte, dass man es nicht mehr zählen konnte. Sie hatte Angst um ihren Arbeitsplatz, denn mit jedem Investor wurde das Problem sichtbarer. Die ostdeutschen Werften waren auf dem Weltmarkt nicht konkurrenzfähig. Während sie redeten, schnitt Kathi Gurken und Tomaten, und Annett lenkte das Gespräch behutsam in die Vergangenheit. Zu ihrer Band Tagebau und zum Sommer '88. Doch jedes Mal, wenn sie sich dem Thema »Fluchtversuch« vorsichtig annäherte, lenkte Kathi das Gespräch in andere Bahnen, bis Annett sie klipp und klar darauf ansprach. »Ich bin eigentlich hier, um mit dir über Mischa zu reden.«

»Auweia«, sagte Kathi und schob mit einer nassen Hand die blaue Strähne hinters Ohr. »Das war damals nicht meine beste Zeit. Tut mir leid, dass ich so grässlich zu euch war.« Sie hangelte nach der Salatschleuder, die oben auf einem Regal stand, und wandte Annett den Rücken zu. »Das war damals ein ziemlicher Schock. Mischa tot und du und Sandro im Gefängnis. Die in seiner Friedens- und Umweltgruppe sind ausgeflippt, als sie herausbekommen haben, dass Sandro IM war und sie bespitzelt hat. Und er war nicht der Einzige, da gab es noch einen. Alex hieß er.« In einer Art Sprechdurchfall redete Kathi weiter, während sie ab und zu einen Blick über die Schulter zu Annett warf und sich ansonsten mit dem Salat beschäftigte, der längst trocken geschleudert war. »Später hat dann das Gerücht die Runde gemacht, dass die Stasi dir nicht gesagt hat, dass Mischa tot ist, und dich mit einem falschen Geständnis von ihm geködert hat.« Jetzt drehte Kathi sich zu ihr um. »Stimmt das?«

»Ich wusste nicht, dass sie Spezialisten für Handschriftenfälschungen haben, und bin darauf hereingefallen.« Noch heute war sie verwundert darüber, wie leicht es Högner gefallen war, sie reinzulegen.

»Das muss eine Scheiß-Zeit gewesen sein.«

»Schön war es nicht. Und ich frage mich natürlich, wer von unserm Fluchtplan gewusst und uns verraten hat.« Annett versuchte, Kathis Blick zu fixieren, doch sie wandte sich ab, nahm Essig und Öl aus einer Schublade. »War es nicht Sandro? Peggy hat jedenfalls erzählt, dass du ihm deswegen die Hölle heiß gemacht hast.«

»Ich habe meine Meinung geändert. Denn Sandro wäre nicht zu Volkers Vater marschiert, um uns zu verraten. Er hatte als IM einen direkten Ansprechpartner bei der Stasi.«

»Äh ... Wieso Volkers Vater?«, fragte Kathi, und in Annetts Ohren klang es gekünstelt.

»Er hat uns angezeigt. Das weiß ich erst seit Kurzem. Doch woher wusste er davon? Wir hatten null Kontakt zu ihm.«

Kathi schnellte herum. »Du glaubst, ich war das. Deswegen bist du hier.« Sie stemmte die Arme in die Seiten. »Schleimst dich hier mit Blümchen ein, dabei willst du mir die Schuld an Mischas Tod in die Schuhe schieben.«

»Ich will nur die Wahrheit erfahren. Wenn du es nicht warst, dann sag das und ich bin schon weg.«

»Also gut: Ich habe mit der ganzen Scheiße von damals nichts zu tun. Kannst du glauben oder auch nicht. Ist mir egal. Und jetzt raus mit dir.«

Volker

Heute war ihr fünfundzwanzigster Hochzeitstag, und Volker hatte geplant, Annett mit einem Ausflug zu überraschen, wenn sie schon partout keine Feier wollte. Nichts Großartiges. Nur ein gemeinsam verbrachter Tag. Beginnend mit einem Frühstück im Bittersüß, gefolgt von einer Wanderung durchs Paradiestal und einem Abendessen bei ihrem Italiener. Natürlich von der Hoffnung auf eine Fortsetzung dessen begleitet, was in Berlin begonnen hatte. Doch als er am Morgen mal nachsah, wie sie diesen besonderen Tag begann, sah er sie den Koffer packen!

Es machte ihn verrückt, dass er nicht wusste, wo seine Frau hinfuhr, und dass er keine Chance hatte, das festzustellen. Bisher war es ihm nicht gelungen, eine Tracking-App auf ihrem Handy zu installieren, er konnte sie nicht orten und ihre Nachrichten nicht mitlesen. Auch ihre Mails nicht, denn den Laptop hatte sie nicht mitgenommen. Er hätte einen Sender in ihr Auto schmuggeln sollen. Hatte er aber nicht. So konnte er nur hilflos zusehen, wie sie verschwand.

Ihm war bewusst, dass es besser war, stillzuhalten und nicht nach ihr zu suchen. Sie würde es erfahren, und es würde ihr nicht gefallen. Aber bereits mittags hielt er es nicht mehr aus und ging ins Bittersüß, um dort seinen Espresso zu trinken, wie er das nun jeden Tag tat. Er gab sich überrascht, dass Annett nicht da war. Sonja wich aus und verlor kein Wort darüber, dass seine Frau verreist war. Stattdessen riet sie ihm, einfach mal locker zu sein. »Du vergraulst sie, wenn du ständig hier auftauchst. Mach dich rar, das wäre mein Rat. Gib ihr Zeit. Und überschütte sie nicht mit Geschenken. Das ist zwar aufmerksam von dir, aber es setzt sie unter Druck. Sag ihr doch einfach, weshalb du sie liebst.«

Verärgert zog er ab. Die Frauen hielten natürlich zusammen. Doch nach und nach sickerte Sonjas Botschaft ein und er verstand, was sie eigentlich gesagt hatte: Nichts war entschieden. Annett war sich nicht sicher, ob sie die Scheidung wollte, und es lag an ihm, ob sie zurückkehrte. Sich rar zu machen, auf die Idee war er ja auch schon gekommen. Doch die Angst, seine Frau zu verlieren, hinderte ihn daran. Er nahm sich vor, Sonjas Rat zu befolgen. Wobei das neueste Geschenk jetzt fertig aufgebaut im Garten stand. Dieser Pavillon, der ihm nicht gefiel.

Der Nachmittag verging mit Büroarbeit und Besichtigungsterminen. Als er nach Hause kam, riss er sich zusammen und rief weder Leonie noch Fabian an, ob ihre Mutter sich bei ihnen gemeldet hatte und sie wussten, wo sie sich herumtrieb. Trotzdem ging er ins Arbeitszimmer, setzte sich an den PC und sah nach, ob sie vielleicht in ihrer Wohnung war. Wie erwartet, Fehlanzeige.

Er aß vor dem Fernseher zu Abend und konnte sich nicht auf den Film konzentrieren. Die Unruhe saß in ihm. Er musste etwas tun und entschloss sich, das Regal aufzuräumen, in dem die Bücher schon wieder in Zweierreihen standen. Annett hatte das schon länger vor, und es fühlte sich gut an, ihr diese Arbeit abzunehmen.

Er sortierte Bücher aus und räumte die verbliebenen schließlich wieder ein. Geordnet nach ihren Krimis und Romanen und seinen Sachbüchern. Die Arbeit hatte ihn ruhiger werden lassen. Mit einem Glas Wein stellte er sich ans Fenster und sah in den Garten, in dem sich der Schattenriss des Pavillons vor dem Nachthimmel abzeichnete. Annett würde Augen machen. Oder würde sie genervt mit den Augen rollen, wie Sonja vermutete? *Sag ihr, weshalb du sie liebst.*

Ja, das war eine gute Idee. Mit dem Handy setzte er sich aufs Sofa, trank den Rest Wein aus dem Glas. Ein wenig angeschickert würde es ihm leichter fallen, über seine Gefühle zu sprechen. Er schaltete die Videofunktion ein und auf Selfiemodus um. »Hallo, Schnecke.« Für einen Moment war er ratlos und wusste nicht, was er sagen sollte. »Ich würde dir jetzt gerne den Pavillon im Garten zeigen. Doch es ist Nacht. Außerdem meint Sonja, dass dich meine Geschenke unter Druck setzen und ich dir besser sagen sollte, was du mir bedeutest. Vermutlich hat sie recht. Also, was ich an dir mag …« Er fuhr sich mit der freien Hand durch die Haare. »Das wird jetzt lang. Es fängt schon am Morgen an, wenn dein Wecker klingelt und du aufstehst. So wach! So voller Energie und Schwung, als könnte dich nichts bremsen oder aufhalten. Du schwingst die Beine aus dem Bett und packst den Tag an. Das ist unglaublich. Und dann mag ich natürlich deinen Mund, der zu klein ist für dein Gesicht. Aber sehr süß. Wie du manchmal die Unterlippe unter die Schneidezähne ziehst, wenn du nachdenkst. Und die Art, wie du die Beine auf dem Sofa unterschlägst. Wie du ganz und gar in ein Buch versinken kannst. Deine wilden Locken und deine erdigen Hände nach der Gartenarbeit und diesen leichten Geruch nach Schweiß, den du oft aus dem Garten mit hereinbringst. Das macht mich richtig an. Wie du dir manchmal mit dem Handrücken eine Haarsträhne aus dem Gesicht streichst. Oder wie du die Betten beziehst. Ist dir das schon mal aufgefallen? So zackig. Da sitzt jeder Griff, während ich mit diesen Betttuchmonstern immer kämpfe.

Ich mag den Geruch deines Haars und deinen verstohlenen Blick, wenn du mal in der Nase bohrst und hoffst, dass es niemand sieht. Wie du in einen Apfel beißt und ihn dann bis zum Kerngehäuse abnagst. Wie du früher den Kindern durch die Haare gewuschelt hast, am Morgen, bevor sie aus dem Haus gingen. Überhaupt liebe ich dich dafür, dass du eine so tolle Mutter bist. Wir haben das doch bisher gut hinbekommen. Gemeinsam. Wir wollten doch zusammen alt werden.« Es schnürte ihm plötzlich die Kehle zu, und er drückte die Stopp-Taste. So weit kam es noch, dass er vor ihr flennte. Er legte das Handy beiseite, unschlüssig, ob er ihr das Video schicken sollte.

*

Die aussortierten Bücher packte Volker in zwei Klappkisten und stellte sie in den Flur. Im Fernsehen begann der Abendfilm. Gundermann. Ausgerechnet jetzt mussten sie den Film über den Liedermacher zeigen, der am Ende kein Held, sondern auch nur ein Mensch mit Fehlern – sprich IM – gewesen war. Gundermann hatte als Baggerführer im Lausitzer Braunkohletagebau gearbeitet und war in der DDR Kult gewesen. Deshalb hatten sie ihre Band »Tagebau« genannt. Obwohl sie Deutschrock gespielt hatten. Mit Mischas Texten, die manchmal ziemlich seltsam, beinahe unverständlich gewesen waren. Aneinandergereihte Worte, die kaum Sinn ergaben und sich einem eher auf assoziativer Ebene erschlossen. Mehr gefühlt als verstanden. Heute konnte er sich an die Songs kaum noch erinnern. Sie hatten von den üblichen Themen gehandelt. Von Liebe und Freiheit, vom Erwachsenwerden und davon, seinen Platz im Leben zu finden.

Mischa war sein Freund gewesen, seit sie in der Polytechnischen Oberschule dieselbe Schulbank gedrückt hatten.

Mit vierzehn. Mischa, schon damals der stille Star der Klasse. Schlagfertig, attraktiv, intelligent. Der Mädchenschwarm. Er selbst war daran gewöhnt, am Rand zu stehen.

Eines Tages – sie waren schon fünfzehn gewesen – hatte Mischa nach der Schule gesagt, dass er ihm etwas zeigen müsse.

»Was denn?«

»Wirst du schon sehen. Wir müssen raus nach Wendorf.« Für Mischa bedeutete das, raus aus der Stadt, denn er wohnte mit seinen Eltern im Zentrum. Für ihn selbst war es der Heimweg, er lebte mit seinem Vater in einem Plattenbau in Wendorf.

»Kommst du jetzt mit, oder nicht?«

»Kein Problem.«

Sie schwangen sich auf ihre Räder und fuhren los. Irgendwann bog Mischa von der holprigen Straße auf einen Feldweg ab und schließlich auf einen Pfad, der durch einen Waldgürtel Richtung Meer führte. Offenbar war er unterwegs zur Bruchbude. So nannte Volker das verfallene Haus am Waldrand, oberhalb des Strands, das er schon vor Jahren entdeckt hatte. Beim nächsten Orkan würde es in sich zusammenkrachen.

Mit seiner Vermutung lag er richtig. Mischa stieg vor der undurchdringlich scheinenden Hecke aus Weißdorn, Flieder und Liguster vom Rad, mit der sich die Bruchbude zur Landseite abschottete, den Blicken entzog wie Dornröschens Schloss.

Mischa hob den Arm. »Mir nach.« Und Volker trottete hinter ihm her, einen schmalen Trampelpfad entlang. Sie schoben Zweige und Brombeerranken beiseite und bahnten sich ihren Weg. Was sollte an dem maroden Haus schon interessant sein? Volker fand es unheimlich, eigentlich gruselig. Wobei sich der Garten zum Meer hin öffnete und die Aussicht schön war. In der Hecke nisteten Grünfinken und

Rotkehlchen. Im Frühjahr hatte er dort Stare mit seinem Fernglas beobachtet, und im eingestürzten Dachstuhl bauten jedes Jahr Mauersegler ihre Nester.

»Na, was sagst du?« Mischa blieb vor dem Haus stehen und deutete darauf, als hätte er einen Palast entdeckt.

Volker wusste nicht, was Mischa sich erhoffte. »Super«, sagte er. »Ich kenne das Haus schon. Im Dach nisten Mauersegler.«

»Mehr fällt dir dazu nicht ein?« Mischas Augen strahlten.

»Ratten und Mäuse fallen mir ein und dass der nächste Sturm diese Ruine plattmachen wird.«

»He. Mann.« Mischa boxte ihn auf den Arm. »Ein bisschen mehr Fantasie. Was siehst du?«

»Ein Schild mit der Aufschrift: ›Betreten verboten.‹«

Lachend ließ Mischa sich ins Gras fallen und sprang gleich wieder auf. »Verflucht. Brennnesseln. Lass uns reingehen.«

»Betreten verboten!« Volker zeigte auf das Schild.

»Aber nur für Bedenkenträger. Wir dürfen also rein. Jetzt komm schon. Oder traust du dich nicht?«

Ehe er es sich versah, verschwand Mischa um die Hausecke, Volker ging ihm nach und sah gerade noch, wie sein Freund durch ein zerborstenes Fenster stieg. Also folgte er ihm. Er wollte nicht als Feigling dastehen.

Überall lagen Sand und Scherben, Mäusedreck und Vogelkot. Spinnweben hingen von der Decke. Es musste die Küche gewesen sein. Ein zerschlagenes Spülbecken aus Porzellan, darin ein toter Vogel. Nur noch Federn und Knochen. Mischa ging zielstrebig weiter und winkte ihn herbei. »Komm. Ich will dir was zeigen.« Also trottete Volker hinter ihm her, bis sie einen hellen Raum in der dem Meer zugewandten Seite des Hauses erreichten. Vermutlich das Wohnzimmer. Durch die scheibenlosen Fenster wehte der Wind. Auf dem Meer tanzten weiße Schaumkronen. Mischa erklärte, das wäre der Wintergarten gewesen. »Ein Künstlerpaar hat hier während der Nazi-Zeit Orgien gefeiert, bis die Briten die Villa im Februar '45 bombardiert haben. Seither hausen hier nur noch Ungeziefer und Erinnerungen. Kannst du sie wispern hören?« Er legte eine Hand ans Ohr und schloss halb die Augen. »Hörst du das?«

»Nein. Ich hör nichts. Du spinnst.«

»Du musst die Augen schließen. Mach schon.«

Also schloss Volker die Lider und hörte noch immer nichts, bis er ein Raunen vernahm, ein leises Schnarren. »Wollt ihr den totalen Krieg?« Erschrocken riss er die Augen auf, und Mischa krümmte sich vor Lachen. »Hier hat bestimmt mal ein Volksempfänger gestanden. Goebbels. Hitler. Göring. Ihre Stimmen sind durch dieses Haus gehallt, und alle haben ›Sieg Heil!‹ gebrüllt. Spürst du das nicht?«

»Nein, ich spüre nichts. War es das? Dann lass uns gehen.«

»Nee, das war es noch lange nicht.« Mischa bückte sich, schob ein Holzpaneel der zersplitterten Wandverkleidung beiseite und zog eine Packung Zigaretten und ein Feuerzeug hervor. Damit setzte er sich auf die bröckelnde Fensterlaibung. »Auch eine?«

Zögernd nickte Volker. Er hatte noch nie geraucht und Angst, dass ihm davon schlecht werden könnte. Außerdem würde sein Vater den Qualm in den Klamotten riechen, und dann gab's Ärger. Doch er wollte vor Mischa nicht als Schisser dastehen, also zog er eine Zigarette aus der Packung, die Mischa ihm hinhielt, klemmte sie lässig zwischen die Lippen und ließ sich Feuer geben. Beim ersten Zug hustete er. Beim zweiten ging es schon besser.

»Und was ist nun so toll an der Ruine?«

»Sie ist unser Auge des Orkans.«

Ratlos sah Volker Mischa an und nahm noch einen Zug von der Zigarette. Schmeckte nicht schlecht.

»Im Auge des Orkans ist es still. Darum herum tobt der Sturm mit rasenden Kräften, doch im Zentrum sind wir allein. Ungestört. Hier können wir über alles reden, ohne dass uns jemand belauscht. Hier sind wir frei. Wirklich frei. Kapierst du das?«

»Denke schon.« Allmählich dämmerte Volker, was Mischa meinte. »Wir könnten hier Partys feiern.«

»Klar, das auch. Also, wie findest du unsere Villa der Gedanken- und Redefreiheit?«

»Super.« Die Vorstellung gefiel ihm, hier tun und lassen zu können, worauf sie Lust hatten. Bier trinken. Westmusik hören. Verbotene Plakate aufhängen. Über die Lehrer meckern. Und vielleicht auch mit Mädels rummachen.

Im Nachbargarten bellte der Hund. Volker schreckte aus seinen Gedanken hoch und schaltete den Fernseher aus. Den Film über Gundermann wollte er jetzt nicht sehen.

Das Haus hatte zwar er entdeckt, aber Mischa hatte es zu ihrem Treffpunkt gemacht, zum Zentrum ihres Heranwachsens.

Die Zeit mit der Clique war unvergleichlich gewesen. Eine Zeit des Erwachens. Der ersten hitzigen Diskussionen über Gott und die Welt, über Glasnost und Perestroika, ob man sich anpassen oder Widerstand leisten sollte. Volker erinnerte sich, als wäre es erst gestern passiert, an Sandros Gorbatschow-Aktion in der Schule. Als er anonym einen Zettel an die Infowand heftete. »Suche: Michail Gorbatschow, Umgestaltung und neues Denken für unser Land und für die ganze Welt. Biete: Erich Honecker, Revolutionäre Theorien und geschichtliche Erfahrung in der Politik der SED.« Das Tauschangebot war schnell einkassiert worden, denn es war eine Provokation. Gorbatschows Buch gab es in der DDR nicht zu kaufen. Die SED wollte keine Veränderungen. Eine Haltung, die Gorbatschow nur ein Jahr nach Mischas Tod zu seinem berühmten Satz veranlasste: *Wer zu spät kommt, den bestraft das Leben.* In Mischas Fall war es andersherum. Hätte er doch nur abgewartet. Alles wäre anders gekommen, dachte Volker. Dann wäre Annett heute Mischas Frau. Noch immer versetzte ihm dieser Gedanke einen Nadelstich Eifersucht.

Er erinnerte sich an die unzähligen heimlich gepafften Zigaretten, den ersten heimlich angesoffenen Rausch mit dem Selbstgebrannten von Sandros Opa. Wie er zu viel davon getrunken und sich am Strand übergeben und ins Meer gekotzt hatte. In das Meer, in dem zwei Jahre später Mischa ums Leben gekommen war. Wie er damals verstanden hatte, dass sein Alter der Denunziant war, und wie er sich deswegen mit ihm in der Küche geprügelt hatte, bis sie beide blutig und keuchend auf dem Boden lagen.

Volker schaltete den Fernseher wieder ein und zappte durch die Programme. Es war seltsam, den Hochzeitstag allein zu verbringen. Ohne Annett. Seine Frau. Die zu ihm gehörte wie das A zum Z, wie Ying zu Yang. Ohne sie wollte er nicht leben.

Sein Handy summte. Patrick war dran und schlug vor, sich im Georgias auf ein Bier zu treffen, um auf den besonderen Hochzeitstag anzustoßen. »Den letzten«, sagte Volker.

»Glaube ich nicht. Nicht nach allem, was du von Berlin erzählt hast. Das wird schon wieder. Lass ihr Zeit.«

Berlin markierte den Wendepunk zum Neuanfang. Wirklich? Hatte sie nicht gesagt, sie habe ihn einfach machen lassen, obwohl sie nicht wollte? Das war Unfug. Er hatte doch gespürt, wie sehr auch sie es wollte. Nun schickte er ihr doch das Video. Ein Klick und es war raus und sein entblößtes Herz bereit für den Dolchstoß.

Annett

Annett wachte vom Summen des Handyweckers auf. Sie schaltete ihn aus und entdeckte dabei zwei Nachrichten von Volker.

> Guten Morgen, Schnecke! Ich wünsche dir einen wunderschönen Tag. Solltest du heute oder in den nächsten Tagen Zeit haben, dann guck doch bitte mal zu Hause vorbei. Im Garten wartet eine Überraschung auf dich. Außerdem habe ich das Bücherregal neu geordnet. Sieh dir die aussortierten Bücher an, damit ich nichts wegwerfe, was du noch haben möchtest. Fühl dich geküsst.

»Fühl dich geküsst« war ihre Floskel. Verärgert schwang sie die Beine aus dem Bett. Wieso benutzte er sie plötzlich? Immerhin schien er die Trennung tatsächlich zu akzeptieren. Er begann ihre Sachen auszusortieren. Das war die gute Nachricht.

> Dir auch einen schönen Tag. Wegen der Bücher melde ich mich. Im Moment habe ich keine Zeit. Wenn sie dir im Weg sind, räume sie in den Keller, dann sehe ich sie dort durch. LG

Die zweite Nachricht war ein Video von Volker, das er schon am Abend zuvor geschickt hatte, das sie aber erst jetzt entdeckte. Ihr fehlte die Zeit, um es sich anzusehen, und sie ging ins Bad.

Kurz vor neun verließ Annett die Pension. Der Weg zu Inas Café führte an der ehemaligen Kreisdienststelle der Stasi vorbei, und ihr wurde wieder ganz flau. Hier hatte sich Mischas und ihr Schicksal entschieden, und für einen Moment konnte sie Rainer vor sich sehen, ihren späteren Schwiegervater, diesen Denunzianten ohne Not. Diesen Verräter aus purer Lust an der Macht und der eigenen Wichtigkeit. Sie sah es förmlich vor sich, wie er in jener Vollmondnacht in Wendorf die vier Etagen des Plattenbaus eilig nach unten lief, die Tür seines Trabis aufriss und durch die nächtlichen Straßen fuhr. Nur ein wenig zu schnell, obwohl er am liebsten Vollgas gegeben hätte. Wie er vor der Dienststelle hielt, ausstieg, mit hastigen Schritten und wehendem Staubmantel das Gebäude der Staatssicherheit ansteuerte, sich an der Pforte auswies, irgendjemanden verlangte, den er da drinnen kannte, und mit fuchtelnden Händen die unmittelbar bevorstehende Republikflucht anzeigte. Man müsse sich beeilen. Jede Minute zähle. Vielleicht war es schon zu spät.

Wäre er doch nur zu spät gekommen, dachte Annett. Ein Bus überholte sie und hielt an der Haltestelle, an der sie vor wenigen Wochen auf der Bank gesessen und sich die Nägel ins Fleisch gebohrt hatte. Ohne es zu bemerken. Die Stasi-Haft saß noch immer tief in ihr. Und plötzlich überrollte sie eine Welle von Wut und Zorn, von Hass. Auf Rainer. Auf diese Popelinejackenträger, wie Mischa sie genannt hatte. Diese Diener eines Unrechtsstaates. Nach der Wende waren sie alle viel zu billig davongekommen. Auch Högner. Aber der hatte immerhin vor Gericht gestanden, im Gegensatz zu vielen anderen.

»Merken Sie sich meinen Namen.« Das hatte Maria Voigt damals zu Annett im U-Haftgefängnis in Rostock gesagt. »Irgendwann werden diese Mistkerle sich dafür verantworten müssen.« Nach der Wende war sie eines Tages in Bamberg aufgetaucht, um Annett von einer Aussage gegen Högner zu überzeugen. Gemeinsam hatten sie dafür gesorgt, dass er sich für Petras Tod verantworten musste.

Vielleicht weiß Högner, woher Rainer unseren Fluchtplan kannte, überlegte Annett. Doch bei der Vorstellung, ihn zu fragen, wurde ihr übel. Das konnte sie nicht. Außerdem würde er nicht mit ihr sprechen. Und falls doch, konnte sie nicht sicher sein, dass er die Wahrheit sagte.

Die Turmuhr von St. Georgen schlug neun. Sie riss sich aus ihren Gedanken los und erreichte mit ein paar Minuten Verspätung das Café. Peggy und Mischas Vater waren schon da. »Moin, Peggy. Moin, Herr George.« Sie hängte die Daunenjacke über die Stuhllehne und setzte sich zu den beiden.

»Nenn mich doch Robert«, sagte Mischas Vater. »Darum wollte ich dich schon bei unserem letzten Treffen bitten.«

Die Kellnerin kam und nahm die Bestellung auf, und Peggy fragte, was Annett schon wieder in Wismar machte.

»Ich will herausfinden, wer Volkers Vater unseren Fluchtplan gesteckt hat.«

»Was? Der war das?«, fragte Peggy überrascht. »Wie kommst du plötzlich darauf?«

Annett und Mischas Vater erklärten es Peggy gemeinsam.

»Verstehe«, sagte sie schließlich. »Deshalb wolltest du also zu Kathi. Du denkst, sie war das. Und? Was sagt sie?«

»Sie bestreitet es und hat mich rausgeworfen.«

Peggy stützte das Kinn in eine Hand. »Dann ist ja alles klar. Sie war es.«

»Der getroffene Hund bellt«, sagte Annett. »Trotzdem kann ich nur vermuten, dass sie es war. Ich will aber Gewissheit.«

»Du weißt schon, dass du jetzt bei Sandro Abbitte leisten musst? Aber so richtig.«

Annett nickte.

»Angenommen, Kathi war es nicht, wer dann?«, fragte Peggy. »Steht das nicht in Mischas Akte?«

»Leider nicht«, sagte Robert. »Rainer Sandherr galt als zuverlässige Quelle. Er wird Mischa und Annett ausspioniert haben. So wie er es bei seinen Kollegen und Nachbarn getan hat.«

»Zeitlich passt das nicht«, wandte Annett ein. »Er war mit Volker im Sommer '88 in Ungarn. Wann hätte er uns ausspionieren sollen? Außerdem habe ich ihn nie auf Poel gesehen. Und nur dort haben wir über unseren Plan gesprochen. Und einmal im Übungsraum, als Sandro uns überrascht hat. Hartmut könnte es gewesen sein. Er ist den ganzen Sommer um uns herumgeschlichen, genau wie Kathi. Die war auch oft auf Poel. Hartmut hat uns ständig mit den Booten geholfen und versucht, uns auszufragen. Er ist der Nächste, mit dem ich reden will.«

Peggy schüttelte den Kopf. »Mit dem kannst du nicht mehr reden. Der ist vor drei Jahren beim Schnorcheln in Spanien ertrunken.«

»Mist.«

»Du könntest Einsicht in Rainers Stasi-Akte beantragen. Vielleicht steht es da drin«, schlug Peggy vor.

»Ich bin nicht mit ihm verwandt.«

»Aber seine Schwiegertochter. Googel doch mal.«

Das tat Annett gleich und fand heraus, dass bei Verstorbenen die Akten in der Regel nicht zugänglich waren. Nur in Ausnahmefällen erhielten nahe Angehörige Einblick, und dazu zählte sie nicht. Als Sohn könnte Volker einen Antrag stellen. Doch seine Hilfe wollte Annett nicht in Anspruch nehmen. Sie glaubte nicht, dass er ihr diesen Gefallen tun würde. Und falls doch, würde sie sich damit in eine Position manövrieren, in der er Dankbarkeit und Entgegenkommen von ihr erwartete.

»In deiner Stasi-Akte steht auch nichts darüber?«, fragte Peggy.

»Die beginnt erst mit meiner Verhaftung. Vorher hatten sie mich nicht auf dem Radar.«

Roberts Miene erhellte sich. »Dich hat damals doch ein Anwalt vor Gericht vertreten.«

»Vertreten würde ich das nicht nennen.«

»Vielleicht hat er noch die Unterlagen zu deinem Fall.«

*

Kurz vor zwei Uhr erreichte Annett Rostock und parkte beim Steintor, nur einen Katzensprung von der Kanzlei des Rechtsanwalts entfernt, der sich damals so gar nicht für sie ins Zeug gelegt hatte. Erich Gabe war sein Name. Es hatte eine Weile gedauert, bis er ihr wieder eingefallen war und sie ihn googeln konnte. Laut Website arbeitete er inzwischen als Anwalt für Familienrecht. Obwohl Annett keine große Hoffnung hatte, dass er die Unterlagen ihres Falls nach so langer Zeit noch besaß, war es einen Versuch wert.

Die Kanzlei befand sich in einem renovierten Altbau in bester Lage. Es schien ihm gut zu gehen. Menschen wie er schwammen immer oben, wie Fettaugen auf der Suppe. »Untertanen« hatte Mischa sie genannt. Leute, die in jedem System ihren Platz fanden und sich behaupteten.

Annett klingelte, ein Summer ertönte, und sie trat ein. In der ersten Etage wurde die Kanzleitür von einer jungen Frau mit weinroter Hornbrille geöffnet, durch die sie Annett nun musterte.

»Sie haben keinen Termin, richtig?«

»Stimmt. Aber ich hoffe, dass Herr Gabe einen Moment Zeit für mich hat. Ist er denn da?«

»Er hat einen Klienten, bis drei. Danach ist er frei. Sie können so lange warten oder einen Spaziergang machen.«

»Ich warte. Wenn es Sie nicht stört.«

»Mich stört das nicht. Heute ist mein letzter Arbeitstag. Eine halbe Stunde noch, und dann bin ich sowieso weg. Dann kann der Herr sich eine andere suchen, die sich schikanieren lässt. Sie können da drüben Platz nehmen.« Die junge Frau wies über ihre Schulter. »Dort gibt es eine Sitzecke, und falls Sie zur Toilette müssen, die ist den Gang runter, rechts.«

Annett setzte sich im Wartebereich auf ein altes Chesterfield-Sofa mit Blick auf ein Regal voller Zeitschriften. Sie stand gleich wieder auf, um sich das anzusehen. Keine Illustrierten, sondern juristische Fachzeitschriften. Sicher zwanzig Jahrgänge in Schubern verstaut. Eine Menge Altpapier. Wieso hob jemand das auf?

Sie setzte sich wieder. Aus dem Raum auf der gegenüberliegenden Flurseite drangen gedämpfte Stimmen zu ihr. Vermutlich Gabes Büro. Vom Empfang zog das leise Klappern der Tastatur um die Ecke.

Annett griff nach einer Broschüre über Wohnmobile, die auf dem Glastisch vor ihr lag, mehr an Lektüre gab es nicht. Nach einer Weile musste sie zur Toilette. Auf der rechten Seite des Flurs befanden sich zwei Türen. Annett probierte die erste und trat in einen Raum voller Regale, die bis unter die Decke reichten. In etlichen Regalfächern lagen von Gurten zusammengehaltene Aktenbündel. Rote, grüne, senfgelbe. In manchen lagerten beschriftete Pappkartons, in anderen Aktenordner. Angesichts des Umfangs dieses Archivs machte Annett sich jetzt doch Hoffnung, dass sich ihre Akte noch hier befand.

Sie ging zur Toilette und setzte sich dann wieder in den Wartebereich. Hinter Gabes Tür wurde noch immer gesprochen. Es war zwanzig nach zwei. Annett blätterte weiter in der Broschüre. Es wurde halb drei, und das Geklapper der Tastatur am Empfang verstummte. Gabes Mitarbeiterin erschien auf der Bildfläche. Sie klopfte an der Bürotür und trat ein, bevor ein »Herein« erklang. »Entschuldigen Sie die Störung. Meine Zeit ist um. Ich verabschiede mich jetzt, und ich sage nicht auf Wiedersehen.«

So schnell sie in seinem Büro gewesen war, so schnell war sie wieder draußen. Annett hörte noch, wie Gabe ihr nachrief, sie solle die Schlüssel auf ihren Schreibtisch legen, da war die Tür schon wieder zu.

»Chef des Jahres wird er wohl nicht«, sagte Annett.

Die Mitarbeiterin blieb von ihr stehen. »Der? Niemals. Oh! Jetzt habe ich ganz vergessen, ihm zu sagen, dass Sie da sind.«

»Das macht nichts. Er wird mich schon entdecken, wenn sein Klient geht.«

»Richtig. Dann Adieu.« Gabes ehemalige Mitarbeiterin verschwand aus ihrem Blickfeld. Annett hörte noch das Scheppern eines Kleiderbügels an der Garderobe, und dann schlug die Tür zu und sie war allein.

Es war höchste Zeit, sich zu überlegen, wie sie das Gespräch führen wollte. Sie wusste nicht, ob er zur Herausgabe ihrer Unterlagen verpflichtet war, und plötzlich sah sie die Akte wieder vor sich. Wie sehr sie sich darüber gewundert hatte, dass Gabe den Inhalt kaum zu kennen schien, und wie er ihr das Foto von Mischas Leiche beiläufig gezeigt hatte, während die Welt um sie zu kippen begann. Mischas Körper auf dem Schnellboot. Auf dem grau lackierten Metallboden mit dem geriffelten Muster, das sie sofort erkannte. Sein leerer Blick. Die Wunde über der rechten Augenbraue. Der offene Reißverschluss des Neoprenanzugs. Wie sie noch gedacht hatte, dass auch er die Hülle mit den Beweisen versenkt hatte, und wie ihr dann schwarz vor

Augen geworden war und sie auf dem Boden des Gerichtssaals zu sich gekommen war.

Erst an diesem Tag hatte sie verstanden, woher die beiden dumpfen Schläge rührten, die sie gehört hatte, während der Hubschrauber nur knapp über ihr kreiste und der Bordschütze ungerührt zu ihr heruntersah. Es waren Schüsse gewesen, die von Bord des Schnellboots auf Mischa abgefeuert wurden. Sie hatten Mischa abgeknallt. Einfach abgeknallt. Das hatte sie geglaubt, doch es stimmte nicht ganz. Was genau passiert war, hatte sie erst Monate später erfahren. Nach ihrer Verurteilung, als sie Besuch in Hoheneck bekam, wohin man sie verlegt hatte.

Eine der Aufseherinnen hatte sie eines Tages im Februar aus der zentralen Werkstatt geholt, in der die Häftlinge Bettwäsche für den Klassenfeind in der BRD nähten. Zehn Stunden am Tag, von morgens sechs bis nachmittags um vier. Unterbrochen nur von einer kurzen Mittagspause.

Während der arbeitsfreien Zeit waren sie zu dreißigst in eine Zelle gepfercht, wie Vieh. Es gab keinerlei Privatsphäre. Der einzige Rückzugsraum war das Bett. Annett hatte zum Glück die obere Etage eines Stockbetts zugeteilt bekommen. Mit Blick auf die Decke und das Fenstergitter. In der Aussicht auf den Burghof und ein Stückchen Himmel lag ihre einzige Freiheit. Das Kommando, dem sie zugeteilt war, bestand aus fünfundvierzig Frauen, die sich zwei Zellen, eine Toilette und drei Waschbecken teilten. Dass sie, als RFler, ganz unten in der Hierarchie stand, lernte Annett schnell. Sie wurde von ihren Mitgefangenen ebenso schikaniert wie von den Aufseherinnen. Von den Gefangenen, weil die glaubten, sie hielte sich für etwas Besseres, vor allem aber, weil die Republikflüchtlinge meistens von der BRD freigekauft wurden, und diese Aussicht wurde ihr missgönnt. Von den Aufseherinnen, weil sie in deren Augen das Letzte war, Abschaum und Dreck. Eine politisch Unzuverlässige.

Es war entsetzlich. Seit ihrer Überstellung nach Hoheneck verharrte Annett in einer Art Schockstarre, bis der Wunsch nach Flucht in ihr aufstieg. Die einzige Fluchtmöglichkeit bestand in Selbstmord. Sie konnte so nicht leben. Nicht hier, in diesem Gefängnis. Nicht in diesem Land, das Mischa getötet hatte, aber auch nicht in der BRD, ohne ihn. Überhaupt: ohne ihn. Der Gedanke, sich umzubringen, ergriff Besitz von ihr. Doch wie? Das Blechbesteck war zu stumpf, um sich die Pulsadern aufzuschneiden. Nirgendwo ein Graben oder eine Treppe tief genug. Schließlich ließ sie heimlich Stecknadeln aus der Werkstatt mitgehen, die sie in die Unterseite ihrer Matratze bohrte. Ein Dutzend würde reichen. Mit einem Schluck vom lauwarmen Tee hinunterspülen, den es zum Abendbrot gab, und dann abwarten.

An diesem Tag war es ihr gerade gelungen, eine Stecknadel im Ärmelsaum verschwinden zu lassen, als eine der Aufseherinnen an ihren Tisch trat und ihr befahl mitzukommen. Sie hätte Besuch. Außerhalb der Besuchszeit. Da habe wohl jemand Beziehungen nach oben. Annett fragte sich, wer das sein konnte, und saß dann zu ihrer Überraschung Volker gegenüber. Seit der Auflösung der Band im September hatten sie sich nicht gesehen. Es waren kaum sechs Monate vergangen, doch es erschien ihr wie Jahre.

Volker sah aus wie immer. So vertraut und normal, dass es ihr einen Stich versetzte. Sie begrüßten sich befangen. Er fragte, wie es ihr ginge. Ob er etwas für sie tun könne. »Ja klar«, hatte sie gesagt. »Back mir einen Kuchen mit Feile oder schmuggel mich hier irgendwie raus.«

»Wird sofort erledigt«, hatte er geantwortet und dabei versucht zu lächeln. Und plötzlich war der Tag ein wenig heller gewesen und sie hatte sich leichter gefühlt. Da draußen ging das Leben weiter. Es wartete auf sie. Vielleicht gelang es ihr durchzuhalten.

Sie fragte ihn, was er mache, und erfuhr von seinem Studium, das ihm durch Mischas Tod sinnlos erschien. Er erzählte von Sandro, der auch im Gefängnis saß, weil er versucht hatte, die Totalverweigerung durchzuziehen, und dass er Peggy schon länger nicht gesehen hatte. Die Clique gab es nicht mehr.

Irgendwann fiel ihr die Narbe am Kinn auf. Sie fragte, was passiert war. Er sagte etwas von einer Prügelei mit seinem Vater. »Es war deinetwegen. Oder besser wegen euch … Also wegen Mischa und dir.«

»Wieso denn?«

»Weil ich nicht geglaubt habe, dass er ertrunken ist. Das ist nämlich die offizielle Version.« Er senkte die Stimme, denn die Aufseherin stand nur ein paar Meter entfernt. »Ich habe meinem Vater vorgehalten, dass seine Freunde bei der Stasi Lügner und Mörder sind und er keinen Deut besser, wenn er deren Spiel mitspielt. Jedenfalls gab es Zoff, und wir haben uns geprügelt. Aber am Ende hatte ich ihn so weit. Er hat herausgefunden, wie Mischa gestorben ist. Deshalb bin ich hier. Du sollst das erfahren.«

»Sie haben ihn erschossen«, flüsterte Annett. »Ich habe die Schüsse gehört.«

Volker griff über den Tisch nach ihrer Hand und Annett wunderte sich, dass die Aufseherin sich taub und blind stellte. Flüstern war ebenso verboten wie körperlicher Kontakt. War Volkers Vater mehr als ein Spitzel und kannte die richtigen Leute, die ungestörte Gespräche ermöglichten?

»Einer der Schüsse hat ihn am Kopf erwischt. Ein Streifschuss, der nicht tödlich war. Aber Mischa war bewusstlos. Deswegen ist er ertrunken.«

Volker hielt noch immer ihre Hand, und es fühlte sich gut an, in diesem Moment nicht allein zu sein.

Irgendwo im Treppenhaus des Kanzleigebäudes schlug eine Tür, und Annett atmete durch. Sie war Volker noch heute dankbar für diesen ersten Besuch in Hoheneck und für alle weiteren. Er hatte ihr gezeigt, dass es eine Zeit danach für sie geben konnte, und sie hatte die Stecknadeln erst einmal an ihrem Platz in der Matratze gelassen. Er war in dieser Zeit – neben ihren Eltern – ihr Anker in der Welt jenseits der Mauern gewesen. Und schließlich hatten er und sein Vater sich gemeinsam mit ihren Eltern im Herbst '89, noch vor dem Mauerfall, an den Demonstrationen beteiligt und nicht nur freie Wahlen gefordert, sondern auch eine Amnestie für alle inhaftierten politischen Gefangenen. Auch dafür war sie Volker dankbar. Seine ruhige und beharrliche Art hatte ihr schon damals gefallen. Seine Gewissenhaftigkeit und später auch sein Ehrgeiz, sich im Westen etwas aufzubauen. Sein feiner Humor, der leider zu selten aufblitzte. Dass er schwieg und zuhörte, als sie ihm nach und nach von der Zeit in Haft erzählte. Dass er sie zwar tröstete, aber nicht bemitleidete, sondern mit ihr gemeinsam nach vorne sah. In eine gemeinsame Zukunft. Dass er ihr half, den Kraken in Schach zu halten. Auch dafür hatte sie ihn geliebt.

Die Stimmen in Gabes Büro wurden lauter, die Tür öffnete sich, und zwei Männer traten in den Flur. Annett erkannte Gabe sofort wieder. Er hatte sich kaum verändert, war nur alt geworden. Sogar die Brille schien noch dieselbe zu sein wie damals. Verwundert musterte er sie und grüßte mit einem Kopfnicken. Nachdem er seinen Klienten zur Tür gebracht und verabschiedet hatte, kehrte er zurück.

»Entschuldigung. In meiner Agenda steht kein weiterer Termin für heute. Sie müssen mir auf die Sprünge helfen.«

»Annett Frey. Ich bin ohne Termin hereingeschneit. Haben Sie ein paar Minuten Zeit?« Auf ihren Namen reagierte er nicht. Er hatte sie längst vergessen.

»Ja, gut. Kommen Sie herein.« Er bot ihr in seinem Büro Platz an, wobei er sich hinter einem wuchtigen alten Schreibtisch verschanzte, als suche er Schutz oder Distanz. »Was kann ich für Sie tun?«

»Wir kennen uns. Das ist allerdings ein Weilchen her.«

»Ach?« Ein musternder Blick glitt über sie. Sie sah, wie er sich zu erinnern versuchte und seine innere Alarmanlage ansprang, wie er sich versteifte und zurücklehnte.

»Sie waren vor achtundzwanzig Jahren mein Verteidiger.«

Die linke Hand wanderte zum Ohrläppchen und zupfte daran. Wie damals. »Frey, sagten Sie. Ja, ich erinnere mich. Es ging um Republikflucht.«

»Versuchte Republikflucht.«

Er verschränkte die Arme vor der Brust und schob die Hände unter die Achseln. »Weshalb sind Sie hier?«

»Ich bin auf der Suche nach demjenigen, der meinen Freund und mich damals an die Stasi verraten hat.«

Gabe lachte auf. »Wie stellen Sie sich das vor? Ich bin kein Privatdetektiv.«

»Ein Blick in meine Akte würde vermutlich reichen. Kann ich sie sehen?«

Die Antwort kam ohne Zögern. »Die alten Akten sind längst vernichtet. Und selbst wenn ich sie noch hätte, würde ich sie Ihnen nicht geben.«

»Warum?«

»Weil Menschen wie Sie nur Unfrieden stiften. Altes und längst Vergangenes aufwühlen. Eine Gesellschaft mit Dreck bewerfen, die Ideale hatte. Der es nicht nur um Konsum ging und Gier, sondern um Gleichheit und Gerechtigkeit.«

»Gerechtigkeit? Ach ja? Dieser Staat hat meinen Freund ermordet und mich in den Knast gesteckt. Weil wir frei leben wollten!«

»So waren damals die Gesetze.«

»Es war unrecht.«

»Sie täuschen sich. Nach damaliger Rechtsprechung sind sie zu Recht verurteilt worden.«

Es war nicht zu fassen! So jemand war Anwalt! Annett sprang auf. »Sie reaktionäres Arschloch! Warum wandern Sie nicht nach Russland aus oder besser nach Nordkorea! Dort werden solche wie Sie gebraucht!«

Gabe ließ sich nicht aus der Ruhe bringen. Er stand auf. »Es ist besser, wenn Sie jetzt gehen.« Er wies zur Tür. »Einen guten Tag noch, Frau Frey.«

»Gut, dann nehme ich mir einen Anwalt und klage auf Herausgabe meiner Unterlagen.«

»Tun Sie, was Sie nicht lassen können. Aber die Akte gibt es nicht mehr.« Er wich ihrem Blick aus, und sie erkannte, dass er log. »Und jetzt gehen Sie, oder ich rufe die Polizei!«

Langsam kam er auf sie zu. »Danke. Ich finde allein raus.« Sie machte auf dem Absatz kehrt, verließ das Büro und steuerte den Ausgang an. Dabei kam sie am Empfangstresen vorbei. Dort lag der Schlüsselbund von Gabes Mitarbeiterin. Sie steckte ihn ein und donnerte die Tür hinter sich zu.

*

Zwei Stunden später saß Annett noch immer in ihrem Wagen und beobachtete den Hauseingang. Der Ärger auf Gabe verrauchte, ebenso verflog die Verwunderung über sich selbst. Sie hatte den Schlüsselbund geklaut. Die Gunst des Augenblicks nutzend. Es passte nicht zu ihr. Ebenso wenig wie ihr verbaler Angriff auf Gabe. Hatte sie ihn wirklich ein reaktionäres Arschloch genannt und ihm die Auswanderung nach Nordkorea empfohlen? Mischa hätte das gefallen. »Gut gemacht!«, hätte er gesagt und sie in den Arm genommen. Sie konnte sein Lachen beinahe hören, das so herzlich und offen gewesen war. So mitreißend.

Wieder stieg Bitterkeit über seinen ungesühnten Tod in ihr auf. Nach Gabes Auffassung war sicher zu Recht auf ihn geschossen worden. Es hatte ein Gesetz gegeben, das Schüsse auf Flüchtende legitimierte, und trotzdem war es unrecht gewesen. Wieder grub Annett die Nägel ins Fleisch. Wieso war nie jemand angeklagt worden? Weshalb hatte es nie einen Prozess gegeben?

Die Antwort kannte sie doch. Niemand wusste, wer damals geschossen und wer den Befehl dazu gegeben hatte. Also gab es niemanden, dem man Mischas Tod vorwerfen, den man anklagen und verurteilen konnte. Den man wegsperren konnte. So wie sie damals. Denn entscheidende Dokumente waren verschwunden. Für Mischa würde es nie Gerechtigkeit geben.

Auf der anderen Straßenseite rührte sich etwas. Gabe trat vor das Haus und blieb im Licht einer Straßenlaterne stehen. Er sah sich um, und Annett befürchtete schon, dass er das Fehlen der Schlüssel bemerkt hatte und nach ihr Ausschau hielt, als ein Taxi vorfuhr. Er stieg ein, und einen Moment später war er verschwunden. Ein paar Minuten wartete sie noch und fragte sich, ob sie wirklich in seine Kanzlei einbrechen wollte. Obwohl das eigentlich kein Einbruch war, sie besaß ja die Schlüssel. Die sie gestohlen hatte. Was sie vorhatte, war auf alle Fälle strafrechtlich relevant.

Schließlich gab sie sich einen Ruck, stieg aus und überquerte die Straße. Am Bund hingen drei Schüssel. Ein kleiner für den Briefkasten und zwei für Zylinderschlösser. Gleich der erste passte an der Haustür. Sie trat ein und ging nach oben. In der ersten Etage gab es neben der Tür zur Kanzlei noch zwei weitere. Alle drei verfügten über Oberlichter aus Milchglas. Hinter einem war es hell, und Annett bemühte sich, keinen Lärm zu machen. Sie sperrte auf und zog die Tür leise hinter sich zu. Durch das Fenster zum

Treppenhaus fiel Licht, das den Vorraum ein wenig erhellte. Sie wagte nicht, die Lampen einzuschalten, und steuerte im Halbdunkel den Archivraum an. Jeder Schritt erschien ihr überlaut, obwohl der Teppich die Geräusche dämpfte. Eine Diele knarrte, und sie fuhr zusammen. Ihr Mund wurde trocken, und ihr Herz schlug zu schnell.

Im Archiv gab es ein schmales Fenster zum Hinterhof. Die Jalousie war halb geschlossen, sie ließ sie ganz herunter. Erst dann machte sie Licht und sah sich das Durcheinander in den Regalen an. Auf den ersten Blick war kein Ordnungsprinzip zu erkennen. Wahllos nahm sie einige Akten heraus. Sie stammten aus den letzten fünf Jahren. Die Ordner im Regal nebenan ebenfalls. Andere waren älter und reichten bis etwa 1995 zurück. Nach Jahren waren die Unterlagen nicht geordnet und auch nicht nach Namen. Es sah aus, als hätte man sie willkürlich eingeräumt. Vielleicht nach einem Umzug. Ihr blieb nichts anders übrig, als alles durchzusehen. Regal für Regal. Fachboden für Fachboden. Wobei sie die Ordner erst einmal unbeachtet ließ. Ihre Akte hatte sich in einem Aktendeckel befunden. An die Farbe konnte sie sich nicht erinnern. Sie schob die Ärmel hoch und machte sich ans Werk. Nach einer Stunde hatte sie zwei Regale durch und war nicht auf eine einzige Akte aus der Vorwendezeit gestoßen. Hatte Gabe sie tatsächlich geschreddert? Auszuschließen war das nicht. Vermutlich war sie nicht die Einzige, die er so famos vor Gericht vertreten hatte und die nach der Wende unbequeme Fragen stellte. Da war es besser, wenn es die Unterlagen nicht mehr gab. Andererseits schien Gabe zum Typ Sammler zu gehören. Das war ihr schon am Nachmittag aufgefallen. Dieses Regal voller alter Fachzeitschriften. Mit einem Mal war sie sich sicher, dass hier irgendwo die Akten aus der DDR-Zeit Staub ansetzten. In einer Art Giftschrank vielleicht. Sie sah sich in dem Raum um, ob sich irgendwo eine Art

Geheimtür verbarg. Doch alles, was ihr auffiel, waren fünf Umzugskartons auf dem obersten Fachboden eines Regals. Sie schob die Archivleiter entlang der Führungsschiene dorthin, kletterte hinauf und zog einen Karton heraus. Er war nicht nur unhandlich, sondern unerwartet schwer. Sie verlor beinahe das Gleichgewicht und musste sich binnen einer Zehntelsekunde entscheiden: Entweder fielen sie beide oder nur er. Mit einem dumpfen Knall schlug der Karton auf dem Boden auf. Annett hielt den Atem an und lauschte. Als alles ruhig blieb, stieg sie von der Leiter. Der Karton war beim Sturz aufgegangen, Akten lagen auf dem Holzboden verstreut. Sie hob eine auf. Ein Betrugsfall von 1986. »Yes!« Nach und nach wuchtete sie die Kartons herunter. Alle enthielten Unterlagen aus der Vorwendezeit. Und plötzlich hielt sie ihre Akte in den Händen. Ein senfgelber Aktendeckel, der von einem grünen Gurt zusammengehalten wurde. Ihr Name und Geburtsdatum standen auf der Vorderseite und der Grund der Anklage: Ermittlungsverfahren gemäß Paragraf 213 StGb, versuchter ungesetzlicher Grenzübertritt.

*

Sie schob die Akte in ihre Umhängetasche und überlegte, ob sie den ursprünglichen Zustand wiederherstellen sollte, obwohl sie schnellstmöglich wegwollte. Doch besser war es, wenn Gabe nichts von ihrem Besuch bemerkte. Sie legte die Akten zurück, hievte die schweren Kartons nach oben und war gerade fertig, als sie im Flur ein Geräusch hörte. Rasch schaltete sie das Licht aus und legte das Ohr an die Tür. Was war das? Es dauerte einen Moment, bis sie darauf kam. Ein Staubsauger. Die Putzfrau absolvierte ihre Runde.

Annett wartete, bis das Geräusch leiser wurde, und spähte in den Flur. Gabes Bürotür stand offen, Licht brannte darin, der Staubsauger summte, und Annett beschloss zu gehen. Den Schlüsselbund legte sie zurück an den Empfang und zog leise die Tür hinter sich zu.

Auf der Rückfahrt nach Wismar befand sie sich in einer merkwürdigen Stimmung. Zwischen Euphorie und Niedergeschlagenheit. Sie hatte tatsächlich ihre Akte geklaut! Und das auch noch ziemlich kaltschnäuzig. Es passte nicht zu ihr, doch Mischa hätte es gefallen. Zum ersten Mal stellte sie sich die Frage, ob sie ein anderer Mensch wäre, wenn sie ihr Leben mit ihm geteilt hätte. Wagemutiger und nicht so verzagt. Stärker und risikobereiter. Nicht so ein Mäuschen. Eine Schnecke, wie Volker sie nannte.

Heute war für einige Stunden die alte Annett zum Vorschein gekommen. Besser gesagt die junge. Die achtzehnjährige. Die zwar auch still gewesen war und abwägend, die sich aber etwas getraut hatte. Sie war bereit gewesen, alles zu riskieren für das, woran sie glaubte. An die Liebe. An die Freiheit. Doch diese Annett gab es nicht mehr. Schon sehr lange nicht.

Es war spät, als sie Wismar erreichte, den Wagen abstellte und mit ihrer Akte in der Umhängetasche das Bed & Breakfast ansteuerte.

Wie ein funkelndes Diadem hing die Nacht über der Stadt. Sternenklar und eisig kalt. Die Luft prickelnd und salzig, und wieder stellte sich der Gedanke ein zurückzukehren.

In ihrem Zimmer setzte sie sich aufs Bett und überlegte, wie es wäre, wieder hier zu wohnen. Eigentlich fühlte es sich gut an, wären da nicht der Krake, die Schatten der Vergangenheit. Und Högner, der auch hier lebte.

In ihrer Akte befand sich das Foto von Mischas Leiche. Auf diesen Anblick musste sie sich vorbereiten. Sie nahm das senfgelbe Bündel aus der Tasche und konnte es nicht öffnen. Etwas in ihr weigerte sich, den Gurt zu lösen. Einen

Moment brauchte sie noch. Vielleicht war es besser, bis morgen zu warten. Stattdessen nahm sie das Handy heraus und las endlich die WhatsApps, die Volker ihr gestern Abend geschickt hatte.

Er saß mit Patrick im Georgias und stieß mit ihm auf den Hochzeitstag an. Sie fehle ihm, schrieb er, und für einen Moment fehlte er ihr auch, und die Idee, vielleicht nach Wismar zurückzukehren, erschien ihr auf einmal absurd. Volker war immer für sie da gewesen. Ihr Fels in der Brandung. Ihr Anker und ihr Rückhalt. Vielleicht beging sie den Fehler ihres Lebens, wenn sie ihn verließ.

Die andere Nachricht war ein Video. Er hatte es daheim im Wohnzimmer aufgenommen. Sie tippte auf »Play« und sah es sich an. Er hatte den Pavillon gekauft, den sie bereits entdeckt und von dem sie nie gesagt hatte, dass sie ihn toll fand, und sie fühlte sich plötzlich von ihm manipuliert und vereinnahmt. Seine Geschenke waren wie ein Befehl: Sieh, was du an mir hast! Sei gefälligst dankbar! Liebe mich!

Volker sprach weiter. Sonja hatte ihm geraten, ihr zu sagen, was er an ihr mochte, und seine Aufzählung berührte sie anfangs sehr. Wie er ihre Art aufzustehen beschrieb. Wie sie auf ihrer Unterlippe kaute und die Haare aus dem Gesicht strich. Ihren Geruch nach der Gartenarbeit. Wie sie lesend auf dem Sofa saß. All das liebte er an ihr, und ihr Herz wurde weit. Bis er zum Beziehen der Betten kam. »So zackig. Da sitzt jeder Griff.«

Ein bitterer metallischer Geschmack füllte plötzlich ihren Mund. Ihr war nicht bewusst gewesen, dass sie die Betten noch immer so bezog. So zackig und akkurat. Sie sah die blau karierte Bettwäsche wieder vor sich. »Das nennen Sie straff! Zwo-eins-eins!« Der Schlag des Knüppels auf den Rücken warf sie beinahe um. »Noch einmal beziehen! Sie lernen das schon noch.«

Sie hatte es gelernt. Und sie hatte Volker davon erzählt. Nach und nach. In den langen dunklen Nächten, in denen sie nebeneinanderlagen und sie nicht schlafen konnte, hatte sie ihm berichtet, was sie während der Haft erlebt hatte und nicht wieder loswurde. Welche Kräfte sie im Griff hielten und in ihr Leben pfuschten.

Annett stoppte das Video und stand auf. Sie trank ein Glas Wasser. Ihr war noch immer schlecht. Sie brauchte frische Luft und zog Jacke und Mütze wieder an und ging durch die Straßen der Stadt, bis sie sich beruhigt hatte.

Es war beinahe Mitternacht, als sie in das Zimmer zurückkehrte. Die Akte mit dem grünen Gurt lag noch immer auf dem Bett. Entschlossen löste sie ihn. Das Bündel glitt ihr aus der Hand, fiel auf den Flickenteppich, und der Inhalt rutschte heraus. Ein loser Stapel Papiere und einige Fotoabzüge. Sie wappnete sich und setzte sich auf den Boden. Das Foto von Mischas Leiche auf dem Bootsdeck geriet ihr als Erstes in die Hände, als habe es darauf gewartet, von ihr gefunden zu werden. Die Farben waren im Lauf der Jahre verblichen, die Kontraste verblasst. Und doch lag er da noch immer, auf diesem Metallboden mit dem Riffelmuster. Die Wunde an der Stirn. Weinrot hob sie sich von seinem weißen Gesicht ab. Sein Blick in die Ewigkeit gerichtet. In die Unendlichkeit. In einen Raum ohne Zeit. Ohne Vergangenheit, Gegenwart und Zukunft. Geronnen im Jetzt. Im Augenblick seines Todes. Sein Dasein geschrumpft auf einen körperlosen Kern namens Erinnerung. Erst wenn sich niemand mehr an dich erinnert, bist du wirklich tot, dachte Annett, und im selben Moment, dass sie ihn nie vergessen wollte. Mit dem Daumen strich sie über sein Gesicht, legte das Bild beiseite und schob die losen Blätter zu einem Stapel zusammen. Seite für Seite sah sie sich an. Ihr Geständnis ganz obenauf. Sie verdrängte die Erinnerung daran, wie es zustande gekommen war. Stasi-Berichte aus der Haftzeit.

Ein Zelleninformator hatte eifrig Berichte über Annett geliefert, in denen Belanglosigkeiten standen. Dass sie auch während der U-Haft bespitzelt worden war, hatte sie nicht bemerkt. Es wunderte sie aber nicht. Wer war das gewesen? Deckname Solitär. Ein Mann? Eine Frau? Es war nicht mehr wichtig. Sie fand eine Kopie von Rainers Anzeige, die sie von Mischas Vater schon kannte. Und etliche Zettel mit handschriftlichen Notizen, offenbar von ihrem Verteidiger Erich Gabe. Darauf waren die Umstände ihrer Verhaftung stichwortartig notiert. Infos über die Datsche auf Poel und ihr Segelboot. Notizen zu ihren Eltern und Freunden, zu ihrem Schulabschluss. Infos von ehemaligen Lehrern und Klassenkameraden über sie. Hatte er doch nach entlastendem Material gesucht? Oder sich sein Urteil über sie nur bestätigen lassen? Annett fehlte die Ruhe, diese Notizen sorgfältig zu lesen. Sie überflog sie nur. Bis sie eine entdeckte, die Rainer betraf, den Erstatter der Anzeige. Gabe hatte sich dieselbe Frage gestellt wie sie. Wie hatte Rainer Sandherr von der bevorstehenden Republikflucht erfahren? Das hatte Gabe damals gefragt, und er hatte eine Antwort erhalten.

Annett

Am nächsten Morgen brach Annett zeitig auf und kehrte schon am späten Vormittag nach Bamberg zurück. Den Rollkoffer ließ sie im Flur stehen und legte in der Küche die Akte auf den Tisch.

Eine leise sirrende Wut saß seit gestern Nacht in ihr. Und das war gut so. Sie war wie eine elektrische Ladung. Ein Minuspol, der sie von einem anderen Minuspol abstieß. Dem schwarzen Loch, in das sie sonst fallen würde. Oder springen.

Sie nahm das Foto von Mischas Leiche heraus und knallte es mit einem Magneten an die Kühlschranktür. Dieses Bild wollte sie vor Augen haben. Tag für Tag. Jede Stunde und jede Minute. Bis dieses Kapitel abgeschlossen war. Bis die Rechnung beglichen war.

Ihr Handy vibrierte. Fabians Bild erschien auf dem Display. Sie hatte jetzt nicht die Nerven, mit ihm zu reden, und drückte das Gespräch weg. Fünf Minuten später kam eine WhatsApp von ihm und eine zweite gleich hinterher.

Hi Mama,
du solltest die Rauchmelder in deiner Wohnung austauschen. Das sind keine Rauchmelder, sondern Über-

wachungskameras. Ich vermute, Papa hat sie installiert. Jedenfalls gibt es Files auf deiner HD, die darauf hindeuten. Gruß Fabian

Falls du dich fragst, wie ich darauf komme: Ich hatte ja die Daten von deinem Laptop kopiert und nach der Aktion mit den Mails kein gutes Gefühl. Deshalb hab ich mir das mal genauer angesehen.

Sie las die WhatsApps ein zweites Mal. Doch da stand noch immer dasselbe. Es konnte nicht sein, und doch passte es. Volker bespitzelte sie. Er kontrollierte sie. Er entschied für sie.

Sie trug die Trittleiter ins Wohnzimmer. An der Decke hing eine Metallscheibe. Daran haftete der Rauchmelder mit magnetischem Boden. Sie nahm ihn runter, schraubte den Deckel ab und blickte in das winzige Glasauge einer Kamera. Du Mistkerl, dachte sie, warf das Teil auf den Boden und zertrat es. Mit dem Rauchmelder aus dem Schlafzimmer verfuhr sie ebenso, machte ein Foto und schickte es Fabian.

Danke!

Dann kehrte sie in die Küche zurück, wo ihr Handy lag, und rief Dagmar an. Volker war im Büro. Sie sammelte den Rauchmelderschrott auf, warf ihn in eine Tüte und machte sich auf den Weg. Zu Fuß waren es nur ein paar Minuten durch die Altstadt. Sie sah weder das Blau des Himmels noch den Reif, der an diesem klirrend kalten und gleißendem Frühwintertag wie weißer Pelz in den Bäumen saß. Sie hatte keinen Blick für die weihnachtlichen Auslagen der Schaufenster übrig und auch nicht für die Bettlerin am Portal des Doms.

Dagmar öffnete die Tür. Annett ging an ihr vorbei in

Volkers Büro. Er sah auf, als sie eintrat, und für den Bruchteil einer Sekunde erschien ein warmes Lächeln, doch dann erkannte er offenbar den Ärger in ihrem Gesicht und stand auf. »Annett ...«

»Du verdammter Schuft!« Sie leerte den Inhalt der Tüte auf seinen Schreibtisch. Wochenlang hatte sie alles geschluckt, was er ihr zugemutet hatte, doch nun brach es aus ihr heraus. »Du bespitzelst mich, ja?! Du liest meine Mails! Du sagst meine Stelle ab! Du verdammtes Arschloch! Was glaubst du denn, wer du bist? Gott?«

Sie sah ihm an, dass sie ins Schwarze getroffen hatte. Er hatte die Kameras montiert. Doch er würde es gleich bestreiten. Das sah sie auch. »Annett, beruhige dich.« Er griff nach ihrem Arm und sie erkannte, dass er ausnahmsweise recht hatte. Sie musste sich beruhigen, sonst würde er einen Schutzwall hochziehen und sich dahinter verschanzen. Sie wollte aber Antworten von ihm. Also zwang sie sich zur Ruhe, atmete durch und ließ sich auf einen Sessel in der Besprechungsecke fallen. »Kann ich einen Tee haben?«

»Sicher.« Er bat Dagmar, Tee zu machen, und setzte sich zu ihr. »Geht's wieder?«

»Wie kommen die Kameras in meine Wohnung?«

»Was für Kameras?«

Er hatte tatsächlich vor, sich unwissend zu stellen. »Die in den Rauchmeldern, die jetzt auf deinem Schreibtisch liegen.«

Volker tat, als wüsste er nichts davon, stand auf, sah sich die zertretenen Plastikteile an und schüttelte den Kopf, als wäre ihm das alles unerklärlich. »Die müssen noch vom Vormieter sein.«

Von der Vormieterin, hätte Annett am liebsten gesagt. Von deiner Vielleicht-Geliebten. Hast du die auch ausspioniert? Doch damit würde sie den nächsten Nebenkriegsschauplatz betreten.

»Okay. Dann leiste ich Abbitte für meine Verdächtigung. Vom Vormieter also.«

»Du glaubst mir nicht?«

»Doch. Natürlich glaube ich dir. Entschuldige. Ich war nur so aufgebracht.«

»Das verstehe ich.« Volker setzte sich zu ihr. »Wie hast du die überhaupt entdeckt?«

Sie behauptete, ein Fehlalarm wäre losgegangen, deshalb habe sie das Ding abgenommen und die Kamera entdeckt und dann auch beim zweiten nachgesehen. Dagmar kam mit dem Tee und fragte, ob Annett die Stelle nun annahm, und sie gab ihrer Intuition nach und nickte. »Ja, deswegen bin ich eigentlich hier.« Wenn Volker bekam, was er wollte, erhielt sie vielleicht Antworten.

»Das ist ja großartig.« Volker nahm sie in den Arm. »Wirklich. Das haut mich jetzt um. Wir werden ein tolles Team sein.«

Sie zwang sich ein Lächeln ins Gesicht, während Dagmar den Raum verließ. »Ich habe das in Wismar entschieden. Ich war für zwei Tage dort.«

»Schon wieder.« Er rückte ein wenig von ihr ab. »Dieser Ort tut dir nicht gut.«

»Ich kann dort klarer denken.« Sie schenkte sich Tee ein. »Ich war auch in Rostock und habe Erich Gabe besucht.«

»Wer ist das?«

»Er war damals mein Verteidiger.«

Volkers Schultern sackten herab. »Meine Güte, Annett. Warum tust du dir das an?«

»Es geht mir gut. Du musst dir keine Sorgen um mich machen.«

»Du wirkst aber aufgebracht.«

»Das ist hauptsächlich wegen der Kameras.« Sie gab Zucker in den Tee.

»Hauptsächlich?«

»Es gibt etwas, das ich mit dir besprechen möchte. In aller Ruhe. Ohne Vorwürfe. Ich will es nur verstehen.«

Sie registrierte, wie sich seine Schultern strafften und er sich wappnete. »Wieso warst du bei deinem Anwalt?«

»Es gab noch eine offene Frage, auf die ich eine Antwort wollte.«

Volker verstand sofort, worum es ging, und wechselte in den Angriffsmodus. »Du meinst, wer damals meinem Vater von euren Plänen erzählt hat. Ich habe dir doch gesagt, dass er seine Quelle nicht preisgegeben hat. Du glaubst mir also nicht.«

»Dann hat er dich belogen. Denn er hat es meinem Anwalt gesagt.« Annett zog den Zettel aus der Tasche, den sie in ihrer Akte gefunden hatte. Die Notiz, die Erich Gabe vom Gespräch mit Rainer Sandherr angefertigt hatte. »Zeuge Sandherr wurde über bevorstehende RF von Sohn Volker informiert.«

*

Aus Volkers Gesicht wich alle Farbe, und sie erkannte, dass es stimmte. Er hatte sie verraten.

»Das ist nicht wahr«, stieß er einen Moment später hervor.

Du Lügner, dachte sie. Du verdammter Lügner! Ich habe dir vertraut. Blind! Die längste Zeit meines Lebens. Und jetzt weiß ich nicht mehr, was ich dir überhaupt noch glauben kann. »Es gibt eine Aktennotiz über das Gespräch, und da steht es.« Annett reichte ihm das Stück Papier. »Ich habe nur zwei Fragen an dich: Woher wusstest du es, und warum hast du es deinem Vater gesagt?«

Volker starrte auf den Zettel in seiner Hand. »Das hat er sich doch aus den Fingern gesogen.« Mit einer entschiedenen Geste reichte er das Papier zurück. »So ein Unsinn.«

Abstreiten. Lügen. Verdrehen. Das konnte Volker gut. Den Spieß umdrehen. Gleich würde er ihr erklären, dass sie die wahre Verräterin war. Lügen konnte auch sie. »Ich habe dir vorhin gesagt, dass ich bereit bin, hier einzusteigen. Dir ist klar, dass das auch bedeutet, dass ich bereit bin, neu anzufangen. Das geht aber nur, wenn wir ehrlich zueinander sind. So wie wir uns das vor vielen Jahren versprochen haben. Keine Lügen. Keine Geheimnisse.« Abwartend sah sie ihn an. Die Ehe retten, das war der Köder, nach dem er schnappen würde. »Woher und warum?«

Volker stand auf und ging in den Vorraum zu Dagmar. »Ich will nicht gestört werden. Sagen wir die nächste Viertelstunde.« Er kehrte zurück, schloss die Tür und setzte sich ihr gegenüber. »Also gut. Woher ich es wusste, ist schnell erklärt. Ich wollte euch am Freitagabend auf Poel besuchen. Also am Freitag vor eurer Flucht. Nur dass ich davon natürlich nichts wusste. Wir hatten uns in diesem Sommer kaum gesehen, daher habe ich ein paar Bier eingepackt und bin zu euch geradelt. Als ich kam, habt ihr bei offenem Fenster in der Küche gesessen und euch unterhalten. Ich habe mich angeschlichen. Ein kindischer Versuch, um euch zu erschrecken, und dabei habe ich euer Gespräch mitbekommen. So war das.« Er fuhr sich mit der Hand durchs Haar. »Es war Zufall, und ich habe mir tausend Mal gewünscht, ich hätte das nicht gehört.«

An das offene Fenster erinnerte Annett sich. Es hatte ein leichtes Unbehagen bei ihr ausgelöst. Obwohl sie allein waren, hatten sie die Stimmen gesenkt, während sie den Plan noch einmal Schritt für Schritt durchgingen, den Seewetterbericht hörten und sich entschieden, die Flucht in der Nacht auf Sonntag zu wagen. »Okay. Und warum hast du uns bei deinem Vater hingehängt?«

Volker legte den Kopf in den Nacken und starrte an die Decke. »Das habe ich nicht. Nicht absichtlich.« Sein Blick kehrte zurück. »Mir ging es am Samstag nicht gut, und das hat er gemerkt. Ich war ziemlich neben der Spur.«

»Weil du nicht wusstest, was du tun sollst? Uns anzeigen oder abhauen lassen?«

»So war das nicht. Ich war vor allem wütend auf Mischa. Ich dachte, wir wären Freunde. Er wollte verschwinden und hat mir nichts gesagt, wie Freunde das tun sollten.«

»Wir wollten niemanden mit hineinziehen.«

»Ja, genau. Er hat uns alle verarscht und ein großes Theater um seine angebliche Totalverweigerung gemacht. So viel zu Freundschaft und Vertrauen. Ich war wütend auf ihn. Und auch auf dich.«

»Wieso auf mich?«

»Weil du mit ihm gehen wolltest. Es konnte ja niemand ahnen, dass die Mauer fällt. Ich dachte, ich würde dich nie wiedersehen.«

Überrascht sah sie ihn an. »Du warst damals schon in mich verknallt?«

»Nicht verknallt. Ich habe dich geliebt.«

»Und deswegen hast du uns verraten? Weil du gekränkt warst und eifersüchtig?«

»Ich habe euch nicht verraten. Ich habe mich meinem Vater anvertraut. Das ist ein Unterschied. Er hat gemerkt, dass etwas mit mir nicht stimmt, und hat nicht lockergelassen, bis ich es ihm gesagt habe. Ich dachte, das bleibt unter uns.«

Ungläubig sah Annett ihn an. Es war nicht zu fassen! »Unter euch? Das hast du geglaubt? Ernsthaft!« Annett stand auf. »Ein Stasi-Spitzel, der einen Fluchtplan nicht verrät. Das hast du dir ja toll zurechtgebogen. Du hast deinen Vater benutzt, um dir selbst die Finger nicht schmutzig zu machen. So war das!«

*

Natürlich tauchte Volker am Nachmittag im Bittersüß auf. Annett sah ihn kommen und zog sich ins Lager zurück, während Sonja mit ihm sprach und behauptete, Annett heute noch nicht gesehen zu haben. An diesem Tag war viel los. Sie kamen kaum dazu zu reden. Erst abends, als sie den Laden schlossen und aufräumten, erzählte Annett, was sie herausgefunden hatte, und Sonja meinte, dass sie Volker in gewisser Weise verstand. »Diese alte Geschichte tut dir nicht gut. Du verbeißt dich regelrecht darin. Warum kannst du das nicht hinter dir lassen?«

»Du meinst, Schwamm drüber, als wäre nichts gewesen?«

»Natürlich nicht. Aber etwas mehr Abstand wäre gut.«

»Hast du mir überhaupt zugehört? Volker hat uns verraten. Er ist schuld an Mischas Tod. Seinetwegen saß ich im Stasi-Knast. Er war das! Er hat uns verpfiffen, weil er eifersüchtig war auf Mischa. Und dafür hat er dann auch noch den Hauptgewinn bekommen: mich! Da wird mir schlecht!«

»Er hat sich seinem Vater anvertraut. Und der hat Volkers Vertrauen missbraucht. Das ist ein Unterschied.«

Fassungslos starrte Annett ihre Freundin an. »Volker wusste, dass sein Vater schnurstracks zur Stasi rennen würde. Du stehst also auf seiner Seite?«

»Ich sehe nur, dass dich das fertigmacht. Das tut mir weh.«

»Und jetzt denkst du, da sein mieser Verrat sich nicht mehr ändern lässt und sowieso schon alles vergessen und verjährt ist, soll ich einfach so tun, als wäre nichts?«

»Das meine ich nicht. Aber du hast dich ja schon von ihm getrennt. Mehr kannst du nicht tun. Außer den Kopf mal wieder in Richtung Zukunft zu drehen. Außerdem will ich mich vor niemandes Karren spannen lassen. Es ist mir unangenehm, für dich zu lügen und zu sagen, du wärst nicht da oder ich wüsste nicht, wo du bist. Das ist nicht mein Stil. Ich will nicht in euren Streit hineingezogen werden.«

»In Ordnung. Das verstehe ich.« Annett zog die Schürze aus und drückte sie Sonja in die Hand. »Das war dann mein letzter Arbeitstag. Ab morgen kannst du Volker mit gutem Gewissen sagen, dass du nicht weißt, wo ich bin.«

»Du kündigst?«

»Ich habe dir von Anfang an gesagt, dass das kein Job auf Dauer ist.«

»Ach, Mensch, Annett.« Sonja schüttelte den Kopf. »Was willst du denn jetzt tun?«

»Einen anderen Job suchen. Oder ich schreibe endlich einen Krimi. Vielleicht ziehe ich auch zurück nach Wismar. Ich weiß es nicht.«

»Nimm dir ein paar Tage Bedenkzeit, und dann kommst du wieder. Ich brauche dich. Okay?«

»Mal sehen«, sagte Annett und verließ den Laden. Sie stand neben sich, das musste sie zugeben. Sie war zu empfindlich, das stimmte ebenfalls. Besser gesagt: Sie war verletzt, leckte ihre Wunden und schmeckte Blut. Und diese vibrierende Wut stellte sich wieder ein.

Sie wollte nicht vergessen.

Sie wollte auch nicht vergeben.

Stattdessen betrat sie den Antiquitätenladen in der Nähe des Doms und suchte nach einem Bilderrahmen. Sie fand einen versilberten, der schwarz angelaufenen war, und putzte ihn in Patricias Wohnung, bis er glänzte. Dann schob sie das Foto von Mischas Leiche hinein und stellte es auf den Küchentisch.

Volker

Dagmar interpretierte Annetts dramatischen Abgang richtig. Sie wartete eine Viertelstunde, nachdem seine Frau türenknallend abgezogen war, klopfte dann vorsichtig an und trat ein. »Alles gut bei dir?«

»Kann ich nicht behaupten.«

»Ich vermute, Annett hat sich anders entschieden. Zeit, dass du eine Vorauswahl triffst.« Sie legte ihm einen Stapel Bewerbungsmappen auf den Tisch. »Meine Favoritinnen habe ich mit Post-its markiert.«

Er schob den Stapel zurück. »Such dir eine aus. Du wirst das schon richtig machen.«

»Wie du meinst.« Dagmar verzog sich mit den Mappen, und er starrte aus dem Fenster hinunter in die Fußgängerzone. Überall Weihnachtsdeko. Es war zum Kotzen. Wie stellte Annett sich das vor? Wie sollten sie dieses Jahr Weihnachten feiern? Er hatte gedacht, wiedervereint als Familie. Und nun? Jeder für sich? Oder die Kinder erst bei ihr und dann bei ihm?

Er stützte den Kopf in die Hände. Es war vorbei. Es war aus. Das war das Ende seiner Ehe. Er wusste es. Das würde Annett ihm nie verzeihen. Das und die Sache mit den Kameras. Ihm war klar, dass sie wusste, dass er sie installiert hatte. Zugeben würde er das allerdings niemals. Und woher wusste sie von den Mails und der Absage? *Du bespitzelst mich, ja?! Du liest meine Mails! Du sagst meine Stelle ab!* Wie hatte sie das herausgefunden? Er hatte beide Mails gelöscht. Wirklich gelöscht. Es war ein Desaster. Dabei hatte er seit achtundzwanzig Jahren alles getan – wirklich alles! –, damit sie nie von seinem Verrat erfuhr. Dieses verdammte letzte Septemberwochenende 1988. Wäre er doch nur nicht nach Poel gefahren. Dann wäre den beiden die Flucht vielleicht gelungen und Mischa noch am Leben. Doch dann wäre er heute nicht mit Annett verheiratet – was er nicht mehr lange sein würde. In diesem Punkt machte er sich nichts vor. Dann wäre sie bei Mischa. Es war ein Gedanke, den er nicht ertrug und schon damals nicht ertragen hatte. Weniger, dass sie mit Mischa zusammen war, als nicht mit ihm. Er war nicht in sie verknallt gewesen, wie sie vorhin vermutet hatte. Er hatte sie geliebt. Und er liebte sie noch immer!

Dabei hatte sein Vater ihm damals versprochen, die geplante Flucht nicht zu verraten. Kein Wort darüber. Zu niemandem. Wobei Volker natürlich geahnt hatte, dass er das nicht für sich behalten würde. Zugegeben. Annett hatte recht. Eine Seite in ihm hatte sich gewünscht, dass sein Vater das Kommando übernahm und handelte. Weil er selbst das nicht konnte.

Er erinnerte sich noch, wie schön das Wetter an diesem Wochenende gewesen war. Die Luft so klar, der Himmel beinahe wolkenlos. Weiße Wellenkämme auf dem Meer. Wie er die fünfzehn Kilometer nach Poel geradelt war, in Vorfreude, Mischa zu treffen, vor allem aber Annett. Und dann war er denselben Weg zurückgefahren und alles hatte sich geändert und die Welt stand kopf.

Wie er sich damals in seiner Bude verschanzt hatte, und für einen Moment erschien es ihm, als würde sich die Zeit um achtundzwanzig Jahre zurückdrehen, und er stand am Fenster seines Zimmers in der Plattenbauwohnung in Wendorf und blickte auf die Gruppe von Ahornbäumen davor, deren Laub sich schon rot färbte.

Seit er am Freitag bei der Datsche gewesen war und mit angehört hatte, was Mischa und Annett planten, fühlte er sich elend, als hätte er etwas Verdorbenes gegessen und müsste sich gleich übergeben. Nur kam nichts. Etwas gärte in ihm. Eine Mischung aus Wut und Enttäuschung und noch etwas anderem, dass er nicht benennen konnte.

Am Samstagmorgen kam er nicht aus dem Bett und starrte die Plakate an der Wand an. Karat. Stern-Combo Meißen. Und eines der Stones, das er getauscht hatte. Er wusste nicht mehr, wogegen. Er stand auf, fingerte eine f6 aus der Packung, zündete sie an und inhalierte tief. Der Rauch brannte in der Lunge. Das Nikotin erreichte sein Gehirn und zeigte Wirkung. Jetzt kam er dahinter, was ihn eigentlich störte.

Mischa war sein Freund, und doch hatte er Geheimnisse vor ihm. Er wollte abhauen und hatte ihm nichts gesagt. Stattdessen inszenierte er eine Show mit dem Titel »Mischa, der Totalverweigerer« und verarschte so auch Sandro. So viel zu Freundschaft und Vertrauen. Seine Hände ballten sich zu Fäusten. Und dann war da noch Annett, die ihn manchmal so strahlend anlachte und neckte, als hätte er doch eine Chance bei ihr. Darauf baute er schon so lange. Doch sie hatte sich auf Mischa eingelassen. Neid und Eifersucht köchelten auch mit in diesem Topf voller Gefühle. Klar, er war neidisch auf Mischa und auch eifersüchtig. Er hatte sich lange vor ihm in Annett verguckt, aber nicht bei ihr gepunktet. Vielleicht war er es falsch angegangen. Zu still und zurückhaltend. Er war kein Angeber und auch kein Draufgänger wie Mischa.

Doch so, wie sie ihn manchmal ansah, ahnte er, seine Zeit würde kommen. Und jetzt wollte sie weg. Abhauen.

Rübermachen in die BRD. Er würde sie nie wiedersehen. Die Grübchen in ihren Wangen, wenn sie lachte. Die Geste, mit der sie sich eine Locke hinters Ohr strich. Seine Zeit würde nicht kommen. Keine Chance, sie zu erobern. Denn sie wollte für immer aus seinem Leben verschwinden.

Der Plan der beiden war idiotisch. Deshalb hatte er die Idee, sich ihnen anzuschließen, gleich wieder verworfen. Außerdem war der Pirat zu klein für drei und er konnte nicht segeln. Die Flucht mit beiden Booten zu wagen kam also nicht infrage. Und dann war da noch sein Studienplatz. Der Bescheid war letzte Woche gekommen. Er war der Einzige in der Clique, der gleich an die Uni durfte. Auch wenn er ahnte, dass bei diesem Glück sein Vater nachgeholfen hatte, konnte er diese Chance nicht vertun.

Was Mischa und Annett vorhatten, war zum Scheitern verurteilt. Man würde sie erwischen, kaum dass sie die Bucht verlassen hatten. Das Problem würde sich also von selbst lösen. Er musste sie nicht verraten. Denn mit diesem Gedanken kämpfte er seit gestern Nacht. Er wollte nicht, dass Annett ging. Weder in den Westen noch in den Stasi-Knast.

Es klopfte kurz an der Tür. Sein Vater sah herein. »Was ist heute los mit dir? Warum verkriechst du dich in deinem Zimmer?«

»Nichts ist los.«

»Bedrückt dich etwas?«

»Ich will nur allein sein.«

»Na gut.« Sein Vater zögerte. »Wenn dir etwas auf der Seele brennt, du weißt, wo du mich findest.« Er schloss die Tür, und Volker ging ans Fenster und starrte wieder auf die Baumgruppe mit den leuchtend roten Blättern. Rot wie Blut.

Die Flucht konnte auch schiefgehen und Annett ertrinken. Wäre Stasi-Haft nicht das kleinere Übel? Seine Gedanken drehten sonderbare Kreise und Spiralen, bis er einen Strich unter all das zog. Am Ende kam er immer am selben Punkt an: Er wollte nicht, dass Annett für immer aus seinem Leben verschwand. Er liebte sie. Es gab nur eine Möglichkeit. Er musste sie verraten. Er musste die beiden anzeigen. Es wäre zu ihrem Besten. Und er ein mieser Denunziant. Das wollte er nicht sein. Was sollte er tun?

Seine Gedanken drehten sich erneut in denselben Bahnen. Annett sollte hierbleiben. Und er wollte nicht zum Verräter werden. Beides war nicht in Einklang zu bringen. Aus dieser Schleife fand er bis zum Abend nicht heraus. Bis sein Vater ihn zum Essen rief und er am Tisch Platz nahm und die Lösung plötzlich vor ihm stand. Er konnte sich seinem Vater anvertrauen. Was der damit machte, war seine Sache. Wobei ihm bewusst war, dass sein Vater zum Telefon greifen und seine Kumpels bei der Kreisdienststelle des MfS anrufen und sie über die geplante Republikflucht informieren würde. Oder er ging persönlich hin und tat dasselbe. Es war die Entscheidung seines Vaters. Nicht seine. Er war nicht verantwortlich für das, was dann geschah. Dennoch dauerte es noch zwei Stunden, bis Volker seinem Vater Mischas Pläne offenbarte. Weil er nicht lockerließ und nachbohrte und schließlich mit seiner Zusage, dass er das Gespräch vertraulich behandeln würde, einen Blankoscheck ausstellte. »Egal, was es ist, es bleibt unter uns. Versprochen.«

»Wenn du es wirklich für dich behältst …«

»Habe ich doch gerade gesagt. Also, was ist los, Junge? Was quält dich so?«

Aus der Fußgängerzone klang Kindergeschrei herauf. Volker schreckte aus seinen Gedanken hoch. Sein Vater hatte sein Versprechen gebrochen. Allerdings hatte er immer behauptet, dass er Volkers Namen aus der Sache rausgehalten hätte. Er hätte niemandem gesagt, woher er es wusste. Bis auf Annetts Anwalt offenbar. Dem hatte er es gesagt. Und jetzt hatte er Annett verloren, weil sein Alter, der Angeber und Wichtigtuer, die Klappe nicht hatte halten können.

Volker ballte die Fäuste. Er würde ihn totschlagen, wenn er das nicht schon getan hätte.

Annett

Der November ging in den Dezember über. Jeden Tag wurde es ein wenig später hell und früher dunkel. Wobei es nie richtig hell wurde. Die Tage hingen wie graue Fetzen über der Stadt, und statt Schnee ging Regen aus der geschlossenen Wolkendecke nieder. Niesel wechselte sich mit Wolkenbrüchen und Graupelschauern ab, und nicht einmal die glitzernden und leuchtenden Weihnachtsdekorationen in den Schaufenstern und an den Fassaden kamen gegen diese Tristesse an. Jedenfalls nicht in Annetts Augen.

Sie hatte das Gefühl festzustecken. Sie wusste nicht, was sie tun sollte. Es hatte keinen Sinn, sich auf Stellen in Bamberg zu bewerben, wenn sie vielleicht nach Wismar zog. Dasselbe galt für die Wohnung. Sie konnte sie nicht kündigen, solange sie nicht wusste, wie es weiterging. Immerhin war sie ins Bittersüß zurückgekehrt und von Sonja mit einer festen Umarmung empfangen worden. Allerdings arbeitete sie nur noch Teilzeit, sechs Stunden am Tag. Sie brauchte das Geld, um über die Runden zu kommen, und die freie Zeit ... Ja, wofür brauchte sie die? Sie wusste es nicht recht. Die Idee, einen Krimi zu schreiben, schob sich manchmal in den Vordergrund, neben dem Wunsch nach Gerechtigkeit für Mischa. Doch die würde es nie geben.

Sie wollte in die Zukunft blicken, wie Sonja ihr geraten hatte, und suchte an manchen Tagen nach Wohnungsangeboten in Wismar, ohne je einen Besichtigungstermin zu vereinbaren. Sie kaufte bei Emil ein Fachbuch übers kreative Schreiben und blätterte unkonzentriert durch die Seiten. Sie suchte in Online-Portalen nach Mediengestalterstellen und bewarb sich nicht. Sie hing in der Luft, und ohne den Job im Bittersüß würde sie vielleicht an manchen Tagen die Wohnung nicht verlassen. Die Wohnung, in die Volker sie verfrachtet hatte, wohl wissend, was hier geschehen war. Seine subtile Bestrafung für ihre Unverfrorenheit, sich von ihm zu trennen.

Inzwischen hatte sie das Schloss an der Wohnungstür auswechseln lassen, denn sie vermutete, dass er einen Schlüssel besaß und ihr wieder Kameras unterjubeln würde. Jetzt, da Volker sie nicht mehr ausspionieren konnte, begegnete sie ihm häufiger. Er besuchte sie im Bittersüß, passte sie vor der Wohnung ab. Begegnete ihr zufällig in der Fußgängerzone und im Supermarkt und bombardierte sie mit Nachrichten, auf die sie selten reagierte.

Weihnachten rückte näher, und Annett wusste nicht, wie sie die Feiertage überstehen sollte. Volker bat sie eines Tages im Bittersüß, ein letztes Mal Weihnachten zusammen zu feiern, als Familie. Sie zögerte, der Kinder wegen. Die Entscheidung trafen letztlich sie. Eines Abends rief Fabian an und fragte, ob es ein Problem wäre, wenn er über Weihnachten mit Pauline zu ihren Eltern nach Stuttgart fuhr. Zu viele »bad vibrations« in Bamberg. Und Leonie wollte mit Jonas, der sich von einem guten Bekannten zu ihrem Freund gemausert hatte, lieber in Berlin bleiben, als sich zwischen die Fronten zu stellen. Annett fand das in Ordnung. Die Kinder waren erwachsen und trafen ihre eigenen Entscheidungen. Sie konnte sehr gut verstehen, dass beide keine Lust auf die Inszenierung einer heilen Familie hatten. Vermutlich würde die Show sowieso in einem Fiasko enden.

Volker war enttäuscht. Das erklärte er ihr eines Nachmittags im Bittersüß. Wobei er »bitter enttäuscht« sagte und dass es ihre Schuld sei. Sie habe die Familie zerstört. Es war lächerlich. Er wusste genau, was er getan hatte. Doch in gewohnter Weise versuchte er, ihr den Schwarzen Peter zuzuschieben. Das Bittersüß war der einzige Ort, an dem er mit ihr reden konnte. Sonja wollte ihm kein Hausverbot erteilen, obwohl Annett sie darum gebeten hatte. Denn es gab keinen Grund dafür. Er benahm sich anständig. Geradezu vorbildlich. Er war immer höflich, brachte Annett manchmal Blumen mit, ein Buch, kleine Geschenke, wie seit eh und je. Sie warf Blumen, Buch und Macarons in den Müll. Sonja holte alles wieder raus. Verteilte die Blumen in kleinen Vasen auf den Tischen, gab das Buch bei Oxfam ab und aß das französische Gebäck, das Volker Annett mitgebracht hatte, mit dem Kommentar, sie brauche Nervennahrung.

*

Die Feiertage verbrachte Annett schließlich in Wismar. Kurz vor Weihnachten telefonierte sie mit Peggy und brachte sie auf den aktuellen Stand ihrer Ehe, die in sich zusammengefallen war wie ein marodes Haus beim ersten Sturm. Wie sich das auf die Kinder auswirkte und sie daher Weihnachten nun allein in der Wohnung von Volkers mutmaßlicher Ex-Geliebten sitzen und auf den Lampenhaken starren würde, an dem diese sich erhängt hatte.

»Mensch, Zwerg«, sagte Peggy. »Das klingt übel. Komm doch zu uns. Wir machen es uns in Hoben in meiner Datsche gemütlich. Die ist inzwischen einigermaßen winterfest. Soll heißen: Ich habe einen Kaminofen eingebaut. Erfrieren werden wir also nicht, und es gibt ein Gästebett. Was sagst du?«

»Klingt ziemlich großartig. Wer ist ›wir‹? Ich meine, bist du wieder mit Sandro zusammen?«

»Irgendwie schon. Außerdem ist er Weihnachten immer bei mir.«

»Frag ihn erst. Ich glaube nicht, dass er mich sehen will.«

»Klar will er. Weihnachten ist das Fest der Liebe, und bei der Gelegenheit kannst du dich gleich mal bei ihm entschuldigen. So richtig. Mit Kniefall und so weiter.«

Diese Abbitte war nötig, und sie persönlich zu leisten, anstatt einen Brief zu schreiben, erschien Annett richtig, also sagte sie zu, besorgte Geschenke und fuhr am 24. Dezember zum dritten Mal in diesem Jahr nach Wismar. Sie startete morgens um sieben und näherte sich nach mehreren Pausen bei Einbruch der Dunkelheit Hoben.

Das Scheinwerferlicht ihres Froschs huschte über den holprigen Weg. Linker Hand die abgeernteten, von Raureif überzogenen Felder, rechts das Meer im letzten Tageslicht. Der Himmel und das Wasser trugen alle Schattierungen von Grau in sich. Einige Möwen ließen sich vom Wind tragen. Für einen Moment riss die löchrige Wolkendecke auf und die schmale Sichel des Mondes zeigte sich. Es war schön, wieder hier zu sein.

Als Annett den Wagen in die Einfahrt zu Peggys Datsche lenkte, bemerkte sie züngelnde Lichtreflexe an der Hauswand. Es brennt, dachte sie im ersten Moment erschrocken. Doch sie stellte schnell fest, dass es keinen Grund zur Sorge gab. Peggy und Sandro saßen vor dem Häuschen an seiner Feuerschale. Vermummt mit dicken Jacken, Mützen und Schals, obendrein hatten sie sich in Fleecedecken gewickelt. Buddy, der Hund, lag auf einer zerschlissenen Wolldecke und hob den Kopf, als Annett ausstieg. »Moin, Zwerg!« Peggy breitete die Arme aus. »Da bist du ja! Begrüßung gibt's im Sitzen. Sonst fällt mein Decken-Kokon von mir ab.«

»Moin, Peggy. Und frohe Weihnachten.« Annett bückte sich und umarmte ihre Freundin. Dann wandte sie sich an Sandro. Ein wenig befangen. »Moin. Auch dir frohe Weihnachten.«

»Ich bleib auch sitzen. Wenn es dir recht ist. Umarmen darfst du mich trotzdem.« Rauchgeruch stieg aus seinen Klamotten. »Frohe Weihnachten, Zwerg.« Dass er sie so nannte, zeigte ihr, dass er bereit zur Versöhnung war.

»Setz dich zu uns. Deinen Krempel können wir später reinbringen.« Peggy wies auf einen Plastikstuhl, auf dem zwei Decken für sie bereitlagen. Annett holte noch Mütze und Handschuhe aus dem Wagen, wickelte die Decken um sich und setzte sich zu ihren Freunden ans Feuer. Buddy legte den Kopf wieder auf die Pfoten. Peggy schenkte Glühwein aus der Thermoskanne in Becher, dazu gab es Weihnachtsgebäck.

Sandro kümmerte sich ums Feuer, und erst jetzt bemerkte Annett den Topf, der in der Feuerschale auf der Glut stand. Mit einer Zange legte Sandro glühende Kohlen auf den Deckel. »Das ist ein Dutch Oven«, erklärte er. »Wie ihn die Siedler in Amerika benutzt haben. An Weihnachten machen wir darin immer Gulasch. Alte Tradition.«

Peggy lachte, als sie Annetts erschrockenes Gesicht sah. »Keine Grund zur Panik. Gegessen wird drinnen, im Warmen. Auch eine alte Tradition.«

Es tat gut, hier zu sein. Die kalte frische Luft mit dem Geruch nach dem Meer. Der flackernde Feuerschein in der Dunkelheit. Immer wenn der Wind sich drehte und den Rauch in ihre Richtung blies, hoben sie ihre Stühle und rutschten ein Stück weiter.

Es dauerte nicht lange, bis sie auf die alten Zeiten kamen und ihre Erinnerungen rauskramten. An den Tanzkurs, den

Peggy nur dreimal besucht hatte, da sich bei Walzer und Foxtrott ihre Beine verknoteten, und sie doch eigentlich Punk sein wollte, dann aber Gruftie wurde. Egal. Hauptsache dagegen. Gegen die Erwartungen, die man an sie stellte. Gegen den vorgezeichneten Lebensweg. Gegen die Enge und den Mief. Sandro erinnerte sich an sein erstes Moped, eine Simson, das sein Vater ihm zur Jugendweihe geschenkt hatte. Eine Art Abschiedsgeschenk, denn kurz darauf hatte er die Familie verlassen. An seinen ersten Rausch, den er sich mit Opas selbst gebranntem Slivovitz angesoffen hatte, und wie er dann auf dem Heimweg mit der Simson von der Straße abgekommen war und einen Alleebaum nur um Millimeter verfehlte. Er hätte tot sein können. Hatte aber kaum Blessuren davongetragen. Und damit kamen sie bei Mischa an. Der noch leben würde, wenn Volker geschwiegen hätte. Mischa mit seinem Barett auf dem Kopf. Mischa mit den aufmüpfigen Ideen und einem unerschöpflichen Vorrat an Zitaten und Gedichten. Mischa, der die Künstlervilla entdeckt und zum Treffpunkt der Clique gemacht hatte. Zu ihrem geheimen Ort der Freiheit. Mischa mit den Zetteln und den krausen Gedanken, Mischa, der die Songtexte für Tagebau schrieb, und Sandro lachte. »Weißt du, manche habe ich nicht wirklich verstanden. War aber egal. Sie klangen immer so bedeutungsvoll. Ich denke oft an ihn und frage mich, was aus ihm geworden wäre. Nach der Wende. Vielleicht wäre er in die Politik gegangen.«

»Das glaube ich nicht«, sagte Annett. »Parteien sind hierarchisch strukturiert, das wäre nichts für ihn gewesen.« Nun war es so weit, sie fasste sich ein Herz. »Es tut mir leid, Sandro, dass ich dich beschuldigt habe. Du kennst meine Gründe, doch ich hätte dir glauben und dir vertrauen sollen. Es war ein Fehler, das nicht zu tun. Bitte verzeih mir.«

Mit einem Stock stocherte Sandro in der Glut und sah dann zu ihr. »Ist in Ordnung, Zwerg. Ich habe dir das längst nachgesehen. Genauer gesagt, seit ich von Peggy weiß, dass es Volker war, der euch verpfiffen hat.« Er lachte trocken und rührte wieder in der Glut. »Ausgerechnet er. Auf ihn wäre ich nicht gekommen. Und du hast die meiste Zeit deines Lebens mit ihm verbracht. Meine Herren, das ist Strafe genug. Also Schwamm drüber.«

Schwamm drüber, dachte Annett. Wenn das auch bei Volker so leicht wäre. Sie konnte ihm nicht verzeihen. Sie wollte nicht! Sie wollte ihn nie wieder sehen. Nie wieder ein Wort mit ihm wechseln, ihn aus ihrem Leben streichen, als hätte es ihn nie darin gegeben. Doch er hatte darin sogar die Hauptrolle gespielt, und bei diesem Gedanken stieg Bitterkeit in ihr auf.

Als das Gulasch fertig und der Glühwein alle war, zogen sie mit dem Gusseisentopf in die Datsche um. Peggy hatte die kleine Stube weihnachtlich geschmückt, im Kaminofen prasselte ein Feuer. Nach dem Essen machten sie die Bescherung. Annett hatte für Peggy einen türkisfarbenen Schal besorgt, der wunderbar zu ihren Augen passte, für Sandro gab es ein Päckchen eines japanischen grünen Tees, den er gerne trank – ein Tipp von Peggy –, und einen Bildband über die Seevögel an der Ostseeküste. Auch an Buddy hatte sie gedacht. Er bekam eine Tüte Hundeleckerli.

Peggy und Sandro hatten auch ein Geschenk für sie. Ein Fotobuch mit den Aufnahmen von damals, das Peggy für sie zusammengestellt hatte, und ihr wurde ganz weh ums Herz, als sie darin blätterte.

*

Die Tage gingen schnell vorüber. Am ersten Weihnachtsfeiertag besuchte Annett Mischas Vater im Seniorenheim und am zweiten ihre Schwiegermutter. Marlene packte bereits die Sachen. Anfang Januar würde sie in eine barrierefreie Erdgeschosswohnung ziehen. Sie dankte Annett nochmals für ihre Hilfe und streifte das Thema Volker und seinen Verrat nur kurz, nachdem Annett ihr den Grund für die Trennung erklärt hatte. »Ich war ja immer der Ansicht, dass er mehr nach seinem Vater kommt als nach mir«, sagte sie, und damit schien das Thema für sie erledigt.

Am Abend vor ihrer Abreise besuchte Annett Mischas Grab. Es befand sich auf demselben Friedhof wie das ihrer Eltern. Sie ging über den Kiesweg und unter den kahl gewordenen Bäumen hindurch und steuerte eine Bank unter einer Eiche an. Für einen Moment stellte sie sich Mischa vor, wie er hier saß. Erste graue Strähnen im dunklen Haar und vom Leben gegrabene Falten im Gesicht. Mit einem Buch in der Hand und übereinandergeschlagenen Beinen saß er dort und sah auf, als sie näher kam. *Da bist du ja endlich.*

Eine Weile hing sie dieser Vorstellung nach, dann stand sie auf und suchte nach seinem Grab.

Als er vor achtundzwanzig Jahren bestattet worden war, war das beinahe heimlich geschehen. Nur seine engsten Angehörigen durften kommen. Keine Trauerfreier, nur eine kurze Rede, und dann hatten sie seine Urne versenkt. Das hatte Annett nach ihrer Haftentlassung von Peggy erfahren. Als sie im Januar 1991 zum ersten Mal hier gewesen war, hatte es nur eine Reihe Gräber gegeben. Inzwischen war kein Platz mehr frei und sie musste suchen, bis sie seines fand. Ein schlichter heller Stein mit seinem Namen und den Daten. Efeu rankte sich am Stein empor. Ein weihnachtliches Gesteck mit einer Kerze stand davor. Annett legte die Rose ab, die sie für Mischa mitgebracht hatte.

Wie damals stand sie fassungslos über seinen frühen und sinnlosen Tod davor. Gestorben, weil Volker eifersüchtig war. Wenn man das mal auf den Punkt brachte. *Ich dachte, ich würde dich nie wiedersehen. Ich habe dich geliebt!* Also war es besser gewesen, sie beide in Lebensgefahr zu bringen. Was für eine egoistische Logik! Verrecke, du falscher Freund! Verrecke, du ignorantes Mädchen, wenn du schon nicht mir gehören kannst! In ihrem Fall war ein »Verrotte im Knast!« daraus geworden.

Und sie war Volker auf den Leim gegangen. Das konnte sie sich nicht verzeihen. Er hatte sie gekriegt! Sie war mit Mischas Mörder im Bett gewesen. Hatte ihm zwei Kinder geboren und die besten Jahre ihres Lebens geschenkt!

Was würde Mischa dazu sagen? Vermutlich würde er lächeln und ihr erklären, dass es keine Gewissheiten im Leben gab und Richtig falsch und Falsch richtig sein konnte. Du hast es nicht gewusst, würde er sagen. Und du hast dich in ihn verliebt und mit ihm eine Familie gegründet. Ihr hattet gute Jahre. Es ist schon okay, würde er sagen. Aber nichts war okay. Bei dem Gedanken, dass Volker durch seinen Verrat bekommen hatte, was er wollte, nämlich sie, stieg Wut in ihr auf.

*

Während der Fahrt zurück nach Bamberg arbeitete dieses Gefühl noch immer in ihr. Es saß wie ein Stachel im Fleisch, und der Wunsch nach Rache arbeitete sich an die Oberfläche. Knast! Das hätte Volker verdient. Für einen Mord, der nie vor Gericht verhandelt worden war. Und auch nie dort verhandelt werden würde. Denn weswegen könnte sie ihn schon anzeigen? Es gab keinen Straftatbestand Vertrauensbruch, Verrat, Illoyalität. Und mit eigenen Händen hatte er Mischa nicht umgebracht, er hatte sich nicht einmal seine Finger schmutzig gemacht, sondern seinen Vater benutzt. Es war frustrierend, und ihr wurde klar: Wenn sie Rache wollte, würde sie das selbst in die Hand nehmen müssen.

Eines Abends im Januar sah sie einen Krimi im Fernsehen, ein perfides Rachespiel, das sie zum Nachdenken brachte, und sie entschloss sich, ihren höchstpersönlichen Krimi zu schreiben. Maßgeschneidert für Volker! Nun wusste sie mit den freien Stunden etwas anzufangen. Sie begann mit einer gründlichen Recherche. Zuerst im Netz, dann in der Stadtbücherei. Nicht in Bamberg, sondern in Nürnberg, wo sie niemanden kannte. Und niemand sie kannte. Sie verbrachte Stunden mit Fachbüchern und entwickelte langsam, aber stetig einen Plot. Sie überlegte sich ein Pseudonym als Autorin und telefonierte unter diesem Namen mit einem Fachmann für IT. Nach dem Gespräch wusste sie, dass ihr Plot nicht funktionieren würde. Es lag daran, dass mit forensischer IT feststellbar war, wann Mails oder Chats tatsächlich geschrieben worden waren, auch wo und auf welchem Rechner oder Handy. Es war ein Tiefpunkt, und sie legte ihren Plan ad acta.

Was ihr keine Ruhe ließ, war die Frage nach dem Verhältnis zwischen Patricia und Volker. Hatte er sie auch in diesem Punkt belogen? War sie seine heimliche Geliebte gewesen? Sie wollte es wissen und überlegte, wer ihr eine verlässliche Auskunft geben konnte. Volker schied natürlich aus, ebenso Dagmar, die sich schützend vor ihn stellen würde. Vielleicht Patricias Freundin. Sie war anscheinend die Einzige, mit der Patricia über ihre Beziehung zu Volker gesprochen hatte. Ihre Aussage war mit ein Grund, weshalb Thomann glaubte, dass Volker und Patricia eine heimliche Affäre gehabt hatten. Und dass er in ihren Tod verstrickt war.

Bevor sie dieser Frage auf den Grund gehen konnte, rief eines Tages Anfang Februar Friedrich von Sadlow an. Der Journalist, den sie im Herbst bei Marlene in Wismar kennengelernt hatte. Er war mit der Biografie und dem Artikel über seinen Großvater gut vorangekommen, hatte aber noch einige Fragen zu Rainer Sandherr.

*

Sie trafen sich zwei Tage später im Bittersüß, während Annetts Mittagspause. Von Sadlow kam aus Berlin und war pünktlich. Annett bat ihn an den Tisch, den sie für dieses Treffen reserviert hatte. Sonja brachte die Getränke und musterte den Mann mit einem neugierigen Blick und einem Augenzwinkern, das Annett galt und wohl bedeuten sollte: Der sieht gut aus. Der wäre was für dich. Ganz sicher nicht, dachte sie. Sie war nicht bereit für eine neue Beziehung. Nicht, bevor sie von Volker geschieden war. Obwohl sie zugeben musste, dass der Mann interessant war. Warme braune Augen. Ein markantes Kinn. Das dunkle Haar noch voll und von einigen grauen Strähnen durchzogen. Eine kurze Tolle fiel ihm in die Stirn. Heute war er lässiger gekleidet als im Herbst. Pullover und Jeans statt Anzug, außerdem trug er einen Ehering. Ganz sicher kein Mann für sie.

»Wie schön, dass Sie Zeit für mich haben. Ihr Mann war zu einem Treffen leider wieder nicht bereit. Anscheinend war das Verhältnis zu seinem Vater nicht sehr gut.«

»Das täuscht«, sagte Annett und erzählte ein wenig von der Männerwirtschaft und der engen Bindung zwischen Vater und Sohn. Sie erwähnte nichts von dem Verrat, den Volker und sein Vater an Mischa und ihr begangen hatten. Es wäre für von Sadlow natürlich interessant zu erfahren, dass Rainer sich treu geblieben war. Der Verräter ohne Not, der nie zum Verrat gezwungen worden war. Nicht bei Georg von Sadlow, nicht bei Marlene und ihrem Liebhaber, nicht bei Mischa und ihr. Vermutlich auch nicht bei all den anderen, die er als IM bespitzelt und denunziert hatte. Weil es ihm Geltung verschaffte und er sich wichtig fühlen konnte, vor allem aber mächtig. Doch sie wollte das, was sie erlebt hatte, weder in einem Buch noch in einem Zeitungsartikel wiederfinden. Es ging niemanden etwas an. Es war eine Sache zwischen Volker und ihr.

Von Sadlow hatte einige Fragen zu Rainers Leben in der DDR der Nachwendezeit, die Annett nicht alle beantworten konnte. Vor allem die zu seiner Arbeit als Apotheker. Als sie Anfang November 1989 aus dem Gefängnis gekommen war, hatte Rainer die Apotheke bereits aufgegeben oder verkauft, genau wusste sie es nicht. Er war Ende sechzig gewesen und hatte sich endlich zur Ruhe gesetzt.

Hier hakte von Sadlow nach. Rainer war also Unternehmer in der sozialistischen DDR. Wie passte das zusammen? Annett erklärte ihm, dass das SED-Regime zwar alle Unternehmen verstaatlicht hatte, aber in Handwerk und Gewerbe kleine private Betriebe duldete. Sie passten zwar nicht ins System, arbeiteten aber oft effizienter als die staatlichen und waren daher für die Versorgung wichtig. Trotzdem hielt man sie an der kurzen Leine und schikanierte sie, wo es nur ging. Beispielsweise mit exorbitanten Steuersätzen auf die Gewinne. Annett vermutete, dass ihr Schwiegervater durch seine Tätigkeit für die Stasi etlichen dieser Schikanen entgangen war. Er hatte sich mit dem System arrangiert.

Finanziell ging es ihm im Ruhestand dennoch nicht gut. Deshalb hatte Volker ihm immer wieder unter die Arme gegriffen.

Friedrich von Sadlow machte sich Notizen, und Annett fiel das Gespräch mit Volker wieder ein. Als sie ihm die Handyfotos von den Dokumenten gezeigt hatte, die bewiesen, dass sein Vater schon während der NS-Zeit ein Verräter gewesen war. Wie Volker darauf reagiert hatte und seinen Vater zu ihrer Verwunderung ein mieses Arschloch nannte. Wie er ihr erklärte, dass es ihm nur nie gelungen sei, mit ihm zu brechen oder ihn zurückzuweisen, wenn er sich mal wieder selbst nach Bamberg eingeladen hatte. Wieso nicht?, fragte sich Annett nun.

»Wie ist er eigentlich gestorben?« Von Sadlow sah von

seinen Notizen auf. »Bei unserem ersten Treffen sagten Sie etwas von einem Autounfall.«

»Das ist nicht richtig. Es war ein Unfall beim Wandern. Vor zehn Jahren an Weihnachten. Am zweiten Feiertag, um genau zu sein. Mein Mann und sein Vater sind schon in aller Früh losgefahren, ins Paradiestal. Sie wollten mittags zum Essen zurück sein.« Zu Gänsebraten und Rotkohl, zu einem Festessen, das Annett den Wünschen ihres Schwiegervaters entsprechend vorbereitete. Damit er nichts zu meckern hatte. Doch es wurde Mittag und dann Nachmittag und Volker und Rainer kamen nicht und waren auch auf dem Handy nicht erreichbar. Was Annett nicht wunderte, denn im Paradiestal war 2006 das Handynetz noch ziemlich löchrig gewesen. Sie wollte schon bei der Polizei anrufen, als Volker kam. Allein. Verdreckt. Und völlig fertig.

»Kennen Sie sich hier in der Gegend aus?«, fragte Annett.

Von Sadlow schüttelte den Kopf, und sie erklärte ihm, dass die Fränkische Schweiz ihrem Namen Ehre machte. Bizarre Felsformationen aus Jurakalk. Romantische, von Bächen und Flüssen durchzogene Täler. Es ging bergauf und bergab. Steile Felsabbrüche waren keine Seltenheit. Manchmal ging es dreißig und mehr Meter in die Tiefe. »Auf dem Wanderweg durchs Paradiestal gibt es einen solchen Abbruch. Die Gelbe Wand. Mein Schwiegervater ist zu nah herangetreten und auf dem vereisten Untergrund ausgerutscht. Er ist fünfzehn Meter in die Tiefe gestürzt und mit dem Kopf auf einem Felsen aufgeschlagen. Er war sofort tot.«

»Schrecklich, so zu sterben«, meinte von Sadlow.

»Eigentlich nicht. Es ist schnell gegangen. Er musste nicht leiden.« Nicht wie ihr Vater, bei dem es Wochen gedauert hatte, bis der Krebs ihn besiegte.

»So gesehen haben Sie recht.« Von Sadlow steckte sein Notizheft ein. »Das war es schon.« Er lächelte sie an, und genau in dem Moment, als sie das Lächeln erwiderte, bemerkte sie Volker. Er stand draußen vor der Auslage des Bittersüß' und starrte sie an.

*

Um sechzehn Uhr beendete sie wie jeden Tag ihre Arbeit. Sie verabschiedete sich von Sonja und machte sich mit einem flauen Gefühl im Magen auf den Heimweg. Seit Volker sie durch die Scheibe so seltsam angesehen hatte, war das so. Ein unangenehmes Ziehen, wie eine leichte Übelkeit.

Im Supermarkt erledigte sie ihre Einkäufe und sah dann noch bei Emil in der Buchhandlung vorbei, um ein wenig in den Neuerscheinungen zu stöbern. Dabei gerieten sie ins Plaudern. Emil empfahl ihr mehrere Romane und räusperte sich dann auf eine Art, die sie aufhorchen ließ. »Kann ich dich was fragen?«

»Ja klar.«

»Eure Trennung … Die läuft wohl nicht so gut?«

Die Frage überraschte sie. Nach außen gab Volker nach wie vor den Musterehemann. Krisen gäbe es in jeder Ehe. Auch Trennungen auf Zeit. Er gab sich zuversichtlich, dass sie zu ihm zurückkehren würde. Das sagte er nicht zu ihr, sondern erzählte es im Bekanntenkreis. Wie er auf die Idee kam, verstand sie nicht. Vielleicht eine Art von magischem Denken. So lange er vor sich selbst leugnete, dass ihre Ehe am Ende war, bestand die Möglichkeit, dass sie zurückkehrte. Frei nach dem Motto: Sie muss mich doch lieben, weil ich sie liebe.

»Trennungen sind wohl immer kompliziert«, wich Annett aus. »Warum fragst du?«

»Er war gestern hier. Hat nach einem Buch gesucht, obwohl er dann nichts gekauft hat. Mein Eindruck war, dass er eigentlich nur gekommen ist, um über dich zu lästern.«

»Er hat mich schlecht gemacht?«

Emil nickte. »Das ist neu. So kenne ich ihn nicht.«

»Was hat er gesagt?«

»Das wiederhole ich besser nicht. Du kannst es dir ja denken. Ich wollte nur, dass du Bescheid weißt. Er hat sich ziemlich verändert.«

Emils Worte beunruhigten Annett. »Wie schlimm war es denn?«

»Schon schlimm. Er hat dich ganz schön niedergemacht. Nimm dich vor ihm in acht.«

Emils Rat begleitete sie auf dem Heimweg. Dass Volker ausrasten konnte, wusste sie. Auch wenn es bisher nur selten passiert war. Zuletzt, als er mit dem Hühnchen samt Teller nach ihr geworfen hatte. Und einmal, als Leonie, damals sechzehn Jahre alt, erst um zwei Uhr morgens von einer Party gekommen war, obwohl sie um Mitternacht zu Hause sein sollte. Als sie um Viertel nach noch nicht da war, versuchte er sie anzurufen. Sie ging nicht ran, und Volkers Angst wurde von Minute zu Minute größer. Er steigerte sich richtig hinein. Als sie dann endlich kam, rastete er aus. Er brüllte sie nicht nur in Grund und Boden, sondern zog sie an den Haaren in ihr Zimmer und sperrte sie ein. Was Leonie sich nicht gefallen ließ. Sie kletterte aus dem Fenster und übernachtete bei einer Freundin. Und dann erinnerte Annett sich noch an den Vorfall mit dem Autofahrer, den er beinahe verprügelt hatte. Eine enge Straße, links zugeparkt. Ein Fahrzeug kam ihnen entgegen, und der Fahrer hätte die Lücke auf seiner Seite nützen müssen, um sie vorbeizulassen. Tat er aber nicht. Schließlich standen sich die Fahrzeuge Motorhaube an Motorhaube gegenüber, und keiner wollte nachgeben. Volker sah nicht ein zurückzusetzen. Er hatte Vorfahrt. Er war im Recht. Der andere wollte wohl provozieren. Erst hupten sie beide, dann stiegen sie aus und brüllten sich an. Ihr wurde das zu dumm, denn es gelang ihr nicht, Volker zu beruhigen. Schließlich ging sie. Sie ließ ihn einfach stehen. Es war peinlich, wie er sich aufführte. Später erzählte er, dass Anwohner die Polizei gerufen hatten und der andere ihm schließlich die Vorfahrt gewähren musste. Er feierte das wie einen Sieg.

Emils Mahnung, vorsichtig zu sein, ging ihr noch durch den Kopf, als sie die Haustür aufsperrte, die Post aus dem Briefkasten nahm und nach oben ging. Ihre Nachbarin sah in den Flur, als Annett die Wohnungstür aufschloss, und fragte, ob sie nicht Lust habe, morgen zum Kaffeetrinken zu kommen. Annett redete sich mit einem Arzttermin heraus, den sie nicht hatte, und verabschiedete sich mit »Ein andermal gerne«, als sie die Enttäuschung im Gesicht der Frau sah, die ihr zunehmend auf die Nerven ging. Neuerdings klingelte sie unter irgendeinem Vorwand. Mal borgte sie sich Zucker oder Mehl, mal brachte sie das kostenlose Wochenblatt für Annett mit nach oben, oder sie teilte ihr mit, wann sie ihr Auto umparken musste, weil der Hof gereinigt wurde. Was in einem Infoblatt mitgeteilt wurde, das gut sichtbar für alle Mieter neben den Briefkästen hing.

Annett räumte die Einkäufe in den Kühlschrank und füllte den Wasserkocher für den Tee. Bis das Wasser zu kochen begann, setzte sie sich und betrachtete das gerahmte Foto von Mischas Leiche. Für einen Moment fragte sie sich, was Sonja und Patrick wohl denken würden, auch Fabian und Leonie, eigentlich jeder, der sie kannte, wenn sie wüssten, dass dieses Bild hier stand. Das Bild einer Leiche. Wo andere Fotos ihrer Liebsten aufstellten. Bilder ihrer Familien und der Haustiere. Urlaubsfotos. Würden sie an ihrer psychischen Gesundheit zweifeln? Vermutlich. Es war ihr egal. Niemand musste das verstehen. Hauptsache, sie wusste, warum das Bild hier stand. Diese Rechnung war noch nicht beglichen.

*

Annett brühte Tee auf und machte es sich damit in der Küche gemütlich. Das Wohnzimmer mied sie nach Möglichkeit.

Sie suchte gerade im Internet nach neuen Stellenangeboten, als es klingelte und der Ärger über ihre aufdringliche Nachbarin hochschoss. Sie ging in den Flur und riss die Tür auf. Doch es war nicht ihre Nachbarin. Es war Volker. Er schob sie zur Seite und drängte sich an ihr vorbei in die Wohnung. »Wir müssen reden.«

»Grüß dich, Volker. Komm doch herein!« Es klang nicht so ironisch, wie sie gewollt hatte. »Ich wüsste nicht, was wir zu besprechen hätten.«

»Du hast dir also schon einen Neuen angelacht! So ein Arschgesicht. Der passt zu dir!«

»Weder noch«, sagte sie. Noch immer bemüht, die Ruhe zu bewahren. »Er ist weder mein Neuer, noch ist er ein Arschgesicht. Er ist Journalist und wollte eigentlich dich sprechen.« Wieso erklärte sie ihm das? Sie musste sich nicht rechtfertigen.

»Ich hatte Gründe, weshalb ich ihm eine Abfuhr erteilt habe. Aber du fällst mir natürlich in den Rücken.«

Sie wollte schon erklären, dass das nicht ihre Absicht gewesen war. Doch ihre Beweggründe gingen ihn nichts an. »Ich bin dir keine Rechenschaft schuldig. Würdest du jetzt bitte gehen.«

Von einer Sekunde auf die andere schaltete Volker um. Der angestaute Ärger, seine Wut, sein Zorn brachen sich Bahn. Er schrie sie an: »Du willst mich rauswerfen! Ja? Du! Mich!« Die Ader an seiner Schläfe schwoll an. Mit beiden Händen schubste er sie zurück. »Du! Wirfst! Mich! Nicht! Raus!« Jedes Wort ein Rempler. Sie versuchte ihm zu entkommen, doch hinter ihr war die Wand, neben ihr die Wohnungstür, die er mit dem Fuß zugeworfen hatte. Vor ihr er und auf der anderen Seite der Flurschrank. Sie saß in der

Falle. Sie kam nicht an ihm vorbei. Er versetzte ihr Schlag um Schlag. Ins Gesicht. Auf den Kopf. Auf die Brust. Bis sie wimmernd zu Boden ging und er von ihr abließ, sie an den Haaren hochriss, sodass sie zitternd vor ihm an der Wand lehnte, die Hände schützend über den Kopf gehoben. Er zog Pullover und Jacke gerade, beugte sich zu ihr, bis sein Gesicht nur noch Zentimeter von ihrem entfernt war, und erklärte, dass niemand ihm die Tür wies. »Und du Schlampe schon gar nicht!«

*

Am nächsten Morgen war das linke Auge beinahe zugeschwollen und rot und blau unterlaufen. Auf der Wunde am Jochbein hatte sich Schorf gebildet. Arme und Brust waren mit Hämatomen übersät, und im Flur lag ein Büschel ihrer Haare auf dem Boden. Sie hob es auf, schob es in einen Gefrierbeutel und machte sich auf den Weg zur Polizei.

Eine schlaflose Nacht lag hinter ihr. Nicht nur, weil ihr alles wehtat, vor allem, weil sie sich wie der letzte Dreck fühlte. Gedemütigt, entmenschlicht, wie damals. In dieser Nacht war viel hochgekommen aus dieser Zeit, an die sie sich nicht erinnern wollte. Die sie in einer dunklen Kammer weggeschlossen hatte, an der alljährlich im Herbst der Krake klopfte. Wer war sie denn schon, dass man so mit ihr umgehen konnte? Zwo-eins-eins. Kein Mensch, eine Nummer. Abschaum. Eine Schlampe.

Sie hatte Stunden mit sich gekämpft, ob sie Volker anzeigen sollte. Er war immer noch ihr Mann, und normalerweise war er nicht so. Was war in ihn gefahren? Ein Ausraster? Oder würde sich dergleichen wiederholen? Würde sie ihn mit einer Anzeige nicht erst recht gegen sich aufbringen? Im Morgengrauen hatte sie entschieden, ihn nicht davonkommen zu lassen.

Doch als sie sich nun auf dem Weg zur Polizei machte, kehrten die Zweifel zurück. Volkers Ruf würde leiden, wenn das publik wurde, und damit sein Geschäft. Wollte sie das? Und aus ihr würde das Opfer eines prügelnden Mannes. Bemitleidet oder verurteilt. *Sie wird ihm schon einen Grund dafür geliefert haben.*

Vor dem Eingang zur Polizeiwache zögerte sie, trat dann aber doch ein und befand sich in einem Vorraum mit einer Pförtnerloge, in der ein Polizist Dienst tat. Er fragte durch eine Plexi-Scheibe, zu wem sie wolle.

Sie gab sich einen Ruck. »Ich möchte eine Anzeige erstatten. Wegen Körperverletzung.« Der Mann hatte ihr blaues Auge und ihr geschwollenes Gesicht längst registriert und nickte. »Verstehe. Ich sag den Kollegen Bescheid. Sie können dort drüben warten. Man wird Sie holen.« Er wies auf eine Reihe von Metallstühlen, und sie setzte sich.

Es dauerte nicht lange, bis ein Polizist vor ihr stand. Ein Bär von einem Mann, mit einer beachtlichen Bierwampe und lichtem grauem Haar. Er stellte sich als Polizeioberkommissar Meissner vor und bat sie mitzukommen. Kurz darauf saß sie in einem Büro mit abgetretenem Linoleumboden und verschrammten Schreibtischen, die noch aus den Achtzigerjahren stammen mussten. Das Modernste in diesem Raum waren die PCs, die auch schon uralt waren. Meissner bot ihr Platz an, setzte sich an seinen Schreibtisch und bat sie, sich auszuweisen. Ihre Personalien wurden aufgenommen, und dann hatte sie die Aufmerksamkeit des Polizisten. »Körperverletzung? Ja, sieht man. Wer war das?«

»Mein Mann.«

»Und den wollen Sie jetzt anzeigen?«

»Deswegen bin ich hier.«

»Machen nicht alle. Ganz schön tapfer, junge Frau. War es das erste Mal, dass er Sie geschlagen hat?«

Annett nickte.

»Also dann erzählen Sie mal.«

Sie berichtete, was geschehen war, so wie sie es in Erinnerung hatte, präsentierte die ausgerissene Haarsträhne und schob die Ärmel hoch, um ihm ein paar der Hämatome an den Armen zu zeigen. Ihren Oberkörper würde sie vor ihm nicht frei machen. »Gibt's Zeugen?«, fragte er.

»Wir waren allein in meiner Wohnung.«

»Schlecht. Haben Sie um Hilfe gerufen?«

»Nein.«

»Ganz schlecht. Niemand hat was gehört?«

»Soweit ich weiß, nicht.«

»Mei, junge Frau.« Mit sorgenvollem Blick sah er sie an. »Das wird schwierig. Ihr Mann wird sagen, dass er das nicht war, und Sie stehen als die Ang'schmierte da.«

»Na, Sie machen mir Hoffnung.«

»Ich bin Realist. Aber probieren tun wir's.« Er tippte die Anzeige, Annett unterschrieb sie, und er riet ihr noch, im Haus herumzufragen, ob jemand etwas gehört oder gesehen hatte, und die Verletzungen von einem Arzt dokumentieren zu lassen. Daran hatte sie auch schon gedacht. Sie musste einen Termin mit ihrer Hausärztin vereinbaren und trat mit dem Handy vor die Polizeiwache. Dort stieß sie beinahe mit einem Mann zusammen, der hineinwollte. Es war Alexander Thomann, der Kommissar, der nicht lockerließ. Die Hände in den Taschen seiner Cabanjacke versenkt, musterte er sie. »Frau Sandherr. Meine Güte.«

»Frey-Sandherr. Wobei mir nur Frey lieber ist. Das habe ich Ihnen schon mal erklärt.«

»War das Ihr Mann?« Er deutete auf ihr Gesicht, und sie zuckte mit den Schultern. »Und Sie glauben immer noch, dass er der friedfertigste Mensch auf Gottes weitem Erdboden ist?«

Sie würde lügen, wenn sie das bestätigte. Sie kannte seine

zweite Seite. Eigentlich schon seit sehr langer Zeit. Nur kam die so gut wie nie zum Vorschein. Er hatte sich im Griff. Meistens jedenfalls.

»Und Sie glauben noch immer, dass er ein Mörder ist«, konterte sie.

»Ja.«

»Und warum? Also, das interessiert mich langsam wirklich.«

»Also gut. Auf einen Kaffee?« Er wies auf das kleine Café gegenüber, das gerade öffnete.

*

Annett schickte Sonja eine WhatsApp, dass sie sich verspäten würde, und betrat mit Thomann das Lokal.

»Wo wollen Sie sitzen?« Sie waren die ersten Gäste und hatten freie Wahl. Annett wollte schon den Tisch am Fenster wählen, als ihr der Gedanke durch den Kopf schoss, Volker könnte sie dort entdecken. Mit Thomann. Er würde ausrasten. Unwillkürlich änderte sie den Kurs und suchte einen Tisch in einer Nische, möglichst weit weg von Fenster und Tür, was Thomann bemerkte. »Haben Sie Angst vor Ihrem Mann?«

»Eigentlich nicht.« Eigentlich doch, dachte Annett.

»Soso. Eigentlich.« Er schob den Stuhl für sie zurecht. Die Bedienung kam. Sie bestellten, und kurz darauf wurde der Kaffee gebracht. Erst, als sie ungestört waren, fragte Annett nach. »Also, erklären Sie es mir.«

»Es liegt an den drei M«, sagte Thomann. »Motiv, Möglichkeit und Mittel. Ihr Mann hatte ein Motiv: Seine Affäre mit Patricia Weber gefährdete seine Ehe, die ihm überaus wichtig ist. Sie sollten nie davon erfahren, denn dann würden Sie ihn verlassen. Davon war er überzeugt. Hätten Sie ihn denn deswegen verlassen?«

»Ja. Das hätte ich wohl. Wenn es eine längere Geschichte gewesen wäre. Einen One-Night-Stand hätte ich verziehen. Das habe ich sogar vor vielen Jahren schon mal getan. Aber eine heimliche Affäre über längere Zeit? Zu viele Lügen. Das Vertrauen wäre weg, und Vertrauen war die Basis unserer Ehe.«

»Und das Vertrauen ist jetzt weg? Sie haben ihn verlassen. Warum?«

»Das hat andere Gründe. Das erste M setzt aber voraus, dass Volker eine Affäre mit ihr hatte. Was macht Sie so sicher?«

»Wir haben Zeugen dafür.«

»Singular. Sie haben eine Zeugin. Die Freundin, der Patricia weisgemacht hat, sie hätte eine Affäre mit meinem Mann.«

»Irrtum, Plural. Wissen Sie, ich bin so ein richtig fleißiger Bulle. Ich liebe meinen Job und ich bin gründlich. Ich habe mehrere Zeugen gefunden, die die beiden zusammen gesehen haben, und zwar nicht einfach nebeneinander durch die Fußgängerzone gehend, sondern in eindeutigeren Situationen.«

»Die da wären?«

»Eigentlich darf ich Ihnen das nicht sagen.«

»Aber Sie tun es trotzdem, sonst säßen wir nicht hier.«

Einen Moment überlegte Thomann. »Also gut. Ein Beispiel. Es gibt da ein romantisches Hotel im Großraum Nürnberg, sehr beliebt bei Liebespaaren. Ihr Mann hat dort ein Wochenende mit Patricia Weber verbracht. Wir haben Zeugen dafür, die Hotelrechnung und die Kreditkartenabrechnung. Und es gibt noch mehr.«

»Okay«, sagte Annett verblüfft. Obwohl sie es längst geahnt hatte. »Und das zweite M?«

»Die Möglichkeit, es zu tun. Sein Alibi ist schwach. Die Ehefrau. Ich bitte Sie.« Thomann schüttelte sacht den Kopf.

»Sie bleiben dabei?«

Er hatte sich wirklich in seine Theorie verbissen. »Selbstverständlich. Volker war zu Hause. Das ist eine Tatsache.«

»Sie haben geschlafen.«

»Habe ich nicht. Das habe ich Ihnen schon einmal erklärt. Ich kann beschwören, dass Volker in dieser Nacht das Haus nicht verlassen hat, und ich werde ihn nicht in die Pfanne hauen, nur weil er mich doch mit Patricia betrogen hat.« Annett atmete durch. »Was meinen Sie mit Mitteln?«

Thomann musterte sie, trank einen Schluck von seinem Kaffee und stellte die Tasse ab. »Die Mittel, die zur Tatausführung nötig sind. In diesem Fall ist das vor allem physische Stärke. Die Kraft, einen Menschen von sechzig Kilogramm Gewicht hochzuheben. Ihr Mann kann das. Er ist gut trainiert. Außerdem eine Flasche Wodka, auf der es Fingerabdrücke von ihm gibt, und eine Packung Schlaftabletten, die man im Internet bestellen kann.«

»Hat er sie bestellt?«

»Das wissen wir noch nicht.«

»Sind seine Fingerabdrücke drauf?«

»Nein. Er kann Handschuhe getragen haben.«

»Die er aber erst angezogen hat, nachdem er die Wodkaflasche angefasst hat? Das ist unlogisch. Und Sie vergessen den Hocker, den Patricia benutzt hat, um den Haken zu erreichen.«

»Den habe ich nicht vergessen. Er ist umgefallen und lag ein Stück von der Toten entfernt. Unsere Rechtsmediziner sind sich nicht einig, ob Frau Weber ihn selbst umgestoßen hat oder ob der Täter ihn platziert hat, um die Selbstmordinszenierung zu vervollständigen. Für mein Verständnis lag er zu weit von der Toten entfernt.«

»Sehen Sie, jetzt sagen Sie selbst ›der Täter‹. Nicht: Ihr Mann.«

Thomann seufzte. »Ich weiß, dass er es war.«

»Weil Sie ein richtig guter Bulle sind. Mit dem richtigen Riecher?«

»Richtig«, sagte er und lächelte sie an.

»Und was ist mit der verschwundenen Kette und dem Handy? Hat mein Mann sie als Souvenir behalten?«

»Es wäre denkbar. Wobei ich es nicht glaube.«

»Warum?«

»Weil dieses Verhalten zu einem anderen Tätertyp passt. Dem sadistischen Mörder. Ihr Mann ist eher pragmatisch vorgegangen. Problemlösend.«

»Warum durchsuchen Sie nicht einfach unser Haus oder sein Büro?«

Wieder seufzte Thomann. »Weil man für einen Durchsuchungsbeschluss einen begründeten Anfangsverdacht braucht. Leider sieht der Staatsanwalt das anders als ich.«

»Er geht also auch von Selbstmord aus«, stellte Annett fest. »Sie kämpfen allein auf weiter Flur.« Sie verkniff es sich, »Sie Armer« hinzuzufügen. Es wäre kränkend.

Volker

Die Aufforderung, eine Aussage bei der Polizei zu machen, kam per Post, nur eine Woche später. Er hatte diese unglückliche Angelegenheit längst vergessen – und nun das. Als Volker abends nach Hause kam – in sein leeres, von ihr verlassenes Zuhause, das ohne sie kein Zuhause war –, lag der Brief in der Post. Sie hatte ihn angezeigt. Wegen dieser Lappalie. Ging's noch?! Schließlich war sie selbst schuld. Weshalb provozierte sie ihn auch mit diesem ironischen Kommentar. *Komm doch rein.* Wo er längst drin gewesen war in ihrer Wohnung. In der früher Patricia gelebt hatte. Auch so ein undankbares Stück.

Seine Strategie, Annett gehen zu lassen, damit sie zurückkehren konnte, hatte sich als falsch erwiesen. Das hatte er in den letzten Wochen erkannt. Weihnachten ohne Familie, eine Katastrophe. Sogar die Kinder hatte sie mit ihrem Egoismus vergrault. Allein hatte er in diesem Haus gesessen. In seinem Haus, um genau zu sein. Denn es war auf seinen Namen im Grundbuch eingetragen, als hätte er immer gewusst, dass es so kommen würde. Wobei er es natürlich geahnt hatte. Befürchtet. Seit dem ersten Kuss hatte er gewusst, dass sie ihn verlassen würde, wenn sie jemals herausfand, dass er sie und Mischa verraten hatte.

Er hatte Annett damals abgeholt. An jenem Tag Anfang November '89, als sie Hoheneck verlassen durfte. Wenige Tage zuvor hatte der Staatsrat dem Druck der Demonstranten nachgegeben und eine Amnestie für inhaftierte Republikflüchtlinge erlassen. Sein Vater, der noch immer die richtigen Leute kannte, hatte dafür gesorgt, dass Annett zu den ersten gehörte, die entlassen wurden. Im Morgengrauen war Volker aufgebrochen und mit dem Trabi seines Vaters fünfhundert Kilometer ins Erzgebirge gefahren, durch Regenschauer und Sturmböen. Es war schon dämmrig geworden, als er die Burg Hoheneck erreichte. In den vergangenen neun Monaten war er die Strecke alle vier Wochen gefahren, um Annett zu sehen. Auch wenn es nur für eine halbe Stunde war.

Annett wartete in einem Vorraum der Gefängnisverwaltung. Sie trug die Sachen, die er für sie bei seinem letzten Besuch mitgebracht hatte. Eine Jeans und einen Pullover, in der Hoffnung, dass es eine Amnestie geben und sie bald rauskommen würde.

Sie war schmal und blass. Das Haar ganz stumpf. Zur Begrüßung umarmte sie ihn. »Moin, Volker.«

»Moin, Schnecke.« Er zog sie an sich und hätte sie am liebsten nie wieder losgelassen. Das »Zwerg« hatte er sich längst abgewöhnt. Für ihn war sie eine Schnecke, denn sie zog sich oft zurück in ihr Schneckenhaus.

»Ich dachte, meine Eltern holen mich ab.«

»Soll ich wieder gehen?«, fragte er mit einem Augenzwinkern.

»Natürlich nicht.«

»Deine Mutter hat Grippe und liegt mit Fieber im Bett. In diesem Zustand wollte dein Vater sie nicht so lange allein lassen. Deswegen bin ich hier.« Es war eine glückliche Fügung des Schicksals, dass er an diesem wichtigen Tag bei ihr sein konnte.

»Geht es Mama so schlecht?«, fragte Annett.

»Nein. Sogar schon besser.«

»Lass uns von hier verschwinden.« Sie griff nach einem Karton, der neben ihr stand und ihre Habseligkeiten enthielt. Er nahm ihn ihr ab. Ein zerrissener Neoprenanzug lag obenauf.

Es war zu spät, um am selben Tag zurückzufahren. Deshalb suchten sie die Familienpension auf, in der er immer übernachtete, wenn er Annett besuchte. Sie befand sich in Stolberg, dem Ort unterhalb der Burg, und sie bekamen zwei Einzelzimmer.

Die Wirtin kochte auch für ihre Gäste. Es gab Soljanka und als Dessert ein Stück Gewürzkuchen. Danach wollte Annett einen Spaziergang machen. »Ich muss raus an die frische Luft. Du glaubst nicht, wie sehr mir das gefehlt hat.«

Daher zogen sie die Jacken an, setzten die Mützen auf und gingen los. Es hatte aufgehört zu regnen, und die Luft war kühl und frisch. Außer ihnen war niemand unterwegs. Der Konsum schloss gerade. Eine mollige Frau ließ die Rollläden an Schaufenster und Tür herunter und musterte sie kurz mit einem abschätzenden Blick, bevor sie sich abwandte und in die andere Richtung davonging.

Dunkelheit lag über dem Ort. Nur die Lichter der Straßenlaternen kämpften in trüben Kegeln gegen die Finsternis an. Doch Volker erschien der Abend hell und leuchtend. Annett war draußen. Sie war bei ihm. So nah. Wie sehr hatte er sich im vergangenen Jahr nach diesem Moment gesehnt. Verwundert blieb sie vor einem kleinen Geschäft stehen, in dem es die Weihnachtsfiguren der Gegend zu kaufen gab. »Bald ist Weihnachten. Ich habe nicht geglaubt …« Ihre Stimme brach.

»Dass du Weihnachten daheim sein wirst«, vollendete er den Satz und sie nickte. Vorsichtig legte er seinen Arm um ihre Schultern, während sie durch den mittelalterlichen Ort mit seinen gewundenen Gassen und den Fachwerkhäusern gingen, und sie ließ es zu.

Schweigend schlenderten sie weiter Richtung Marktplatz und erreichten einen uralten Turm aus Natursteinen. Der Durchgang war eng und niedrig. Volker stieß sich den Kopf an. »Autsch!«

»Hast du dir wehgetan?«

»Geht schon.« Er rieb sich die Stirn.

»Zeig mal.« Im Licht der nächsten Straßenlaterne sah Annett sich das an. »Das gibt eine Beule.« Mit ihrer Hand fuhr sie darüber. Die Finger ganz kalt. Ihr Gesicht war so nah. Er nahm seinen Mut zusammen, strich ihr über die Wange, und der Kuss ergab sich wie von selbst. Sie wich nicht zurück, sie wandte sich nicht ab, wie er insgeheim befürchtet hatte. Sie erwiderte ihn. Es war der glücklichste Moment seit einem Jahr. Und doch schoss ihm im nächsten Moment der Gedanke durch den Kopf, dass sie nie erfahren durfte, wer sie verraten hatte. Dann wäre alles aus.

Volker legte das Schreiben der Polizei auf die Ablage in der Küche. Seit Annett ihm Gabes Notizzettel gezeigt hatte, wusste er, dass es vorbei war. Sie würde nicht zu ihm zurückkehren. Niemals. Und schon suchte sie nach Ersatz. So rasend schnell. Dieser Kerl, mit dem sie im Bittersüß geflirtet hatte, den sie angelächelt hatte wie früher nur ihn. Es war tatsächlich der Journalist – er hatte ihn gegoogelt –, der ihn zweimal belästigt hatte. Wegen seines Vaters. Der die Klappe nicht hatte halten können und ausgerechnet Annetts Verteidiger den wahren Verräter preisgegeben hatte: ihn. Es war zum Kotzen!

Er musste sich beruhigen und öffnete ein Bier, das er direkt aus der Flasche trank. Natürlich hatte Annett mit ihrem Vorwurf ins Schwarze getroffen, er habe seinen Vater benutzt. Das stimmte schon, auch wenn er das lange vor sich selbst nicht wahrhaben wollte. Er wollte kein mieser

Kerl sein, kein Verräter. Er hatte es doch wiedergutgemacht. Mit all seiner Liebe und Fürsorge für sie. Und zum Dank machte sie jetzt mit einem anderen rum. Der Gedanke, wie sie diesen Kerl angesehen hatte, machte ihn verrückt. Sie war seine Frau. Seine! Frau!

Er hatte sich ihretwegen sogar von seinem Vater erpressen lassen. Dieses fiese Machtspielchen, das sein Alter gespielt hatte. Dieses ewige Gejammer, seine Rente wäre zu gering, um sich dies und das leisten zu können. Auto, Urlaub, Möbel. Die kleinen Andeutungen, er könnte Annett verraten, wie das damals gelaufen war, woher die Stasi die Fluchtpläne kannte.

Und er hatte den Geldbeutel gezückt und seinem Vater das Maul gestopft und zähneknirschend akzeptiert, wenn er hier auftauchte, wann immer es ihm beliebte, und sich bekochen und durchfüttern ließ. Bis er dann zu weit gegangen war und mehr wollte, als Volker zahlen konnte. Eine Ferienwohnung auf Mallorca! Seinen Lebensabend in südlicher Sonne verbringen. Seinen Lebensabend! Der Mann war sechsundachtzig. Für ihn war schon Lebensmitternacht. Eine Minute vor zwölf. Genauer gesagt, eine Sekunde vor zwölf, dachte Volker nun. Bei der Weihnachtswanderung durchs Paradiestal waren sie richtig aneinandergeraten.

»Ich bin nicht Krösus«, hatte Volker gesagt. »So viel habe ich nicht. Und ich kann das auch nicht mit einer Bank finanzieren. Als Anlageobjekt vielleicht. Ich nehme aber nicht an, dass du Miete zahlen willst.« Da hatte sein Vater trocken gelacht. Sie machten gerade Pause an der Gelben Wand. Er steckte die Thermosflasche zurück in den Rucksack und sah ihn direkt an. »Wenn du Annett nicht verlieren willst, wird dir schon etwas einfallen.«

»Das wagst du nicht.«

»Sie ist ohnehin zu gut für dich. Eine Frau wie sie hast du nicht verdient.«

Es war der Moment, in dem er rotsah. Es brauchte nicht viel, um dem ein Ende zu bereiten. Ein kleiner Schubs, ein Rempler. Ein kurzer Kampf. Fast wäre es ihm nicht gelungen, die Hand zu lösen, mit der sich sein Vater an ihn krallte. Erst ein Fausthieb ins Gesicht entschied es, sonst wäre er mit ihm abgestürzt. Selbst schuld, dachte er nun. Sein Vater hatte das Spiel überreizt.

Dieser verdammte Brief lag noch immer vor ihm. Übermorgen um acht Uhr dreißig musste er bei der Polizei antanzen. Er las den Wisch noch einmal und konnte es nicht glauben. Warum tat sie das? Doch nicht wegen einer Ohrfeige. Es steckte mehr dahinter. Sie wollte ihn fertigmachen. Sie führte Krieg gegen ihn.

Annett

Der Februar ging in den März über. Die ersten Boten des Frühlings zeigten sich, und Volker ließ nicht locker. Allerdings änderte er nach dem Angriff auf sie seine Taktik. Statt freundlichen Nachrichten, Blumen und Schokolade gab es nun Vorwürfe, Beschimpfungen und Drohungen. Annett gestand sich ein, dass sie sich vor ihrem Mann fürchtete.

Ständig kreuzte er irgendwo ihren Weg. Das konnte kein Zufall sein, und Annett ließ ihr Handy und ihren Laptop checken. Nicht von Fabian, denn sie wollte die Kinder nicht in diesen Rosenkrieg hineinziehen, sondern von einem IT-Fachmann in Nürnberg. Der fand Tracking-Software, die Volker ihr bereits kurz nach Weihnachten untergejubelt hatte. Es war ihm mit zwei Links geglückt, sie wieder an die lange Leine zu nehmen. Ahnungslos hatte sie sie angeklickt. Einer hatte sich in einer WhatsApp befunden und führte zu einer Hilfeseite für Opfer von Gewaltkriminalität. Ob das vielleicht für Leonie interessant wäre, wollte Volker damals wissen. Doch der Link führte ins Leere, und sie dachte sich nichts dabei. Ein Verbindungsfehler. Der andere war in einer Mail gewesen und hatte sich angeblich auf ein Stellenangebot für Mediengestalter bezogen. Als sie darauf klickte, erschien eine weiße Seite.

Annett fragte sich, woher Volker plötzlich diese Kenntnisse hatte, googelte und entdeckte auf YouTube etliche Tutorials, die jedermann Anleitungen zum Ausspionieren seiner Mitmenschen lieferten.

Obwohl er sie jetzt nicht mehr tracken konnte, gelang es ihm immer wieder, ihr zu begegnen. Natürlich vor dem Bittersüß, denn rein durfte er nicht mehr. Sonja hatte ihm am selben Tag Hausverbot erteilt, als Annett grün und blau geschlagen an ihrem Arbeitsplatz aufgetaucht war. Doch das Hausrecht endete an der Tür. Davor stand Volker nun regelmäßig. Manchmal schweigend, manchmal beschimpfte er sie. Nicht zu laut, damit niemand aufmerksam wurde. Dann zischte er ihr zu, dass sie eine Schlampe sei, ein Flittchen, eine Rabenmutter. Eine Lügnerin oder Verrückte, wahlweise eine Hysterikerin oder einfach nur eine Irre.

An dem Tag, an dem er sie eine unterfickte Frau nannte, der man es mal richtig besorgen müsste, schoss der Ärger in ihr hoch und es gelang ihr nicht länger, die Zähne zusammenzubeißen und nicht zu reagieren. »Überspann den Bogen nicht, sonst …«

»Sonst was?«

»… lasse ich mir was einfallen.« Sie hörte selbst, wie schwach das klang.

»Weitere Lügen? Wie deine Anzeige bei der Polizei.«

Es war das erste Mal, dass er die Anzeige erwähnte. Er hatte also eine Vorladung bekommen und vermutlich auch schon eine Aussage gemacht. Wieso hörte sie von der Staatsanwaltschaft nichts? »Du hast mich verprügelt. Das ist keine Lüge, sondern eine Tatsache!«

»Ach, wirklich?«

Sie ließ ihn stehen und hoffte, dass er für diesen Tag Ruhe gab. Denn manchmal ging er ihr nach, wobei er auch dabei unberechenbar war. Mal hielt er großzügig Abstand, dann wieder klebte er beinahe an ihr. Seit Wochen war sie gefangen in einer Mischung aus Angst und Panik, aus Wut und Ohnmacht. Sie befand sich in einer permanenten Anspannung, was er sich wohl als Nächstes einfallen lassen würde. Als sie beinahe am Ende ihrer Kräfte war, rief ihre Anwältin an und bat sie zu einem Gespräch.

Zwei Stunden später saß Annett ihr in der Kanzlei gegenüber, und sie verstand sofort, dass es keine guten Nachrichten gab. Die Staatsanwaltschaft hatte das Ermittlungsverfahren gegen Volker wegen Körperverletzung eingestellt. Es gab keine Zeugen. Er bestritt den Tatvorwurf und unterstellte, ihr neuer Lover habe sie so zugerichtet. Obendrein hatte er ein Alibi für den fraglichen Zeitpunkt. Er war bei seinem Kumpel Ralf gewesen. Auf eine Gegenanzeige wegen übler Nachrede und Verleumdung verzichtete Volker mit dem Hinweis, dass seine Frau sich derzeit in einer psychisch instabilen Phase befände und er natürlich darauf Rücksicht nähme.

Annett hörte sich das fassungslos an. Volker log nicht nur, er verdrehte alles. Er zeichnete das Bild einer schwachen und kranken Person von ihr. Und ihr gelang es nicht, sich gegen ihn zu wehren. Ihm Grenzen zu setzen.

»Was Ihr Mann veranstaltet, nennt sich Stalking«, sagte die Anwältin. »Es gibt Mittel dagegen.«

»Welche denn? Pfefferspray?«, fragte Annett. »Entschuldigung. Ich bin nur … Er wird sich nicht daran halten, wenn ich ihn bitte, mich in Ruhe zu lassen. Das habe ich doch schon getan. Es interessiert ihn nicht.«

»Teilen Sie es ihm belegbar mit. Schriftlich oder vor Zeugen. Führen Sie ein Tagebuch, in dem Sie alle Begegnungen mit ihm dokumentieren. Dann haben wir eine Grundlage, auf der wir ein Kontaktverbot erwirken können. Wenn Sie wollen, schreibe ich ihm, dass er sich von Ihnen fernhalten soll. Eine Gefährderansprache scheidet wohl aus. Oder meinen Sie, ein Besuch der Polizei würde Eindruck bei ihm machen?«

Annett schüttelte den Kopf. Sie war so müde. Sie war es leid, und sie hatte Angst. Vielleicht sollte sie wirklich nach Wismar zurückkehren.

Von Polizei und Staatsanwaltschaft fühlte Annett sich im Stich gelassen. Warum hatten sie Volkers Lügen nicht überprüft? Ein Kommissar vom Schlage Thomanns hätte Ralf aufgesucht und ihm erklärt, welche Folgen eine falsche Aussage für ihn haben konnte. Er hätte auch nach ihrem »neuen Lover« gefragt und festgestellt, dass er ein Phantom war und dass Volker log, dass sich die Balken bogen. Doch die Polizei hatte ihm blind geglaubt, nicht ihr. Wenn sie in diesem Zusammenhang an ein Kontaktverbot dachte, wollte sie der Mut verlassen. Es würde sicher genauso laufen.

Trotz ihrer Zweifel begann Annett ein Stalking-Tagebuch zu führen, um für alle Fälle vorbereitet zu sein. In den folgenden Wochen veränderte sich Volkers Verhalten. Sie begegnete ihm seltener und war erleichtert, dass der Eifer nachließ, mit dem er sie verfolgte. Es war, als arbeitete die Zeit für sie, als würde er langsam die Lust verlieren. Vielleicht hatte er eine neue Partnerin gefunden oder konnte seine Arbeit nicht länger vernachlässigen. Vielleicht lag es auch an dem Brief der Anwältin, der wider Erwarten Wirkung zeigte.

Doch ihre Hoffnung zerschlug sich. Volker verfolgte sie weiter. Er verlagerte nur das Gewicht aufs andere Bein. Die Verleumdungen nahmen zu. Er sprach schlecht über sie. Im Bekanntenkreis, bei Freunden und Nachbarn. Er stellte sie als psychisch angeschlagen dar und benutzte dafür die Anzeige, die sie gegen ihn erstattet hatte. Mal vermutete er, sie habe sich die Verletzungen selbst beigebracht, um sich an ihm zu rächen, mal war es ihr geheimnisvoller Liebhaber gewesen. In diesem Fall hatte sie sich dann einem Sadisten ausgeliefert, dem sie hörig war. Hinter vorgehaltener Hand berichtete er auch von ihrer angeblichen und bisher von ihm gedeckten Alkoholsucht und dass sie Tabletten nahm, um über den Tag zu kommen. Eine instabile, haltlose Frau. All das wurde nun offenbar, seit sie sich von ihm getrennt hatte. Wobei er das Gerücht streute, es wäre umgekehrt gewesen. Er habe sie nicht länger ertragen.

Eines Tages rief Leonie während der Arbeit an. Annett hatte gerade eine Kundin fertig bedient, als ihr Handy klingelte und sie Leonies Foto auf dem Display sah. Ihr schwante schon nichts Gutes. Normalerweise schrieb Leonie WhatsApps oder sie facetimten. Bisher hatte Volker die Kinder aus seinem Krieg gegen sie herausgehalten, und auch sie hatte das Ausmaß seines Stalkings vor ihnen verborgen.

Leonie meldete sich aufgebracht. »Sag mal, Mama, geht's noch? Wieso hast du Papa angezeigt?« Es war der Moment, in dem Annett nicht mehr konnte. Sie brachte kein Wort hervor, es zog ihr die Füße weg. Sie musste sich setzen. Sonja sah das und kam zu ihr. »Annett? Was ist los?«

Sie schüttelte nur den Kopf. Alles drehte sich. Ihr war übel.

»Ist er das wieder?« Sonja riss das Handy an sich. »Volker, du verdammtes Arschloch. Lass sie endlich in Ruhe ... Was? ... Leonie, entschuldige. Ich dachte, es wäre Volker.«

Und dann hörte Annett zu, wie ihre Freundin ihrer Tochter erklärte, dass ihr Vater ihre Mutter seit Wochen terrorisierte und was er so alles trieb. Dass er Annett verprügelt hatte. Dass es keinen Lover gab, dass er sie verleumdete und dass er einen an der Klatsche hatte und nicht Annett. Dann gab sie das Handy zurück und Annett hatte plötzlich eine schluchzende Leonie am Telefon. »Ich weiß gar nicht, wem ich jetzt glauben soll. Sonja oder Papa. Könnt ihr eure Scheidung nicht wie normale Menschen über die Bühne bringen?«

»Ich versuche es ja«, sagte Annett. Und das stimmte. Seit dem Tag, an dem sie ausgezogen war, war es ihr Ziel, die Scheidung friedlich durchzuziehen. Doch es ging nicht, weil er das nicht wollte. »Du musst für niemanden Partei ergreifen. Das ist eine Sache zwischen Volker und mir.«

»Ja, super. Wenn er dich wirklich stalkt ... Mist ... Das wäre so mies von ihm. Er tut das doch nicht wirklich?«

Was sollte sie darauf antworten? Entweder bin ich eine Lügnerin oder er lügt? Entscheide dich, wem du glaubst? »Doch, das tut er. Aber ich hoffe, dass es ihm bald langweilig wird. Wie geht's dir eigentlich im Taekwondo-Kurs?«

Leonie ging auf den Themawechsel bereitwillig ein und erzählte vom Kurs und von Jonas, von ihrem Studium und ihrem neuen Job. Sie arbeitete jetzt zehn Stunden pro Woche in einer Galerie.

Der Laden war voller Kundschaft. Annett musste wieder nach vorne und beendete das Gespräch in der Gewissheit, dass es Leonie so weit gut ging, obwohl ihre Eltern sich scheiden ließen und Volker versuchte, sie vor seinen Karren zu spannen.

Da das Bittersüß nicht weit von ihrer Wohnung entfernt lag, ging Annett meist zu Fuß zur Arbeit und ließ den Wagen im Hof stehen. Als sie an diesem Abend nach Hause kam, stand ihr Nachbar dort, aber nicht bei seinem Auto, sondern bei ihrem, und rieb sich mit der Hand den Nacken. Er bemerkte sie und rief ihr zu, sie solle mal kommen und sich das ansehen. Sie wusste es, bevor sie ihren Wagen erreicht hatte. Volker hatte den Lack zerkratzt. Doch sie irrte sich. Er hatte es besser gemacht. Ein paar Kratzer hätten sie nicht am Fahren gehindert. Vier zerstochene Reifen aber schon. Müde, beinahe resigniert sah sie sich das an, während ihr Nachbar fragte, ob er die Polizei rufen sollte. Sie winkte ab. »Ich weiß, wer das war.« Außerdem würde sich die Polizei nicht dafür interessieren. Garantiert hatte

Volker wieder ein Alibi von Ralf oder einem anderen Kumpel. Eine Anzeige würde nichts bringen. Die Polizei glaubte dem Lügner.

Der Wunsch nach Rache war wieder da. Dieses bittere und brennende Gefühl, das aus ihrer Hilflosigkeit und Ohnmacht emporstieg. Die Polizei würde ihr nicht helfen. Die Staatsanwaltschaft ebenso wenig. Sie musste das selbst regeln. Doch sie wusste nicht, wie.

Als sie die Wohnungstür hinter sich schloss, hatte sich der Wunsch, es Volker heimzuzahlen, bereits wieder gelegt und die Hilflosigkeit kehrte zurück. Das Gefühl, ihm ausgeliefert zu sein, weil sie Regeln akzeptierte und er nicht.

Ihr Blick fiel auf das Bild von Mischas Leiche, und sie erkannte, dass sie machtlos bleiben würde, solange sie sich an Recht und Gesetz hielt. Das war so. Auf juristisch einwandfreiem Weg würde es für Mischas Tod nie Gerechtigkeit geben. Und gegen Volkers Attacken konnte nur sie allein sich wehren, denn die Polizei interessierte sich nicht dafür.

Diese Erkenntnis beschäftigte sie in den nächsten Tagen. Sollte sie sich mit unlauteren Mitteln zur Wehr setzen? Sie konnte sich nicht entschließen, während Volker sie weiter tyrannisierte. Am Ende landete vielleicht sie vor Gericht und nicht er.

Der Nachbar bot seine Hilfe beim Reifenwechsel an. Sie dankte ihm und lehnte ab, als sie sich vorstellte, was Volker aus dieser harmlosen nachbarschaftlichen Geste machen würde.

Ein paar Tage später rief sie beim Autohaus an und fragte nach gebrauchten Reifen. Sie hatte Glück, es gab einen passenden Satz, den der Händler ihr günstig anbot. Sie ließ den Wagen von ihm abschleppen und die Reifen montieren. Als dann die Rechnung kam, musste sie sich das Geld von Sonja leihen, denn ihr Konto war leer. Volker hatte es abgeräumt. Offenbar hatte er während seiner Trackingaktionen ihr Passwort und die PIN fürs Online-Banking von ihrem Laptop abgegriffen. Obendrein hatte er den Überziehungskredit auf Null setzen lassen.

Sie änderte die Zugangsdaten und wusste, dafür würde er büßen und für alles andere auch. In ihr braute sich etwas zusammen. Eine Art Unwetter. Doch noch herrschte Ruhe vor dem Sturm, der unweigerlich losbrechen würde, wenn Volker nicht endlich aufhörte. Sie spürte es tief in sich. Ein anschwellendes, dumpfes Grollen.

Einige Tage später kam ein Päckchen für sie im Bittersüß an. Ein Kurierdienst gab es zwei Minuten vor Geschäftsschluss ab. Es trug keinen Absender. Annett wusste gleich, dass es von Volker kam, und warf es in den Müll. Doch Sonja war neugierig. Sie holte es heraus, nachdem sie den Laden geschlossen hatte, und packte es aus. »Es sind nur Pralinen.« Sie klang beinahe enttäuscht.

»Kannst du gerne haben.«

»Das sind teure. Wirklich gute.« Sonja öffnete die Schachtel, nahm eine Pistazientrüffel heraus und wollte sie in den Mund stecken, als sie plötzlich aufschrie und sie fallen ließ.

»Sonja! Was ist denn?«

Ihre Freundin fing sich und deutete auf die Innenseite des Schachteldeckels. Dort klebte die Kopie eines Zeitungsartikels. *Hamburger Giftmord. Der Tod kam mit Pralinen.*

»Ich rufe die Polizei.« Sonja suchte nach ihrem Handy. Doch Annett wollte das nicht.

»Warte. Lass uns erst nachsehen, ob er wirklich Gift hineingespritzt hat. Sonst erklären die mich bei der Kripo für verrückt. Und genau das will er ja erreichen.«

»Selbst, wenn er sie nicht vergiftet hat, ist das ja wohl ganz eindeutig eine Drohung.«

»Er wird leugnen, dass er das geschickt hat. Wahlweise habe ich das selbst inszeniert oder mein ominöser sadistischer Lover, dem ich hörig bin. Es ist zum Kotzen.«

»Wenn seine Fingerabdrücke drauf sind, ist doch alles klar.«

Annett lachte. »Du glaubst doch nicht, dass die Polizei das untersuchen wird. Die werden sich wieder mit seinen Lügengeschichten zufriedengeben. Am Ende stecken sie mich in die Psychiatrie, weil ich ein Rad abhabe und gemeingefährlich bin.«

»Ach, Mensch, Annett!« Sonja zog sie an sich und versuchte sie davon zu überzeugen, die Polizei einzuschalten. Annett weigerte sich. Auf diese Weise würde sie keine Hilfe bekommen, sondern die Situation noch weiter eskalieren. Volker würde komplett durchdrehen. Es war besser, den Ball flach zu halten.

Trotzdem inspizierte Sonja die Pralinen eingehend und konnte nichts Ungewöhnliches entdecken. »Nicht eine Einstichstelle. Er blufft. Er will dich nicht umbringen.«

»Das ist mir klar. Er will mich terrorisieren.« Annett machte Handyfotos für ihr Tagebuch und warf die Schachtel zurück in den Mülleimer.

Nur zwei Tage später kam die Wende. Als sie am Freitagabend nach Hause kam, hing an ihrer Wohnungstür eine Tüte vom Supermarkt. Darin eine Flasche Wodka und eine Schachtel Schlaftabletten. Eine Anspielung auf Patricias Selbstmord. Die Aufforderung, dasselbe zu tun. Es war ungeheuerlich! Wutentbrannt nahm sie die Tüte, trug sie in den Hinterhof zu den Mülltonnen und pfefferte sie hinein. Hoffentlich sah Volker das! Sie wandte sich um. Stand er hier irgendwo? Sie konnte ihn nicht entdecken. Doch eine Idee stieg in ihr auf. So, wie es aussah, hatte Volker ihr die Inspiration für ihren Racheplan gerade frei Haus geliefert.

Volker

Auf die Idee, Annett mit Wodka und Schlaftabletten zu versorgen, war Volker eines Morgens beim Frühstück im Büro gekommen.

Hannelore kümmerte sich seit Kurzem darum. Seine neue Assistentin. Fünfundfünfzig Jahre alt, glücklich verheiratet, zwei erwachsene Kinder, drei Enkel und zehn Kilo zu viel auf den Hüften.

Es war ein Fehler gewesen, Dagmar die Entscheidung zu überlassen. Natürlich wusste er, warum sie eine unattraktive Frau eingestellt hatte, die noch dazu ihren Mann vergötterte. Bruno, der Glückliche. Die beiden führten eine beinahe symbiotische Ehe und führten ihm vor Augen, was er verloren hatte. Allein, wie sie von ihm sprach. So voller Ehrfurcht und Hingabe. Bruno konnte einfach alles. Eine Wippe für die Enkel aufbauen ebenso wie den alten Mixer reparieren. Er spielte fantastisch Mah-Jongg, las jeden Tag die Zeitung und war daher über das Weltgeschehen im Bilde. Er war zwar Frührentner – ein Arbeitsunfall – und deshalb war das Geld knapp, aber er wuppte den Haushalt, bekochte sie, studierte die Zeitungsbeilagen der Discounter und kaufte dort, wo es am günstigsten war. Er hatte ja Zeit, und wenn Hannelore abends nach Hause kam, hatte er für seinen Engel gekocht.

Während ihm seine Frau einen Tritt versetzt hatte. Seine Schnecke. Wegen nichts. Aus purer Bosheit und natürlich wegen ihrer verfluchten Treue oder Loyalität zu Mischa. Oder sollte er sagen: Liebe! Sie liebte einen Toten! Das war krank.

Jedenfalls hatte Dagmar sich für Hannelore entschieden. Man solle nicht dort scheißen, wo man aß, besagte ein Sprichwort. Ein ähnliches Theater wie mit Patricia wollte Dagmar nicht noch einmal erleben, also war die logische Konsequenz gewesen, ihn nicht in Versuchung zu führen.

Seit einigen Wochen frühstückte Volker nicht mehr daheim. Es war grauenhaft, ohne Annett am Tisch zu sitzen. Deshalb brachte nun Hannelore jeden Morgen frische Brötchen mit. Er frühstückte in der Besprechungsecke und dachte über den bevorstehenden Tag nach. Wie er ihn gestalten wollte. Die Unsicherheit, nicht zu wissen, was seine Frau tat, war manchmal stärker als die Vernunft, seine Termine wahrzunehmen, seinen Laden am Laufen zu halten. Da Hannelore gut mit Menschen konnte, delegierte er immer häufiger Besichtigungstermine an sie und schaufelte sich so Zeit frei, um Annett im Auge zu behalten. Oft bemerkte sie ihn gar nicht, wenn er gegenüber von Sonjas Laden in den Arkaden stand. Nie zu lange, als dass es auffallen würde. Dann tat er so, als würde er telefonieren oder etwas auf dem Handy lesen, während er zusah, wie sie mit den Kunden schäkerte. Wie sie die Männer anlächelte und sich dabei kokett eine Haarsträhne aus dem Gesicht strich. Wie sie zusammen mit Sonja Pause machte und sich mit ihr unterhielt. Ganz sicher über ihn. Manchmal folgte er ihr auch in den Supermarkt, beobachtete, wie sie dem Kerl an der Wursttheke schöne Augen machte, und sogar vor Emil schreckte sie nicht zurück. Obwohl Emil verheiratet war. Mindestens einmal pro Woche ging Annett in seinen Buchladen und flirtete ganz ungeniert mit ihm. Während er selbst draußen stand, sich das ansah und die Faust ballte. Sie würde nicht zu ihm zurückkehren. Das wusste er. Er musste lernen, ohne sie zu leben. So wie Leonie gesagt hatte. »Mensch, Papa. Dann musst du eben lernen, ohne Mama zu leben. Du bist doch noch nicht alt. Du wirst eine neue Partnerin finden.«

Doch er wollte nur eine. Sie. Und wenn er sie nicht haben konnte, dann sollte auch kein anderer Annett bekommen. Sie war seine Frau. Seine!

Sie hatte jetzt eine Anwältin, die dumme Briefe schrieb. Er solle das Stalking einstellen, ansonsten drohe ihm ein Kontaktverbot. Er hatte gelacht, als er das gelesen hatte. Er stalkte seine Frau nicht. Aber es war wieder typisch für diese Weiber, dass sie aus Mücken Elefanten machten und einen großen Wirbel um nichts. Er sah nach Annett. Er achtete auf sie. Er behielt sie im Auge.

»Auf mich achten? Indem du die Reifen an meinem Auto zerstichst? Indem du mir Pralinen mit einer Morddrohung schickst? Indem du schlecht über mich redest? Mich bei unseren Freunden und Bekannten verleumdest? Mich kontrollierst und trackst? Das nennst du auf mich achten?« Er hörte es Annett beinahe sagen. Es war nicht nett von ihm. Zugegeben. Doch sie trieb ihn schließlich dazu. All das kam von ihr. Sie müsste nur zu ihm zurückkehren, und alles wäre wieder gut.

Doch sie würde nicht zurückkehren.

Das wusste er doch!

Nichts würde je wieder gut sein.

Ich hätte nicht die Autoreifen abstechen sollen, sondern sie. Das hatte er eines Tages beim Frühstück im Büro gedacht, und dann war ihm die Idee mit dem Wodka und den Schlaftabletten gekommen.

Sollte sie es doch selbst erledigen. Ihrem jämmerlichen Leben ein Ende setzen. Dann musste er sich die Finger nicht schmutzig machen. Wie damals, dachte er verblüfft. Als er seinen Vater benutzt hatte, damit sie nicht abhauen konnte. Schon damals wäre es ihm lieber gewesen, sie tot auf dem Grund der Ostsee zu wissen, als sie mit Mischa gehen zu lassen.

Die Pralinen hatten immerhin für ordentlich Aufregung bei den beiden Damen gesorgt. Wenn auch nicht lange. Nach eingehender Untersuchung und hitzigen Diskussionen – er vermutete, dass es dabei darum ging, ob sie die Polizei riefen oder nicht – hatte Annett sein Geschenk, das er mit viel Freude für sie arrangiert hatte, einfach in den Müll geworfen.

Immerhin zeigten seine Aktionen langsam Wirkung. Annett war nur noch ein Nervenbündel. Fahrig, unruhig und unkonzentriert. Mit ihren Gedanken weit weg. Neulich war sie beinahe vor ein Auto gelaufen. Im Supermarkt hatte sie lange vor einem Regal gestanden und hineingestarrt, ohne etwas zu nehmen. Sie konnte kaum noch einen klaren Gedanken fassen. Das wusste er. Ständig sah sie über die Schulter, ob er sie verfolgte. Ihr Leben bestand nur noch aus Angst. Es war nicht mehr lebenswert, und das gefiel ihm. Deshalb hatte er die Tüte mit Wodka und Schlaftabletten an die Wohnungstür gehängt. Eine Option. Falls sie die nicht nutzte, gab es noch eine andere.

Annett

Am Wochenende war es regnerisch und kalt. Annett verbrachte die meiste Zeit in ihrer Wohnung. Sie räumte auf, wusch, putzte, und dabei ging ihr Patricia nicht aus dem Kopf. Schließlich suchte sie nach ihr im Internet.

Sie selbst war in den sozialen Medien nicht wirklich aktiv. Vor Jahren hatte sie sich zwar einen Facebook-Account eingerichtet, aber sie postete selten etwas und im vergangenen Jahr waren ihre Social-Media-Aktivitäten ganz eingeschlafen.

Die Seite von Patricia Weber fand sie schnell. Sie war nach ihrem Tod deaktiviert worden. Man konnte nur noch lesen, aber nicht kommentieren. Es gab eine Reihe von öffentlichen Beiträgen, die jeder sehen konnte. Und vermutlich gab es eine ganze Menge privater, die nur einem ausgewählten Personenkreis zugänglich waren. Und dazu zählte ganz sicher nicht die Ehefrau des Mannes, mit dem Patricia eine Affäre gehabt hatte.

Annett hatte Patricia kaum gekannt und nur ein paar Mal gesehen, wenn sie Volker im Büro aufgesucht oder abgeholt hatte. Nur einmal war Patricia bei ihnen zu Hause gewesen. Kurz vor ihrem Tod war sie aufgekreuzt und wollte Volker sprechen. Sie war eine auf den ersten Blick unscheinbare, nicht mehr ganz junge Frau gewesen und dennoch auf eine sehr eigene Art attraktiv. Apart und anziehend. Vielleicht lag es an ihrer schüchternen Art, die Beschützerinstinkte weckte. Trotzdem wäre Annett nicht auf die Idee gekommen, dass Volker eine Affäre mit ihr hatte. Wobei sie jetzt – rückblickend betrachtet – verstand, dass ihn genau das angezogen haben musste. Ihre Unsicherheit. Das Zaghafte und Zweifelnde.

Sie scrollte sich durch die Seite und fand einige Fotos von Patricia. Zum Teil Selfies, zum Teil von jemand anderem gemacht. Vielleicht von Volker? Eine zierliche Frau mit hellem Teint, naturblondem Haar und blauen Augen, die meist scheu in die Kamera lächelte. Offenbar hatte sie die Natur geliebt. Denn es gab zahlreiche Fotos von Bäumen, Feldern und Wäldern, von Blumen und Tieren. Selten von Menschen. Sie musste einsam gewesen sein. Bis auf Natalie hatte sie anscheinend keine Freunde gehabt. Die Texte zu den Naturbildern waren beinahe poetisch. Eine sensible Frau, die sich in den falschen Mann verliebt hatte. Aus den Beiträgen las Annett aber noch etwas anderes heraus. Patricia war nicht nur sensibel gewesen, sondern auch auf der Suche nach dem starken Mann, an den sie sich anlehnen konnte, der sie bei der Hand nehmen und durchs Leben führen würde.

Was es nicht gab, waren Bilder von Volker oder Beiträge, die sich auf ihn bezogen. Vermutlich befanden sie sich im nicht öffentlichen Bereich von Patricias Facebook-Seite. Oder es gab sie gar nicht. Sie war sicher, dass Volker darauf bestanden hatte, die Beziehung geheim zu halten. So wie Patricias Freundin es auch bei der Polizei ausgesagt hatte. Es passte zu ihm. Immer schön die Kontrolle behalten. Weil er beides wollte, das Abenteuer und eine gute Ehe.

Auf einigen Bildern von Patricia sah man ihr Handy. Es steckte in einer türkisblauen Hülle mit dem Aufdruck einer

Schildkröte auf der Rückseite. Auf anderen trug sie die Kette mit dem kleinen, in Silber gefassten Zirkon, die verschwunden war.

Was Annett auch noch entdeckte, waren Fotos eines romantischen Hotels in der Nähe von Nürnberg, die Patrica vor einem Jahr im Frühling gepostet hatte. Zu der Zeit, als Volker angeblich im Survival-Camp gewesen war. »Bin gerade sehr glücklich.« Mehr stand da nicht. Es gab eine Aufnahme mit zwei Paar Füßen auf einer Sonnenliege. Zierliche mit rot lackierten Nägeln. Daneben größere kräftige Männerfüße. Volkers Füße. Sie erkannte sie an den ungewöhnlich langen Zehen und am linken kleinen, der sich nach innen krümmte. Thomann hatte recht. Volker hatte eine Affäre mit seiner Angestellten gehabt. Die nicht nur die Geliebte sein wollte, sondern seine Frau, und ihn deshalb unter Druck setzte. Doch Volker ließ sich nicht unter Druck setzen und schon gar nicht erpressen. Wie hatte er reagiert, als Patricia mehr verlangte? Eine Zukunft an seiner Seite. Die Trennung von seiner Frau.

Die Antwort lag auf der Hand. Sicher hatte er sich bei seiner Geliebten nicht anders verhalten als bei ihr. Er hatte Patricia gedroht. Vielleicht hatte er ihr sogar gekündigt. Und noch eine Übereinstimmung fiel Annett auf: Er hatte auch Patricia als psychisch krank dargestellt. Sie habe sich die Affäre mit ihm zusammenfantasiert! Das hatte er ihr weisgemacht und sie Idiotin hatte es geglaubt.

Annett rief Dagmar zu Hause an, denn es war Sonntag. »Hallo Dagmar. Entschuldige, dass ich dich daheim störe.«

»Kein Problem. Mein Besuch ist gerade gegangen. Was gibt es denn?«

»Ich habe nur eine Frage wegen Patricia.«

Ein Seufzen klang durchs Telefon. »Annett, bitte … Ich will da nicht mit hineingezogen werden.«

»Über Volkers Affäre mit ihr weiß ich längst Bescheid. Mich interessiert nur, ob er ihr gekündigt hat.«

Es dauerte einen Moment, bis Dagmar antwortete. »Er hatte es vor.«

»Aber er hat es nicht getan?«

»Er ist nicht mehr dazu gekommen.«

»Weil sie gestorben ist.«

»Ich habe von der Affäre der beiden tatsächlich nichts gewusst. Sie haben das gut verborgen. Aber ich habe es am Ende geahnt. Vor allem, als es in der Woche vor ihrem Tod häufiger Streit gab. Das habe ich auch bei der Polizei ausgesagt. Ich konnte nicht verstehen, was sie geredet haben, die Tür zu Volkers Büro war immer zu. Aber sie waren laut und ich habe einzelne Worte aufgeschnappt und mir meinen Teil gedacht. Sie wollte mehr, als er zu geben bereit war. Es war aus. Für mich war das klar. Für sie sicher auch. Auch wenn Volker das vielleicht nicht explizit ausgesprochen hat. Jedenfalls ist sie einige Male wie versteinert aus seinem Büro gekommen. Kaum ansprechbar. Sie war eine eher Stille, die alles mit sich abgemacht hat. Weißt du, Annett, mir hat das nicht gefallen. Er hat auch mich in eine unmögliche Lage gebracht. Dir gegenüber. Jedenfalls hat er mich einmal nach einem Streit hereingerufen. Er erzählte mir, er habe sie abgemahnt und wolle ihr kündigen, falls sie das nicht selbst tat. Angeblich machte sie ihre Arbeit nicht gut genug. Ein paar Tage wollte er noch abwarten. Ihm wäre es lieber gewesen, wenn sie die Konsequenzen gezogen hätte.«

Typisch Volker. Sich nur nicht die Finger schmutzig machen, dachte Annett, nachdem sie das Gespräch beendet hatte. Patricia hatte sich gekränkt und verletzt gefühlt, ungeliebt und zurückgewiesen. Benutzt und gedemütigt. Und Volker hatte ihr sicher die Kündigung nahegelegt. Es würde zu ihm passen.

Am Ende hatte sie alles verloren. Den Arbeitsplatz, den

Mann, den sie liebte, den Glauben an eine Zukunft mit ihm. Du wolltest nicht mehr leben, dachte Annett. Aber du wolltest dich auch an Volker rächen und hast dir etwas einfallen lassen.

»Aber dein Plan war nicht gut«, sagte sie in die Stille ihres Wohnzimmers, während ihrer langsam Gestalt annahm. Du warst zu halbherzig. Du hättest deiner Freundin Natalie nicht nur schildern sollen, wie Volker dir gedroht hat, dich zu töten, falls du auspackst. Du hättest es ausschmücken müssen. Einen Angriff auf dich schildern und dir vielleicht passende Verletzungen zufügen. Den Hocker hättest du noch weiter wegstoßen müssen. So war das nicht überzeugend genug. Seine Fingerabdrücke auf der Wodkaflasche allerdings schon. Besser wäre es natürlich gewesen, die Polizei hätte sie auch auf der Packung mit den Schlaftabletten gefunden.

»Dein Plan war nicht perfekt. Meiner wird es sein.«

*

Annett wollte Gewissheit. Deshalb rief sie einige Tage später Dagmar an und fragte nach Volkers Terminen. »Ich muss noch ein paar Sachen aus dem Haus holen und will sicher sein, dass er nicht plötzlich auftaucht.«

Erst zierte Dagmar sich, dann gab sie nach. »Also gut. Heute Nachmittag wäre es günstig. Um drei hat er einen Termin in Würzburg und ist sicher vor sechs nicht zurück.«

An diesem Tag arbeitete Annett nur bis drei und schob einen Arzttermin vor. Denn Sonja hätte auf Begleitschutz bestanden, während Annett unbedingt allein im Haus sein wollte.

Sie machte sich zu Fuß auf den Weg. Es dauerte nur zwanzig Minuten, bis sie die Straße erreichte, in der sie die längste Zeit ihres Lebens gewohnt hatte. Die Grundstücke waren von Zäunen und Hecken umgeben, und Annett hoffte, dass niemand sie sah und Volker von ihrem Besuch erzählte. Falls doch, wäre sie da gewesen, um ihre Wanderjacke für den Sommer zu holen. Die war tatsächlich noch im Kellerschrank. Sie durfte nicht vergessen, sie mitzunehmen.

Annett begegnete niemandem. In den Nachbargärten war es ruhig. Sie schloss die Haustür auf und zog sie gleich wieder hinter sich zu. Zuerst ging sie in den Keller, nahm die Jacke aus dem Schrank und schob sie in die Umhängetasche. Für alle Fälle. Ihr Herz schlug plötzlich schneller. Für einen Augenblick fühlte sie sich wie eine Einbrecherin, begann dann aber mit der Suche.

Sie hatte sich einen Plan zurechtgelegt, den sie nun systematisch abarbeitete. Es gab Räume, die von vornherein ausschieden. Dort musste sie nicht nachsehen. Infrage kamen Volkers Arbeitszimmer, die Rumpelkammer unter dem Dach, der Keller mit Ausnahme der Waschküche und die Garage. Annett zog die Latexhandschuhe an, die sie im Drogeriemarkt gekauft hatte, und startete im Arbeitszimmer. Volkers Laptop stand aufgeklappt auf dem Schreibtisch. Der Bildschirm war schwarz. Als sie die Maus berührte, wurde er hell. Volker ließ ihn noch immer an. Annett hatte das nie verstanden. Es verkürzte sicher die Lebenszeit des Geräts und verbrauchte unnütz Strom.

Sie sah in die Schreibtischschubladen und in jedes Regalfach. Suchte hinter den Büchern und Aktenordnern, im Rollcontainer und sogar im Papierkorb. Weiter ging es mit dem kleinen Raum unter dem Dach, den die Kinder früher zum Spielen genutzt hatten, der aber inzwischen zu einer Art Rumpelkammer geworden war. Volker tat sich schwer damit, Sachen wegzuwerfen, die man vielleicht irgendwann noch einmal gebrauchen konnte. Während er im Keller Ordnung hielt und seine Schätze in Einbauschränken verstaute, stellte er hier oben die sperrigen Gegenstände ab. Sie stapelten sich in dem kleinen Zimmer unter den Dachschrägen. Ausrangierte Gartenmöbel, ein alter Grill. Ihr erster Mikrowellenherd und auch der zweite. Die Stereoanlage mit den großen Boxen. Die alten Schreibtische der Kinder. Korbstühle und Klappstühle. Ausrangierte Lampen, alte Skier und Snowboards. Inlineskates und der Basketballkorb. Fabians Baseballschläger und der Handschuh, der dazugehörte. Annett öffnete jede Tür, jede Klappe, jede Schublade, sah in jede Schachtel und fand nichts. Nur den alten Lausitzer Weihnachtsschmuck ihrer Großeltern, den sie vor einigen Jahren vergeblich gesucht hatte.

Es war erst kurz nach vier. Sie hatte noch reichlich Zeit und ging in den Keller. Auf dem Vorplatz hatte Volker eigenhändig Schränke eingebaut, die von der Decke bis zum Boden reichten und jeden Zentimeter optimal nutzten. Dasselbe im Hobbyraum. Geschätzte zehn Laufmeter Schränke. Etliche Türen, unzählige Fachböden. Jede Menge Krempel. Annett holte die kleine Trittleiter, um an die obersten Fachböden zu gelangen, und begann, die Schränke systematisch von oben nach unten zu durchsuchen. Sie fand Legosteine und Kasperlepuppen, die Eisenbahn und eine Autorennbahn. Alles ordentlich verpackt. Entweder in Originalkartons oder in Pappschachteln, die Volker beschriftet hatte. Barbiepuppen. Star-Wars-Figuren. Puppenküche. Ein dumpfer Schmerz senkte sich in ihren Magen. Sie waren eine glückliche Familie gewesen. So viel Lachen in diesem Haus. Und jetzt lag alles in Scherben. Für einen Moment fühlte sie sich so schwach, dass sie sich auf die Kellertreppe setzen musste. Wäre sie doch nur nicht nach Wismar gefahren. Sie hätte Ruhe geben sollen. Mit ihrer Neugier hatte sie alles kaputtgemacht. Doch das stimmte ja nicht! Nicht sie hatte alles kaputtgemacht. Sondern Volker! Ihre Ehe war von Anfang an auf einer Lüge aufgebaut gewesen. Auf einem Verrat. Auf Mischas Tod. Sie stand auf und suchte weiter.

Die Sachen mussten hier irgendwo sein. Sie würde sie finden und wenn sie noch Stunden danach suchte. Doch so lange dauerte es nicht, bis sie auf eine zusammengeknüllte Plastiktüte stieß. Sie befand sich in einer Klappkiste, in der Volker alte Festplatten, Computerkabel und ein externes Diskettenlaufwerk aufbewahrte. Annett nahm die Tüte heraus. Sie trug den Aufdruck eines Drogeriemarkts und enthielt ein Handy, das in einer grünen Hülle mit Schildkrötenaufdruck steckte. Die Kette hatte sich darum gewickelt. Außerdem befand sich ein türkisblaues Notizbuch darin. Dieselbe Farbe wie die Handyhülle. Annett schob das Gummiband zurück, dass an ihren Putzhandschuhen hängen blieb und riss. »Mist«, sagte sie halblaut und öffnete das Büchlein. Es war Patricias Tagebuch. Annett blätterte zum letzten Eintrag und überflog ihn.

> *Wie konnte ich mich so in ihm täuschen? Was ist nur aus diesem einfühlsamen und liebevollen Mann geworden? Wie konnte er sich in dieses Monster verwandeln? Ich verstehe es nicht. Er bedroht mich. Sagt, dass er mich umbringen wird, wenn ich Annett die Wahrheit sage. Er liebt nur sie.*

Sie hatte es ja gewusst. Patricia musste die Sachen hier versteckt haben, als sie kurz vor ihrem Tod bei Volker war, angeblich, um die Kündigung abzuwenden. Annett legte Kette, Handy und Tagebuch zurück in die Tüte und überlegte, ob sie die Beweise mitnehmen sollte, bevor Volker sie zufällig entdeckte und verschwinden ließ. Während sie die Tüte noch in Händen hielt, hörte sie, wie oben der Hausschlüssel ins Schloss geschoben wurde und die Tür auf- und gleich wieder zuging. Schritte im Flur. Ihr wurde beinahe schlecht. Mit fliegenden Fingern legte sie die Tüte in die Box, stellte sie zurück auf den Fachboden und schlug die Schranktür zu. Zu laut. Volkers Schritte hielten inne. Hastig streifte sie die Putzhandschuhe ab, stopfte sie in die Tasche, öffnete den Schrank mit den Sportklamotten und griff nach dem erstbesten Gegenstand. Es war ihr alter Radhelm, den sie seit einem Sturz nicht mehr benutzt hatte. Schon hörte sie Schritte auf der Treppe. »Hallo? Ist da jemand?«

»Ich bin's nur«, rief sie nach oben.

Volker kam die Treppe herunter. Er trug seinen besten Anzug und kam offenbar direkt von dem Kundentermin aus Würzburg. »Das ist ja eine nette Überraschung.«

Sie zwang sich ein Lächeln ins Gesicht. »Du hast mich ganz schön erschreckt.« Das war nicht gelogen. Der Schreck saß ihr in allen Gliedern, ihr Herz raste, ihre Stimme war zu schrill, und beinahe hätte sie ihn gefragt, was er hier machte, wieso er so früh zurück war.

»Was tust du hier?«

»Ich habe nur meinen Windbreaker geholt und den alten Helm.«

»Der ist nicht mehr stabil seit dem Sturz. Was ist mit deinem anderen?«

»Wurde mir aus dem Radkorb geklaut«, log sie.

»Dann kauf dir einen neuen.«

»Dafür fehlt mir das Geld.«

Sie registrierte seinen besorgten Blick, und für einen Moment war er wieder der alte Volker, der sich um sie kümmerte und Angst hatte, dass ihr etwas zustoßen könnte. »Ich schenke ihn dir. Einverstanden?«

»Angenommen«, sagte sie überrascht. »Das ist lieb von dir.« Der versöhnliche Tonfall gelang ihr, obwohl sie so schnell wie möglich aus dem Haus wollte.

»Wie wäre es mit jetzt gleich? Ich habe Zeit.«

»Du meinst, du kommst mit?«

»Von Radhelmen verstehe ich mehr als du. Ich helfe dir, den richtigen zu finden.«

Annett willigte ein. Einerseits, weil sie Volker von den Schränken weglotsen wollte, andererseits, weil sie spürte, dass sich gerade etwas änderte. Er hatte sie weder mit Vorwürfen empfangen, noch war er ausfallend oder aggressiv geworden. Wenn sie ihm ein wenig entgegenkam, würde das vielleicht so bleiben. Oder er stellte das Stalking wenigstens vorübergehend ein. Sie konnte eine Pause brauchen, bevor das Finale begann.

*

Seit sie Patricias Sachen entdeckt hatte, war Annett ruhiger. Sie hatte die Gewissheit gefunden, nach der sie im Haus gesucht hatte. Jetzt wusste sie, was zu tun war. Doch sie zögerte. Der Fall Patricia Weber steckte seit beinahe einem Jahr in einer Sackgasse. Außer Thomann glaubten weder sein Vorgesetzter noch der Staatsanwalt an Volkers Schuld. Wenn es ihm nun gelang, sich herauszureden? Es war ihm zuzutrauen. Hieß es nicht: Im Zweifel für den Angeklagten? Ein guter Anwalt konnte dafür sorgen, dass es am Ende Zweifel gab. Außerdem hatte sie Angst, dass Volker Patricias Tüte entdecken und entsorgen könnte. Das Handy in der Pegnitz versenken, die Kette in einem Mülleimer und das Tagebuch verbrennen. Dann stünde Thomann mit leeren Händen da. Ein Geständnis wäre nicht schlecht. Dieser Gedanke ging ihr immer wieder durch den Kopf.

An dem Tag, als Volker sie im Keller überrascht hatte, waren sie tatsächlich in ein Sporthaus gefahren, um einen Fahrradhelm zu kaufen, den natürlich er aussuchte. Er war freundlich und bemüht, den passenden für sie zu finden. Sie war mit dem alten Volker unterwegs. Dem Volker, den sie kannte, seit sie ihm mit sechzehn auf der EOS zum ersten Mal begegnet war. Er benahm sich unbefangen, als hätte er sie nie geschlagen, verfolgt, beschimpft und verleumdet. Als hätte er nicht die Reifen an ihrem Wagen zerstochen und sie wochenlang terrorisiert. Es war beinahe unheimlich.

Erst nach dem Kauf des Helms, beim anschließenden Abendessen bei ihrem Italiener, kam Volker auf sein Verhalten seit der Trennung zu sprechen.

Über den Tisch griff er nach ihrer Hand. »Es tut mir leid, was ich in letzter Zeit veranstaltet habe. Ich weiß auch nicht, was in mich gefahren ist. Jedenfalls hat Leonie mir ordentlich den Kopf gewaschen. Ich habe erst jetzt verstanden, was ich dir damit angetan habe. Kannst du mir verzeihen?«

Nein, dachte sie und hätte es ihm am liebsten ins Gesicht geschrien. Ich werde dir nie verzeihen! Und damit meine ich nicht dein Stalking! Sondern deinen Verrat. Deine Lügen. Dass du Mischa in den Tod geschickt hast. Deinetwegen war ich im Knast. Deinetwegen Högner! Blau karierte Bettwäsche! Zwo-eins-eins! Und dann hast du dir mein Vertrauen erschlichen und mich als Hauptgewinn für deinen Verrat eingesackt. »Ich denke schon«, sagte sie stattdessen. »So kenne ich dich ja auch nicht. Jedenfalls ist es schön, dass wir wieder vernünftig miteinander reden können. Leonie hat dir also ins Gewissen geredet?«

»Kann man wohl sagen. Jedenfalls hat sie mich dazu gebracht, mir einen Therapeuten zu suchen. Übermorgen habe ich den ersten Termin.«

»Das ist sicher eine gute Idee.« Volker machte eine Therapie. Es war kaum zu glauben.

Derart friedlich war das Gespräch weitergegangen. Sie hatte ihm von ihren Überlegungen erzählt, nach Wismar zurückzukehren, und wie nicht anders zu erwarten, hatte er Bedenken. Sie widersprach, und er sagte schließlich, als sie sich vor dem Lokal trennten, er wäre froh, dass sie zu einem friedlichen Umgang miteinander zurückgefunden hätten. »Ja, das bin ich auch«, hatte sie gesagt.

Volker

Annett wollte also zurück nach Wismar. Unmissverständlich hatte sie ihm klargemacht, dass es aus war. Keine Wende in Sicht. Nur der Schlussstrich.

Das wusste er doch schon seit Wochen!

Es war ihm längst klar!

Und doch hatte er bei ihrem gemeinsamen Abendessen für einen Moment gehofft, dass sich alles zum Guten wenden könnte. Ein Irrtum, der ihn nur kurzzeitig von seinem Vorhaben abgebracht hatte. Genau wie Leonie mit ihrem Gequatsche vom Stalking. Ob er nicht wisse, was er Mama damit antue, dass er damit aufhören solle und vielleicht über eine Therapie nachdenken. Eine Therapie! Er war doch nicht krank und überhaupt, warum glaubten Frauen, dass reden etwas änderte? Was für ein Bullshit. Wenn man etwas ändern wollte, musste man Fakten schaffen. Etwas tun. Anpacken! Und überhaupt: Was er Mama antat! Was sie *ihm* antat, darüber verlor Leonie kein Wort.

Fakten schaffen. Genau das hatte er vor.

Ein Anfang war gemacht. Er war wieder in der Lage, seiner Frau gegenüberzutreten, ohne den Wunsch zu verspüren, ihr das falsche Lächeln aus dem Gesicht zu prügeln. Er hatte sich wieder im Griff. Dabei war ihm bewusst, dass

Annett sich vor ihm fürchtete. Sie wollte nicht mit ihm allein sein. Deshalb hatte sie so rasch aus dem Haus gewollt, als er sie mit dem Fahrradhelm überraschte. Deshalb hatte sie seine Einladung auf ein Glas Wein daheim ausgeschlagen und erst zugestimmt, als er den Italiener vorschlug. In der Öffentlichkeit fühlte sie sich mit ihm sicher. Allein nicht. Das musste er ändern.

Der letzte Märztag war sonnig und frühlingswarm. Der Himmel wölbte sich in einem zarten Blau über der Altstadt. In zwei Wochen war Ostern und die Auslagen längst entsprechend dekoriert. Volker steuerte kurz vor Mittag das Bittersüß an und betrat es trotz des Hausverbots. Die Glocke an der Tür bimmelte. Annett und Sonja standen hinter dem Tresen, bedienten zwei Kunden und musterten ihn. Seine Frau überrascht, Sonja mit kaltem Blick. Er hob die Hände, als ob er sich in einem bewaffneten Konflikt ergab, lächelte die beiden an und nahm an einem Tisch Platz. Vor der Kundschaft würden sie kein Theater machen.

Seine Rechnung ging auf. Erst als der Laden leer war, kam Sonja zu ihm. »Grüß dich, Volker. Schon vergessen, dass das Bittersüß terra incognita für dich ist?«

»Ich dachte, das ließe sich ändern. Hat Annett dir nicht erzählt, dass ich eine Therapie mache und mich wieder anständig benehme?«

Eine ausweichende Geste war Sonjas Antwort.

»Es tut mir leid. Es kommt nicht wieder vor. Ist es nicht Strafe genug, dass ich so lange ohne deinen fabelhaften Espresso auskommen musste?«

Sonja seufzte. »Ich sage nur ›Honig‹ und ›Maul‹ … Annett soll das entscheiden.« Sie sah zu ihr hinüber, und er stand auf, näherte sich seiner Frau aber nicht. »Du weißt, wie sehr ich mein Verhalten bereue. Wir haben doch neulich darüber gesprochen. Wir werden die Scheidung zusammen vernünftig durchziehen. Versprochen.«

Annett nickte zögerlich. »Also gut. In Ordnung. Ich vertraue dir.«

Seit diesem Tag Ende März begegnete er Annett freundlich und zuvorkommend. Er suchte wieder täglich das Bittersüß auf, erzählte von seiner Arbeit und seiner neuen Mitarbeiterin, von neuen Projekten. Er unterhielt sich mit Annett über Fabian und Pauline, die im Herbst heiraten wollten, obwohl Fabian sich immer noch nicht reif für die Ehe fühlte, es aber nicht schaffte, Pauline das zu sagen. Volker gab sich vergnügt und war doch das Gegenteil davon. Ostern nahte, und er schlug vor, die Tage gemeinsam in einem netten Hotel in der Nähe von Nürnberg zu verbringen. Annett lehnte das rigoros, beinahe empört ab. Er biss die Zähne zusammen und schlug stattdessen einen Spaziergang vor. »Mal sehen«, meinte sie. »Es hängt vom Wetter ab. Wenn es schön ist, meinetwegen.«

Einen Spaziergang hatte er also immerhin gut bei ihr. Vielleicht auch eine Wanderung durchs Paradiestal.

Annett

Damit ihr Plan funktionierte, musste sie sich in die Höhle des Löwen wagen. Ins Haus. In sein Arbeitszimmer. Es ging nicht anders. IT-Forensiker konnten feststellen, an welchem Tag, zu welcher Zeit und von welchem digitalen Endgerät unter welcher IP-Adresse eine Mail oder ein Chat verfasst worden war. Das traf natürlich auch auf Beiträge in einem Forum zu. All das hatte sie für ihren ersten Plot recherchiert, der aus diesem Grund nicht aufgegangen wäre. Denn alles ließ sich nachverfolgen. Auch in der digitalen Welt.

Der neue Plot war wesentlich besser. Er war perfekt. Leider musste sie dafür ins Haus. Nachts, wenn Volker zu Hause war und schlief. Nicht tagsüber, wenn er nachprüfbare Termine hatte oder nachweisbar im Büro gewesen war.

Gott sei Dank hatte er das Stalking beendet. Er benahm sich wieder normal. Die Therapie tat ihm gut, und Annett war erleichtert. Falls er sie nachts im Haus überraschte, würde er sie nicht windelweich prügeln. Da war sie sich einigermaßen sicher. Trotzdem musste sie sich für alle Fälle eine Erklärung zurechtlegen. Ihr wollte allerdings nichts Überzeugendes einfallen. Sie durfte sich einfach nicht erwischen lassen. Und sie musste sich ein anderes Auto zulegen. Ihren Frosch kannte er, und er war zu auffallend. Daher verkaufte sie den Wagen und besorgte sich einen alten dunkelgrauen Golf mit getönten Scheiben.

In der Woche nach Ostern war es so weit. Freitagmittag traf sie sich noch mit Volker zum versprochenen Spaziergang, bei dem er ihr einen Vorschlag für die Teilung ihres Vermögens unterbreitete, der sie überraschte, weil er so großzügig war. Nur ahnte er nicht, dass er seinen Anteil nicht würde genießen können.

Am Freitagabend begann sie, den Plan in die Tat umzusetzen. In der Küche betrachtete sie das Foto von Mischas Leiche lange. Bald würden sich die Waagschalen im Gleichgewicht befinden. Wenn Justitia nicht dafür sorgte, musste sie das selbst tun. Ab jetzt lief der Countdown.

Mit dem Wagen stellte Annett sich kurz nach acht vors Haus. Gegen neun verloschen drinnen die Lichter. Volker kam heraus und ging Richtung Altstadt. Er ließ den Audi in der Garage, also wollte er in eine Kneipe. Es war längst dunkel geworden, und sie folgte ihm zu Fuß in gebührendem Abstand zum Georgias. Im selben Moment, als Volker das Lokal betrat, bog Ralf um die Ecke.

Annett kehrte zum Wagen zurück und richtete sich darauf ein, dass es spät werden würde. Sie hatte eine Decke und eine Thermoskanne Kaffee dabei und hörte ein Hörbuch, während sie auf Volkers Rückkehr wartete. Um halb zwei kam er mit einem Taxi und ging ein wenig wankend ins Haus. Hinter dem Schlafzimmerfenster wurde es bald dunkel. Dennoch wartete Annett bis halb drei. Erst dann drückte sie sacht die Wagentür hinter sich zu, ging über den Weg zum Haus und schloss leise mit ihrem Schlüssel auf.

Im Flur verharrte sie einen Augenblick und lauschte. Als es ruhig blieb, ging sie weiter, durchs Esszimmer in Volkers Arbeitszimmer. Sie setzte sich an seinen Schreibtisch, zog die dünnen Latexhandschuhe an und berührte die Maus. Wie erwartet wurde der Bildschirm des Laptops hell. Sie rief die Seite eines Forums für Menschen mit Suizidgedanken auf, das sie für ihre Zwecke ausgewählt hatte, registrierte sich mit dem Nickname Judas70 und gab Volkers Mailadresse an. Die Bestätigungsmail löschte sie, so wie er es auf ihrem Laptop mit der Mail des Verlagshauses getan hatte. Wirklich weg war sie nicht. In den Foreneinstellungen deaktivierte sie die Benachrichtigungsfunktion für Antworten. Dann schrieb sie den vorbereiteten Text, den sie auswendig kannte.

> Moin. Eigentlich wollte ich mich kurz vorstellen. Wer ich bin. Was ich mache. Letztlich ist das aber egal. Ihr müsst nichts über mich wissen. Außer, dass ich den Tod suche. Ich habe große Schuld auf mich geladen und kann so nicht weiterleben. Hat jemand Tipps, wie man seinem Leben zuverlässig ein Ende setzt?

Annett klickte auf »Senden« und wartete ein paar Minuten. Um diese Zeit rechnete sie nicht mit einer Antwort. Es kam auch keine. Sie löschte den Browserverlauf, versetzte den Computer in den Ruhemodus und verließ lautlos das Haus.

Samstagnachmittag fuhr sie nach Bayreuth und suchte das Internetcafé auf, das sie gegoogelt hatte. Eigentlich war es ein Geschäft für türkische Lebensmittel, mit angeschlossenem Café, in dem an diesem Nachmittag einige alte Männer saßen, die rauchten, Tee tranken und Backgammon spielten. In einer abgetrennten Ecke standen zwei PCs mit Sichtschutz. Annett bestellte bei der Frau im Laden Pfefferminztee und fragte, ob sie kurz den PC benutzen könne. »Kein Problem«, sagte sie und reichte ihr einen Zettel mit dem Zugangscode fürs WLAN. Bis der Tee gebracht wurde, las Annett online Nachrichten. Erst danach loggte sie sich im Forum ein und rief den Beitrag von Judas70 auf. Es gab zwei Antworten. Die erste bezog sich auf die Frage nach den Tipps und kam von »echterKerl«.

> Erschieß dich. Mit einer Pistole oder einem Revolver. Mit dem Gewehr ist es zu kompliziert, der Lauf zu lang. Das kann danebengehen. Steck die Waffe in den Mund und drücke ab. Das ist die sicherste Methode. Mach's gut, Kumpel. Mach's richtig!

Annett schluckte, als sie das las. Eine so knallharte Antwort hatte sie nicht erwartet. Sie hoffte einerseits, dass die User versuchen würden, Judas vom Selbstmord abzuhalten, andererseits rechnete sie mit ihrer Neugier. Dass sie erfahren wollten, welche Schuld Judas auf sich geladen hatte. Die zweite Antwort ging in diese Richtung. Eine Userin, die sich als Magdalena vorstellte, hatte eine ellenlange Antwort geschrieben, in der sie ihrer Bestürzung über Judas' Selbstmordgedanken Ausdruck verlieh. Es läge allein in Gottes Hand, Leben zu nehmen. Darauf solle er vertrauen und auf Vergebung hoffen.

> Begib dich in Gottes Hand. Nicht so, wie du es planst, sondern in Liebe und Vertrauen. Denn Gott ist gnädig. Er wird dir vergeben, wenn du bereust, und dein Leben wird neu erstrahlen in seiner Güte.
> Vertraue dich deinem Priester an, beichte deinen Verrat.
> Magdalena
> PS. Entschuldige, wenn ich dir Verrat unterstelle. Es liegt an deinem Nickname »Judas«, der bekanntlich ein Verräter war. Darf ich fragen, was dich so quält, dass du Gottes größtes Geschenk wegwerfen willst?

Annett machte ein Handyfoto von Magdalenas Beitrag und fuhr nach Hause, um Judas' Antwort zu entwerfen. Die tippte sie in der Nacht auf Sonntag in Volkers Laptop. Er war früh zu Bett gegangen, schon um elf. Sie wartete bis Mitternacht im Auto, bevor sie sich ins Haus schlich.

> Liebe Magdalena, um zu beichten und auf Vergebung zu hoffen, müsste ich an Gott glauben. Das tue ich nicht. Was ich getan habe, ist nicht wiedergutzumachen. Es ist endgültig. Unumkehrbar. Für meine Tat kann es keine Vergebung geben, kein Verzeihen, keine Gnade. Nur Erlösung durch den Tod. Aug um Aug, Zahn um Zahn. Ist das nicht das Credo der Katholiken?
> Judas

Magdalenas Antwort las Annett am Sonntag in einem Internetcafé in Erlangen. Wie erwartet wollte Magdalena nun Näheres wissen.

> Lieber Judas,
> es tut mir so weh, deine hoffnungslosen und bitteren Zeilen zu lesen. In jedem von uns steckt ein guter Kern. Ein Samenkorn, das aufgehen wird, wenn man es ein wenig pflegt. Es braucht nur Licht und Wasser. In deinem Fall Vertrauen und Liebe. Ich kann mir nicht vorstellen, dass du getan hast, was du andeutest. Und falls doch, darf man die Umstände nicht unbeachtet lassen. Glaube an dich! Vertraue dich jemandem an.
> Magdalena

Es ging schneller, als Annett gedacht hatte. Schon in der Nacht auf Montag, ließ sie Volker seine Tat gestehen. Während er oben ahnungslos in seinem Bett schlief, schaufelte sie sein Geständnis in Justitias leere Waagschale.

Liebe Magdalena,
deine Worte sind so wohltuend. Dein Glaube an das Gute in jedem Menschen ist berührend. Doch es gibt auch das Böse. Das musst gerade du doch wissen. Denn das Gute kann ohne das Böse nicht sein. Es wäre nichts.
Ich hatte meine Chance, zu den Guten zu gehören. Ich hatte alles. Glück im Übermaß. Eine Frau, die ich anbetete und die mich nun verlassen hat. Eine glückliche Familie, die ich zerstört habe. Und warum? Weil ich mich verführen ließ vom Bösen. Es fing harmlos an. Mit einem Flirt. Es ging weiter mit einem Betrug. Plötzlich hatte ich eine Geliebte und mein Leben bestand aus Lügen. Ich belog meine Frau, ich wäre auf Geschäftsreisen, während ich mit meiner Geliebten im Bett lag und ihr sagte, was sie hören wollte. Ich habe ihr die Ehe versprochen, obwohl ich meine Frau liebte. Ich vergöttere sie. Ich wollte keine andere und habe mit meiner Geliebten gebrochen. Sie hat gedroht, meine Ehe zu zerstören. Sie wollte meiner Frau alles sagen. Was hätte ich denn tun sollen?
Ich habe getan, was du vermutest. Ich habe sie getötet, um meine Ehe zu retten. Mit dieser Schuld kann ich nicht leben.
Judas

Mit einem Klick schickte Annett den Beitrag ab und legte den Kopf in den Nacken. Sie hatte es getan. Es war geschafft. Beinahe. Eine Sache noch. Sie schloss das Forum und den Browser und löschte den Verlauf, aber nicht den Cache. Dann klappte sie den Laptop zu und zog die Latexhandschuhe aus, als sie plötzlich ein Geräusch nebenan aus dem Esszimmer hörte. Sie ließ die Tür immer auf, um rechtzeitig mitzubekommen, falls Volker wach wurde und sich ein Glas Wasser holte, wie er das manchmal tat. Leise stand sie auf, stellte sich neben die offene Tür an die Wand und lugte hinüber. Tatsächlich. Volker stand im dunklen Esszimmer vor dem Fenster und sah in den Garten. Ein Glas in der Hand. Einen Groschen für deine Gedanken, dachte sie und dann, dass sie eigentlich nicht wissen wollte, was er dachte, während er auf den Pavillon schaute, den er für sie gekauft hatte. In dem Glauben, sie durch Geschenke zurückzugewinnen.

Drüben schlug Volker mit der flachen Hand gegen die Scheibe. Sie fuhr vor Schreck zusammen. Er sagte halblaut etwas, das sie nicht verstand. Freundlich klang es nicht, und sie drückte sich stärker an die Wand und hoffte, dass er nicht ins Arbeitszimmer kam. Sie konzentrierte sich darauf, leise zu atmen. Doch ihr Herz raste und ihr Atem beschleunigte sich. Hoffentlich hörte er das nicht. Ein Schweißtropfen löste sich von ihrer Stirn und lief ihr übers Gesicht. Wie sollte sie ihm erklären, was sie hier tat? Mitten in der Nacht. Ihr wollte keine plausible Erklärung einfallen. Außer: Ich liebe dich, ich will mich nicht scheiden lassen. Das würde er blind glauben. Egal unter welchen Umständen. Doch bei dem Gedanken, wie er sie dann an sich ziehen und küssen würde, wie er sie nach oben in sein Bett tragen und ihre Rückkehr besiegeln würde, wurde ihr schlecht.

Volker

Er stand mit einem Glas Wasser am Fenster und blickte auf den Pavillon, den sie nicht einmal angesehen hatte, und für einen Moment glaubte er, ihren Duft zu riechen. Als stünde sie neben ihm und würde gleich die Arme um ihn legen und ihm zärtlich ins Ohr flüstern, wie sehr sie ihn liebte.

Genau das würde sie nicht tun!

Nie wieder!

Zu viel Wein gestern Abend. Mit einem Brand war er vorhin aufgewacht, und seine verpfuschte Ehe, sein Scheitern, das ganze Scheiß-Chaos hatte ihn angefallen wie ein wildes Tier. Nun stand er hier und starrte in die Dunkelheit. Ein Idiot. Ein Depp. Ein Loser. Bei der Vorstellung, dass bald ein anderer seinen Platz einnehmen könnte, packte ihn die kalte Wut. Das würde er nicht zulassen.

Er musste dem Ganzen ein Ende setzen. Ein für ihn akzeptables Ende. Das verstand sich von selbst. Den Schluss bestimmte er. Nicht sie. Mit der Hand schlug er gegen die Scheibe. »Nach meinen Regeln, nicht nach deinen.«

Während ihres Spaziergangs hatte er den ersten Punkt auf der Liste abgehakt. Der kleine Ausflug war ein voller Erfolg gewesen. Sie hatte ihre Zusage eingehalten, mit ihm spazieren zu gehen, sprich: Sie fasste wieder Vertrauen zu ihm, und das war wichtig. Überrascht hatte sie ihm zugehört, als er ihr seinen Vorschlag für die Aufteilung des Vermögens unterbreitete. Sie sollte die Hälfte des Hauses bekommen, auch wenn es auf seinen Namen im Grundbuch eingetragen war, weil Onkel Edgar ihm das Eigenkapital dafür geschenkt hatte und nicht ihnen gemeinsam. Die Hypothek samt Zinsen hatte er allein getragen. Daher war es sein Haus. »Das war nur möglich, weil du mir den Rücken freigehalten hast«, hatte er ihr erklärt. »Ohne dich hätten wir das nicht geschafft. Auch die Renovierung. Es stecken hunderte Arbeitsstunden von dir drin. Es wäre nicht fair, nicht mit dir zu teilen. Ich war schon bei einem Anwalt, um mich beraten zu lassen. Er setzt einen Entwurf für den Schenkungsvertrag auf.« Das hatte er wirklich getan. Für das weitere Vorgehen war es wichtig, dass es diesen Entwurf gab. Er verzieh seiner Frau, dass sie ihn verlassen hatte. Er willigte in die Scheidung ein und teilte das Vermögen fair mit ihr. Alles war gut.

Annett hatte ihm überrascht zugehört. Das wäre ein großzügiges Angebot. Natürlich! Er war immer großzügig. Wobei es eigentlich kein Angebot war, sondern eher der Wurm am Haken. Er leerte das Glas Wasser und ging wieder schlafen.

Montagmittag folgte der nächste Schritt. Er suchte Annett im Bittersüß auf, wie jetzt wieder jeden Tag. Er trank seinen Espresso, unterhielt sich mit Sonja und Annett und erzählte eine Anekdote von Bruno, dem fabelhaften Mann seiner neuen Mitarbeiterin, der sich vor einigen Tagen an ein Drei-Gänge-Menü für seine Liebste gewagt hatte. »Als Dessert gab es Terra Maison«, hatte Hannelore am nächsten Tag lachend erklärt. »Ich habe mich gefragt, was das sein soll. Terra bedeutet ja ›Erde‹. Vielleicht etwas mit Erdäpfeln, also Kartoffeln, aber wieso Maison? Was ›Haus‹ bedeutet. Erdäpfel nach Art des Hauses? Als Dessert? Ich habe ja eine große Vorstellungskraft, aber dazu ist mir nichts eingefallen. Und dann kam Bruno mit den Tellern aus der Küche und das Geheimnis lüftete sich schlagartig. Es gab Tiramisu!« Lachend hatte Hannelore sich die Tränen aus den Augenwinkeln gewischt. Und jetzt lachte auch Sonja, und Annett lächelte immerhin. Die Stimmung war heiter und entspannt. Genau der richtige Zeitpunkt für seine Einladung. Eine Kundin betrat den Laden. Sonja kümmerte sich um sie, und Volker hatte Annetts Aufmerksamkeit für sich, während er den Espresso bezahlte. »Der Entwurf für den Schenkungsvertrag ist am Freitag fertig. Sollen wir ihn gemeinsam durchgehen?«

»Er wird schon in Ordnung sein.«

»Es ist ein wenig komplizierter als gedacht. Wegen der Kinder, die uns mal beerben werden. Wir sollten das in Ruhe besprechen.«

Zögernd sah sie ihn an und nickte dann. »Daran habe ich gar nicht gedacht. Die Kids sollen ja auch mal etwas davon haben. Also gut. Wollen wir uns im Alfredos treffen?«

»Ich weiß nicht. Dort kann jeder zuhören. Wie wäre es im Haus? Wir lassen uns etwas von Alfredos liefern, oder du bringst Pizza mit.«

Nun zahlte sich sein gutes Benehmen der letzten Wochen aus. Ein wenig musste er ihr noch gut zureden, dann willigte sie ein.

Annett

Volkers Vorschlag, ihr das halbe Haus zu schenken, hatte sie überrascht. Doch er hatte recht. Es war nur fair. Es war genauso ihr Haus wie seines, und ihr Anteil am Verkaufserlös würde ihr den Neustart in Wismar erleichtern. Es war ein schöner Batzen Geld, auf den sie nicht verzichten wollte.

Also entschied Annett, den Vertrag am besten gleich an Ort und Stelle zu unterschreiben, um das Finale nicht zu verzögern. Nägel mit Köpfen machen. So nannte Volker das immer. Auch sie konnte das.

Am Freitag fragte Annett Sonja, ob sie zwei Stunden früher Schluss machen konnte. »Du kaufst dir doch hoffentlich nicht noch eine schicke Klamotte für dein Treffen mit Volker«, erwiderte Sonja halb im Scherz.

Einen Augenblick spielte Annett mit dem Gedanken, Sonja zu sagen, wohin sie ging, bevor sie sich mit Volker traf, entschied sich dann aber dagegen. »Ich muss nur etwas erledigen.«

»Meinst du wirklich, dass es eine gute Idee ist, sich allein mit ihm zu treffen?«

»Keine Sorge. Er ist ja wieder der Alte.«

Sonja verzog den Mund. »Ich weiß nicht so recht ... Aber

stimmt schon … Seit er diese Therapie macht, benimmt er sich wieder anständig. Pass trotzdem auf dich auf.«

»Du musst dir keine Sorgen um mich machen.« Um mich ganz sicher nicht, dachte Annett.

Zum Abschied umarmte Sonja sie. »Ihr beide habt euch so verändert.«

»Also, ich mich nicht. Ich bin immer noch dieselbe.« Doch in dem Moment, als sie das sagte, erkannte Annett, dass das nicht stimmte.

Um zwei verließ sie das Bittersüß. Ihr Ziel befand sich auf der anderen Seite des rechten Regnitzarms.

Nach zwanzig Minuten erreichte sie ihr Ziel, die Polizeiinspektion in der Schildstraße. Heute saß eine Polizistin in der Pförtnerloge. Annett fragte nach Kriminalhauptkommissar Alexander Thomann. Keine drei Minuten später holte er sie ab. »Frau Frey. Das ist ja eine Überraschung.«

»Nicht wirklich, oder? Sie wussten, dass ich früher oder später hier auftauchen würde.«

»Sagen wir so: Ich habe es gehofft. Auf einen Kaffee? Oder lieber in mein Büro?«

»In Ihr Büro. Ich will das hinter mich bringen, bevor ich es mir anders überlege.« Wobei sie nicht vorhatte, es sich anders zu überlegen.

Sie folgte ihm durch das düstere Treppenhaus und über enge Flure in ein ebenso schäbiges Büro wie das seines Kollegen, bei dem sie Anzeige gegen Volker erstattet hatte. Der Mann hatte Recht behalten. Es hatte zu nichts geführt. Recht haben und recht bekommen waren zwei Paar Schuhe.

Thomann bot ihr Platz an und ein Glas Wasser und setzte sich an seinen Schreibtisch. Erwartungsvoll sah er sie an. »Nun?«

Sie atmete durch. »Sie haben richtig vermutet. Mein

Mann war in der Nacht, als Patricia Weber starb, nicht daheim.« So, jetzt war es raus. Eine faustdicke Lüge.

*

Volker hatte in jener Nacht neben ihr im Bett gelegen und tief und fest geschlafen, während sie kein Auge zugetan und sich von einer Seite auf die andere gewälzt hatte. Zwischendurch stand sie sogar zweimal auf, um zu lesen. Schuld an ihrer Schlaflosigkeit war ein Probepäckchen grüner Tee, das sie im Teeladen geschenkt bekommen hatte. Am späten Nachmittag hatte sie ihn probiert, ahnungslos, dass er ebenso aufputschend wirkte wie schwarzer Tee.

»Wir sind gegen elf zu Bett gegangen«, fuhr Annett fort. »Kurz vor eins hat mich ein Geräusch geweckt. Volker lag nicht neben mir, und ich dachte, er sei kurz ins Bad gegangen oder nach unten, um sich ein Glas Wasser zu holen. Als er nicht zurückkam, habe ich nach ihm gesehen und konnte ihn nicht finden. Er war nicht im Haus, und ich bin zurück ins Bett.«

»Das hat Ihnen keine Sorgen gemacht?«

»Doch, natürlich. Aber was hätte ich tun sollen?«

»Ihn anrufen.«

Auf diese Frage war sie vorbereitet. Ihr Anrufversuch wäre nachprüfbar. Daher durfte sie es nicht versucht haben. »Sein Handy lag auf dem Nachttisch.« Dort hatte es tatsächlich gelegen. Direkt neben ihm, wie jede Nacht. »Also habe ich gewartet, bis er nach Hause kam. Das war gegen halb drei. Er sagte, dass er nicht habe schlafen können und einen Spaziergang gemacht habe. Als Grund nannte er Sorgen im Büro. Ein Projekt lief nicht so, wie es sollte.«

Thomann nickte.

»Ich habe damals schon vermutet, dass es eher am Stress mit Patricia lag. Sie war am selben Abend bei uns gewesen.

Die Nachrichten liefen gerade, als sie kam und Volker sprechen wollte. Sie wirkte sehr aufgebracht. Er hat sie in sein Arbeitszimmer gebeten. Dort ging es hoch her. Sie haben gestritten.«

»Haben Sie Ihren Mann gefragt, worum es bei dem Streit ging?«

»Sie hätte Mist gebaut, hat er mir erklärt. Deswegen hatte er sie abgemahnt, was sie nicht für gerechtfertigt hielt. Inzwischen weiß ich ja, dass das nicht stimmt. Sie muss ihm gedroht haben, mich über die Affäre zu informieren.« In Wahrheit war sie gekommen, um die Tüte mit ihren Sachen im Keller zu verstecken, dachte Annett, während sie angeblich die Gästetoilette benutzte.

Thomann nickte. »Warum decken Sie ihn nicht länger?«

»Das können Sie sich doch denken.«

»Er hat Sie bedroht, falls Sie ihm kein Alibi geben.«

»Anfangs nicht. Er hat mich darum gebeten, weil er keines hatte, und ich habe nicht eine Sekunde geglaubt, dass er Patricia etwas angetan haben könnte. Doch nach der Trennung ... Sie haben ja gesehen, wie er sich verändert hat. Wobei ... Eigentlich ist es keine Veränderung. Diese Gewalt war schon immer da.« Sie verschränkte die Hände. »Normalerweise hat er das unter Kontrolle. Seit ich ihn verlassen habe, allerdings nicht mehr. Er hat mich nicht nur ein Mal verprügelt, und irgendwann ist ihm klar geworden, dass ich sein Alibi platzen lassen könnte. Er hat mir gedroht, falls ich das tue, würde er mich totschlagen.« Annett fragte sich, ob das vielleicht nicht zu dick aufgetragen war. Mit keinem Wort hatte Volker Patricia und das Alibi in den letzten Monaten erwähnt. Für ihn war es nicht mehr wichtig. Er hatte mit Patricias Tod nichts zu tun. Und das wiederum war für ihren Racheplan entscheidend. Nur weil Patricia sich selbst getötet hatte, würde er aufgehen.

»Gut«, sagte Thomann. »Dann machen wir das jetzt schriftlich.«

Er nahm ihre Aussage zu Protokoll, gab sie ihr zu lesen und reichte ihr einen Kugelschreiber. Kurz zögerte sie, dann unterschrieb sie. Was sie tat, war in Ordnung. Sie stellte Gerechtigkeit her.

*

Als sie das Revier verließ, war Annett in einer seltsamen Stimmung. Sie hatte es getan. Was sie angestoßen hatte, ließ sich nicht mehr stoppen, und das wollte sie auch nicht. Eine Lawine rollte auf den ahnungslosen Volker zu. Sie überquerte die Marienbrücke und blieb einen Augenblick am Geländer stehen. Der Regen der letzten Tage hatte den Pegel ansteigen lassen. Das Wasser schoss unter der Brücke hindurch und riss Zweige und Äste mit sich. Schön, dachte sie. So wird Volker sich bald fühlen. Die Ereignisse werden ihn mitreißen, und er kann nichts dagegen tun. Gar nichts!

Normalerweise wäre Annett zu Fuß zu Volker gegangen, doch er hatte sie per WhatsApp gebeten, das Essen und den Wein abzuholen. Beides hatte er beim Alfredos bestellt. Sie hatte zugesagt, das zu tun. Doch es war ihr zu viel Schlepperei, deshalb nahm sie den Wagen und parkte den grauen Golf pünktlich zur vereinbarten Zeit auf dem Stellplatz vor der Garage. Beinahe beschwingt. Sie würde jetzt den Schenkungsvertrag unterschreiben, später das Haus verkaufen und sich mit ihrem Anteil in Wismar ein Häuschen suchen.

Sie stieg aus dem Wagen. Volker kam ihr entgegen und nahm ihr die Isolierbox mit dem Essen ab. Er trug Jeans und ein schwarzes Hemd und sah so gut aus wie immer. Nicht erstaunlich, dass Patricia auf ihn geflogen war. Und was wusste sie schon, wie viele andere noch. Es war nicht mehr von Bedeutung. Es spielte lediglich eine winzige Rolle in diesem kolossalen Erdrutsch aus Lügen und Verrat, der ihre Liebe, ihr Vertrauen und ihre Ehe unter sich begraben hatte.

»Hallo, Schnecke.« Er nahm ihr die Box ab und sah dabei auf das Auto. »Hast du einen neuen Wagen?«

»Der Frosch hat den Geist aufgegeben.«

»Verstehe. Komm doch rein.«

Sie folgte ihm in den Flur. Er half ihr aus der Steppjacke. Zuvorkommend wie immer. Wenn er nicht gerade zuschlug. Auf der Ablage entdeckte sie eine Rolle Duct-Tape, und auf dem Kokosfaserteppich stand der alte Sonnenschirmständer. Daneben lag das zusammengerollte Schlepptuch aus PVC, das sie für die Gartenarbeit verwendet hatte. »Ich miste aus«, erklärte er, als er ihren Blick bemerkte.

Etwas an diesem Ensemble war irritierend.

»Kannst du den gebrauchen?« Er wies auf den Schirmfuß.

»Eigentlich nicht. Und das Schlepptuch auch nicht. In Ermangelung eines Gartens.« Wieso wollte er das wegwerfen?

Volker hatte den Tisch im Esszimmer gedeckt. »Die Teller stehen zum Anwärmen in der Mikrowelle. Bin gleich wieder da.« Er verschwand mit der Box in die Küche, und sie folgte ihm. Während er die Pasta auf den Tellern anrichtete und den Salat aus dem Plastikbehälter in die Salatschälchen umfüllte, bemerkte sie Fabians Baseballschläger in der Nische zwischen Tür und Kühlschrank. »Was willst du denn damit?«

»Ach ... Den holt Fabian am Wochenende ab.«

»Er kommt dich besuchen?« Zu ihr hatte er nichts davon gesagt. Überhaupt hatte sie seit Wochen nichts von ihm gehört.

»Ich habe ihn angesimst, was er von seinen alten Sachen haben will. Wie gesagt, ich miste aus.«

Das war in der Tat eine überraschende Neuigkeit. Der

Jäger und Sammler trennte sich von seinen Schätzen. Unglaublich. Hoffentlich hatte er seine Aktivitäten bisher auf die Rumpelkammer unter dem Dach beschränkt. Falls er auch im Keller ausmistete, würde er die Tüte finden, die Patricia dort versteckt hatte. Die Vorstellung, dass Volker die Beweise vernichten könnte, bevor Thomann das Haus durchsuchte, machte sie ganz nervös.

»Da hast du jede Menge zu tun.« Sie versuchte, es leichthin klingen zu lassen. »Arbeitest du dich von oben nach unten durch?« Auch der Sonnenschirmfuß war in der Rumpelkammer unter dem Dach gewesen.

»Vielleicht gebe ich auf. Zu viel Krempel. Ein Glas Wein?« Er wies auf die Flasche im Kühler, die er noch nicht entkorkt hatte.

Annett versuchte sich zu beruhigen. Bis morgen würde er die Tüte nicht finden. Stattdessen malte sie sich aus, wie Thomann im Morgengrauen klingelte und Volker den Durchsuchungsbeschluss präsentierte. »Herr Sandherr. Sie sind vorläufig festgenommen. Sie haben das Recht, die Aussage zu verweigern. Alles, was Sie ab jetzt sagen, kann vor Gericht gegen Sie verwendet werden. Wollen Sie Ihren Anwalt anrufen?«

Volker sah sie abwartend an. Was wollte er? Ach ja, der Wein. »Gerne«, sagte sie und trug die Teller zum Esstisch, während er den Wein entkorkte und die Gläser füllte.

Sein letztes Essen in Freiheit. Nur wusste er das nicht. Sie lächelte und stieß mit ihm an. »Auf unsere Trennung«, sagte er. Auf deinen Untergang, dachte sie. Auf die Gerechtigkeit. Auf Patricia, die die Vorarbeit geleistet hat. Auf Thomann, der so verbissen an deine Schuld glaubt. Auf deine Strafe für Mischas Tod. Auch wenn nur ich weiß, dass du *dafür* in den Knast gehst.

Die Gläser klangen hell, als sie anstießen. Das Essen schmeckte ihr seit langer Zeit mal wieder. Sie hörte Volker kaum zu. Er sprach allerdings nicht von dem Vertragsentwurf, der doch der Grund des Treffens war. Er sprach wieder von ihnen. Beschwor die alten Zeiten, erklärte wieder einmal, dass er sie liebte, während sich in Annett das Bild aus dem Flur an die Oberfläche arbeitete. Klebeband und Schlepptuch. Der Sonnenschirmfuß, den man kaum allein tragen konnte. Ein merkwürdiges Ensemble.

»Hörst du mir überhaupt zu?!«, fuhr Volker sie an und riss sie so aus ihren Überlegungen.

»Ehrlich gesagt: Nein.« Sie bemühte sich um einen kühlen und gelassenen Tonfall, weil sie wusste, dass ihre scheinbare Ruhe ihn erst recht auf die Palme brachte. »Das hatten wir doch schon abgehakt. Wir waren uns doch einig, die Scheidung wie zivilisierte Menschen durchzuziehen.« Sie sah ihm direkt in die Augen. »Du wolltest den Vertragsentwurf mit mir besprechen. Wollen wir das jetzt machen? Sonst gehe ich.«

Er knallte die Serviette auf den Teller. Sie ertrank in der Käsesoße. Der Stuhl fiel polternd hinter ihm um. »Also gut«, sagte er und ging in die Küche. Wieso nicht ins Arbeitszimmer? Er hatte den Vertragsentwurf doch sicher nicht in der Küche liegen. Genauso wenig, wie der Baseballschläger in die Küche gehörte. Ohne den Fanghandschuh. Etwas hatte sie die ganze Zeit schon daran gestört. An diesem Bild des Baseballschlägers in der Küche. An dem des Schlepptuchs im Flur. Dem Klebeband. Dem schweren Sonnenschirmständer. Plötzlich stieg ein Bild in ihr auf, und sie hörte Sonjas mahnende Worte. Mit einem Mal passte alles zusammen. Ihr Herz machte plötzlich wilde Sprünge. Leise stand sie auf, obwohl sie am liebsten hinausgestürzt wäre. Sie nahm die Tür zum Flur, nicht die zur Küche, aus der gleich Volker treten würde. Den Baseballschläger in der Hand.

Wo waren die Wagenschlüssel? In der Handtasche. Sie riss sie von der Ablage im Flur, rannte zur Tür und wollte sie gerade öffnen, als sie einen Luftzug hinter sich spürte. Volker riss sie an den Haaren zurück und schleuderte sie gegen die Wand.

»Du bleibst hier. Du dämliche Fotze! Ich mach die Regeln! Kapier das endlich!«

Die Luft blieb ihr weg. Vor ihren Augen drehte sich alles. Das Letzte, das sie sah, war der Baseballschläger, der auf ihren Schädel zuraste. Sie spürte noch den dumpfen Schmerz des Aufpralls. Das Splittern der Zähne, das Bersten des Nasenbeins. Schmeckte Blut. Dann wurde alles schwarz und einen Wimpernschlag später gleißend hell.

Eine Hand streckte sich ihr aus dem Licht entgegen. Kurz zögerte sie. Schwankend, ob sie nicht besser umkehren sollte. Doch zurück in die Dunkelheit wollte sie nicht. Also ergriff sie die Hand. Ein wirbelnder Sog erfasste sie, Zeit und Raum verschwammen. Vergangenheit, Gegenwart und Zukunft lösten sich auf. Alles wurde eins. Alles wurde hell, und als sie wieder etwas sah, war da Mischa. Er saß auf der alten Bank unter dem Baum, ein Buch in der Hand, und blickte auf, als sie kam. »Da bist du ja endlich.«

Bamberger Tagblatt, 24. April 2017

Ist der Makler der Mörder? Neue Entwicklung im Todesfall Patricia W.

Der bekannte Bamberger Makler Volker S., der bereits im vergangenen Jahr kurzzeitig in den Fokus der Ermittlungen im Todesfall Patricia W. geriet, wurde am Sonntag in seinem Haus verhaftet. Laut Pressesprecher des Polizeipräsidiums Oberfranken gilt er als dringend tatverdächtig, seine Mitarbeiterin und heimliche Geliebte ermordet zu haben.

Bamberger Tagblatt, 26. April 2017

Die Schlinge um den Promimakler zieht sich zu. Erdrückende Beweislage im Mordfall Patricia W.

Überraschende Wende im Mordfall der attraktiven Immobilienmaklerin. Bei der Durchsuchung des Hauses von Volker S. fand die Polizei erdrückendes Beweismaterial. Nicht nur die Kette und das Handy des Opfers, sondern auch das Tagebuch. Obendrein löste sich sein Alibi in Luft auf. Seine Frau hat es bereits vor einigen Tagen zurückgezogen und so den Anstoß zu weiteren Ermittlungen gegeben.

Bamberger Tagblatt, 28. April 2017

Ehefrau von Promimakler Volker S. spurlos verschwunden

Seit Tagen versucht die Kripo Bamberg Annett F. zu erreichen. Doch die Frau des unter Mordverdacht stehenden Maklers ist spurlos verschwunden.

Ihr Auto wurde in Nürnberg in der Nähe des Bahnhofs entdeckt. Ordentlich geparkt und verschlossen. Das Handy auf dem Beifahrersitz. Die kriminaltechnische Untersuchung dauert noch an.

Bamberger Tagblatt, 5. Mai 2017

Kuriose Entwicklung im Mordfall Patricia W.: Promimakler bestreitet alle Vorwürfe. Doch er hat gestanden.

Seit seiner Verhaftung beharrt Volker S. darauf, er habe mit dem Tod seiner Geliebten, Patricia W., nichts zu tun. Sie habe sich selbst getötet. Von dieser Aussage weicht Volker S. nicht ab. So der leitende Ermittler Kriminalhauptkommissar Alexander Thomann gegenüber der Presse. »Unsere IT-Spezialisten haben jedoch den Laptop des Tatverdächtigen untersucht und sind dabei auf ein Forum für Menschen mit Suizidgedanken gestoßen. Dort ist Volker S. Mitglied. Dort hat er im Verlauf eines Chats den Mord gestanden.«

Bamberger Tagblatt, 8. Mai 2017

Sorge um Annett F. Hat der Promimakler auch seine Frau getötet?

Laut Pressemitteilung der Polizei gibt Volker S. an, seine Frau zuletzt am Freitagabend, den 21. April, gesehen zu haben. Das Paar lebt seit vergangenem Herbst getrennt und wollte »in aller Ruhe und Freundschaft«, wie S. sagt, die Details der Scheidung besprechen. Seine Frau wäre gegen zehn Uhr nach Hause gefahren, so S. Die Handyortung ergab, dass sie in ihre Wohnung zurückkehrte und am folgenden Tag nach Nürnberg fuhr. Seither fehlt jede Spur von ihr.

Die Untersuchung ihres Fahrzeugs hat zu keinem Ergebnis geführt. Derzeit untersuchen Kriminaltechniker die Wohnung der Vermissten und auch den Wagen ihres Mannes.

Bamberger Tagblatt, 11. Mai 2017

Weiterhin Rätsel um das Verschwinden von Annett F.

Noch immer keine Spur von Annett F. Allerdings wurden im Haus des Verdächtigen Blutspuren im Flur gesichert, die von seiner Frau stammen. S. erklärt sie damit, dass sie bei einem ihrer letzten Besuche heftiges Nasenbluten bekommen hätte. Es bleiben Zweifel, ob er mit ihrem Verschwinden etwas zu tun hat, denn in seinem Fahrzeug konnte die Kriminaltechnik keine Spuren sichern, die auf den Verbleib oder das Schicksal von Annett F. Hinweise geben. Angaben ihres Mannes zufolge könnte sie sich im Raum Wismar aufhalten, woher Annett F. stammt und wohin sie nach der Scheidung zurückkehren wollte. »Volker zündet Nebelkerzen.« So Sonja W., die beste Freundin von Annett F. »Ich bin mir sicher, dass er ihr etwas angetan hat.«

Bamberger Tagblatt, 12. Oktober 2017

Spektakulärer Indizienprozess gegen Promimakler beginnt heute am Landgericht Bamberg

Pressevertreter aus ganz Deutschland sind angereist, um den aufsehenerregenden Prozess gegen Volker S. zu verfolgen. S. ist angeklagt, seine Geliebte Patricia W. heimtückisch ermordet zu haben, indem er sie mit Alkohol und Schlafmitteln handlungsunfähig machte und am Lampenhaken in ihrer Wohnung erhängte. Ein als Selbstmord inszenierter Mord.

S. bestreitet den Tatvorwurf und erklärt, seine Geliebte habe Selbstmord verübt, doch es so aussehen lassen. Ihr Motiv: Rache, weil er die Beziehung beendet habe.

Außerdem erklärt er: Auch seine Frau wolle ihm diese Tat »unterjubeln«, um sich an ihm für einen lange zurückliegenden Verrat zu rächen.

Zwei Frauen, die sich gegen Volker S. verschworen? Die eine tot, die andere vermisst, und in beiden Fällen will S. nichts damit zu tun haben. Dieser kruden Geschichte geht unsere Reporterin Janine Ballauf in Bamberg und in Wismar nach. Wir werden berichten.

Bamberger Tagblatt, 6.12.2017

Lebenslänglich für Promimakler Volker S.

Gestern ging der Prozess gegen Volker S. mit einer lebenslangen Haftstrafe zu Ende. Bis zum Schluss bestritt S., etwas mit dem Tod von Patricia W. zu tun gehabt zu haben, und steigerte sich immer mehr in eine Verschwörungstheorie hinein. Zwei rachsüchtige Frauen – seine Geliebte und seine Ehefrau – hätten sich gegen ihn verbündet. Zwischenzeitlich war ein Gutachter herangezogen worden, um die psychische Gesundheit von S. zu untersuchen, da eine Beisitzerin Paranoia befürchtete. Laut Gutachten leidet S. nicht an paranoiden Wahnvorstellungen, aber an einer narzisstischen Persönlichkeitsstörung. »S. ist ein Mann, der mit Kränkungen und Zurückweisungen nicht umgehen kann und dann gewalttätig wird.« So der Gutachter.

Am Ende sah es das Gericht als erwiesen an, dass S. Patricia W. heimtückisch ermordet hat. Alle Indizien sprechen dafür. Die Chats auf W.s Handy, in denen er sie bedroht. Ihr Tagebuch, in dem sie ihre Angst vor S. festhielt. Der Hocker, der zu weit entfernt vom Opfer lag. Seine Fingerabdrücke auf der Wodkaflasche. Lediglich das toxikologische Gutachten stellt eine Lücke in der Beweiskette dar. Es konnte nicht mit Sicherheit nachgewiesen werden, ob der Alkohol- und Barbituratpegel im Blut des Opfers ausreichend hoch war, um es handlungsunfähig zu machen.

Nicht zuletzt trug das Geständnis, das S. in einem Internetforum ablegte, zur Verurteilung maßgeblich bei. IT-Forensiker konnten rekonstruieren, dass die Beiträge im Forum auf S.s Laptop geschrieben wurden. Nachts, als er zu Hause war und von seinem Gewissen gepeinigt wurde. Auf der Tastatur befinden sich nur seine Fingerabdrücke, nicht die seiner Frau, wie er unterstellte.

S. nahm das Urteil mit versteinerter Miene zur Kenntnis. Die Aufforderung des Richters, Auskunft über den Verbleib seiner nach wie vor vermissten Frau zu geben, wies S. zurück. Er habe keine Ahnung, wo sie sich aufhalte.

Epilog

Es wurde März. Die Natur erwachte über Nacht aus dem Winterschlaf. Der Frühling hielt mit beinahe sommerlicher Wärme Einzug. Das Eis auf dem kleinen See schmolz dahin, das Wasser erwärmte sich jeden Tag ein wenig mehr. Die steigende Temperatur setzte die Verwesung des Körpers, den ein alter Sonnenschirmfuß mit seinem Gewicht am Grund hielt, wieder in Gang. Mit einem Seil waren Fußknöchel und Gewicht verbunden, und der Körper war in eine Schleppdecke aus PVC gehüllt. Das Klebeband hatte sich bereits im Lauf des letzten Sommers gelöst. Die sachte Strömung hatte Monate daran gearbeitet, den Körper freizulegen. Es war kein schöner Anblick. Aufgebläht durch Faulgase, das Fleisch graugrün verfärbt und von einer Fettwachsschicht umhüllt, die sich an einigen Stellen gelöst hatte, dort hing das Gewebe in Fetzen. Die rechte Hand hatte sich bereits vom Körper getrennt, und nun tat das auch der mit dem Gewicht verbundene Fußknöchel. Die Strömung zerrte an dem, was übrig geblieben war von dieser Frau. An dem, was nach oben wollte ans Licht. Es ging dabei nicht um Wahrheit oder Gerechtigkeit, sondern um Physik. Die Faulgase verursachten Auftrieb. Die Strömung unterstützte sie in diesem Bestreben und löste in einem letzten sanften

Ruck den Schirmfuß vom Körper, der, vom Gewicht befreit, den Weg an die Wasseroberfläche antrat. Es dauerte noch einen Tag, bis ein Waldarbeiter ihn bei Fällarbeiten am Ufer entdeckte.